BOGNER
VERLAG

Claudia Fischer

Abby

Mit Butch Cassidy auf dem Outlaw Trail

Roman

Hohenfels, 26.01.21

Liebe Maylin,

ich wünsche Dir viel Spaß

mit meiner Abby!

Liebe Grüße,

Claudia Fischer

Zu diesem Buch:

Die sechzehnjährige Abigail Clearwater wächst in Utah in einer Mormonen Familie auf. Als sie verheiratet werden soll, flieht sie mit Hilfe des Banditen Fynn Johnson. Abby ist fasziniert vom Gedanken, selbst ein Outlaw zu werden. Sie schließt sich Butch Cassidy und seinen Freunden an und muss lernen, in einer Männerwelt zu bestehen. Gemeinsam mit Butch, Elzy Lay und Fynn begeht sie Überfälle und lebt drei Jahre auf dem Outlaw Trail. Doch schließlich erkennt sie, dass sie vom Leben noch mehr erwartet.
Dieses Buch rankt sich um die Menschen, die auf dem Outlaw Trail lebten, um ihre Abenteuer und auch um ihr alltägliches, manchmal sehr eintöniges Leben. Alle Erlebnisse rund um Abby sind meiner Fantasie entsprungen, doch ist die Geschichte so geschrieben, dass sie theoretisch hätte passieren können. Butch Cassidy hatte eine Ranch in Lander, er musste 1889 von dort fliehen, weil er verfolgt wurde, er lernte wohl zu der Zeit Elzy Lay kennen und es könnte sein, dass die beiden damals schon Räubereien begingen, die niemals aufgedeckt wurden. Aber bis auf den Bankraub in Telluride 1889 fand keiner meiner beschriebenen Überfälle statt, ich habe sie alle frei erfunden.

ISBN: 9783947035236 (Druck)
1. Auflage, 2019

Gesamtherstellung Bogner Verlag, Berg bei Neumarkt i.d. OPf.

Printed in Germany

www.bogner-verlag.de

Vorwort

Wie immer möchte ich mich bei allen bedanken, die mir beim Schreiben dieser Geschichte so sehr geholfen haben.

Für mich war es zu jeder Zeit eine Erleichterung, dass ich mit euch über Abby sprechen konnte, als würde sie wirklich existieren, ihr habt mich verstanden und mich unterstützt, danke dafür!

Ich bedanke mich bei Helga Grosser, Monika Schulze, Werner Kahr und Claudia Habermann, dass ihr mitgelesen habt, Helga, danke vor allem für deine Kritik, die mir wie immer sehr weiterhalf, so dass ich an entscheidenden Stellen straffen oder Erklärungen einfügen konnte. Monika, dir danke ich für deine Geduld, mit der du meine unzähligen Fragen beantwortet hast, für deine Bereitschaft, nur über Abby zu reden, du warst wirklich mit mir in der Geschichte.

Dann gilt mein großer Dank meiner Freundin Beate Freitag, die immer so schnell und zügig gelesen hat und mich bis zum Schluss anfeuerte und Abby von Grund auf verstand.

Genauso möchte ich mich bei Alexandra Frank bedanken, für das Auffinden der letzten Fehler und Ungereimtheiten und dafür, dass wir beide uns gegenseitig in unsere anderen Welten entführen können.

Mein bester Freund Uwe Gäb, wie ich dir danken soll, weiß ich gar nicht, du warst von Anfang an dabei, du hast mich bestärkt, mir Tipps gegeben und du weißt, einige Sachen stehen nur deinetwegen drin. Doch, Uwe, echte Männer tanzen auch! Und Elzy Lay hat sich laut Charles Kelly wirklich einmal während einer Flucht die Zeit genommen und ein Tanzfest besucht.

Meinem Sohn Kilian danke ich dafür, dass er mir immer interessiert zuhörte und mich auch in Teilen beriet.

Und selbstverständlich gilt mein Dank meinem Mann Thomas, der ein halbes Jahr mit Abby leben musste und das anstandslos akzeptierte.

Zu guter Letzt möchte ich mich bei meinem Verleger Manuel Bogner bedanken für seine Geduld, die kompetente und gründliche Arbeit an meinem Buch sowie für sein Vertrauen in mich und in meine Geschichten.

“The best way to hurt them is through their pocket book.
They will holler louder than if you cut off both legs.
I steal their money just to hear them holler.
Then I pass it out among those who really need it.“ *

Butch Cassidy

---

*Larry Pointer: „In Search of Butch Cassidy“
University of Oklahoma Press Norman 1977 S. 147

San Francisco

12.02.1910

Die Sonne versank schon beinahe im Pazifik. Es war ein schöner Tag gewesen, sonnig aber nicht allzu warm. Fast vier Jahre nach dem großen Erdbeben, bei dem alles zerstört worden war, was sie besessen hatten, stand Abby fröstelnd im Vorgarten ihres neu gebauten Hauses und schnitt ein paar Blumen zurecht. Sie liebte diese Arbeit und überließ sie nicht dem Gärtner. Bald war es Zeit zum Abendessen, aus der Küche erklangen die vertrauten Geräusche, das Klappern der Töpfe, das leise Klirren von Geschirr und das Gezanke der Köchin mit dem Dienstmädchen. Ein friedlicher Abend lag vor ihr, sie freute sich darauf, sie freute sich auf das wärmende Feuer, das im Salon brennen würde und auf die gute Mahlzeit. In ihrem Leben hatte sie zu schätzen gelernt, was es bedeutete, regelmäßig essen zu können und ein bequemes Bett zum Schlafen zu haben.

Plötzlich unterbrach ein schriller Pfiff von der Straße her diese Idylle. Abby blickte auf, wer wagte es, …

Als sie den Mann erkannte, der ihr fröhlich zuwinkte, schwankte der Erdboden unter ihren Füßen. Er lebte! Er war zurückgekehrt, sie hatte es gewusst, er war immer viel zu schlau gewesen für das Gesetz.

Langsam trat sie auf ihn zu, berührte ihn leicht, um sich zu vergewissern, dass er keine Traumgestalt war.

Er lachte sie an, sein Lächeln war immer noch unwiderstehlich, und er begrüßte sie mit den vertrauten Worten:

„Jedes Mal, wenn ich dich wiedersehe, bist du noch schöner geworden, Abby!“

Sie schloss die Augen und mit einem Schlag überkamen sie die Erinnerungen. Sie war wieder 16 Jahre alt, ein junges Mädchen, hungrig nach dem Leben und nach Abenteuern, doch gefangen in einer Welt, in der sie gehorchen musste. Und dann wurde sie befreit!

Meadow, Utah

14.8.1889

Abigail Clearwater erwachte wie immer sehr früh. Sie wohnte mit ihrer Familie seit vielen Jahren mitten in der lebhaften Mormonensiedlung Meadow, die eine beliebte Durchgangsstation für reisende Mormonen auf ihrem Weg nach Südkalifornien war. Abigails Familie betrieb ein kleines, sauberes Hotel und konnte sich dank der vielen Gäste durchaus als wohlhabend betrachten.

Obwohl die Sonne freundlich und warm schien und einen herrlichen Sommertag versprach, gelang es Abby nicht sich darüber zu freuen, denn ständig musste sie daran denken, was die Zukunft für sie bereithalten würde. Ihr Herz zog sich zusammen, mit dem nächsten Sonntag würde sich ihr Leben grundlegend ändern und das sicher nicht zum Guten.

Sie stand seufzend auf, wusch sich und kleidete sich sorgfältig an, dann schlich sie leise in die Küche hinunter und verrichtete die anfallenden Morgenarbeiten, wie es von ihr erwartet wurde. Kurz darauf erschien auch die Mutter und gemeinsam bereiteten sie das Frühstück für sich selbst, den Vater, die drei kleineren Geschwister und die Gäste. Sie arbeiteten schweigend, Mutter und Tochter hatten sich nicht viel zu sagen, Abby kannte das gar nicht mehr anders. Der Vater bestimmte im Haus und er hatte auch angeordnet, was nächsten Sonntag geschehen würde. Es gab keinen Widerspruch und selbst wenn die Mutter nicht einverstanden wäre, es würde nichts nützen. Abby konnte weder Mitgefühl noch Trost erwarten, sie hatte zu tun, was ihr bestimmt war, denn der Vater wollte das und die Mutter war seit Jahren daran gewöhnt, sich widerspruchslos zu fügen.

Der Tag zog sich hin, es gab viel Arbeit, die Zimmer mussten saubergemacht und vorbereitet werden, es waren endlose, mühsame, sich immer wiederholende Arbeiten, die Abby bis jetzt gehasst hatte, aber hätte sie die Wahl, würde sie diese Arbeiten liebend gerne weiter bis an ihr Lebensende verrichten.

Für die nächsten Tage erwarteten sie zahlreiche Gäste, Verwandtschaft würde von weit her anreisen, um dabei zu sein, wenn man Abbys Leben und Zukunft zerstören würde, denn genau so empfand sie es. Quälend langsam verging der Tag, für Abby jedoch viel zu schnell, der Sonntag rückte unaufhaltsam näher.
Gegen Abend tauchte ein unerwarteter Gast auf, ein junger Mann, etwas abgerissen und schmutzig, er schien schon lange unterwegs zu sein, und er fragte nach einem Zimmer für eine Nacht. Das war kein Problem, die Mutter wählte eines der billigen Zimmer im obersten Stock und schickte Abby mit dem Mann hinauf, damit sie es ihm zeigte und ihm ein dringend notwendiges Bad in der Badestube bereitete. Der Mann hatte sich als Mr. Smith vorgestellt und angesichts seines etwas verwahrlosten Äußeren hatte Mrs. Clearwater das Geld für das Zimmer bereits kassiert, man wusste ja nie. Es kamen viele sogenannte Mr. Smiths, die dann ohne zu bezahlen einfach verschwanden.
Abby führte den Gast in das kleine Zimmerchen und öffnete das Fenster, um frische Luft hineinzulassen.
Der junge Mann gähnte und warf sich aufs Bett.
„Soll ich Ihnen jetzt ein Bad machen?“, fragte Abby, denn er sah nicht so aus, als würde er noch einmal aufstehen wollen.
„Das wäre nett, es war heute doch ziemlich heiß, aber danach möchte ich nur noch schlafen, denn morgen habe ich wieder eine längere Strecke vor mir.“
Abby blickte ihn mit großen Augen an.
„Wohin wollen Sie denn?“
Er sah überrascht und ein wenig überrumpelt auf.
„Nach Norden, nach Salt Lake City und in Ogden in den Zug und dann nach Wyoming!“
„Haben Sie es gut!“, seufzte Abby sehnsüchtig.
Der Mann betrachtete das Mädchen genauer. Sie trug ein einfaches, dunkles Kleid mit einer weißen, sauberen Schürze, war noch sehr jung, und sie hatte lange, lockige, rotblonde Haare, die zu einem Knoten hochgesteckt waren. Sie war ziemlich groß und schlank und ihr sommersprossiges Gesicht war ebenmäßig

mit vollen Lippen und grünbraunen Augen. Eigentlich ein wirklich hübsches Ding, doch natürlich war sie eine Mormonin und offensichtlich kein Mädchen, das leicht zu haben war.
„Sie wollen doch bestimmt nicht nach Wyoming, Miss!", lachte er und beschloss, sie ein wenig zu necken. „Hier haben Sie doch alles, was Sie brauchen und sicher warten gutaussehende junge Männer in Scharen darauf, Sie zur Frau zu nehmen! Ich würde mir das bei Ihnen jedenfalls nicht zweimal überlegen!"
Abby wich langsam an die Wand zurück, lehnte sich haltsuchend dagegen und ließ seine Worte wirken. Er würde es sich nicht zweimal überlegen, sie zu heiraten, … Hatte er das ernst gemeint? Gab es denn noch eine Möglichkeit, dem Schicksal auszuweichen?
Er setzte sich auf. Hatte er etwas Falsches gesagt? Wieso wirkte sie so verstört?
„Was ist los?", fragte er. „Ich hoffe, ich bin Ihnen nicht zu nahegetreten! Es tut mir leid, ich hätte das nicht sagen sollen, Sie sind natürlich bereits versprochen, …"
Er hatte nur geraten und sah sofort, dass er ins Schwarze getroffen hatte. Sie wurde plötzlich kalkweiß, als sei sie einer Ohnmacht nahe.
„Aber anscheinend sind Sie nicht glücklich darüber?", fragte er vorsichtig.
Abby starrte ihn an. Sie wusste es noch nicht, doch hier und jetzt entschied sich ihr künftiges Leben. Sie hätte schweigen können und alles wäre so gekommen, wie man es für sie geplant hatte. Aber sie blieb und somit stellte sie alle Weichen neu.
„Es fragt niemand danach, ob ich glücklich bin!", flüsterte sie.
„Ich frage danach. Was ist los? Mit wem will man Sie vermählen?"
Abby schluckte.
„Tom Brigham ist ein reicher Mann. Er wohnt draußen am Rand des Canyons. Er hat eine große Ranch, aber er hat keine Söhne. Nur Töchter. Er braucht einen Sohn."
„Und da kommen Sie ins Spiel? Er hat bereits Töchter? Also er ist schon verheiratet?"

„Er hat vier Frauen. Sie können keine Kinder mehr bekommen, sie sind …“
„Zu alt? Um Himmels Willen, wie alt sind die Frauen denn? Und wie alt ist dieser Tom?“
„Er ist über 60 und seine jüngste Frau ist 42.“
„Und wie alt sind Sie?“
„Ich bin 16.“
Der Mann, der sich Smith genannt hatte, sank nachdenklich auf das Bett zurück. Das war ja eine schöne Geschichte! Da sollte dieses junge, hübsche Mädchen an einen alten Bock verschachert werden, sie sollte einziehen in ein Haus, in dem vier Frauen lebten, die alle ihre Mütter sein könnten, nur damit sie den ersehnten Sohn gebar.
„Und das lassen Sie sich gefallen? Sie machen da mit? Sie können diesen alten Mann doch unmöglich lieben!“, fragte er.
„Ich habe keine Wahl, ich muss!“
„Natürlich haben Sie eine Wahl. Wann ist denn die Hochzeit?“
„Am Sonntag.“
„Am Sonntag bereits! Na, dann ist es wohl höchste Zeit!“
„Höchste Zeit, … wofür?“
„Wegzulaufen natürlich. Heute ist Mittwoch! Nehmen Sie die Beine in die Hand und schauen Sie, dass Sie hier wegkommen. Sie werden doch wohl nicht einem Leben an der Seite eines Greises den Vorzug geben?“
„Ich kann doch nicht einfach weglaufen!“
„Sie können auch einfach nein sagen! Kein Mensch kann Sie zwingen zu heiraten, es gibt Gesetze in diesem Land! Und jetzt wäre ich Ihnen sehr verbunden, wenn Sie mir das versprochene Bad bereiten würden!“
Abby erinnerte sich schuldbewusst an ihre Pflichten und eilte in die Badestube. Die Mutter hatte schon Wasser heiß gemacht und Abby füllte die Wanne damit. Als sie fertig war, klopfte sie an die Zimmertür des Mannes und führte ihn hinunter. Er lächelte sie noch freundlich an und bevor er die Tür hinter sich schloss, meinte er: „Es gäbe natürlich noch eine Möglichkeit, sorgen Sie dafür, dass der alte Mann Sie nicht will!“

„Wie denn?"
Doch sie bekam keine Antwort mehr.
Während Abby überlegte, was er gemeint haben könnte, genoss der Mann das Bad. Er lag gemütlich im warmen Wasser, seifte sich ab und dachte ein wenig an das Mädchen. Sie hatte ihm sehr gefallen und es war eine reine Verschwendung, so ein hübsches Ding an einen alten Mann zu verschachern. Er überlegte. Er könnte sie mit nach Salt Lake City nehmen, von dort würde sie sich allein durchschlagen können, das war tatsächlich eine Möglichkeit. Und für ihn konnte dabei durchaus etwas herausspringen, schließlich schien die Familie nicht gerade arm zu sein.
In seinem eigenen Leben hatte sie dann natürlich keinen Platz, sein Name war ja auch nicht Smith, er hieß Fynn Johnson, aber das ging niemanden etwas an, zumal so mancher Sheriff vielleicht sogar interessiert daran war, ihn hinter Schloss und Riegel zu sperren. So ganz rein war seine Weste schließlich nicht und es war besser, kein Aufsehen zu erregen. Er hatte vor, sich in Ogden mit seinen Freunden zu treffen und dann mit ihnen nach Wyoming zu fahren. Zusammen würde man neue Pläne machen, ob er einen ehrlichen Weg einschlagen würde oder nicht, würde er dann sehen und sich entscheiden.
Ja, das Mädchen, sie ging ihm nicht aus dem Kopf. Sie passte nicht ganz in eine Mormonenfamilie. Dazu wirkte sie ein wenig zu eigensinnig und frech, wie hatten ihre Augen aufgeblitzt, als er vom Weglaufen gesprochen hatte, es war bestimmt nicht einfach für sie, sich gehorsam und demütig zu zeigen. Wenn er es genau überlegte, der alte Mann konnte einem eigentlich fast leidtun, sie würde sich nicht sehr lange alles bieten lassen und den Haushalt dort bald bestimmen. Dennoch, es war ein freudloses Leben, das sie erwartete und das war schon auch ein Grund zu überlegen, ob er ihr nicht helfen sollte.
Schließlich erhob er sich aus der Wanne und zog frische Kleidung an. Nun konnte er sich wieder sehen lassen, seine ziemlich langen Haare waren wieder blond und nicht staubig und fielen locker über seine Schultern, seinen Bart würde er gleich ordentlich stutzen und seine strahlend blauen Augen, mit denen er die

Damen zu betören wusste, blickten aus einem Gesicht, das von der Sonne und nicht vom Dreck gebräunt war. Fröhlich pfiff er vor sich hin, während er sein Erscheinungsbild komplettierte, dann packte er seine Sachen zusammen und überlegte, ob er nicht doch noch etwas essen sollte, das Bad hatte ihn munter gemacht. Also suchte er die Gaststube des Hotels auf, wo er wieder auf Abby traf. Als sie ihn sah, trat ein erfreutes Lächeln in ihr Gesicht und machte sie noch hübscher. Nein, sein Entschluss stand so gut wie fest, er würde ihr seine Hilfe anbieten, aber zunächst fragte er, ob er etwas zu essen bekommen könnte.
Sie nickte freundlich. „Setzen Sie sich, Mr. Smith, es ist noch Eintopf da, den will ich Ihnen gerne bringen!"
Sie verschwand in die Küche und kam kurz darauf mit einem dampfenden Teller und einem Löffel zurück. Danach brachte sie noch Brot und einen Krug Wasser und sah zu, wie er es sich schmecken ließ.
„Sagen Sie mir, wenn Sie mehr haben möchten, Mr. Smith!"
„Sehr freundlich von Ihnen, es ist wirklich köstlich, ja, ich denke, ich nehme gerne noch etwas, Abby, ich darf Sie wohl so nennen? Ich hörte, wie Ihre Mutter Sie so ansprach. Ich heiße Fynn!"
„Fynn!", wiederholte Abby. „Ja, natürlich können Sie Abby zu mir sagen, jeder nennt mich so, mein richtiger Name ist aber Abigail."
In diesem Moment kam ein kleines, rothaariges Mädchen in den Raum gestürzt, das wie eine Miniaturausgabe von Abby aussah, offensichtlich eine ihrer Schwestern.
„Abby, dein Verlobter kommt!"
Abby wurde wieder sehr blass. Doch dann straffte sie die Schultern und blickte den Ankommenden gefasst entgegen.
Tom Brigham war ein stattlicher Sechzigjähriger mit einem ellenlangen weißen Bart. Er war ein gottesfürchtiger, strenger Mann, der seine kleine Ranch mit starker Hand führte und auch seine vier Frauen und sieben Töchter gut im Griff hatte. Er war es gewohnt zu befehlen und erwartete, dass seinen Anordnungen widerspruchslos Folge geleistet wurde. Seine Frauen hatten

ihm viele Kinder geboren, doch hatte keiner der Söhne länger als ein Jahr überlebt, er hoffte nun, ein junges Mädchen könnte ihm seinen sehnlichsten Wunsch nach einem Sohn erfüllen und Abby erschien ideal, sie war hübsch, stark und gesund und er wusste, dass sie ihren Eltern gehorchte und fleißig arbeiten konnte.

Auf dem Fuß folgte ihm seine erste Frau, Corinna, sie war in seinem Alter und hatte nach wie vor in seinem Haushalt das Sagen. Corinna war eine gebeugte, griesgrämige Frau, der man nur schwer etwas recht machen konnte. Sie hielt ein schlecht verschnürtes Paket in der Hand, das sie nun Abby überreichte.

„Wir bringen dein Kleid für die Hochzeit!“ Ihre Stimme war knarzend und barsch.

Abby wickelte das Paket neugierig aus und starrte gleich darauf entsetzt auf den schmutzig weißen Fetzen. Sie bemerkte gar nicht, dass ihre Mutter eingetreten war und die Brighams begrüßt hatte.

„Nein“, rief Abby voller Abscheu, „nein, das ziehe ich nicht an!“ Sie hielt das Kleid hoch, es war völlig unmodisch gerüscht, zumindest da, wo die Motten etwas übriggelassen hatten. Abby bemerkte auch mehrere Löcher in dem zerschlissenen Stoff, der einst sicher weiß gewesen war, aber nun vergilbt und teilweise schmutzig war. Auch Fynn starrte ungläubig auf das sogenannte Brautkleid. Das war ja eine reine Zumutung.

„Was soll das heißen?“, fauchte Corinna Brigham.

Mrs. Clearwater versuchte zu besänftigen.

„Man muss es vielleicht gründlich reinigen, …“

„Es ist gereinigt! Wir haben es mit eigenen Händen gewaschen, gesäubert und ausgebessert. Es war gut genug für uns, da wird es wohl auch für die Missy hier passend sein!“ Corinnas Stimme triefte vor Zorn.

Abby schüttelte den Kopf.

„Ich habe wohl das Recht, in einem schönen Kleid zu heiraten. Diesen Fetzen hier werde ich jedenfalls nicht anziehen, man kann ihn zum Putzen verwenden, das ist alles!“

Tom Brigham mischte sich ein.

„Miss Clearwater, Sie werden tun, was von Ihnen verlangt wird. Ich habe alle meine Frauen in diesem Kleid geheiratet, Sie werden keine Ausnahme sein!"
„Vielleicht haben Sie deshalb keine Söhne!", mischte sich plötzlich eine Stimme aus dem Hintergrund ein. Alle drehten sich zu Fynn um. Er hatte sich erhoben und blickte die Anwesenden spöttisch an.
„Müsste ich eine Frau in diesem … Kleid … heiraten, würde ich es mir dreimal überlegen, ob ich sie mit in mein Bett nehme, zumindest hätte ich gewisse Schwierigkeiten, denn das Bild würde ich so schnell nicht aus dem Kopf kriegen!"
Alle starrten Fynn an. Was erlaubte er sich? Abby konnte sich das Lachen nur mühsam verbeißen, vor allem als sie sah, dass Corinna die Worte fehlten, das kam bei dieser alten Hexe einer Sensation gleich.
Tom Brigham fand als erster seine Sprache wieder.
„Mein Herr, was fällt Ihnen ein? Verschwinden Sie hier, bevor ich mich vergesse!"
Er tastete nach seinem Gürtel, an dem er einen Revolver trug. Mrs. Clearwater bemerkte es mit Sorge.
„Bitte, bitte, keine Aufregung. Mr. … Smith, es wäre wohl besser, Sie verlassen uns jetzt! Sie sind ja fertig mit dem Essen!"
„Ja, danke, es schmeckte wirklich vorzüglich. Ich empfehle mich! Guten Abend, die Damen, der Herr!"
Er verbeugte sich übertrieben höflich und verschwand. Was mochte nun wohl weiter dort geschehen? Nun ja, er würde es von Abby schon noch erfahren. Wie sie sich das Lachen verbissen hatte, er hatte sie richtig eingeschätzt, sie war ein freches Ding und konnte sich bestimmt gut in der freien Welt behaupten.
Tatsächlich klopfte es wenig später an seiner Zimmertür.
„Herein!", rief er.
Abby stürmte atemlos in das Zimmer.
„Wie konnten Sie nur! Sie unverschämter Kerl! Corinna wusste nicht mehr, was sie sagen sollte, herrlich!"
Er musste lachen.

„Nun ja, ich fand, Sie könnten ein wenig Unterstützung brauchen. Das Kleid haben Sie hoffentlich weggeworfen?"
Sie schüttelte betrübt den Kopf.
„Nein, ich werde es wohl tragen müssen."
„Wie bitte, Sie wollen tatsächlich diesen ekelhaften Fetzen anziehen?"
„Mir wird nichts übrigbleiben. Mein Vater ist dazugekommen und damit war die Sache entschieden. Er wird mich sowieso noch verprügeln, weil ich es wagte, zu widersprechen, aber ich schwöre, das war es wert! Corinna sprachlos zu sehen, die alte Hexe!"
Ihre Augen leuchteten.
Dann wandte sie ihre Aufmerksamkeit wieder Fynn zu.
„Nun gut, Sie sagten vorhin, ich solle hier weglaufen. Ich habe mir das überlegt. Ich denke, das ist meine einzige Möglichkeit! Wenn ich dafür sorgen würde, dass Tom mich nicht heiraten will, würde mich mein Vater totprügeln, also scheidet das aus. Bleibt nur die Flucht, nicht wahr?"
„Haben Sie denn einen Plan?"
„Ja, nehmen Sie mich mit nach Salt Lake City?"
Fynn war erleichtert. Sie war von ganz allein auf diese Lösung gekommen, somit konnte es später keine Vorwürfe geben, falls irgendetwas schiefgehen sollte. Dennoch äußerte er ein paar Bedenken.
„Sie sind sich im Klaren, was das bedeuten wird? Nächte im Freien, tagelange Ritte durch die Sommerhitze, Sie werden sicher verfolgt werden, also sollten wir die offiziellen Routen meiden und uns durch die Wälder im Osten schlagen. Was die Strecke etwas verlängert, von den Gefahren der Wildnis spreche ich erst gar nicht!"
Sie überlegte kurz. Dann sah sie ihm in die Augen.
„Vor den Gefahren der Wildnis werden Sie mich beschützen, Sie sind schon lange unterwegs und kennen sich aus. Ich vertraue Ihnen. Ich habe keine Angst vor Nächten im Freien, als Kind bin ich oft nachts heimlich aus dem Haus und habe mit anderen Kindern irgendwo gelagert. Es waren Mutproben, die Jungs

fürchteten sich im Gegensatz zu mir. Ich kann gut reiten, auch längere Strecken. Ich brauche nur ein Pferd, ich besitze keines. Und ich habe kein Geld."

„Ich habe es mir fast gedacht, dass Sie das Wort Furcht nicht kennen. Das ist gut! Besorgen Sie sich ein Pferd und Geld, wozu hat Ihre Mutter eine Kasse unten? Da steht Ihnen doch ein wenig Lohn zu, …"

„Sie meinen, ich soll … stehlen?"

Abby war ganz erschrocken.

„Stehlen, was für ein schreckliches Wort, Sie nehmen sich einfach Ihren Lohn für jahrelange unbezahlte Arbeit. Überlegen Sie, was ein Dienstmädchen gekostet hätte. Und außerdem, ich stelle meine Dienste ja auch nicht umsonst zur Verfügung."

„Ich soll Sie bezahlen?"

„Mein Kind, alles in der Welt muss bezahlt werden. Ich muss schließlich auch von etwas leben."

„Wie viel wollen Sie haben?"

Fynn hatte sich das bereits überlegt.

„400 Dollar!"

Abby erschrak.

„Das ist zu viel, so viel kann ich unmöglich bezahlen."

„Das ist der Preis."

Sie wandte sich um. „Dann gehe ich eben ohne Sie, ich schaffe das auch allein, ich brauche Sie nicht!"

„Sind Sie sicher? Sie kennen sich aus in der Wildnis? Sie haben keine Angst vor Indianern und all den wilden Kerlen, die unterwegs sind?"

„Ich werde mich zu verteidigen wissen!"

Fynn grinste.

„Das glaube ich Ihnen sogar. Also gut, solch Heldenmut lässt mich nicht kalt. Wieviel sind Ihnen meine Dienste wert?

„Die Hälfte! Mehr zahle ich nicht!"

Er beschloss, sie ein wenig zu testen und sah sie anzüglich an. Er wollte herausfinden, was sie zu tun bereit war.

„Ich wäre mit weniger zufrieden, wenn die Bezahlung Sie miteinschließen würde."

„Wie bitte?“
„Wir beide könnten eine schöne Zeit miteinander verbringen, Sie werden schließlich um Ihre Hochzeitsnacht gebracht, ich könnte Mr. Brigham mehr als gut vertreten!“
„Was erlauben Sie sich? Das kommt überhaupt nicht in Frage. 200 Dollar, oder wir lassen es. Und mich rühren Sie nicht an!“
Fynn, der sich durchaus auch mit weniger Geld zufriedengegeben hätte, tat, als überlege er und nickte schließlich.
„Abgemacht. Ich bringe Sie sicher nach Salt Lake City.“
„Dort bekommen Sie dann Ihr Geld.“
„Nein, im Voraus!“
„Sie bekommen Ihr Geld, wenn wir in Salt Lake City sind und Ihr Benehmen mir gegenüber in Ordnung war.“
„Also gut, einverstanden!“
Er reichte ihr die Hand und sie schlug ein. Ihre Antwort und Reaktion hatten ihm gefallen, sie achtete auf sich und würde ihm nicht zu nahekommen. Er hatte nicht vor, sich auf irgendetwas einzulassen.
Dann fuhr er fort: „Aber nun zu den Einzelheiten, hat Sie jemand hier hereinkommen sehen?“
Abby schüttelte den Kopf.
„Nein, ganz bestimmt nicht, alle denken, ich sei in der Badestube und würde dort saubermachen. Dort sieht niemand nach mir.“
„Gut, dann verlieren wir keine Zeit. Sie gehen sofort und verstecken sich irgendwo in der Gegend, kennen Sie ein gutes Versteck, wo Sie die Nacht verbringen können und wo niemand Sie findet?“
„Ich soll allein weg? Jetzt?“
„Ja, natürlich, keiner darf wissen, dass ich mit im Spiel bin. Jeder soll denken, Sie sind auf sich allein gestellt. Ich werde morgen Vormittag in aller Ruhe zu Ihnen stoßen und dann machen wir uns gemütlich auf den Weg, während alle Verfolger uns voraus sind und Sie irgendwo in weiter Ferne suchen.“
Abby lachte.
„Ja, das klingt nach einem guten Plan. Und ich weiß auch ein Versteck nicht weit von hier, eine kleine Höhle, die wir vor Jah-

ren einmal gefunden haben, sie ist fast zugewachsen, niemand würde sie dort vermuten."
„Nehmen Sie etwas mit, womit Sie Feuer machen können, falls Sie eine Fackel brauchen. Aber machen Sie kein Lagerfeuer, das würde man von weitem sehen."
„Halten Sie mich für so dumm?"
„Wer weiß?", lachte Fynn. „Wo finde ich denn diese Höhle?"
Abby erklärte ihm den Weg genau. Dann verließ sie das Zimmer. Sie zitterte ein wenig vor Aufregung und auch vor Angst. Wie sollte sie das Geld beschaffen? Würde sie es wagen, ganz allein eine Nacht in der Höhle zu verbringen? Würde Fynn tatsächlich am nächsten Tag kommen und sie holen? Was sollte aus ihr in Salt Lake City werden?
Sie riss sich zusammen und dachte an das Nächstliegende. Was konnte sie schnell einpacken? Woher sollte sie ein Pferd nehmen? Sie sah aus dem Fenster und musste plötzlich grinsen. Tom Brighams Pferd stand immer noch angebunden vor dem Hotel. Er war sicher auf ein paar Besuche gegangen und das dauerte für gewöhnlich länger. Wenn sie nun rasch handelte, konnte sie sein Pferd nehmen, er würde sowieso wütend auf sie sein, sie gab ihm nur einen Grund mehr. Und gesucht wurde sie so und so, dann lieber wegen Pferdediebstahls hängen, als ein Leben neben Tom Brigham zu verbringen. Das Pferd konnte sie dann in Salt Lake City verkaufen und damit Fynn bezahlen. Ja, das war eine gute Lösung!
In Windeseile packte sie eine Tasche zusammen, nahm Wäsche, einen Rock und eine Bluse und ein weiteres Kleid mit, eine Decke und allen Schmuck, den sie besaß, nur den Verlobungsring, den streifte sie ab und hinterließ ihn auf ihrem Bett. Leise schlich sie nach unten. Niemand von ihrer Familie war zu sehen, die Mutter wirtschaftete in der Küche, man konnte die Töpfe und Pfannen klappern hören. Die Geschwister spielten artig in ihren Zimmern, es war schon bald Schlafenszeit. Abby nickte den zwei Gästen, die in der Wirtsstube saßen, freundlich zu und ging hinter den Empfangstresen. Nachdenklich sah sie die Kasse an. Sollte sie? Es war Diebstahl, das brachte sie nicht fertig.

Nicht bei ihren Eltern. Aber was sprach eigentlich dagegen, wenn sie sich etwas zu leihen nahm? Sie würde es eines Tages zurückzahlen, das schwor sie sich. Flink nahm sie alle Dollarscheine aus der Kasse und schrieb einen Zettel, auf dem sie ihr Tun erklärte und versprach, das Geld zurückzugeben, sobald es ihr möglich war.
Sie blickte auf die Gäste, denen nichts Ungewöhnliches aufgefallen war und die ruhig aus ihren Wasserkrügen tranken.
Natürlich! Wasser, Essen, sie würde tagelang unterwegs sein. Verhungern und verdursten wollte sie nicht!
Gelassen schlenderte sie in die Speisekammer und sah sich um. Sie nahm ein Brot, gedörrtes Fleisch, Schwefelhölzer und einen Wasserbeutel, den ein Gast einmal vergessen hatte und der seitdem an einem Haken hing und auf seinen Besitzer wartete. Abby entschied, dass der Beutel lange genug gewartet hatte und hängte ihn sich um den Hals. Sie vergaß auch nicht das scharfe Messer, das in der Speisekammer bereitlag um Fleisch zu schneiden. Die Tasche war nun ziemlich voll, dennoch, etwas fehlte noch.
Vorsichtig spähte Abby in den Flur, vielleicht war der Vater noch irgendwo unterwegs und saß noch nicht in seinem Arbeitszimmer. Das Glück blieb ihr hold, die Tür des Raumes stand sogar offen und unbemerkt schlüpfte sie hinein. Sie öffnete den Schrank mit den Gewehren, der Vater hatte mehrere für die Jagd, sie wählte eines aus, mit dem sie selbst schon hatte schießen dürfen und suchte Munition dafür. Sie fand sie praktischerweise in einem Beutel, den sie sich einfach an ihren Gürtel hängte. Nun noch ein Hut, denn die Sonne schien heiß und man musste sich tagsüber schützen. Im hinteren Teil des Flures hingen die Hüte der Familie und Abby setzte sich ihren eigenen Lederhut auf den Kopf, den sie getragen hatte, als sie einmal den Vater zur Jagd hatte begleiten dürfen. Ein seltener Moment des Glücks war das gewesen, bis sie bemerkt hatte, dass ihr Vater sie nur mitgenommen hatte, weil Tom Brigham mit von der Partie war, der gerade verlauten hatte lassen, dass er wieder eine Frau suchte. Der Plan des Vaters war aufgegangen, Tom hatte um sie angehalten und

der Vater hatte sofort zugestimmt.
Abby verscheuchte die trüben Gedanken, nun war es wichtig, unbesehen zu entkommen. Die Sonne versank allmählich, sie leuchtete schon in warmen roten Farben, viel Zeit blieb nicht mehr, wenn sie Toms Pferd nehmen wollte. Doch da sah sie das entsetzlich hässliche Brautkleid, das ordentlich auf einem Bügel im Flur hing. Sie betrachtete es nachdenklich. Keinem Menschen konnte man dieses Gewand zumuten. Sie holte das Messer aus der Tasche und schnitt das Kleid in Fetzen. Große Mühe machte es nicht, denn der zerschlissene Stoff bot kaum Widerstand. Danach atmete sie befreit auf. Jetzt oder nie! Sie wusste, um diese Zeit würden alle in ihren Häusern sitzen, das Abendbrot zu sich nehmen oder beten, es war der günstigste Moment für eine Flucht.
Sie verließ das Haus und ging ohne Zögern zu Toms Pferd, einer kräftigen braunen Stute, die sehr gut eingeritten war, davon konnte Abby ausgehen. Sie lockte das Tier mit einer Handvoll Zucker, die sie in der Speisekammer in ihre Rocktasche gesteckt hatte und streichelte ihren Hals. Die Stute schmiegte sich an Abby, sie würde kein Problem machen. Abby befestigte die Tasche, stieg auf und ritt einfach davon, Richtung angrenzender Wald. Niemand hielt sie auf, denn kaum jemand hatte sie gesehen.
Nur zwei Stockwerke höher bewegte sich ein Vorhang und über Fynns Gesicht zog ein anerkennendes Lächeln, dieses kleine Biest hatte doch tatsächlich das Pferd ihres Verlobten gestohlen, um damit vor ihm zu fliehen. Alle Achtung!

Unterwegs

Abby fand sofort den kleinen Pfad, der sie quer durch das Wäldchen zu der Bergkette im Westen führen würde. Sie folgte ihm und trieb ihr Pferd an, denn es wurde nun rasch dunkel. Sie wollte rechtzeitig bei der Höhle sein, damit sie auch noch etwas erkennen konnte.
Schließlich hatte sie ihr Ziel erreicht. Sie stieg vom Pferd und band es an einen Baum. Im allerletzten Dämmerlicht suchte sie den Eingang zur Höhle und sah sich um, nein, hier wollte sie nicht übernachten, sie würde im Freien bleiben, die Höhle hatte einen steinigen harten Boden. Das Pferd würde sie warnen, wenn jemand kommen sollte, dann konnte sie sich immer noch leicht mit dem Pferd hier verstecken. Es war eine warme Nacht, besser war es, bei dem kleinen Bächlein zu bleiben, das gleich unterhalb der Höhle seinen Lauf hatte. Niemand würde sie hier vermuten, alle würden denken, sie sei so schnell und so weit wie möglich weggeritten, Fynn hatte sich das schon richtig überlegt. Fynn, … Abby wusste nicht so recht, was sie von ihm halten sollte. Er schien nicht ganz ehrlich zu sein, aber für den Moment blieb ihr nichts anderes übrig, als ihm zu vertrauen. Im Gegensatz zu ihr hatte er Erfahrung und kannte vor allem den Weg nach Norden, es war sicher besser, sich seiner Führung anzuvertrauen, als allein herumzuirren.
Obwohl sie kein bisschen müde war, kramte Abby nach ihrer Decke und breitete sie auf den Boden aus. Dann sattelte sie das Pferd ab und versteckte den Sattel und ihre Tasche in einem Gebüsch. Das Pferd trank ruhig aus dem Bächlein und schien sich bei Abby wohl zu fühlen. Tom Brigham hatte es wohl öfter mit in die Berge genommen, es war gut, dass sie dieses Tier ausgewählt hatte. Sie lehnte sich gegen einen Baum, legte das geladene Gewehr griffbereit neben sich und horchte in die Dunkelheit. Angst hatte sie nicht, sie fühlte sich vollkommen sicher. Um sie herum war Stille, nur das Rauschen der Bäume im Wind und das weit entfernte Heulen von Kojoten war zu hören.

Was mochte wohl nun zuhause los sein?
Im Hotel legte sich Fynn gemütlich auf sein Bett und lauschte auf die Geräusche im Haus. Bald würde man Abbys Verschwinden bemerken, ob man sie sofort suchen würde? Oder den nächsten Tag abwarten?
Er hörte schließlich, wie ihr Name mehrmals gerufen wurde. Leise schlich er an die Tür und öffnete sie einen Spalt. Er wollte keinesfalls auffallen, musste aber wissen, was vor sich ging. Es kostete ihn aber wenig Mühe, die laute Schimpftirade von Mrs. Clearwater zu verstehen. Sie äußerte ihren Unmut darüber, dass Abby das Bad nicht saubergemacht hatte, in scharfen Worten, und Fynn hörte schließlich, wie schwere Schritte die Treppe heraufpolterten. Schnell schloss er die Tür und legte sich aufs Bett, aber die Schritte entfernten sich von seinem Zimmer und eine Tür am anderen Ende des Ganges wurde aufgerissen.
„Abby, wo bist du?", rief eine laute zornige Männerstimme. „Mach deine Arbeit, sonst kannst du was erleben!"
Nach einer kleinen Weile rief der Mann laut: „Sie ist nicht da!"
Wenig später wurde Fynns Tür geöffnet. Fynn tat, als schrecke er hoch.
Der Schein einer Kerze erhellte sein Zimmer.
„Was soll das? Was wollen Sie?", fragte er, scheinbar empört.
„Ich suche meine Tochter, ist sie hier? Meine Frau meinte, Sie hätten heute mit ihr geredet!"
„Ihre Tochter? Sie hat mir ein Bad gemacht und Essen gebracht. Sie ist nicht hier, was denken Sie eigentlich? Aber überzeugen Sie sich ruhig!"
Mr. Clearwater hob die Kerze an und sah sich in der winzigen Kammer um. Dann verließ er wortlos das Zimmer und machte die Tür sorgfältig zu. Fynn grinste in sich hinein. Mrs. Clearwater hatte tatsächlich die richtigen Schlüsse gezogen und bemerkt, dass Abby länger als nötig Zeit mit ihm verbracht hatte. Gut, dass sie schon weg war und kein Verdacht auf ihn fallen würde. Hoffentlich hatte sie sich versteckt und ihr Mut verließ sie nicht.
Die schweren Schritte polterten die Treppe wieder hinunter und Fynn begab sich erneut auf seinen Beobachtungsposten an der

Tür. Viel war nicht mehr zu hören, dann doch, ein Aufschrei. Und gleich darauf kreischte Mrs. Clearwater:
„Sie ist weggelaufen! Amos, sie ist weg! Du bist schuld, sie wollte diesen Brigham nicht heiraten, warum hast du sie gezwungen, das zu tun? Bring mir meine Tochter zurück!"
Was Mr. Clearwater sagte, war nicht zu verstehen, Fynn hörte Abbys Mutter noch weinen, dann war Stille. Er gähnte, es war wohl nun besser, zu schlafen, die nächsten Nächte würde er im Freien verbringen, also lieber noch einmal ein bequemes Bett genießen. Doch es kehrte keine wirkliche Ruhe ein. Vor dem Hotel hörte man wütende Stimmen, anscheinend war der Sheriff informiert worden, der sich lautstark weigerte, in der Nacht einen Suchtrupp loszuschicken.
Und schließlich ertönte lautes, zorniges Geschrei von Tom Brigham, der sein Pferd suchte und alle und jeden verfluchte und dem Pferdedieb ewige Rache schwor. Es war lange nach Mitternacht, bis es Fynn endlich vergönnt war, zu schlafen.
Er erwachte früh am Morgen, goss das bereitgestellte Wasser aus der großen Kanne in die Schüssel und wusch und rasierte sich. Dann packte er seine Sachen zusammen und stieg pfeifend die Treppen hinunter. Er traf auf eine verweinte Mrs. Clearwater, die ihn kurzangebunden fragte, ob er ein Frühstück wolle.
„Gern!", antwortete er und fragte dann: „Ist Ihre Tochter wieder aufgetaucht? Ihr Mann war ja gestern noch bei mir."
Mrs. Clearwater schüttelte den Kopf und brach in Tränen aus.
„Nun, nun, …", sagte Fynn begütigend. „Sie kann doch nicht weit sein. Sie wird schon wieder heimkommen, schließlich soll sie doch heiraten. Vielleicht hat sie ein wenig Angst vor dem großen Tag bekommen?"
„Nein, sie ist weg!", schluchzte Mrs. Clearwater. „Sie hat das Brautkleid zerstört und ein Pferd gestohlen, das Pferd ihres Verlobten. Wer weiß, wo sie ist, wer weiß, was ihr passiert, mein Kind, mein kleines Mädchen!"
„Informieren Sie den Sheriff, der wird sie schon finden. Keine Sorge. Ich kann ja auch nach ihr Ausschau halten und sie zurückbringen, wenn Sie wollen!"

„Werden Sie das tun, Mr. Smith? Wenn ich mein Kind wiederbekomme, werde ich Sie reichlich entlohnen!"
„Aber sicher werde ich das."
„Ich bringe Ihnen sofort etwas zu essen und packe Ihnen noch etwas ein, das müssen Sie nicht zahlen, suchen Sie meine Tochter, bitte!"
Sie verschwand in die Küche und kam gleich darauf mit einem schwer beladenen Tablett zurück. Fynn ließ es sich schmecken, na, das hatte sich doch gelohnt. Er hätte sowieso kaum mehr Geld für das Essen übriggehabt und sich schon Gedanken gemacht, wie er, ohne zu bezahlen, verschwinden konnte. Und Abby hatte das Brautkleid zerstört, sie gefiel ihm immer besser und er freute sich ein wenig darauf, sie gleich zu treffen.
Als Fynn satt war, verabschiedete er sich und holte sein Pferd aus einem Stall, wo er es untergestellt hatte und wo es gutes Futter bekommen hatte. Dann ritt er gemütlich los Richtung Norden. Erst als er sicher war, dass er nicht mehr gesehen werden konnte, bog er nach links in den Wald ab und suchte den Pfad, von dem Abby gesprochen hatte. Er fand ihn nicht, ritt aber immer weiter westlich bis zu der Bergkette, und wandte sich dann nach Süden. Irgendwo hier musste Abby ja sein. Und tatsächlich kam sie ihm kurz darauf entgegen, sie hatte nach einer ziemlich schlaflosen Nacht genug von der Warterei gehabt, das Pferd gesattelt und sich auf den Weg gemacht.
Sie lächelte ihn an.
„Da sind Sie ja! Sie sind tatsächlich gekommen!"
„Ich hoffe, Sie haben nicht daran gezweifelt?"
„Nur ein wenig! Aber erzählen Sie bitte, was war zuhause los? Hat man bemerkt, dass ich fort bin?"
Fynn berichtete haarklein von den Ereignissen der letzten Nacht, verschwieg aber natürlich, dass er von Mrs. Clearwater den Auftrag hatte, Abby zurückzubringen, dieses Detail wollte er sich für den Fall aufsparen, dass man sie doch erwischte, dann hatte er eine gute Ausrede, warum er mit ihr unterwegs war und würde die Belohnung eben nicht von Abby, sondern von ihrer Mutter bekommen.

So oder so, Fynn hatte nicht vor, ein Risiko einzugehen.
Abby war erstaunt und berührt, als sie erfuhr, dass ihre Mutter ihretwegen geweint hatte, das hätte sie nicht erwartet und ein wenig regte sich ihr Gewissen. Andererseits war die Mutter bereit gewesen, sie an Tom Brigham zu verschachern und das war Grund genug, sich nicht lange Gedanken zu machen. Während Fynn erzählte, waren sie ein gutes Stück nordwärts durch den Wald geritten und Fynn schlug vor, nun eine östliche Richtung einzuschlagen und über die Wildnis der Berge zu reiten, wo dichte Wälder Schutz vor Entdeckung und vor der heißen Sonne boten. Abby war einverstanden und bald darauf überquerten sie vorsichtig die schmale Ebene, in der der Weg nach Salt Lake City nordwärts führte. Niemand war zu sehen, die Verfolger waren bestimmt schon weit voraus, da sie vermuten würden, dass Abby möglichst zügig nach Norden geritten war.
Abby konnte nicht anders, sie fühlte sich plötzlich glücklich und frei, sie hatte keine Angst, sie war unterwegs in ein neues Leben, niemand würde ihr mehr vorschreiben, was sie zu tun und zu lassen hatte, alle Wege standen ihr offen. Leise summte sie vor sich hin und genoss den langsamen Ritt, der nun wieder durch schattige Wälder führte.

Fynn wandte sich zu ihr um und stimmte mit einem etwas unreinen Bass in ihr Lied ein.
„Ich kenne dieses Lied, wie heißt es?“, fragte er am Ende.
Abby lachte.
„Sagen Sie bloß, Sie sind auch Mormone, das ist ein Kirchenlied, Mr. Fynn, und heißt „This Earth was Once a Garden Place!“
„Mag sein, dass ich mal Mormone war, aber bitte, Abby, lass doch das „Mister“ weg, wir werden einige Zeit zusammen unterwegs sein und es könnte rau werden, Förmlichkeiten brauchen wir da wirklich nicht!“
Abby zögerte ein wenig, ihr wäre es lieber gewesen, den Abstand zu bewahren, aber vielleicht hatte Fynn recht, sie waren die nächsten Tage auf sich allein gestellt und wer wusste schon, welche Gefahren vor ihnen lagen. Daher gab sie nach.

„Also gut, Fynn!“
Es wurde später Nachmittag als sie eine Pause einlegten, die Pferde brauchten ein wenig Ruhe. Sie hatten vor, in ein paar Stunden bis zum Sonnenuntergang weiterzureiten und noch eine weite Strecke zurückzulegen.
Abby sattelte ihr Pferd ab und band es an einem kleinen Bächlein an einen Baum. Dann legte sie sich in den Schatten und schloss die Augen. Sie hatte in der Nacht kaum geschlafen und war müde. Fynn betrachtete sie. Sie war ihm vollkommen ausgeliefert, es war naiv von ihr, ihm so zu vertrauen, zumal sie ihn nicht ein bisschen kannte. Er konnte alles Mögliche mit ihr anstellen, niemand würde ihn zur Rechenschaft ziehen, doch das kam für ihn nicht in Frage. Er kannte ein paar Kerle, für die es kein Halten gegeben hätte, doch er, Fynn, gehörte nicht dazu. Er würde sogar noch einen Schritt weitergehen und Abby beibringen, etwas vorsichtiger gegenüber Männern zu sein. Das konnte bestimmt nicht schaden, es wäre tatsächlich schade um das Mädchen, wenn er sich nun so viel Mühe gab, sie nach Salt Lake City zu bringen und dann machte sich der Nächstbeste über sie her.
Er lehnte sich an einen Baum und lauschte wachsam auf die Umgebung, er hielt nichts von Überraschungen. Doch nichts störte ihre Ruhe und Fynn weckte Abby schließlich, die tief und fest geschlafen hatte, damit sie weiterreiten konnten. Sie legten tatsächlich noch ein gutes Stück zurück und lagerten endlich in einem geschützten, einsamen Tal an einem kleinen See. Fynn machte ein Feuer und Abby wärmte in einem Topf ein wenig Wasser. Sie aßen Brot und das Fleisch, das Abby mitgebracht hatte und Abby dachte, wie gut es ihr doch ginge und wie glücklich sie sein konnte.
Fynn machte es sich bequem so gut es ging. Er übernachtete eigentlich nicht gerne im Freien, er zog weiche Betten vor, aber nun ging es nicht anders und er fügte sich ins Unvermeidliche.
„Übrigens, Abby, du hast die erste Wache, weck mich in ein paar Stunden, dann übernehme ich und du kannst schlafen.“
„Nachtwache? Ich?“

„Wer sonst? Du hast heute Nachmittag geschlafen, jetzt bin ich dran. Weck mich, sobald du etwas Ungewöhnliches hörst, aber bitte nur, wenn es wirklich was Ernstes ist, ein Grizzly oder Indianer zum Beispiel. Dein Gewehr ist geladen? Halte es bereit!"
Er grinste ein wenig in sich hinein, als er ihr erschrockenes Gesicht sah und zog sich den Hut über das Gesicht. Er glaubte nicht, dass es viel Grund zur Sorge gab, aber Wasserstellen zogen in der kargen Landschaft immer Mensch und Tier an, also war es besser, vorsichtig zu sein.
Abby lehnte sich an einen Baum und umklammerte ihr Gewehr. Aufmerksam lauschte sie in die Dunkelheit. Wie unverschämt von Fynn, ihr eine Wache zuzumuten, er war doch derjenige, der für ihre Sicherheit zu sorgen hatte, dafür bezahlte sie ihn. Sie hatte Mühe, wach zu bleiben, aber sie wollte nicht einschlafen, Fynn sollte sehen, dass man sich auf sie verlassen konnte. Sie betrachtete die unzähligen Sterne am Himmel und den Mond, der schon beinahe voll war und die Umgebung in ein geisterhaftes Licht tauchte.
Hinter ihr raschelte es plötzlich und etwas brummte. Ihre Haare sträubten sich, war das ein Bär?
„Fynn, wach auf!"
Sie lief schnell und leise zu ihm hinüber und rüttelte ihn. Er war sofort hellwach und griff nach seinem Gewehr.
„Was ist?", flüsterte er.
„Ein Brummen, dort bewegt sich etwas! Ein Bär, ganz bestimmt!"
„Ein Bär, soso!"
Fynn erhob sich und warf einen Stein in das Gebüsch, auf das Abby zeigte. Ein kurzes Jaulen ertönte, dann raschelte es heftig und ein kleiner dunkler Schatten machte sich schleunigst davon. Abby klammerte sich an Fynn.
„Was war das?"
„Keine Ahnung, vielleicht ein Dachs, oder ein Biber, auf jeden Fall nichts wirklich Gefährliches. Ein Bär versteckt sich nicht im Gebüsch! Und nun möchte ich weiterschlafen. Du weißt ja jetzt, wie man kleinere Tiere verscheucht!"
Er löste ihre Hände von seinem Arm und legte sich wieder hin.

Abby schämte sich ein wenig. Eigentlich war sie nicht so schreckhaft, aber vor Bären hatte sie Respekt. Das Brummen hatte sich so gefährlich angehört. Und hier in der Wildnis, so weit weg von zuhause, wer wusste schon, was sich hier alles herumtrieb. Dann schalt sie sich selbst, wäre es ein Bär gewesen, wären die Pferde unruhig geworden. Aber die standen angebunden unter einem Baum und schienen zu schlafen. Abby hätte das auch gern getan, doch sie musste wach bleiben. Es fiel ihr schwer, ein paarmal schlummerte sie ein und Träume überwältigten sie und dann war da plötzlich ihr Vater, der vor ihr stand, mit einem Lederriemen, mit dem er sie schlagen wollte. Abby schrie auf und sprang hoch, doch als sie sich umsah, war nur Fynn bei ihr, der sich wieder aufgesetzt hatte und sein Gewehr in Anschlag hielt.
„Was ist jetzt wieder los?“, fragte er flüsternd.
„Mein Vater war hier!“, antwortete sie zitternd, der Schreck war ihr durch alle Glieder gefahren.
„Verdammt, Abby, reiß dich zusammen, du hast geträumt! Dabei solltest du wach bleiben, ist das denn so schwer? Ich muss mich schon auf dich verlassen können!“
„Es tut mir leid! Wirklich! Ich muss eingeschlafen sein! Aber es schien so echt!“
„Also gut, schlaf jetzt, ich werde übernehmen, aber wenn du morgen wieder so ein Theater machst, kannst du allein weiterreiten!“
„Nein! Ich will das jetzt richtigmachen!“ Abby warf eigensinnig ihren Kopf zurück. „Leg dich wieder hin, Fynn!“
Er lachte kurz auf. „Darf ich dich darauf aufmerksam machen, dass die Sonne demnächst aufgeht? Es wird bald dämmern. Du hast wahrscheinlich länger geschlafen, als dir bewusst ist. Also ruh dich noch ein wenig aus! Heute wird wieder ein anstrengender Tag werden!“
Abby legte sich wortlos hin. Es war ihr furchtbar peinlich, dass sie tatsächlich die Nachtwache verschlafen hatte. Was musste Fynn nur von ihr denken? Er war bestimmt böse auf sie. Würde er sie wirklich irgendwo allein zurücklassen?
Als er sie weckte, glaubte sie, nur kurz die Augen geschlossen zu

haben, aber es war inzwischen Morgen geworden und die Sonne erschien langsam über den Bergen.
Sie ging zum See und wusch sich darin, dann stieß sie plötzlich einen Schrei aus, rannte aus dem Wasser und klammerte sich erneut an Fynn.
„Was ist jetzt wieder los?“, stöhnte er, während er sich von ihr befreite.
„Da war eine Schlange!“
„Ja und? Sie beißt dich schon nicht, wenn du sie in Ruhe lässt!“
„Aber, …“
„Hör zu, Abby, ich habe es dir gesagt, es ist nicht so ungefährlich in der Wildnis, aber wenn du auf dich achtgibst, passiert dir nichts. Wo Wasser ist, sind immer alle möglichen Tiere, gerade jetzt im Sommer. Sei einfach vorsichtig und mach Augen und Ohren auf.“
„Ich wusste nicht, dass Schlangen schwimmen können!“
„Oh, einige können es. Und jetzt hol Wasser, dann können wir los!“
„Ich gehe nicht wieder zu diesem See!“
Fynn hob die Augenbrauen.
„Nun gut, aber du wirst diejenige sein, die ohne Wasser weiterreitet. Ich hole dir bestimmt keins!“
„Wir kommen heute doch gewiss an einem Bach vorbei.“
Fynn zischte wie eine Schlange, ließ seine Hand vorschnellen und packte sie am Arm. Abby schrie wieder erschrocken auf und er lachte sie aus.
„Der Bach könnte voller Schlangen sein!“, neckte er sie. „Pass auf, wo du hintrittst!“
Sie wurde wütend, auch auf sich selbst, weil sie so schreckhaft war. Sie schlug seine Hand weg, fasste den Wasserbeutel und wandte sich um, um zum See zu gehen. Er sollte sie kennenlernen! Aber er ließ sie nicht in Ruhe, ihm machte die Szene Spaß. Sobald sie sich gebückt hatte, um den Beutel zu füllen, zischte er. Wieder erschrak sie. Doch sie fasste sich und als er sich umdrehte, leerte sie das Wasser über seinem Kopf aus.
„Du hast dich heute noch nicht gewaschen!“, spottete sie.

Er packte sie und hob sie hoch. Sie wehrte sich heftig, aber er war einfach stärker.
„Lass mich sofort los!", schrie sie.
„Gerne!", grinste Fynn, trat ein paar Schritte vor und ließ sie ins Wasser plumpsen. Sie prustete und planschte im eiskalten Wasser und beeilte sich, ans Ufer zu kommen.
„Das zahle ich dir heim, du Mistkerl!", brüllte sie ihn zornig an.
„Ich warte darauf! Und jetzt beeil dich ein bisschen, sonst kommen wir vor der Mittagshitze nicht mehr weit! Sauber bist du ja jetzt!"
Schnaubend vor Wut zog Abby sich um und überlegte, wie sie sich rächen konnte, es musste etwas wirklich Schlimmes sein, selbst als sie endlich weiterritten, konnte sie an nichts anderes mehr denken, aber ihr fiel nichts ein. Schließlich war sie auch von Fynn abhängig, wenn er wollte, konnte er sie einfach zurücklassen, das musste sie sich zähneknirschend eingestehen.
Der Tag verging ereignislos und sie schafften ein schönes Stück nach Norden. In dieser Nacht riss Abby sich bei der Wache zusammen, sie wollte sich auch keine weitere Blöße geben, und sie weckte Fynn nach ein paar Stunden, damit er übernehmen konnte. Sie fiel sofort in einen traumlosen, erholsamen Schlaf.
Als sie am nächsten Morgen weiterritten, brachte Fynn das Gespräch auf Abbys Zukunft, er war neugierig, was sie vorhatte.
„Was gedenkst du eigentlich in Salt Lake City zu tun?", fragte er. „Wie willst du leben dort?"
Abby blickte ein wenig erschrocken auf. Sie hatte bis jetzt nur daran gedacht, von zuhause wegzukommen, alles Weitere hatte sie von sich geschoben.
„Ich weiß nicht", antwortete sie zögernd. „Ich werde wohl irgendwie Geld verdienen müssen."
„Das wird nicht so einfach sein. Wie willst du das anstellen?"
Sie überlegte lange.
„Wie machst du das, Fynn? Wie kommst du zu Geld?"
„Ich? Ich nehme, was kommt, so wie dich nach Salt Lake City zu bringen, dafür wirst du mich bezahlen, und ich finde immer wieder Arbeit auf irgendeiner Ranch. Ich habe zusätzlich

noch die eine oder andere Möglichkeit, die werde ich dir aber bestimmt nicht auf die Nase binden."
Es ging Abby tatsächlich nichts an, wie er sich Geld verschaffte, auf nicht immer ehrliche Weise. Doch sie hatte bereits ihre eigenen Schlüsse gezogen.
„Du bist ein richtiger Gauner, nicht wahr, Fynn? Wirst du in Utah denn gesucht? Mit Steckbrief? Bekomme ich Geld, wenn ich dich verrate?"
Er lachte laut auf.
„Da hast du dir ja was Schönes ausgedacht. Das versuch mal, ich fürchte, da habe ich dann etwas dagegen. Das könnte übel für dich ausgehen. Überleg dir lieber etwas anderes."
„Du wirst Utah verlassen, das hast du mir ja erzählt, du willst nach Wyoming, ich könnte doch mitkommen!"
„Du? Mit mir mitkommen? Das vergiss ganz schnell, wo ich hingehe, kann ich dich wirklich nicht brauchen."
„Warum nicht?"
„Weil ich nicht allein sein werde und meine Freunde nicht so nett sind wie ich. Ich hätte keine Lust, die ganze Zeit auf dich aufzupassen, damit dir nichts passiert."
„Ich kann auf mich selbst aufpassen."
„Wie gesagt, vergiss es. Ich bringe dich nach Salt Lake City und das war es. Du hast noch etwa zwei Tage Zeit, dir Gedanken zu machen. Nütze sie lieber!"
„Aber Fynn, …"
„Nein, Abby, bis Salt Lake City, keinen Schritt weiter!"
‚Das werden wir ja sehen', dachte Abby. Sie war ein wenig verletzt, dass Fynn sie nicht weiter dabeihaben wollte. Ihr gefiel es eigentlich in seiner Begleitung, er war im Grunde freundlich und strahlte Sicherheit aus, und sie hatte gedacht, dass er sie auch mochte. Warum sonst hätte er sie mitgenommen? Nur wegen des Geldes? Nun gut, sie hatte noch zwei Tage Zeit ihn umzustimmen. So ein gesetzloses Leben musste doch aufregend sein, sie stellte sich vor, wie es sein würde, einen Überfall zu begehen, dem Sheriff flink und geschickt zu entkommen, es war so romantisch und wild und ihr Herz klopfte schneller vor

Erregung. Wer hatte nicht von Jesse James oder Calamity Jane und Wild Bill Hickock gehört, die zu Legenden des Westens geworden waren. Sie träumte ein wenig vor sich hin, mit Fynn an ihrer Seite konnte sie doch auch eine Berühmtheit werden, sie musste ihn nun nur noch davon überzeugen, dass sie ebenfalls diesen Weg einschlagen wollte.

Doch Fynn ließ sich auf keine weiteren Gespräche mehr ein, das war ihm zu gefährlich geworden. Er hatte ein eigensinniges Aufblitzen in Abbys Augen gesehen und war gewarnt. So nett und hübsch sie war, er konnte und wollte sich nicht weiter mit ihr belasten und war nur noch gespannt, wie sie ihre Schulden bei ihm bezahlen würde. Hatte sie nun von ihren Eltern Geld gestohlen? Er würde auf jeden Fall zu seinem Lohn kommen, wenn Abby nicht zahlen konnte, würde er sie einfach beim nächsten Sheriff abliefern und eine Belohnung kassieren. Das war sein geringstes Problem und vielleicht auch eine Lösung, falls sie sich tatsächlich nicht abwimmeln ließ.

Abby hatte mehrmals versucht, mit Fynn zu reden, doch er antwortete kaum und ritt lieber schweigend vor ihr her, während sie vor Wut fast kochte. Warum nur wollte er sie nicht mitnehmen? Sie verstand es nicht.

Und dann erreichten sie endlich Salt Lake City. Abby verschlug es die Sprache, als sie die hohen Gebäude erblickte, den Tempel, der sich immer noch im Bau befand, aber seine spätere Pracht und Größe schon zeigte, und die breiten Straßen, die sich vor der majestätischen Kulisse der hohen Berge erstreckten. So etwas hatte sie noch nicht gesehen und sie wurde fast ehrfürchtig.

Nun war Fynn wieder bereit zu reden.

„Wir sind hier, wie versprochen. Kann ich nun mein Geld haben?“

In ihrer Antwort lag ein wenig Verzweiflung.

„Du willst mich also wirklich hier zurücklassen?“

„Ja, ich sagte dir das schon, bis Salt Lake City und nun möchte ich mein Geld!“

„Ja gut, ich muss nur erst das Pferd verkaufen!“

„Du verkaufst das Pferd, das du deinem Verlobten gestohlen

hast? Du liebe Güte, Abby, du weißt schon, dass man dich dafür hängen kann?“
Sie warf den Kopf zurück.
„Das soll nicht dein Problem sein!“
Fynn betrachtete sie kurz und überlegte.
„Also gut, wie viel Geld hast du bei dir?“
Er wusste das natürlich inzwischen genau, denn während Abby schlief, hatte er ihre Sachen durchsucht. Er war nur neugierig, ob sie ihn anlügen würde.
Sie sah ihm fest in die Augen und nannte die Summe, die er erwartet hatte. Es war nicht allzu viel, aber eigentlich würde es ihm reichen, schon, damit er Abby schnell los war.
„Dann gib mir das, es ist okay für mich, und behalte dein Pferd, du wirst es brauchen können, denn hier kannst du wahrscheinlich nicht bleiben!“
Er deutete auf einen Baum am Straßenrand und Abby entdeckte voll Entsetzen eine Art Steckbrief, mit dem nach ihr gesucht wurde. Sogar eine Belohnung war ausgesetzt worden, das hatten wohl ihre Eltern veranlasst. Hastig schob sie ihre Haare in den Hut und zog ihn tief über den Kopf.
Dann suchte sie ihr Geld hervor und überreichte es Fynn mit kurzem Zögern.
Er nahm es, ohne zu zählen und tippte mit der Hand an seinen Hut.
„Mach es gut, Abby, du wirst es schon schaffen! Und trau keinem, hörst du? Du bist viel zu vertrauensselig. Du hattest nur Glück, dass ich es war, der dich hierherbrachte!“
Im Nachhinein erkannte Fynn, dass es ihn hätte misstrauisch machen müssen, wie bereitwillig Abby den Abschied hinnahm. Aber er war nur froh, dass sie ihm keine Szene machte.
„Alles Gute auch für dich, Fynn, und danke, dass du mir geholfen hast.“
Sie reichten sich kurz die Hände und dann ritt Fynn die staubige Hauptstraße entlang Richtung Norden, wo er in Ogden auf den Bahnhof der transkontinentalen Eisenbahn und auf seine Freunde treffen würde, während Abby ihm trotzig hinterher-

starrte. Sie hatte die letzten Tage ihre eigenen Pläne gemacht, Fynn würde sie schon noch kennenlernen!
Zunächst jedoch tastete sie nach dem Geld, das sie in ihrem Mieder versteckt hielt. Sie hatte nur eine kleinere Summe in ihre Tasche gelegt, für den Fall, dass Fynn schnüffeln sollte. Es ging ihn überhaupt nichts an, wie viel sie tatsächlich besaß. Und seiner Reaktion nach zu urteilen - er hatte nicht weiter verhandelt – hatte er genau gewusst, was sich in ihrer Tasche befand.
Doch nun musste sie vorsichtig sein. Sie wollte weder von Fynn noch von sonst jemandem entdeckt werden, der sie nach Hause bringen und die Belohnung kassieren würde. Daher ritt sie ebenfalls die Hauptstraße entlang und tauchte in der Menge der Leute, Kutschen und Fuhrwerke unter, die geschäftig auf und ab eilten. Es war laut und heiß, Abby sehnte sich in die Einsamkeit der kühlen Wälder zurück. Wo mochte der Bahnhof sein?
Als Abby zum nördlichen Ende der Stadt kam, sah sie Fynn in einiger Entfernung eine belebte Straße entlangreiten. Sie reihte sich ein in die lange Kolonne von Kutschen und folgte ihm weiter Richtung Norden. Er wandte sich kein einziges Mal um, Abby lächelte ein wenig verächtlich. Fynn hatte keine Ahnung, dass sie ihn verfolgte. Die Räder der Kutschen wirbelten viel Staub und Dreck auf, Abby hatte nun wenig Angst, dass irgendjemand sie erkennen könnte, so schmutzig wie sie war.

Es dauerte lange, bis sie Ogden erreichten und die Sonne ging bereits unter. Ogden war der Bahnhof, der sehr nahe bei Promontory lag, wo der berühmte letzte Nagel für die transkontinentale Eisenbahn eingeschlagen worden war. Fynn war schon öfter hier gewesen und kannte sich aus. Er ritt ohne Aufenthalt zu einem etwas schäbigen Hotel nahe beim Bahnhof, band sein Pferd an die Tränke und trat ein. Innen ging es recht lebhaft zu, Gäste saßen an Tischen und spielten Karten oder aßen und tranken etwas und im Hintergrund spielte jemand auf einem Klavier. Fynn sah sich um und entdeckte sehr schnell seine Freunde, Tom McCarty und Matt Warner.
Tom war etwa 25 Jahre alt und hatte ein weiches Gesicht mit

blassblauen Augen und struppigen, schmutzig blonden Haaren. Matt dagegen sah ziemlich gefährlich aus mit seinen eng zusammenstehenden dunklen Augen. Seine Haare waren fast schwarz und sehr gepflegt. Er hatte etwas von einem Raubtier und tatsächlich war Matt dafür bekannt, dass er leicht in Zorn geriet und kaum einer Auseinandersetzung aus dem Weg ging. Fynn winkte den beiden zu, bestellte sich an der Theke ein Bier und setzte sich dann zu ihnen.

„Hallo zusammen, schön euch zu sehen!"

„Wo bleibst du so lange? Was hat dich aufgehalten? Wir warten schon seit drei Tagen hier auf dich, morgen wären wir abgereist!", wurde er begrüßt.

„Ich habe unterwegs einen kleinen Auftrag erledigt, musste ja irgendwie zu Geld kommen!", entschuldigte er sich. „Aber nun zu euch, ich habe gehört, die Sache in Telluride ging reibungslos und ihr habt jede Menge Zaster, …"

„Nicht so laut, Fynn!", zischte Matt. „Hier gibt es viele Ohren, die zuhören könnten!"

„Du hast doch nicht etwa Angst, Matt?", lachte Fynn. „Hier oben in Utah werdet ihr wohl doch nicht gesucht!"

„Hör zu, Fynn, die Sache ist zum Teil schiefgelaufen. Der Kerl, für den wir dort unten gearbeitet haben, hat uns auf der Flucht getroffen und dem Sheriff unsere Namen genannt. Jeder weiß jetzt, dass wir es waren. Butch ist über den Trail nach Norden, er wartet auf uns in Point of Rocks! Er sagte, nun seien wir echte Outlaws und müssen auch so leben!"

„Und ihr tut brav, was Butch euch sagt?", grinste Fynn.

„Davon kann keine Rede sein!", erwiderte Tom ruhig. „Aber in dieser Sache hat er recht und ich muss sagen, er hat alles geplant und wir haben es so durchgezogen, wie er sagte."

„Nicht ganz!", widersprach Matt. „Es war vor allem mein Plan gewesen!"

„Ich streite nicht mit dir darüber, Matt!"

„Ich wäre gern dabei gewesen", seufzte Fynn. „Und ich hörte, es hat sich für euch gelohnt!"

„Über 7000 Dollar für jeden von uns!", prahlte Tom strahlend.

„Und ich sage dir, Fynn, wenn Butch und Matt etwas Neues planen, bin ich dabei.“
„Das werde ich auch! Nochmal macht ihr das nicht ohne mich! Wann fährt der nächste Zug?“
„Morgen früh soll einer kommen. Man wird uns Bescheid geben, wann er eintrifft!“
„Das ist gut!“, gähnte Fynn, „Ich möchte eigentlich nur noch kurz etwas essen und dann in ein Bett, hab seit Tagen keins mehr gesehen!“
„Was hast du denn gemacht?“
„Ich habe eine junge Dame nach Salt Lake City gebracht, sie ist ausgerissen und wir sind durch die Wälder geritten!“
„Na, wenn das kein angenehmer Auftrag war!“, grinste Matt.
„Es ging so, sie war recht anhänglich und ich war froh, als ich sie los war!“
„War sie wenigstens hübsch?“
„Ja, doch, sie war sehr ansehnlich. Aber sie ging ganz schön auf die Nerven nach einer Weile!“
„Das tun alle Weiber!“, lachte Tom.
„Egal, ich werde sie wohl nicht wiedersehen!“
Selten hatte Fynn sich so getäuscht!

Der Zugüberfall

Während Fynn mit seinen Freunden zusammen im Gastraum des Hotels saß, überlegte Abby draußen vor der Tür, wie sie weiter vorgehen sollte. Sie wusste von Fynn, dass er nach Wyoming wollte, daher war es wohl am besten, sie erkundigte sich nach dem nächsten Zug und legte sich auf die Lauer, um zu sehen, welchen er nehmen würde. Sie würde ebenfalls mit an Bord sein, so viel stand fest.

Sie war noch niemals mit der Eisenbahn gefahren, hatte nur viel davon gehört von durchreisenden Gästen und auch von neuangekommenen Einwohnern. Sie wusste, man musste ein Ticket kaufen, das nicht sehr teuer war, wenn man auf Bequemlichkeit verzichtete. Außerdem wollte sie das Pferd mitnehmen.

Zu dieser späten Stunde war der Bahnhof verlassen. Abby überlegte, sich in ein Hotel einzuquartieren, doch sie wollte ihr Geld sparen, daher ritt sie ein Stück weiter. Gleich hinter dem Bahnhof befand sich ein kleines Wäldchen, durch das ein Fluss führte. Abby führte ihr Pferd ans Ufer des Flusses und beide stillten ihren Durst. Dann suchte sie sich eine geschützte Stelle und versuchte zu schlafen, was ihr auch nach einer Weile gelang. Schließlich hatte sie sich die letzten Tage daran gewöhnt, im Freien zu übernachten, sie vertraute darauf, dass ihr Pferd sie warnen würde, wenn Gefahr drohte.

Sie erwachte am frühen Morgen und wusch sich am Fluss. Dann sattelte sie das Pferd und ritt zurück zum Bahnhof, der nun geöffnet war. Sie trat in das Gebäude und erkundigte sich nach dem nächsten Zug nach Osten. Die Auskunft, die sie erhielt, war sehr erfreulich, der Zug musste jeden Moment eintreffen. Sie ging zurück zu ihrem Pferd, um es zu den Gleisen zu führen, wie man ihr erklärt hatte. Gerade noch rechtzeitig sah sie sich um und entdeckte Fynn mit seinen Freunden, die in diesem Moment das Hotel verließen und mit ihren Pferden auf den Bahnhof zukamen. Schnell versteckte sie sich hinter dem Gebäude und wartete mit klopfendem Herzen die Ankunft des

Zuges ab. Tatsächlich sah man bald in der Ferne den Dampf der großen Lokomotive und kurz darauf hielt der Zug mit ohrenbetäubendem Lärm am Bahnhof an. Fast alle Reisenden entstiegen dem Zug, manche mit Gepäck, doch die meisten, um sich in dem kleinen Waschhaus der Station ein wenig frisch zu machen und um schnell etwas zu essen oder zu trinken zu kaufen. In dieser Zeit führten die drei Männer ihre Pferde zum Viehwaggon und brachten sie dort unter. Abby hörte, wie Fynn laut und deutlich „Wir fahren bis Point of Rocks“ zu dem Bahnangestellten sagte und wartete, bis die Männer im Zug verschwunden waren. Dann erst wagte sie sich ebenfalls zum Viehwaggon vor und übergab ihr Pferd dem Mann, mit dem Fynn gesprochen hatte.
„Wohin geht es denn, Miss?“, fragte er.
„Nach Point of Rocks!“, antwortete sie zögernd. Sie wusste nicht, wo dieser Ort lag, aber was half es.
„Sehr wohl, Miss!“, antwortete der Angestellte und führte das Pferd in den Waggon. Abby lief rasch in den Bahnhof zurück und kaufte eine Fahrkarte. Sie hatte sich gemerkt, wo Fynn eingestiegen war und wählte den Waggon davor, der ziemlich leer war. Doch kaum saß sie auf einer der unbequemen Holzbänke, ging die Tür am Ende des Waggons auf und Fynn kam mit seinen zwei Freunden herein und blickte sich suchend nach einem Platz um. Schnell hüllte Abby sich in ihre Jacke und drehte Fynn den Rücken zu. Erleichtert nahm sie wahr, dass die Männer sich ein paar Bänke weiter vorne niederließen und sie nicht sehen konnten.
Endlich ging die Fahrt los. Abby erschrak sehr, als die Welt sich plötzlich draußen zu bewegen schien und immer schneller wurde. Haltsuchend krallte sie ihre Hände in die Armlehne und sah sich vorsichtig um. Keiner der anderen Reisenden schien beunruhigt, also fasste sie sich auch wieder und blickte neugierig aus dem großen Fenster. Wie rasch sie unterwegs waren, die letzten Häuser von Ogden, Bäume, Sträucher, alles flog nur so an ihnen vorbei. Abby war vollkommen fasziniert und genoss die Fahrt, auch wenn die Bank, auf der sie saß, sehr unbequem war. Bald ging es hinauf in die Berge, der Zug fuhr durch Canyons, über

Brücken und durch Tunnel. Abby wurde nicht müde, die großartige Landschaft zu bestaunen. Doch irgendwann ging einer der Freunde von Fynn an ihr vorbei in den anderen Waggon und sie erschrak sehr. Es hätte genauso gut Fynn selbst sein können und er hätte sie bestimmt bemerkt. Sie musste sich verstecken!
Der Zug hielt ein paarmal kurz an kleineren Stationen an, in Evanston war wieder ein längerer Aufenthalt geplant und die Reisenden strömten nach draußen, froh, den stickigen Wägen für eine kurze Zeit zu entkommen. Abby war allein im Waggon. Vorsichtig sah sie sich um. Ihr Blick fiel nach oben, wo die hölzerne Gepäckablage sich durch den ganzen Waggon zog. Sie überlegte nicht lange, warf ihre Tasche und ihr Gewehr hinauf, stieg auf die Banklehne und zog sich nach oben, wo sie sich zwischen Mänteln, Taschen und Koffern verbergen konnte. Sie lag nun fast direkt über dem Platz auf dem Fynn gleich wieder sitzen würde, konnte ihn dann durch das hölzerne Gitter beobachten, und hoffte, ihn zu belauschen. Bald kamen die Passagiere zurück und die Fahrt wurde fortgesetzt. Fort Bridger, Little America, Green River, Rock Springs, … Stunden waren sie unterwegs und es war heiß und stickig, obwohl die Fenster geöffnet waren und der Zugwind alle erfrischte. Leider herrschte so ein Lärm, dass Abby nichts von dem verstehen konnte, was die Männer unter ihr sagten. So lag sie einfach nur da, litt Durst und Hunger und schlief ab und zu ein.
Plötzlich kreischten die Bremsen des Zuges auf und es gab einen so heftigen Halt, dass die Passagiere Mühe hatten, auf ihren Plätzen zu bleiben, einige fielen von den Sitzen und auch Abby wurde von verrutschtem Gepäck vergraben. Was war los?
Mühsam kämpfte Abby sich frei und dann hörte sie schon laute Stimmen und Rufe, klirrende Scheiben und Schüsse. Sie sah, wie Fynn unter ihr aufsprang, seinen Revolver in der Hand, ebenso seine Freunde.
Sie nahm ihr Gewehr und entsicherte es. Die Waggontüren wurden geöffnet und maskierte Männer stürmten in den Zug. Einer hatte den Schaffner als Geisel und bedrohte ihn mit seiner Waffe. Die anderen richteten ihre Waffen auf die Passagiere!

„Verhaltet euch ruhig, dann passiert euch nichts!“, rief einer der Männer. „Und dem da auch nicht. Ein Mucks und er ist tot!“
Fynn sah Tom und Matt an und sie legten ihre Waffen nieder. Die maskierten Männer begannen, das Gepäck zu durchsuchen und warfen alle möglichen unbrauchbaren Dinge durch die Gegend, nur die Wertsachen nahmen sie an sich.
„Die finden unser Geld!“, raunte Tom. „Was machen wir? Sind das Butchs Leute?“
„Auf keinen Fall!“, antwortete Matt.
„Wo habt ihr das Geld?“, fragte Fynn.
„In der Tasche, die oben liegt!“
Abby sah neben sich eine Tasche liegen. Geld war da drin? Sie legte das Gewehr beiseite und öffnete die Tasche. Tatsächlich, so viel Geld, … Nun die Räuber sollten nicht alles bekommen. Schnell griff sie hinein, nahm einen großen Teil an sich und steckte es hastig unter ihr Kleid.
Dann beobachtete sie atemlos, was weiter geschah. Einer der Passagiere zog eine Pistole, er wurde sofort von einem der maskierten Männer niederschossen, seine Frau und seine Kinder schrien entsetzt auf und weinten, doch die Räuber lachten nur und einer packte die Frau und rief: „Du kommst mit mir, ich werde dir deinen Mann gut ersetzen!“
Die Kinder klammerten sich an ihre Mutter, doch die Räuber stießen sie brutal zu Boden. Das war zu viel für Abby. Sie nahm ihr Gewehr. Und dann fiel ihr Blick auf Fynn, der zu ihr hinaufstarrte voller Verblüffung. Er hatte einen Weg gesucht, die Tasche mit dem Geld zu retten und dabei Abby durch das Holzgitter gesehen, er glaubte zu träumen. Wie um Himmels Willen hatte Abby es in den Zug geschafft? Nun, sie war da und hatte ein Gewehr. Unauffällig nickte er ihr zu. Abby verstand. Sie verschaffte sich leise ein wenig Platz und rückte nach vorne, ganz an den Rand. Das Geschrei der Frau und der Kinder und all der Aufruhr überdeckten die Geräusche, die sie machte. Langsam brachte sie das Gewehr in Anschlag, stützte sich dabei ein wenig auf die Tasche, so dass sie einen guten Winkel nach schräg unten hatte.

Dann schoss sie auf den Mann, der den Schaffner in Schach hielt, zielte erneut und traf den Räuber, der die sich heftig wehrende Frau mit sich ziehen wollte. Die zwei übrigen Räuber suchten nach der Quelle der Schüsse, doch inzwischen hatte auch Fynn seinen Revolver wieder genommen, fand Deckung hinter der Bank und schoss ebenfalls. Die maskierten Männer flohen aus dem Waggon, Fynn, Matt und Tom rannten hinterher und gaben noch ein paar Schüsse ab, weiter vorne in einem anderen Waggon wurde auch geschossen, dann war plötzlich Ruhe.

Der Schaffner, der alles unbeschadet überstanden hatte, sah aus dem Fenster und rief erleichtert: „Sie reiten weg! Sie fliehen!"

Die Passagiere jubelten und Abby wurde von der Ablage gezogen und begeistert umarmt. Niemand fragte, warum sie dort oben gelegen hatte, jeder war einfach nur froh, dass sie alle gerettet hatte. Von ein paar Männern, die die Toten untersuchten, kam plötzlich ein lauter Aufschrei. Der Schaffner näherte sich schnell und er schrie aufgeregt:

„Miss, wissen Sie, wen Sie da erschossen haben? Das ist Mad Will Hooks. Einer der gesuchtesten Zugräuber überhaupt! Sie können eine große Belohnung kassieren!"

Erneut setzten Jubel und Applaus ein. Mittendrin fühlte Abby einen festen Griff, Fynn hatte sie um die Hüften gepackt, drehte sie zu sich und küsste sie. Sie war zu verblüfft, um sich zu wehren.

„Das ist meine Frau!", verkündete er lautstark. „Abby, was fällt dir ein? Du bist mir gefolgt!" Er wandte sich an die Passagiere.

„Sie wollte nicht, dass ich allein reise, ich habe ihr verboten, mitzukommen! Da hat sie sich offensichtlich im Zug versteckt!"

„Zum Glück hat Ihre Frau nicht gehorcht!", rief der Schaffner und alle lachten.

„Wir werden noch darüber zu sprechen haben, Abby!", warnte Fynn.

„Seien Sie nicht zu streng mit ihr!", bat einer der Passagiere. „Sie hat uns gerettet!"

Abby wusste kaum, wie ihr geschah, sie war von all dem so überwältigt, dass sie nicht widersprach. Fynn machte Matt und Tom ein Zeichen, dass sie ja nichts sagen sollten und sie verstanden.

Er packte Abby am Arm und zog sie neben sich auf die Bank. Die übrigen Passagiere setzten sich ebenfalls wieder und auch der verwundete Mann wurde von seiner immer noch weinenden Frau und einigen anderen versorgt.
„Du kleines Biest!“, zischte Fynn Abby zu. „Ich hätte es wissen müssen!“
„Verstehe ich das richtig, dass das die Dame ist, die du nach Salt Lake City gebracht hast?“, fragte Tom leise. „Scheint, als wärst du sie nicht losgeworden. Was soll die Nummer mit der Ehefrau?“
„Ich rette ihr den süßen Hintern. Sie wird gesucht, man würde sie zurückbringen, sie ist erst 16“, erwiderte Fynn kurzangebunden. „Hörst du, Abby, du spielst mit!“
„16?“, grinste Matt. „Genau das richtige Alter! Und du hast nicht übertrieben, Fynn, jetzt verstehe ich, warum du dich tagelang verspätet hast!“
„Du lässt sie in Ruhe, Matt, und du auch, Tom!“
„Schon gut!“
Der Zugführer kam und bat um Hilfe, die Schienen, die von den Räubern mit Baumstämmen blockiert worden waren, mussten wieder freigeräumt werden. Der Zug hatte gerade noch rechtzeitig anhalten können und war zum Glück nicht entgleist. Einige Passagiere stiegen mit aus, um das Hindernis zu beseitigen.
Abby lehnte sich zurück und schloss kurz die Augen. Ihr lag eine Frage am Herzen und schließlich wagte sie es, sie zu stellen.
„Fynn, was meinte der Schaffner gerade mit der Belohnung?“
„Du hast einen der gesuchtesten Räuber erledigt, darauf steht eine große Belohnung, die wirst du wohl in Point of Rocks kassieren.“
Matt und Tom verstanden nun gleichzeitig, wieso Fynn darauf bestanden hatte, dass Abby seine Frau war. Abby würde von dieser Belohnung nicht viel zu sehen kriegen.
Nach geraumer Zeit setzte sich der Zug endlich wieder in Bewegung. Die weinende Frau hatte sich und ihre Kinder endlich beruhigt und kam nun auch, um sich bei Abby zu bedanken.
„Wie geht es ihrem Mann?“, fragte Fynn scheinbar mitfühlend.
„Wir hoffen sehr, dass er überlebt. In Point of Rocks soll ein Arzt

ansässig sein, da werden wir ihn hinbringen!"
„Dann alles Gute dafür, Ma'am!"
„Ich danke Ihnen tausendmal, …" Sie stockte und begann schon wieder zu schluchzen. Eine andere Dame führte sie zu ihrem Platz zurück.
„Deswegen mag ich keine Weiber dabeihaben!", meinte Fynn verächtlich. „Immer diese Heulerei!"
„Ich weine nicht!", widersprach Abby.
„Deswegen will ich dich trotzdem nicht dabeihaben. In Point of Rocks werden sich unsere Wege endgültig trennen, Abby, schreib dir das hinter die Ohren!"
„Mann, Fynn, nimm sie doch mit, wenn sie es will, wir werden sie dir schon abnehmen, wenn sie dir zu viel wird!", warf Tom ein und blinzelte Abby zu.
„Auf keinen Fall! Und dabei bleibt es!"
Als sie endlich in der Station von Point of Rocks einfuhren, wurden sie schon ungeduldig erwartet, denn eigentlich hätte der Zug längst ankommen sollen. Es herrschte große Aufregung, als man von dem Überfall erfuhr und der Sheriff wurde informiert. Er kam schleunigst und untersuchte die Toten. Dann wandte er sich zu der wartenden Menge um und verkündete:
„Mad Will Hooks ist tot!"
Die Leute applaudierten wieder und Abby wurde dem Sheriff vorgestellt.
„Sie haben ihn erschossen?", fragte er erstaunt.
Fynn schob sich nach vorne.
„Gestatten, Smith ist mein Name und das ist meine Frau. Sie hat sich heimlich in den Zug geschlichen, um mir zu folgen, sie wollte mich nicht allein reisen lassen. Dadurch hatte sie Gelegenheit, unbemerkt zu schießen, als der Überfall schon im Gange war."
„Das ist beachtlich!", staunte der Sheriff. „Mr. Smith, Sie wissen ja, dass es eine hohe Belohnung auf Mad Will Hooks gibt und die steht Ihnen natürlich zu!"
Abby blickte den Sheriff erstaunt an.
„Mir steht sie zu, nicht …"
Fynn gab ihr einen Stoß und unterbrach sie schnell.

„Meine Frau glaubt an die Gleichberechtigung“, lachte er. „Aber einige Dinge muss sie eben noch lernen!“

Abby ging ein Licht auf. Ungläubig starrte sie Fynn an. Konnte es sein, dass er sich ihre Belohnung unter den Nagel reißen wollte? Nun gut, sie musste jetzt mitspielen, als Fynns Frau war sie sicher davor, nach Hause zurückgebracht zu werden. Alles andere würde sich ergeben, aber ihr Geld würde Fynn nicht bekommen, dafür würde sie sorgen. Abby dachte auch an das Geld, das sie aus der Tasche entwendet hatte. Sie hatte vorgehabt, alles zurückzugeben, aber das kam nun nicht mehr in Frage. Was Fynn konnte, konnte sie schon lange!

Daher sagte sie keinen Ton mehr, als sie ins Sheriffbüro geleitet wurden und man in aller Eile von der Bank die Belohnung brachte. Fynn nahm das Bündel und steckte es in seine Tasche. Abby widersprach nicht, sie hatte beschlossen, ihre Rolle vorerst zu spielen. Sie wurden noch eine Weile befragt und erzählten, wie alles abgelaufen war, auch ein Zeitungsreporter kam und machte sogar ein Bild. Später erfuhr Abby, dass der tote Mad Will Hooks und sein Bandenmitglied Ezra Fox ebenfalls abgelichtet worden waren und ihre Bilder zusammen in der nächsten Zeitung erschienen. Endlich konnten sie den Sheriff verlassen, holten ihre Pferde vom Bahnhof und steuerten ein Hotel an, wo sie von Tom und Matt schon erwartet wurden, die sich lieber nicht beim Sheriff hatten blicken lassen.

„Butch ist noch nicht da!“, verkündete Matt.

Abby hatte den Gesprächen im Zug schon entnommen, dass die Männer sich mit einem weiteren Mann, Butch genannt, treffen wollten. Dann folgte sie den Männern in das obere Stockwerk, wo sich die Zimmer befanden. Doch vor der Tür hielt Fynn sie zurück.

„Endstation für dich, Abby! Mach’s gut!“

„Ich will mein Geld, dann gehe ich!“

„Vergiss es, Süße, sagen wir, es ist das Geld, das du mir sowieso noch schuldest. Wie konntest du eigentlich eine Fahrkarte kaufen? Du hattest doch nichts mehr?“

„Du hast eben mein Gepäck nicht gründlich genug durchsucht.“

Fynn lachte.
„Gut, dass du das erwähnst!"
Er packte sie am Arm und zog sie ins Zimmer.
„Halte sie!", befahl er Tom und Tom hielt Abby fest umklammert, während Fynn ergebnislos Abbys Tasche untersuchte.
„Ich habe nichts mehr!", fauchte sie wütend und versuchte sich zu befreien. „Es ist alles für die Fahrkarte draufgegangen! Und nun gib mir mein Geld! Es gehört mir!"
„Irrtum! Aber bitte, geh doch zum Sheriff und beschwere dich über mich!"
„Du weißt, dass ich das nicht kann. Fynn, ich will mein Geld!"
Er gähnte.
„Verschwinde, Abby. Und lass dich nicht mehr blicken!"
„Fynn, warum behalten wir sie nicht noch eine Nacht?", fragte Matt und näherte sich Abby, die immer noch von Tom festgehalten wurde. Er strich ihr über den Hals und fasste in ihr Haar. Fynn beobachtete das mit Sorge. Er ging dazwischen, packte Abby am Arm und versuchte sie aus dem Zimmer zu schieben.
„Verschwinde endlich, Abby, ich sage dir das nicht noch einmal!"
„Erst wenn du mir mein Geld gibst!"
„Abby, du hast keine Ahnung, worauf du dich einlässt, es ist zu deinem eigenen Besten, geh weg und zwar schnell!"
Endlich hatte er es geschafft, sie vor die Tür zu setzen, er gab ihr einen Stoß und warf ihre Tasche hinterher. Dann schlug er die Tür zu und verschloss sie, Abby war ausgesperrt. Doch so schnell gab sie nicht auf. Sie rappelte sich hoch und pochte wild an die Tür. Sie wusste, Fynn konnte kein Aufsehen brauchen.
„Lass mich rein!", schrie sie. „Ich will mein Geld!"
Tatsächlich riss er die Tür auf, drängte sie an die gegenüberliegende Wand und fasste sie an die Kehle.
„Du gehst jetzt ruhig hier raus, oder es wird dir leidtun!", zischte er sie an. „Ich sage dir das zum letzten Mal im Guten!"
Sie hörten jemanden auf der Treppe und Fynn ließ Abby sofort los. Sie rieb sich den Hals, schnappte nach Luft.
Ein junger Mann erschien und sah die beiden erstaunt an.
„Mr. und Mrs. Smith?", fragte er.

Fynn fasste sich schnell.
„Ja bitte?"
„Entschuldigen Sie, aber der Bürgermeister möchte Sie und Ihre Frau jetzt gleich für heute Abend einladen zu einem Essen. Als kleines Dankeschön!"
Fynn blickte auf Abby, die ihn ausdruckslos anstarrte.
„Ja, gerne, wir werden gerne kommen, nicht wahr, Abby?"
Er gab ihr einen kleinen unauffälligen Stoß.
„Ja natürlich!", flötete sie daraufhin. „Wir möchten uns nur noch frisch machen!"
Triumphierend warf sie den Kopf zurück und trat wieder in das Zimmer.
„Würdet ihr mich jetzt bitte allein lassen?", fragte sie die Männer. „Ich möchte mich waschen und umkleiden!"
Fynn nickte seinen Freunden zu und sie verließen das Zimmer, doch Fynn nahm seine Tasche mit, so dass Abby keine Gelegenheit hatte, an das Geld zu kommen.
Abby kleidete sich sorgfältig an und machte sich eine nette Frisur. Das von Matt und Tom gestohlene Geld verwahrte sie wieder sicher unter ihrem Mieder, sie wollte es lieber bei sich tragen. Als Fynn an ihre Tür klopfte, um sie abzuholen, war sie fertig.
„Wo ist mein Geld?", fragte sie ihn sofort.
Er pochte auf seine Jackentasche.
„Sicher verwahrt!", grinste er.
„Ihr könnt euch wohl nicht einmal gegenseitig vertrauen, weil du es mitnehmen musst?", fragte Abby verächtlich.
„Das sagte ich dir bereits, traue niemandem! Wobei ich mir bei Matt und Tom schon sicher bin, dass sie die Hände davon lassen, sie haben selbst genug. Ich habe mein Geld eben aus Prinzip lieber bei mir!"
„Es ist mein Geld!"
„Vergiss es, Abby!"
Der junge Mann hatte vor dem Hoteleingang gewartet und führte Abby und Fynn zu einem prächtigen Haus, nicht weit entfernt. Helle Lichter leuchteten innen und alles sah sehr einladend und

wohlhabend aus. Der Bürgermeister empfing die beiden an der Türschwelle und bedankte sich noch einmal für Abbys mutige Tat. Dann wurden sie einigen Leuten vorgestellt und konnten sich endlich an einer großen gedeckten Tafel niederlassen. Trotz der abendlichen Stunde war es noch sehr warm und Fynn zog bald seine Jacke aus. Abby saß an seiner Seite und plauderte unbefangen mit den anderen Gästen, erzählte immer wieder von dem Überfall und beantwortete die unzähligen Fragen. Doch sie ließ kaum ein Auge von Fynns Jacke, in der das Geld steckte, wie er gesagt hatte. Sie wartete nur noch auf eine Gelegenheit.
Und die kam, als Fynn aufstand, um mit dem Bürgermeister vor dem Haus eine Zigarre zu rauchen. Seine Jacke ließ er über dem Stuhl hängen.
„Traue niemandem!“, dachte Abby höhnisch, setzte sich auf seinen Stuhl und begann ein Gespräch mit der daneben sitzenden Dame. Nun war es Zeit zu verschwinden. Ihre Tasche und ihr Gewehr waren im Hotel, nur die würde sie nicht mehr holen können, egal, sie hatte genug Geld, um sich neue Sachen zu kaufen. Doch das Pferd brauchte sie. Es stand in einem Stall und sie musste nun schnell handeln. Sie erhob sich, nahm die Jacke und fragte die Frau des Bürgermeisters nach dem Badezimmer. Ein Dienstmädchen brachte sie hin und schloss ihr die Tür auf. In dem kleinen Raum sah Abby sich um. Das Fenster ging zum Hof hin. Sie öffnete es, warf die Jacke nach draußen und kletterte hinaus. Die Dämmerung war bereits hereingebrochen, bald würde es dunkel werden. Sie zog die Jacke an und rannte los, suchte den Weg zurück zum Hotel. Doch zu ihrem Entsetzen kamen ihr Matt und Tom entgegen, an ihrer Eile erkannte sie, dass sie wohl den Diebstahl des Geldes aus ihrer Tasche bemerkt hatten und wussten, dass nur Abby es genommen haben konnte. Sie verbarg sich schleunigst hinter einem Baum. Und es wurde noch schlimmer, die beiden Männer trennten sich und Tom lief zurück zum Stall, bestimmt um nachzusehen, ob Abbys Pferd noch da war. Es half nichts, sie musste zu Fuß fliehen und das schnell. Point of Rocks war nur ein kleiner Ort. Sie wählte die südliche Richtung, und folgte den Bahngleisen, die an einem

kleinen Fluss entlangführten. Wenn es nur endlich dunkel werden würde, dann könnte sie sich verbergen, denn die enge Schlucht bot kaum eine Möglichkeit. Verzweifelt rannte sie so schnell sie konnte und suchte nach einem Ausweg.
Inzwischen war Matt nach einiger Suche auf Fynn getroffen, der vor dem Haus des Bürgermeisters in Ruhe eine Zigarre rauchte, und hatte ihn beiseite genommen.
„Ein Teil vom Geld ist weg!", flüsterte er heiser.
„Was für ein Geld?"
„Unser Geld! Sie hat es genommen! Deine Abby!"
„Wie sollte sie das gemacht haben?"
Und Fynn hatte schlagartig Abby vor Augen, wie sie im Zug oben auf der Ablage neben der Tasche lag. Natürlich, sie hatten von dem Geld geredet und sie hatte es bestimmt gehört.
„Dieses verdammte Biest!", stöhnte er. „Na warte, die kann was erleben!"
Er warf seine Zigarre zu Boden und eilte in das Haus zurück, wo die Damen sich angeregt unterhielten. Alle Damen, bis auf Abby. Wo war sie?
Er fragte die Frau des Bürgermeisters und sie antwortete, dass Abby nach der Badestube gefragt hätte.
„Könnten Sie mal nachsehen, ob sie noch dort ist?"
„Bestimmt nicht, Mr. Smith, das war ja schon vor einer ganzen Weile! Sie ist sicher hier irgendwo, ..."
Sie sah sich um und ging schließlich doch zur Badestube, die immer noch abgeschlossen war. Vorsichtig pochte sie an die Tür.
„Mrs. Smith? Ist alles in Ordnung?"
Fynn fluchte leise und verließ das Haus, um auf der rückwärtigen Seite zum Fenster der Badestube zu gelangen. Es war offen und niemand war zu sehen. Abby war weggelaufen. Aber warum so plötzlich? Dann verstand er und er stürzte zurück zu seiner Jacke. Sie war weg, wie erwartet. Fynn ballte die Fäuste und rannte wieder nach draußen. Er hielt es nicht für nötig, sich von der anwesenden Gesellschaft zu verabschieden,
die Komödie war ausgespielt. Nun ging es darum, diese kleine Kröte zu erwischen und ihr einen Denkzettel zu verpassen, den

sie nie wieder vergessen würde. Er traf Matt vor der Tür und riss ihn mit sich.
„Komm schnell, sie ist abgehauen. Mit all dem Geld."
„Mit deinem auch?"
„Ja! Sag jetzt bloß nichts, wir müssen sie kriegen, weit kann sie nicht gekommen sein."
„Tom ist zum Stall, an ihr Pferd kommt sie nicht ran!"
„Das ist gut! Point of Rocks hat drei Straßen, eine nach Osten, eine nach Westen und eine in den Süden. Wir teilen uns auf. Hat sie ihre Sachen geholt?"
„Soweit ich weiß, nicht. Ich hatte das Hotel im Blick, sie war nicht dort."
„Inzwischen traue ich ihr alles zu. Los, wir machen uns auf den Weg."
Sie rannten zum Stall. Sie mussten sich beeilen, es wurde allmählich dunkel und dann würde es schwer sein, das Mädchen zu finden.
Doch als sie am Hotel vorbeikamen, entdeckten sie Butch Cassidy, der gerade eintreten wollte.
„Hallo, ihr beiden", begrüßte er sie freundlich. „Wohin so eilig?"
„Hallo Butch! Schön, dass du da bist. Sag mal, hast du ein rothaariges Mädchen gesehen, das hier irgendwo allein zu Fuß herumläuft?"
„Ist dir eins abhandengekommen, Fynn?", fragte Butch lächelnd. „Ist sie hübsch?"
„Sie ist nicht nur hübsch, sie ist ein Biest und eine falsche Schlange!"
„Oho, so spricht man aber nicht von einer Dame! Also wenn sie hübsch ist, hätte ich sie bestimmt nicht weiter allein herumlaufen lassen. Ich komme vom Süden herauf, ich habe stundenlang niemanden gesehen und nun möchte ich ein kühles Bier, etwas zu essen und ein bequemes Bett!"
„Von Süden rauf? Ok, dann hat sie diesen Weg nicht genommen. Los, Fynn, bleiben Osten und Westen!", rief Matt.
„Warum sucht ihr denn die Dame so dringlich?"
„Erzählen wir dir später!"

Matt und Fynn rannten weiter zum Stall, trafen dort auf Tom und kurze Zeit später waren Fynn und Tom nach Westen und Matt nach Osten unterwegs. Sie waren sich einig, dass Abby nur ein paar Meilen geschafft haben konnte, sie also bestimmt nicht weit zu reiten hatten, und sie wollten sich in ein paar Stunden wieder in Point of Rocks treffen, mit Abby und mit ihrem Geld.
Tom und Fynn ritten zügig und blickten aufmerksam umher, es gab kaum Verstecke, wenn Abby hier entlanggelaufen war, würden sie sie finden. Nach einer Weile ergriff Tom das Wort.
„Hör mal zu, Fynn, also Butch ist angekommen? Hatte er denn sein Pferd dabei?"
„Sein Pferd? Nein, er ist gerade zum Hotel gegangen als wir loswollten, er hat sein Pferd bestimmt vorher versorgt."
„Fynn, er war nicht im Stall!"
„Was sagst du da?"
Fynn zügelte sein Pferd und überlegte. Schlagartig wurde ihm alles klar. Das passte zu Butch!
„Tom, nicht nur Abby, auch Butch hat uns hereingelegt. Butch war vorhin zu Fuß unterwegs, also hat er Abby getroffen und ihr sein Pferd gegeben, warum auch immer, wer weiß, was sie ihm erzählt hat! Los, wir müssen zurück. Abby ist nach Süden entkommen und Butch hat ihr geholfen!"

Fynn ärgerte sich maßlos. Seine Wut wurde mit jeder Minute größer. Sie eilten zurück nach Point of Rocks, und Fynn stürmte wieder in das Hotel und fragte, ob Mr. Cassidy ein Zimmer genommen hätte.
Der Portier blickte gleichmütig auf.
„Mr. Cassidy ist hier gewesen, ich habe ihm den Schlüssel zu einem Ihrer Zimmer gegeben, so wie Sie mich angewiesen haben. Er war kurz oben, ist aber wieder gegangen, doch diese Botschaft hat er Ihnen hinterlassen!"
Er reichte Fynn einen Zettel.

Tom war inzwischen zum Stall geritten und hatte überprüft, was die beiden Männer schon im Voraus gewusst hatten: Abbys

Pferd war verschwunden, Butch hatte es genommen und war Abby gefolgt.
Fynn las den Zettel und sah Tom, der gerade eintrat, verblüfft an.

In Bitter Creek

Abby lief, bis sie erschöpft anhalten musste und nach Atem rang. Es war zwecklos, sie würden bald kommen und sie hatte nichts, womit sie sich verteidigen konnte. Was war nur in sie gefahren? Sie hätte sich einen besseren Plan ausdenken müssen, warten müssen, aber die Gelegenheit war eben dagewesen und sie hatte sie ergriffen.

Sie schrak zusammen, als sie das Geklapper von Pferdehufen vernahm. Verzweifelt sah sie sich um und verbarg sich notdürftig hinter einem Felsen. Doch der Reiter kam von Süden, es war ein Fremder auf dem Weg nach Point of Rocks. Er entdeckte Abby und hielt sein Pferd an. Freundlich tippte er an seinen Hut.

„Guten Abend, meine schöne Dame, was machen Sie hier so ganz allein? Kann ich Ihnen helfen?"

Abby war zu überrascht, um sich etwas auszudenken.

„Ja!", antwortete sie daher. „Ich werde von drei Männern verfolgt, sie dürfen mich nicht finden?"

„Drei Männer? Warum denn, wenn ich fragen darf? Und wer ist es?"

„Ich kenne nur einen, er heißt Fynn Johnson. Er will mein Geld!"

„Fynn Johnson sagen Sie? Wirklich Fynn?"

„Sie kennen ihn?"

„Sehr gut sogar, ich wollte mich mit ihm und zwei Freunden treffen. Und er will Ihr Geld? Das ist ja ein starkes Stück!"

Abby sank in sich zusammen. Nun war alles aus, dieser Mann würde sie natürlich zu Fynn zurückbringen.

„Dann sind Sie also dieser Butch?", flüsterte sie.

„Gut erkannt! Gestatten, Butch Cassidy. Und Sie sind?"

„Abigail Clearwater!", antwortete sie tonlos. Was machte es jetzt noch, …

„Miss Clearwater, nun erzählen Sie doch, damit ich alles überblicke, vielleicht kann ich Ihnen ja auch helfen. Wieso will Fynn Ihr Geld?"

„Ich habe heute zwei gesuchte Zugräuber erschossen, einer hieß

Mad Will, … ich habe es vergessen und der andere Ezra Fox."
„Mad Will Hooks? Er ist also tot? Nun, da ist der Welt kein Verlust entstanden. Alle Achtung, Sie haben ihn erschossen?"
„Ja, und ich hätte eine Belohnung bekommen. Aber Fynn hat sie sich unter den Nagel gerissen. Ich habe ihm das Geld wieder weggenommen und bin geflohen."
Butch lachte anerkennend.
„Das klingt allerdings nach einer guten Geschichte. Und ich mag Geschichten, aber nur, wenn sie auch gut enden. Wir werden diese Geschichte daher gut enden lassen! Matt Warner und Tom McCarty sind die anderen beiden Männer, nehme ich an? Und die sind ebenfalls hinter ihnen her?"
Abby fasste Mut, Butch schien eher auf ihrer Seite zu sein.
„Ja, ich habe auch ihr Geld genommen."
Butch war einen Moment sprachlos. Was war denn das für ein Mädchen? Doch sie schien interessant zu sein und es kam nicht in Frage, dass er sie an seine Freunde auslieferte. Zuerst wollte er alles ganz genau hören und dann entscheiden, was zu tun war. Diese Abigail musste zunächst in Sicherheit gebracht werden, das war ganz einfach.
„Nun, Miss Abigail, …"
„Abby!"
„Also gut, Abby. Wir machen Folgendes. Sie nehmen nun mein Pferd und reiten weiter nach Süden. Folgen Sie einfach den Gleisen. In etwa 25 Meilen erreichen Sie Bitter Creek. Dort gehen Sie in den Saloon und sagen, Butch würde Sie schicken und man soll Ihnen sein Zimmer geben. Ich werde nach Point of Rocks laufen, meine Freunde auf eine falsche Fährte setzen und mir dann ein Pferd besorgen und wieder losreiten. Ich werde also einige Zeit nach Ihnen in Bitter Creek eintreffen. Ich kann Ihnen nur raten, dort auf mich zu warten und nicht allein eine Flucht zu riskieren, das könnte sehr gefährlich für Sie werden."
Abby nickte dankbar.
„Sie könnten mein Pferd nehmen, Butch, es steht im Stall, dann hätte ich es wieder. Aber Sie sollten eines wissen, es ist auch …"
„Sagen Sie nicht, sie haben es auch gestohlen? Du meine Güte,

ich bin wirklich neugierig, Sie näher kennenzulernen, Abby! Doch nun beeilen Sie sich! Wir haben nicht viel Zeit!“
Er stieg aus dem Sattel, half ihr hinauf, ließ sich noch kurz beschreiben, wie ihr Pferd aussah und reichte ihr die Zügel. Abby trieb das Pferd an und ritt nach Süden, immer am Fluss entlang. Sie hielt auch nicht an, als es dunkel wurde, der Mond erhellte die Gegend genug, sie verlangsamte nur das Tempo, denn sie merkte, dass das Pferd allmählich müde wurde. Daher machte sie ein paar Pausen und ließ es am Fluss trinken.
Nach ein paar Stunden erreichte sie tatsächlich Bitter Creek. Es war eine kleine Ortschaft, die nur aus wenigen Häusern bestand. Für die Eisenbahn war sie wichtig, denn dort konnte sich die Dampflokomotive mit Wasser versorgen. Sie suchte den Saloon auf, ein schäbiges Gebäude, doch zum Glück brannte auch um diese Nachtstunde noch Licht. Daher wagte sie es, einzutreten.
Alle Augen waren sofort auf sie gerichtet und es wurde still im Raum. Abby sah sich um. An einem Tisch saßen Männer, die Karten spielten, an der Bar stand eine nur unzureichend bekleidete Frau, die anscheinend Getränke ausschenkte. Diese Frau sprach Abby an.
„Können wir Ihnen helfen, Schätzchen?“
„Butch schickt mich, Sie sollen mir sein Zimmer geben und ich soll dort auf ihn warten.“
Die Frau betrachtete Abby abschätzend.
„Sind Sie sicher, dass Sie das wollen?“
„Ja, bitte!“
Abby war nur noch müde, sie wollte endlich schlafen, der Tag war lang und anstrengend gewesen. Egal wo, aber sie sehnte sich nach einem Bett.
„Na gut! Ich bin Belinda. Ich führe Sie hinauf. Sie können ja kaum noch aufrecht stehen!“
„Danke!“
Belinda geleitete Abby in ein kleines Zimmer im oberen Stock. Es war dort weder sauber, noch schien das Bett frisch zu sein, aber Abby achtete nicht darauf. Sie ließ sich auf die Matratze fallen, angezogen wie sie war, und kaum lag sie, schlief sie schon.

Als sie am Vormittag erwachte, merkte sie, dass sie nicht allein im Zimmer war. Sie schrak hoch. Butch saß neben ihrem Bett auf einem Sessel und hatte ihr anscheinend schon länger beim Schlafen zugesehen.
„Guten Morgen!“, begrüßte er sie. „Schön, dass Sie es geschafft haben!“
„Danke, dass Sie mir geholfen haben!“
„Gern geschehen! Ihr Pferd habe ich mitgebracht und ich war so frei, Ihr Gepäck aus Ihrem Hotelzimmer zu holen, der Portier hat mir die Zimmernummer genannt und ich dachte mir, Sie könnten vielleicht Ihre Sachen brauchen!“
„Oh! Vielen Dank! Das ist sehr umsichtig!“
„Ja gut, genug davon. Ich schätze wir haben nicht viel Zeit, bis Fynn, Matt und Tom hier aufkreuzen. Sie werden ziemlich bald bemerkt haben, dass ich sie auf eine falsche Fährte schickte. Daher würde ich nun gern Ihre Geschichte hören, Miss Abby.“
„Fynn kommt hierher?“
„So sicher wie das Amen im Gebet. Sie können ihm sowieso nicht entgehen, er wird Sie jagen, ich habe ihn kurz gesehen, er schien mir doch reichlich erzürnt zu sein! Und ich fürchte, er hat allen Grund dazu! Daher denke ich, es ist besser, ich bin dabei und passe auf Sie auf.“
„Das würden Sie tun, Mr. Butch?“
„Butch genügt. Also, wieso sind Sie so eine Diebin geworden, Miss Abby?“
„Abby genügt ebenfalls. Ja, das war so, …“
Und Abby erzählte die ganze Geschichte von Anfang an, wie sie geflohen war, weil sie nicht heiraten wollte, wie Fynn es abgelehnt hatte, sie mitzunehmen und sie ihm gefolgt war, vom Überfall und wie sie das Geld an sich genommen hatte – „ich wollte es zurückgeben, glaub mir, Butch, aber dann wollte mich Fynn um mein Geld betrügen“ – und schließlich vom schändlichen Verhalten der drei Männer ihr gegenüber und dem Abendessen beim Bürgermeister. „Und als Fynn kurz hinausging, habe ich das Geld an mich genommen und bin geflohen!“
Butch grinste übers ganze Gesicht.

„Alle Achtung, Abby, kein Wunder, dass Fynn so wütend war. Er hätte auf dich hören sollen und dich mitnehmen. Es war ihm wohl nicht klar, dass du schlauer sein könntest als er. Ich würde sagen, wir frühstücken jetzt unten und warten dann in Ruhe, bis sie kommen."
„Was wird dann mit mir passieren?"
„Nichts! Lass mich nur machen. Alles Geld wirst du allerdings nicht behalten können. Eine Frage hätte ich aber schon noch, bist du in Fynn verliebt?"
„Wie bitte? In Fynn? Er hat versucht, mich zu betrügen, er hat mein Geld stehlen wollen, er wollte mich nicht mitnehmen …"
Butch hob abwehrend die Hände.
„Schon gut! Ich habe eben die Erfahrung gemacht, dass Frauen gerade die Männer lieben, die ihnen am meisten antun. Und vor allem diejenigen, die die größten Schurken sind!"
„Mag sein, aber ich bin bestimmt nicht in Fynn verliebt!"
„Dann ist ja alles gut! Darf ich dir sagen, Abby, dass auch ich ein Schurke bin? Falls du dich vielleicht doch in einen verlieben willst? Ich bin ein richtig böser, aber gutaussehender Schurke!"
Er lächelte sie schelmisch an.
„Du bist doch nicht böse?"
„Kommt auf den Betrachter an. Der Besitzer der Bank in Colorado denkt da sicher anders darüber. Und du hortest gerade einen Teil der Beute, das ist die beste Geschichte, die ich je gehört habe!"
Er lachte laut auf.
„Ich? Einen Teil einer Beute?"
„Matt und Tom haben mit mir die Bank überfallen. Über 7000 Dollar für jeden von uns. Wieviel hast du entwendet?"
„Ich weiß es nicht, ich habe einfach ein großes Bündel genommen."
Und plötzlich musste sie auch lachen. Noch vor etwas über einer Woche war sie eine brave Mormonentochter gewesen und hatte ihren Eltern gehorcht, nun war sie mit Bankräubern zusammen und hatte die Beute eines Bankraubs gestohlen. Wenn ihre Eltern das wüssten, wenn ihr ehemaliger Verlobter das nur erfahren

könnte, sie würde so gerne ihre Gesichter sehen. Das war ein anderes Leben gewesen, ein Leben wie im Gefängnis. Sie fühlte, wie sie in den paar Tagen erwachsener geworden war.
„Also Abby, erhebe dich, mach dich ein wenig hübsch und dann wollen wir essen."
„Kann ich hier irgendwo baden, Butch? Es ist lange her, dass ich in einem Haus geschlafen habe."
„Aber natürlich, ich sage Belinda Bescheid. Geld genug hast du ja!"
Er lachte wieder und verließ das Zimmer. Kurz darauf lag Abby in einer dampfenden Wanne und wusch nicht nur sich, sondern auch ihre Kleider. Das war bitter nötig gewesen und sie hatte so eine Ahnung, dass sie einen besseren Stand hatte, wenn sie sich zurechtmachte und einen schönen Anblick bot. Am Ende zog sie einen Rock und eine Bluse an, die noch in ihrer Tasche unberührt waren, und kämmte sich die Haare. Sie waren nass, würden aber in der Hitze schnell trocknen. Sie band ein paar Strähnen nach hinten zusammen und betrachtete sich zufrieden im Spiegel. Nun konnte Fynn kommen!
Doch zunächst saß sie mit Butch im Saloon und genoss eine gute Mahlzeit. Belinda konnte kochen, das musste man ihr lassen. Sie war überhaupt sehr freundlich und wesentlich anständiger gekleidet als in der Nacht zuvor.
Butch zog Belinda schließlich auf seinen Schoß.
„Hör zu, meine Süße, es könnte heute noch kleinere Probleme geben. Fynn, Matt und Tom werden kommen und sie sind nicht so besonders gut auf Abby zu sprechen, sie hat ihnen ein paar böse Streiche gespielt. Kann ich mich auf dich verlassen, dass man uns da oben in Ruhe verhandeln lässt?"
„Oh, Butch, habe ich schon jemals eine deiner Bitten abschlagen können?"
„Soweit ich weiß, nicht, das mag ich so an dir, du süßes Belindamädchen!"
Er küsste sie.
„Ist Belinda deine Frau?", fragte Abby erstaunt.
Butch und Belinda lachten.

„Zum Heiraten fühle ich mich noch viel zu jung!", erklärte Butch grinsend. „Aber wenn, dann wäre Belinda schon in der engeren Wahl!"
„Ach du Schmeichler, das sagst du doch jeder Frau, der du den Kopf verdrehst! Von Wyoming bis hinunter nach Arizona!"
„Es ist so schwer, sich zu entscheiden!", seufzte Butch.
„Du kannst doch mehrere Frauen haben!", meinte Abby etwas verständnislos.
Butch grinste sie an
„Da sagst du was! Wenn das kein Stichwort ist? Du entschuldigst uns, Belinda?"
Belinda nickte mit wissendem Lächeln und Butch zog Abby mit sich und sie kehrten in das Zimmer zurück, in dem Abby geschlafen hatte. Dann heftete er seine Augen mit durchdringendem Blick auf sie.
„Ich muss mich jetzt noch einmal vergewissern, Abby, es ist ganz sicher, dass Fynn keinerlei Anspruch auf dich erhebt?"
„Ich weiß nicht, was du meinst, Butch!"
„Ihr seid tagelang allein durch die Gegend gezogen. Was ist da alles zwischen euch passiert?"
„Nichts! Absolut nichts! Er hat am Ende kaum mit mir gesprochen, nur das Nötigste!"
Abbys Stimme klang leicht gekränkt, man konnte ihr ansehen, dass ihr das gar nicht gepasst und sie es nicht verstanden hatte.
„Ich muss sagen, ich hatte immer gedacht, Fynn sei ein kluger Kopf, aber in deinem Fall hat er sich wie ein Idiot verhalten."
Er näherte sich Abby und fasste sie an den Schultern.
„Bei mir wäre das anders gewesen, Abby! Ist Fynn denn blind geworden?"
Abby fühlte Stolz in sich. Die Ablehnung durch Fynn hatte ihr schon zu schaffen gemacht und es tat ihr gut, dass sie Butch anscheinend gefiel.
Butch strich ihr sanft eine Haarsträhne aus dem Gesicht. Sie schauderte ein wenig. Dann küsste er sie. Sein Mund suchte den ihren, sie erwiderte den Kuss, erst zögernd, doch allmählich immer intensiver. Er öffnete ihre Bluse und seine Hände waren

überall an ihrem Körper. Es war so ein neues, ungewohntes Gefühl, sie ließ sich einfach fallen, genoss die Berührungen, genoss die Küsse und war fast enttäuscht, als er plötzlich stockte. Er fasste unter ihr Mieder und zog Geldscheine hervor. Verblüfft ließ er Abby los.
„Sehr kluges Versteck, Abby! Ich muss schon sagen. Das ist ja eine Schatzsuche der ganz besonderen Art. Und vor Fynn war es so natürlich sicher!"
Er lachte laut und Abby musste kichern.
„Ich suche dann mal weiter, mal sehen, wie viel ich finde!", raunte Butch in Abbys Ohr. Er zog sie auf das Bett und befreite sie nach und nach von allem Geld. Schließlich lagen die beiden auf einem Meer von Dollarscheinen und Butch nahm eine Handvoll und warf sie in die Luft.
„Du bist ja eine wahre Goldprinzessin!", rief er und küsste sie wieder. Abby fühlte sich wie im Traum. Sie nahm undeutlich wahr, dass von draußen Hufgeklapper zu hören war und Stimmen ertönten, sie wollte nur, dass Butch nicht aufhörte, sie zu küssen und zu streicheln.
„Wir werden wohl gleich gestört werden!", seufzte Butch.
„Bleib bei mir!", bat Abby und umklammerte ihn.
Kurz darauf öffnete sich mit einem Ruck die Zimmertür und Fynn, Matt und Tom traten ein.
Das Bild, das sich ihnen bot, ließ sie zunächst verstummen. Sie sahen Abby zusammen mit Butch auf dem Bett liegen, um die beiden herum flatterten Dollarscheine, einige waren auf dem Boden gelandet, doch die meisten verteilten sich auf dem Bett.
Butch richtete sich auf.
„He, könnt ihr nicht anklopfen?"
Abby knöpfte sich hastig die Bluse zu und strich ihre Haare nach hinten.
„Was soll das alles?", fragte Fynn. „Was hast du vor, Butch?"
Er warf ihm einen zerknüllten Zettel zu.
„Ist das nicht offensichtlich?", grinste Butch. „Du sagtest gestern, dir sei ein rothaariges Mädchen abhandengekommen, nun, ich habe die Dame wohl gefunden!

Und sie hat sich als wahrer Schatz erwiesen!“
„Das ist unser Geld!“, knurrte Matt. „Sie hat es gestohlen!“
„Das habe ich nicht!“, widersprach Abby. „Ich habe es genommen, damit die Räuber im Zug es nicht bekommen. Ich wollte es für euch retten und später zurückgeben!“
„Erzähl das, wem du willst, du kleine Nutte!“
„Hoho, so spricht man nicht mit einer Dame!“, griff Butch ein.
„Dame!“ Tom spuckte fast aus vor Verachtung. „Sie ist eine Diebin und du fällst auf sie rein!“
„Und was bist du? Ein gemeiner Räuber bist du!“, rief Abby erbost. „Ich habe das Geld behalten, ja, aber nur, weil Fynn mir meines weggenommen hat.“
„Das du dann auch noch geklaut hast!“, hielt Fynn ihr vor.
„Es ist mein Geld!“, beharrte Abby trotzig.
„Okay! Lassen wir das mal beiseite. Du gibst uns alles zurück und dafür kannst du gehen!“
„Ich glaube nicht, dass das so einfach ist!“, warf Butch ein. „Nachdem Abby nun mein Mädchen ist, …“
„Was heißt das, dein Mädchen?“, fuhr Fynn auf.
„Du wolltest sie ja nicht und anscheinend willst du sie immer noch nicht. Aber ich will sie und sie offensichtlich mich, und damit ist die Sache entschieden.“
„Hier ist gar nichts entschieden!“ Tom wurde allmählich zornig. „Her mit dem Geld. Was du mit dem Mädchen machst, ist deine Sache, Butch!“
„Ja, dann müssen wir uns wohl einigen. Abby, ich schlage vor, du gibst Tom und Matt das zurück, was du ihnen weggenommen hast.“
„Ich weiß nicht, wie viel es war!“, gestand Abby.
Sie sah ein wenig hilflos auf das ganze Geld um sie herum.
„Aber ich weiß, wie viel es bei mir war!“ rief Fynn. „3000 Dollar!“
„Umso besser!“, strahlte Butch. „Also Abby, du zählst jetzt 3000 Dollar ab und den Rest gibst du Matt und Tom zurück. Sie haben mit mir so schwer gearbeitet, um das zu verdienen, es wäre ungerecht, wenn sie es nicht mehr hätten.“

Matt und Tom sahen sich an. Dann nickten sie.
„Aber zähl genau!", befahl Matt. „Ich werde aufpassen!"
Fynn hielt sich zurück.
Er wartete, bis Abby die 3000 Dollar in der Hand hatte und sich dann vom Bett erhob, damit Matt und Tom ihr Geld zusammenraffen konnten.
Endlich hatten die beiden eingesammelt, was sie finden konnten und Tom wandte sich noch einmal an Abby:
„Komm uns nicht mehr unter die Augen! Dein Glück, dass Butch es ist, der die Hand schützend über dich hält!"
„Oho!", sagte Butch. „Keine Drohungen gegen mein Mädchen!"
„Dein Mädchen? Pass nur auf, dass sie dir nicht eines Tages die Nase aus dem Gesicht klaut!", rief Matt zornig.
„Die ist fest angewachsen! Und ja, ich werde auf Abby gut aufpassen. Wie wäre es jetzt, wenn ihr uns allein lasst? Wir hätten es gerne ein wenig privat, ihr habt doch wiederbekommen, was ihr wolltet?"
„Ich habe mein Geld noch nicht!", warf Fynn ein. „Und meine Jacke hätte ich auch gerne wieder!"
Matt nickte Tom zu. „Komm, wir verschwinden, das geht uns nichts an!"
Sie verließen den Raum.
Fynn dagegen blieb ungerührt stehen.
„Ich wäre euch jetzt sehr verbunden, wenn ich mein Geld bekommen würde!"
„Es ist nicht dein Geld! Es gehört mir!", fuhr Abby ihn an. „Ich habe diesen Mad Will erledigt, also steht mir allein die Belohnung zu!"
„Ohne mich wärst du nicht im Zug gewesen. Ohne mich wärst du jetzt mit einem alten Sack verheiratet und könntest seine langen Unterhosen waschen und flicken. Ohne mich hättest du nicht geschossen!"
„Das stimmt nicht, ich hätte auch ohne dich geschossen!"
Fynn lachte ein wenig spöttisch.
„Niemals hättest du dich getraut! Und wie gesagt, du hast mir sowieso meinen Lohn nicht ganz gegeben!"

„Du hast bekommen, was du in Salt Lake City verlangt hast!"
„Nur, weil du mich angelogen hast und sagtest, du hättest nicht mehr."
„Also gut!", rief Abby wütend. „Dann kriegst du jetzt deinen Lohn!"
Sie nahm 200 Dollar und warf sie ihm vor die Füße. Seine Jacke flog hinterher. Fynn bückte sich nicht einmal danach.
„Was ist los, Fynn? Das war die Summe, die wir ausgemacht hatten!"
Butch hielt es für angebracht, sich einzumischen.
„Fynn, ich sage es dir wirklich ungern, aber Abby hat in dieser Sache recht."
Er hob das Geld und die Jacke auf und überreichte beides Fynn.
„Ich würde es nehmen und es damit gut sein lassen."
Die zwei Männer sahen sich fest in die Augen, ohne ein Wort zu sagen. Fynn kämpfte mit sich, aber er musste einsehen, dass er verloren hatte. Vorerst! Das letzte Wort mit Abby hatte er noch nicht gesprochen, so viel stand fest. Sie hatte Glück gehabt, unverschämtes Glück, aber das würde nicht für immer auf ihrer Seite bleiben. Schließlich kannte er Butch gut genug, um zu wissen, dass Abby für ihn nur eine von vielen war. Das Mädchen hatte keine Ahnung, worauf sie sich einließ und das geschah ihr nur recht. Er hatte sie oft genug gewarnt, nicht zu vertrauensselig zu sein, wobei Butch sie sicher gut behandeln würde, zumindest solange ihr Geld reichte.
Butch brach schließlich das Schweigen.
„Ich nehme an, du hattest deine Gründe, warum du sie nicht mitnehmen wolltest?"
Fynn nickte.
„Ich wusste ja, wen ich treffen würde. Ich hatte keine Lust, ständig auf sie aufpassen zu müssen."
„Ja, verstehe, du selbst wolltest sie ja nicht."
„Das hat damit wenig zu tun, Butch. Sie war so ein braves Mädchen, sie sollte eine Chance haben!"
„Nun, sie hat sich anders entschieden, wie es aussieht!"
Fynn wandte sich nun direkt an Abby.

„Du kannst noch raus“, sagte er. „Geh jetzt mit mir hinunter und ich verspreche dir, ich lasse dich ziehen. Ich muss leider zugeben, dass ich dich unterschätzt habe, aber ich respektiere das. Nimm dein Geld und geh. Bau dir irgendwo ein Leben auf. Der gesetzlose Weg ist kein einfacher!“
Abby starrte Fynn an. Vor ihren Augen entfalteten sich Möglichkeiten, sie hatte nun Geld, sie war reich, sie konnte überall hin, aber wollte sie das? Immer noch hatte sie die Vorstellung, sie könnte ebenfalls ein Outlaw werden und herumziehen, sie wollte kein geregeltes Leben, davon hatte sie genug gehabt. Sie wollte frei sein, wollte berühmt werden, so dass man ihren Namen mit Ehrfurcht aussprechen würde. Allein konnte sie das nicht schaffen, das wusste sie. Fynn war nicht bereit, sie mitzunehmen, aber vielleicht war es Butch.
„Ich bleibe hier!“, antwortete sie deshalb.
„Wie du willst!“
Fynn hob die Schultern.
„Also gut, Butch, du musst auch wissen, was du tust. Wir werden hochreiten nach Lander, wie geplant, kommst du gleich mit, oder was hast du vor?“
Butch warf einen Blick auf Abby.
„Ich denke, ich komme nach! Wir werden uns in ein paar Tagen dort treffen!“
Fynn grinste. Er hatte sehr gut verstanden, dass Butch Abby ebenfalls nicht mitnehmen wollte und als er Abbys empörtes Gesicht sah, hätte er beinahe laut aufgelacht. Doch er kannte auch Butch und sein weiches Herz. Wenn Abby zu allem entschlossen war, hatte er keine Chance und würde tun, was sie ihm vorschrieb. Zumindest für eine Weile. Daher ging er davon aus, dass er Abby ziemlich bald wiedersehen würde.
„Dann viel Spaß euch beiden!“, wünschte er und verließ das Zimmer.
„Er ist ein anständiger Kerl, dieser Fynn“, meinte Butch.
„Das ist er nicht, er wollte mich um mein Geld bringen!“
„Nun ja, so läuft das hier. Man kämpft um sein Recht und das hast du ja erfolgreich getan.

Wo haben wir eigentlich gerade aufgehört?“
Er nahm Abby in die Arme, doch sie befreite sich.
„Was sollte das heißen, dass du nachkommen wirst? Warum nicht wir? Willst du mich hier zurücklassen?“
„Du denkst doch nicht ernsthaft daran, uns zu begleiten?“
„Warum nicht?“
„Weil du ein Mädchen bist. Ein sehr hübsches noch dazu und ich weiß ganz genau, was ich mit so einem Mädchen anfangen will!“
Wieder umarmte er sie, diesmal hatte sie schon mehr Mühe, sich aus seinem Griff zu befreien.
„Ich bleibe nur hier, wenn du mich mitnimmst. Ansonsten gehe ich und zwar sofort!“
„Ich denke nicht, dass du das tun solltest, Matt und Tom sind noch unten, ich würde an deiner Stelle nicht an den beiden vorbeilaufen. Sie könnten dich aufhalten wollen.“
„Fynn hat versprochen, dass ich gehen kann!“
„Er lässt dich ziehen, sagte er, er sprach nicht für Tom und Matt. Und die sind immer noch ziemlich wütend auf dich, du stehst unter meinem Schutz, nur das hat sie abgehalten, dir eine Lektion zu erteilen.“
„Aber, …“
Er lachte sie an.
„Ich kann dir nur raten wenigstens zu warten, bis sie weggeritten sind.“
„Und dann?“
„Dann bist du frei zu gehen, wohin du willst! Aber bis dahin könnten wir uns doch die Zeit angenehm vertreiben?“
„Warum kann ich dich nicht begleiten?“
„Ich wiederhole mich, du bist ein Mädchen!“
„Ja und? Ich kann schießen, ich habe gestern sogar jemanden erschossen, ich habe drei deiner Freunde beklaut!“
„Was böse für dich ausgegangen wäre, wenn ich nicht gekommen wäre! Überhaupt halte ich nichts davon, Leute zu erschießen. Mad Will Hooks war allerdings ein übler Bursche, er ging über Leichen, es ist gut, dass er tot ist und sein Kumpel Ezra dazu. Ich bin nicht wie die beiden, ich hole mir das Geld, aber ich will

niemandem etwas zuleide tun."
„Ein durch und durch nobler Räuber!", spottete Abby.
„Ja!", sagte Butch und war plötzlich ernst. „Ich sehe, du hast verstanden!"
Abby starrte ihn an. Seine blauen Augen erwiderten ihren Blick, sie entdeckte eine kleine Narbe an seinem linken Auge. Eigentlich hatte Butch ein weiches, etwas breites und freundliches Gesicht, aber er war von ziemlich bulliger Gestalt und wirkte kräftig. Seine blonden Haare waren gepflegt, er schien Wert auf sein Äußeres zu legen, denn auch seine Kleidung war gut und neu und nirgends geflickt. Er trug ein weißes, sauberes Hemd, ein blaues Tuch um den Hals und Hosen aus starker Baumwolle, wie sie bei Cowboys üblich waren. Es war schwer zu sagen, wie alt er war, da er sehr jung wirkte.
Er machte nun keinen Versuch mehr, sich ihr zu nähern, er wollte ihr die Entscheidung überlassen.
Sie wandte sich schließlich ab, ging zurück zum Bett, um ihr Geld zusammenzuraffen und zu überlegen, was sie nun tun sollte und entdeckte den Zettel am Boden, den Fynn vorhin auf Butch geworfen hatte.
„Was ist das?", fragte sie.
„Sieh nach!"
Sie hob ihn auf, entfaltete ihn und las:
„Wir sehen uns morgen in Bitter Creek. Ich habe, was ihr sucht. Lasst euch ruhig Zeit! Butch"
Fassungslos starrte sie ihn an.
„Du hast ihnen verraten, wo ich bin, du hast gewollt, dass sie kommen!"
„Selbstverständlich, das sind schließlich meine Freunde, ich würde sie doch nicht hintergehen. Abby, ich glaube du hast keine Vorstellung von dem Leben, das ich führe. Es ist eine Männerwelt und da haben Mädchen keinen Platz."
„Warum gibst du mir keine Chance? Was ich noch nicht kann, kann ich lernen. Ich bin nicht dumm und ich habe Mut."
„Du brauchst auch Kraft und die hast du nicht! Wie willst du dich wehren? Die Männer werden dich nicht respektieren."

„Sie werden schon sehen, mit wem sie es zu tun haben! Und ich stehe doch unter deinem Schutz?“
Butch betrachtete ihr entschlossenes Gesicht, aus dem der pure Eigensinn sprach. Sie würde nicht so leicht nachgeben. Aber was schadete es schon, wenn er sie mitnahm, sie war eine nette Begleitung und in Lander konnten sie sich gemeinsam eine vergnügliche Zeit machen, Geld genug hatten sie. Wenn sie sich tatsächlich bewährte, war das sicher ein Gewinn für das teilweise eintönige Leben, das ihn in Lander erwartete. Daher überlegte er nicht mehr lange.
„Wenn du leben willst wie wir, sollte es nicht mehr nötig sein müssen, dich zu beschützen. Aber fürs erste könnte ich eigentlich schon auf dich aufpassen.“
„Dann kann ich also mitkommen?“
„Ich hoffe, du bist nicht zimperlich!“
Sie umarmte ihn stürmisch und war sehr erleichtert. Sie kannte diesen Butch kaum, aber sie mochte ihn, es hatte sie sehr beeindruckt, wie er ihr aus der Patsche geholfen hatte, und anscheinend galt sein Wort etwas.
Butch löste sich aus ihrer Umarmung, nahm ihr die Dollarscheine aus der Hand und streute sie über das Bett.
„Ich hab’s noch nie in einem Bett voller Geld getan!“, rief er vergnügt.
Abby wusste, was er meinte. Sie hatte von ihrer Mutter eine Art Aufklärung erhalten, damit sie auf die Hochzeitsnacht vorbereitet war. Zwar war die Mutter sehr nebulös geblieben, aber einiges hatte sie sich auch schon zusammengereimt aus Andeutungen von Gästen und aus Büchern, die sie heimlich gelesen hatte. Was ihr mehr zu schaffen machte war, dass all dies eigentlich der Ehe vorbehalten war, dass sie nun gegen ein Gebot verstoßen würde und somit nie mehr in ihr altes Leben zurückkonnte. Die Entscheidung fiel ihr leicht, sie wollte ja gar nicht zurück und sie musste zugeben, es hatte ihr sehr gefallen, vorhin mit Butch auf dem Bett zu liegen, und sie war über die Unterbrechung so gar nicht erfreut gewesen, sie hätte liebend gerne weitergemacht.
„Ich habe es überhaupt noch nie getan, weder in einem Bett

voller Geld noch sonst wo!“, verkündete sie daher mit fester Stimme.
Er grinste sie an.
„Das habe ich mir fast gedacht. Dann hätten wir ja beide eine Premiere.“
Immer noch bewahrte er den Abstand und betrachtete sie forschend. Er fand das Mädchen unglaublich faszinierend, sie schien etwas ganz Besonderes zu sein, und für ihn war klar, dass sie ihm gehören würde.
Ob jetzt oder später wäre ihm einerlei gewesen, doch wie es schien, hatte sie sich bereits entschieden.
Aufrecht stand sie vor ihm, sie hatte die Hände in die Hüften gestemmt und blickte ihn herausfordernd an. Deutlicher konnte sie nicht zeigen, dass sie genau wusste, was sie wollte und dass sie ohne Kompromisse alles annehmen würde, was das Leben ihr bot.
„Worauf wartest du dann eigentlich noch?“, fragte sie, als er keine Anstalten machte, sich ihr zu nähern.
„Ich? Du liebe Güte, Abby, das sollte schon auch von dir ausgehen! Was denkst du nur von mir?“
„Vorhin hast du mich auch nicht gefragt!“
„Vorhin wusste ich, dass die anderen uns bald unterbrechen würden.“
„Nun wird keiner mehr kommen!“
„Das wollen wir sehr hoffen! Und wenn du dir sicher bist, dann schnell zurück in meine Arme, du wunderschönes Mädchen! Wir sollten nicht länger Zeit vertrödeln!“

Trotz seiner Jugend war Butch ein rücksichtsvoller und erfahrener Mann, der mit Frauen umzugehen wusste. Er zog Abby nach und nach aus, liebkoste und küsste sie, nahm sich Zeit und sorgte dafür, dass sie es genoss und sich gut fühlte.
Hinterher lagen sie Arm in Arm auf dem Bett und Abby versuchte zu fassen, was alles die letzten Tage geschehen war. Ihr kam es in den Sinn, wie es mit Tom Brigham gewesen wäre, sie schüttelte sich bei dem Gedanken, sie wäre wahrscheinlich vor

Ekel gestorben.
„Was ist?“, fragte Butch und strich ihr zärtlich übers Haar.
„Ich musste gerade an Tom denken, meinen Verlobten, mit dem ich jetzt verheiratet wäre, hätte Fynn mich nicht weggebracht von dort. Wenn ich mir nur vorstelle, Tom, dieser alte Mann in langen Unterhosen, dieses dürre Klappergestell, …“
„Ich hoffe doch, es war mit mir nicht so schlimm, dass du deswegen an diesen Tom denkst!“
Sie lachte und küsste ihn.
„Es war überhaupt nicht schlimm, nein, es war schön, aufregend, ich bin so froh, dass du es warst, nicht Tom! Wie alt bist du eigentlich?“
„Ich bin 23. Und du?“
„16. Erzähl mir von dir, Butch, wo kommst du her? Warum bist du ein Outlaw geworden?“
„Was soll ich erzählen? Ich war das älteste Kind in einer Mormonenfamilie in Circle Ville, mein Vater kaufte eine Ranch, die vorher in den Händen einer bekannten Bande von Viehdieben gewesen war. Er machte sie zu einer anständigen Ranch, dachte er zumindest, aber dazu hätte er wohl alle entlassen müssen, die dort arbeiteten. Mike Cassidy zum Beispiel blieb, und er blieb was er war und brachte mir alles bei, was man so wissen und können muss.“
„War das ein Verwandter von dir?“
Butch lächelte.
„Nein, ich habe seinen Namen angenommen, als er aus Utah verschwinden musste. Wir hatten nämlich in Circle Ville einen richtigen Wettbewerb, wer die meisten Kälber fangen und mit Brandzeichen versehen konnte. Ich glaube, der ganze Ort hatte irgendwie mit Viehdiebstahl zu tun. Mike war am schlimmsten, als er seine Herde nicht mehr im Canyon verbergen konnte, zog er damit weiter und heuerte mich an. Irgendwann war ihm das Gesetz auf den Fersen und er verschwand.“
„Du hast seinen Namen angenommen? Wie heißt du denn wirklich?“
„Robert Leroy Parker.“

„Und wieso hast du deinen Namen geändert?"
„Ach Abby, es ist nicht so gut, wenn du in diesem Geschäft mit deinem richtigen Namen unterwegs bist, man möchte ja nicht, dass die Familie behelligt wird und dass jeder weiß, wer man ist und wo man herkommt, sollte man einmal erwischt werden."
„Hat man denn das schon? Warst du schon im Gefängnis?"
„Bis jetzt noch nicht, ein paarmal war es aber knapp."
„Woher kennst du Fynn?"
„Ich ging nach Colorado, in die Nähe von Telluride und habe dort in den Minen gearbeitet. Da lernte ich Fynn, Matt und Tom kennen und gemeinsam beschlossen wir irgendwann, die Bank in Telluride auszurauben. Fynn hatte allerdings ein kleines Problem wegen eines Mädchens und musste vorher weg, er war also nicht dabei. Wir hatten aber ausgemacht, uns wieder zu treffen und nach Lander zu gehen. Vielleicht können wir gemeinsam etwas unternehmen dort. Oder wir gehen den ehrlichen Weg!"
„Wo ist dieses Lander?"
„Oben in Wyoming, wir müssen über den South Pass, da geht es ganz schön in die Berge, traust du dir das zu?"
Abby schnaubte nur verächtlich.
„Lass dich überraschen!", meinte sie nur.
„Ich liebe Überraschungen!", grinste Butch. „Trotzdem schlage ich vor, wir geben Fynn und vor allem Matt mindestens einen Tag Vorsprung. Ich glaube nicht, dass es gut wäre, wenn wir mit ihnen zusammen reiten. Du hast ihnen wirklich übel mitgespielt! Lassen wir ein wenig Zeit vergehen, bevor du ihnen wieder begegnest!"
Abby hatte nichts dagegen. Sie legte auch keinen Wert darauf, ständig auf der Hut zu sein.
„Warum heißt du eigentlich „Butch"?"
„Stellst du immer so viele Fragen, Abby? Du bist ganz schön anstrengend!"
„Du weißt auch alles von mir! Also, warum nennst du dich „Butch"?"
„Ich habe den Namen von Matt bekommen."
„Und wie?"

Er seufzte ein wenig.
„Matt hatte ein Gewehr, das er „Butch" nannte, ein uraltes Zündnadelgewehr, er liebte es heiß und innig und bot mir an, damit zu schießen. Ich saß mit dem Rücken zu einem Wasserloch und feuerte es ab, einfach, um es einmal auszuprobieren. Der Rückstoß war so unglaublich, er warf mich ins Wasser, alle fanden das lustig und nannten mich daraufhin Butch."
„Und wieso …"
Butch wusste sich nicht mehr anders zu helfen und verschloss ihren Mund mit einem Kuss. Dann erhob er sich.
„Ich werde nach unten gehen und Belinda Bescheid sagen. Dann schauen wir, wie wir den Tag hier verbringen, gegen ein gutes Tröpfchen hätte ich auch nichts einzuwenden!"
Der Tag und auch der nächste vergingen in seligem Nichtstun. Nach all der Aufregung fand Abby auch, dass sie das verdient hatte. Sie lernte Butch ein wenig besser kennen, vor allem seinen Hang zur Großspurigkeit. Sie war entsetzt, als sie sah, wie freigebig er mit seinem Geld war, er warf fast um sich damit und jeder in seiner Nähe profitierte davon. Daher war Butch sehr beliebt und überall gern gesehen. Wenn er einen Whisky bestellte, zahlte er stets mindestens das Doppelte. Er spielte Karten, spielte um hohe Einsätze und lachte nur, wenn er große Summen verlor. So würde das Geld sicher nicht lange reichen und Abby begann sich ein wenig Sorgen um ihr eigenes Geld zu machen.
Doch sie war immer wieder überwältigt von seiner Liebenswürdigkeit, seine Schmeicheleien taten ihr gut und er behandelte sie wie einen kostbaren Schatz. Anfangs war es ihr peinlich, dass alle zu wissen schienen, was oben im kleinen Zimmer geschah und dass darüber auch Bemerkungen gemacht wurden, die sie erröten ließen.
Auch hier siegte schließlich ihr unbedingter Wille, ihr altes Leben hinter sich zu lassen. Das gehörte wohl dazu, also gewöhnte sie sich daran. Und sie stellte im Lauf der Zeit fest, dass sie von anderen Frauen geradezu beneidet wurde, das machte sie stolz.

Ritt nach Lander

Am Tag bevor sie aufbrachen, erschien in der Zeitung der Bericht über den Zugüberfall. Abby und Fynn waren zu sehen, wie sie die Belohnung kassierten, und auch die toten Räuber waren abgebildet. Und natürlich konnte man alles über den missglückten Raub lesen und wie Abby ihn vereitelt hatte. Abby steckte die Zeitung in ihre Tasche, diesen Artikel wollte sie sich als Erinnerung aufheben.

Und dann ging es endlich los. Butch hatte Abby dazu überredet, ebenfalls Hosen zu tragen, damit wäre das Reiten um einiges leichter und man würde sie nicht sofort als Frau erkennen. Es war ein ungewohntes Gefühl, in einer Hose herumzulaufen, Abby kam sich beinahe nackt vor, jeder konnte die Form ihrer Beine durch den Stoff erkennen, doch als sie auf dem Pferd saß, entdeckte sie tatsächlich sofort die Vorteile und war froh, dass sie eingewilligt hatte.

„So lange es geht, werden wir Tempo machen!“, bestimmte Butch. „In ein paar Stunden erreichen wir unwegsameres Gelände und es geht steil bergauf, da kommen wir nur langsam voran.“

Abby nickte dazu und sie trieben ihre ausgeruhten Pferde an. Eine Weile ritten sie noch an der Bahnlinie entlang, dann wandten sie sich nach Norden. Wie anders war es, mit Butch unterwegs zu sein. Fynn war unnahbar gewesen, hatte Abby meist von oben herab behandelt, wie ein kleines Kind, Butch dagegen war lustig, plauderte mit ihr und hielt immer wieder an, um sie zu küssen und zu liebkosen oder sie auf eine schöne Aussicht hinzuweisen, während sie die steinigen Berge hinaufritten. In der Nacht lagen sie engumschlungen am Feuer, er hielt es nicht für nötig, dass einer von ihnen wach blieb.

„Hier ist nichts und niemand und die Pferde werden uns warnen“, behauptete er.

Am Abend darauf erreichten sie South Pass City, einen kleinen Ort direkt am Pass gelegen.

„Wenn man sich vorstellt, hier sind die Siedler durchgekommen, als es noch keine Eisenbahn gab!“, meinte Butch. „Ich frage mich oft, wie sie das geschafft haben, über diese Berge mit all den Wagen und durch die Sommerhitze.“
„Sie sind diesen Weg lang?“, staunte Abby und sah sich um. South Pass City lag in einem schmalen Tal, durch das ein Bach floss, eine Ansammlung von Häusern, in der Mitte eine Art Hotel, auf das Butch zusteuerte.
„Wir wollen hier übernachten!“, schlug er vor. „Ich ziehe ein Bett dem harten Boden unbedingt vor und eine schöne Mahlzeit ist auch nicht zu verachten.“
Abby merkte, wie hungrig sie war und stimmte aus vollem Herzen zu. Sie versorgten die Pferde, sattelten sie ab und brachten sie an den Bach, wo sie Gras und Wasser fanden. Dann betraten sie das kleine Hotel mit all ihrem Gepäck beladen und Butch wandte sich an die Dame des Hauses, eine streng aussehende Matrone, die keinerlei Unfug duldete, das merkte man sofort. Sie musterte die Hosen, die Abby trug mit einem unwilligen Blick doch Butch schaffte es auch hier, das Eis sofort zu brechen. Er sah ihr treuherzig in die Augen und sagte:
„Mrs. Bart, wie machen Sie es nur, dass Sie jedes Mal, wenn ich hier bin, noch schöner geworden sind?“
Abby hielt die Luft an und wartete auf einen Ausbruch. Doch zu ihrer Überraschung trat eine leichte Röte in das Gesicht der strengen Dame und sie versuchte sich an einem Lächeln.
„Mr. Cassidy, Sie sollen doch nicht immer solche Sachen zu mir sagen.“
„Ich sage nur die Wahrheit, Mrs. Bart. Wenn meine Frau mich jetzt nicht begleiten würde, ich könnte mich in Ihrer Gegenwart glatt vergessen. Aber leider stehe ich inzwischen unter strenger Beobachtung von Mrs. Cassidy.“
Er seufzte tief.
„Haben Sie ein Zimmer für uns? Und hätten Sie die Güte, ein Bad zuzubereiten?“
„Aber natürlich! Ihre Freunde waren übrigens vor zwei Tagen hier, sie sagten mir schon, dass Sie nachkommen würden.“

„Danke für diese Auskunft. Wir werden uns nun zurechtmachen, dürfen wir auf eine Ihrer hervorragenden Mahlzeiten hoffen? Nirgends speise ich so gut wie hier, ich habe meiner Frau schon den ganzen Weg herauf vorgeschwärmt. Nicht wahr, Abby?“
Abby blieb nichts anders übrig als zu nicken. Sie war sprachlos. Butch hatte natürlich nichts dergleichen erwähnt.
„Mr. Cassidy, Sie sind mir schon einer, ich habe heute zufällig ein gutes Stück Fleisch bekommen und frisches Gemüse habe ich auch. Hier ist der Schlüssel für Nummer zwei, Sie kennen sich ja aus, das Bad wird gleich bereit sein für Sie!“
„Ihr bestes Zimmer, welche Ehre!“
Butch bedankte sich mit einem Handkuss und schob Abby die Treppe hinauf. Im Zimmer, das viel sauberer war als das in Bitter Creek, warf Abby ihre Tasche auf das Bett und stemmte die Hände in die Hüften.
„Was bist du für ein Lügner, Butch Cassidy!“
„Lügner? Nein, Abby, ich sage nur das, was die Leute hören wollen.“
„Du lügst sie an.“
„Aber ich tue ihnen damit nicht weh, im Gegenteil, hast du nicht gesehen, wie Mrs. Bart plötzlich strahlte? Sie fühlt sich wieder jung und hübsch, was ist daran auszusetzen? Und sie wird sich extra anstrengen beim Kochen, du wirst schon sehen, was sie uns Gutes zubereiten wird. Diese kleinen Lügen, wie du es nennst, machen mir das Leben leichter, es gibt genug Böses auf der Welt, warum soll man nicht den Menschen eine Freude bereiten?“
„Lügst du mich dann auch an, wenn du sagst, wie schön ich bin? Damit ich mich besser fühle?“
Er nahm sie in den Arm und zog sie vor einen Spiegel.
„Hier ist die Antwort, Abby, sieh dich an. Du bist das schönste Mädchen, mit dem ich jemals zusammen war und ich schwöre, das ist die Wahrheit!“
Er spielte mit ihren rötlichen Locken und küsste ihren Hals. Wie konnte Abby ihm böse sein, wie konnte sie ihm widerstehen!
Butch hatte nicht zu viel versprochen, nach dem Bad und

nachdem sie sich umgekleidet hatten - Butch trug eine saubere schwarze Hose, sein weißes Hemd und ein Jackett, sogar eine Krawatte hatte er sich umgebunden, und Abby hatte sich ein Kleid angezogen und ihre frisch gewaschenen, noch nassen Haare aufgesteckt – bekamen sie im Speiseraum ein wirklich vorzügliches Mahl. Sie tranken Wein und Butch überredete Abby dazu, anschließend den Saloon aufzusuchen.
Man kannte Butch dort und er wurde freundlich begrüßt, ein paar Frauen wollten ihn an die Bar ziehen, doch er vergaß Abby nicht, nahm sie in den Arm und stellte sie als sein Mädchen vor. Wieder schlug Abby Neid entgegen, diesmal sogar unverhohlen, aber da Butch seine Aufmerksamkeit auf alle gleich verteilte, mit jeder Frau flirtete und ihr schmeichelte, wurde es doch ein netter Abend, an dem viel Whisky floss. Für Abby war das immer noch etwas Neues, ihr strenger Glaube, in dem sie aufgewachsen war, hatte Alkohol untersagt, aber auch das gehörte zu ihrem alten Leben und galt nicht mehr. Spät nachts wankten Abby und Butch ins Hotel zurück, Abby musste ihn stützen, obwohl sie selbst nicht mehr sicher auf den Beinen stand. Butch war wie immer sehr großzügig gewesen und hatte mehrere Runden ausgegeben. Wenn er die ganze Zeit so lebte, konnte von seiner Beute nicht mehr viel übrig sein. Schließlich schafften sie es auf ihr Zimmer und Butch sank auf das Bett und schlief sofort ein. Abby wusch sich noch in der kleinen Waschschüssel, entkleidete sich und legte sich dann zu ihm, sie war sehr nachdenklich geworden. Der Alkohol vernebelte ihr Gehirn, aber vielleicht sah sie deshalb ein wenig klarer.
Butch war sicher nicht der Mann ihres Lebens. Sie mochte ihn sehr und er war lustig, großzügig und freundlich, doch sein Umgang mit Geld war bedenklich. Sie besaß Geld, sie war genaugenommen reich und vielleicht war das ein Grund, warum Butch sie mitgenommen hatte. Sie hatte allerdings bereits versucht, für ihre eigenen Kosten aufzukommen und Butch wollte davon nichts wissen, er bezahlte alles. Wie lange das wohl noch gutging? Was würde er tun, wenn er nichts mehr hatte?
Butch drehte sich im Schlaf zu ihr und nahm sie in die Arme.

Abby verdrängte die unschönen Gedanken, schmiegte sich an ihn und genoss einfach seine Nähe.
Am nächsten Morgen brachen sie früh auf, hielten kurz in Atlantic City an, um etwas zu essen zu kaufen und erreichten am Abend Lander. Lander war eine wilde Stadt am Rande des Gebiets der Shoshonen. Abenteurer kamen von überall her und man fand leicht Arbeit als Viehtreiber oder in einer der zahlreichen Minen.
„Bist du bereit, Fynn, Tom und Matt unter die Augen zu treten?", fragte Butch, als sie in die kleine Stadt einritten.
„Du denkst, sie sind immer noch wütend auf mich?"
„Matt ganz bestimmt. An deiner Stelle würde ich es vermeiden, mit ihm allein zu sein. Das könnte sehr unangenehm für dich werden. Und ich kann nicht ständig auf dich achten, aber das sagte ich dir bereits."
„Ja gut, dann muss ich auf mich selbst aufpassen. Mach dir keine Gedanken, Butch. Was hast du eigentlich jetzt vor hier in Lander?" Sie zögerte ein wenig und sprach es dann aus. „Dir geht das Geld aus, nicht?"
Er blickte sie von der Seite her an.
„Geld ist dazu da, um unter die Leute gebracht zu werden. Das habe ich getan. Nun muss ich mir neues besorgen.
Ich werde wohl eine Arbeit suchen, ich bin Viehtreiber, ein sehr guter sogar."
„Du willst als Viehtreiber arbeiten?"
„Überrascht, Abby? Enttäuscht?"
„Ein wenig! Es passt so gar nicht zu dem, was ich bis jetzt von dir weiß."
„Ich war schon immer Viehtreiber, man kann da wirklich gut verdienen! Vor allem wenn man nicht immer nur das eigene Vieh treibt!", fügte er augenzwinkernd hinzu. „Aber für die nächsten Tage reicht mein Geld noch, daher werden wir uns im Hotel einquartieren."
„Butch, solltest du nicht ein wenig sparen?"
„Wozu? Und mach dir keine Sorgen, ich bezahle für dich mit, du brauchst dein kostbares Geld nicht anzurühren!"

„Nein, Butch, das will ich nicht, ich werde …“
„Psst, Abby!“
Er drehte sich zu ihr, zog sie halb mit auf seinen Sattel und küsste sie. Sie versuchte sich zu befreien, aber er ließ sie nicht los.
„Butch, nein, ich will …“
Und wieder küsste er sie, um sie zum Schweigen zu bringen.
„Butch, du bist unmöglich!“, keuchte sie, als er sie endlich freigab.
„Und du bist wunderschön, Abby! Also auf zum Hotel, dann wollen wir etwas essen und sehen, wo wir die anderen finden. Keine Angst, ich bleibe bei dir!“
Im Hotel verlangte Butch dann natürlich das beste Zimmer. Abby hatte es aufgegeben, zu widersprechen. Es war ja auch schön und aufregend, mit ihm in Luxus zu leben, nur was würde sein, wenn das Geld weg war? Wo würden sie hingehen? Wäre es nicht vernünftiger, eine billige Unterkunft zu finden und alles besser einzuteilen?

Ein neues Leben beginnt

Es war schon dunkel, als sie gebadet und gegessen hatten und den Saloon aufsuchten, wo Butch hoffte, seine Freunde zu treffen. Der Saloon sah aus wie alle anderen, nur etwas sauberer. Jemand spielte Klavier, am Tresen standen Männer und tranken, andere saßen an den Tischen und spielten Karten. Dazwischen gab es einige wenige Frauen, die Getränke brachten oder mit den Männern herumtändelten. Abby war der einzige weibliche Gast und fiel natürlich sofort auf. Butch hielt sie fest im Arm, um keinen Zweifel aufkommen zu lassen, dass sie mit ihm hier war und somit respektiert werden musste. Fynn, der am Tresen stand, winkte ihnen zu und sie stellten sich zu ihm.

„Dachte ich mir doch, dass ich dich wiedersehe!“, grinste Fynn und umarmte sie zu ihrer Überraschung kurz. „Wie hat sie dich überredet, Butch?“

„Oh, sie hatte überzeugende Argumente!“, lachte er.

„Ich glaube, ich kann mir denken, welche das waren!“, meinte Fynn anzüglich.

„Du hast dich ja nicht mit ihr auf irgendwelche Diskussionen eingelassen, wie ich hörte.“

„Nein, ich ließ mich nicht einlullen.“

„Aber beklauen! Ich habe es vorgezogen, mich einlullen zu lassen, war eindeutig die bessere Wahl! Pech für dich, Fynn!“

„Ich bin mir nicht sicher, ob das nicht Glück war! Du weißt, dass sie ein richtiges Biest ist!“

„Ich liebe es, wilde Bestien zu zähmen!“

Abby hörte mit offenem Mund und wachsender Empörung zu. Butch lachte sie aus.

„Ja, so reden wir in unserer Welt. Du wolltest daran teilhaben, beschwere dich nicht! Überhaupt, Abby, wie wäre es, wenn Fynn sich heute um dich kümmert? Dann könnte ich mal wieder alte Freundschaften pflegen.“

„Was für Freundschaften?“

Fynn grinste.

„Butch ist hier ein gern gesehener Gast. Zieh schon los, Butch, Lilly wartet auf dich, sie war gerade schwer geschockt, als du mit Abby aufgekreuzt bist! Ich spiele dann eben wieder Kindermädchen!“

„Abby?“, fragte Butch und blickte sie treuherzig an.

Es war nicht so, dass Abby das nicht irgendwie erwartet hatte. Es tat auch nicht sehr weh, sie hatte die ganze Zeit über gewusst, dass Butch ihr niemals wirklich gehören würde. Er hatte ihr geholfen und würde bestimmt auch weiter für sie da sein, nur eben nicht ausschließlich. Konnte sie damit leben? Ja, beschloss Abby, das konnte sie. Sie fand es rücksichtsvoll von ihm, dass er wenigstens scheinbar um Erlaubnis fragte.

Daher nickte sie ihm zu.

„Viel Vergnügen, Butch. Sehe ich dich heute noch?“

Er küsste sie.

„Wenn nicht, du hast das Zimmer!“, raunte er ihr ins Ohr. „Es ist für dich. Und vielleicht für jemanden, der auf dich aufpasst! Geh bitte keine eigenen Wege, zumindest heute noch nicht. Es ist zu gefährlich!“

Er drückte sie kurz an sich, klopfte Fynn auf die Schulter und verschwand auf die andere Seite des Saloons, wo er ein blondes Mädchen stürmisch umarmte.

Fynn winkte dem Barkeeper zu und bestellte zwei Bier.

„Respekt, Abby! Ich fürchtete, du würdest eine Szene machen!“

Sie blickte ihn ein wenig hochmütig an.

„Du musst nicht mein Kindermädchen spielen!“

„Nein, muss ich nicht. Aber ich tue es für Butch, er hat recht, Matt ist stinkwütend auf dich, es wäre höchst unklug, dich hier allein zu lassen.“

„Matt hat sein Geld doch wieder!“

„Darum geht es nur leider nicht, er wurde von einem Mädchen hereingelegt, das verkraftet er nicht.“

„Dann soll er sich daran gewöhnen!“

„Was ist nur aus dem braven Mormonenmädchen geworden?“

„Das habe ich in Meadow zurückgelassen!“

„Ja, so sieht es aus. Hier, trinken wir darauf.“

Er schob ihr das Bier zu, das inzwischen vor sie hingestellt worden war. Sie prostete ihm zu und nahm einen kräftigen Schluck.
„Also auch noch Alkohol, Abby, ich muss sagen, die paar Tage bei Butch haben dich zu einem anderen Menschen gemacht."
„Ich bin kein anderer Mensch, Fynn, ich bin so, wie ich immer sein wollte. Ich habe nur mein altes Leben abgelegt."
Sie trank noch einmal und sah ihn dann scharf an.
„Ich kann dir immer noch nicht verzeihen, wie du mich in Point of Rocks behandelt hast! Du hast mein Geld nehmen wollen, hast mich hinausgeworfen, wie einen Hund auf die Straße …"
„Ja, so ist das bei uns. Wer sich nicht wehren kann, hat schlechte Karten. Du hast dich gewehrt und gewonnen, das respektiere ich. Und Abby, ich hätte dich niemals mitnehmen können, nicht mit Matt und Tom. Die beiden hätten dich nicht in Ruhe gelassen, das kannst du mir glauben."
„Du hättest mich vor ihnen schützen können, so wie Butch das tut!"
„Dieser Schutz wird nicht lange halten. Eines Tages könntest du verschwunden sein, niemand wird wissen wer es war, niemand wird es zugeben. Keiner will sich ja mit Butch anlegen, also wird man dich heimlich aus dem Weg räumen. Er kann nicht ständig auf dich aufpassen, ich denke, er wird als Viehtreiber weitermachen vorerst und da ist er tagelang unterwegs. Ich weiß nicht, wie er sich das mit dir vorstellt!"
„Er sagte, er wird mich anfangs beschützen und dann muss ich selbst sehen."
„Da traut er dir einiges zu!"
„Mehr als du anscheinend!"
„Gut, ich gebe zu, ich hatte dich falsch eingeschätzt, das sehe ich jetzt auch."
„Und vielleicht begleite ich ihn ja auch?"
„Als Viehtreiber? Du?"
Fynn verschluckte sich fast vor Lachen.
„Lach nicht!", fuhr sie ihn erbost an. „Was ist schon so schwer daran?"
„Am besten lässt du dir das von Butch erklären, er ist der beste

weit und breit! Abby, ich muss sagen, du hast Humor."
Er blickte auf.
„Und den brauchst du auch jetzt, Matt ist gekommen!"
Tatsächlich, Matt stand am Eingang und hatte Abby sofort entdeckt. Seine Miene verhieß wenig Gutes, als er auf sie zuschritt.
„Was tut sie hier?", fragte er Fynn.
„Was wohl? Butch hat sie mitgebracht! Halte dich da lieber raus, Matt."
„Ist Butch verrückt geworden? Wo ist er überhaupt?"
„Ich schätze, Lilly hat ihn abgeschleppt. Sie hat schon immer einen Narren an ihm gefressen."
„Also gut! Dann zu dir, Schätzchen. Du machst jetzt kein Theater und kommst mit raus!"
„Ich denke nicht, dass ich das tue!", entgegnete Abby ruhig.
„Ich kann auch anders!"
Er packte sie am Arm.
Abby stieß ihn weg.
„Lass mich in Ruhe! Du hast dein Geld zurückbekommen! Das nächste Mal passt du einfach besser darauf auf!"
„Du verdammte …"
Er zog sie grob mit sich, doch sie wehrte sich. Mit ihrer rechten Hand fasste sie nach ihrem Bierglas und schlug es ihm auf den Kopf. Es zerbrach klirrend und der Inhalt spritzte in alle Richtungen. Matt taumelte und ließ sie los.
„Du brauchst tatsächlich kein Kindermädchen!", stellte Fynn gelassen fest.
„Aber ein neues Bier!"
Fynn lachte laut auf.
Matt hatte sich wieder gefangen und seine Wut hatte sich gesteigert. Doch inzwischen war es totenstill im Saloon geworden, jeder lauschte der Auseinandersetzung, es herrschte eine fühlbare Spannung, würde der Konflikt vielleicht in einer handfesten Rauferei enden?
Fynn spürte das auch und stellte sich vor Abby, als Matt auf sie losgehen wollte.
„Lass es sein, Matt!", warnte er. „Sie ist mit Butch gekommen

und du weißt, dass alle zu ihm halten werden. Willst du dich mit ihm anlegen? Weil das tust du, wenn du sie anrührst!"
„Geh zur Seite, Fynn, sie hat es gewagt …"
„Matt, sie hat sich gewehrt, gib es auf, ich spendiere dir ein Bier. Sie ist nicht wie andere Frauen, glaube mir."
„Was heißt das, nicht wie andere Frauen? Alle Weiber sind gleich!"
„Abby will Viehtreiber werden!"
Fynn grinste übers ganze Gesicht.
Matt schwieg verblüfft.
Der Wirt kam mit einem Lappen und einem Besen und schaute Abby strafend an.
„Er hat angefangen!", verteidigte sie sich. Sie nahm ihm den Besen ab, fegte zusammen und ergriff dann auch noch den Lappen und machte alles sauber, so gut es ging.
Man sah gleich, dass sie jahrelange Übung darin hatte. Wie selbstverständlich ging sie hinter den Tresen und drückte den Lappen im Spülwasser aus. „Wo kann ich das hinschütten?", fragte sie unbefangen.
Der Wirt zeigte mit seinem Kinn zu einer Tür im Hintergrund. Abby marschierte mit der Spülschüssel ab, öffnete gekonnt die Tür mit dem Ellenbogen und betrat eine Art Küche. Dort wurde sie von einer Frau mit Schürze erstaunt begrüßt.
„Es gab ein kleines Malheur!", erklärte Abby. „Ich möchte das Wasser wegschütten und neues holen!"
Die Frau zeigte ihr die Wasserpumpe und den Abfluss und kurz darauf war Abby wieder im Saloon und kehrte zu Fynn und Matt zurück. Inzwischen hatte sie ein neues Bier vor sich stehen. Sie nahm das Glas und blickte Matt an.
„Wie wäre es, wenn wir Frieden schließen?", fragte sie. „Es tut mir wirklich leid mit dem Geld und wenn du es zehnmal nicht glaubst, ich wollte es in Sicherheit bringen und euch später wiedergeben. Sollte es denn diesem Mad Will in die Hände fallen? Ich habe euch reden hören, ihr habt euch Sorgen darum gemacht. Dass ich es nicht gleich zurückgab, hast du Fynn zu verdanken, der mich betrügen wollte. Was hättest du an meiner

Stelle getan? Also Matt, wollen wir das Bier nun trinken oder es uns gegenseitig über die Köpfe leeren?"
Matt zögerte, warf einen Blick auf die anderen Gäste, die nur darauf zu warten schienen, dass er auf Abby losging, aber wenn sie tatsächlich die Wahrheit sprach, … Schließlich hatte Fynn ihr wirklich übel mitgespielt. Er schluckte seinen Zorn hinunter, hob dann sein Glas und stieß mit Abby an. Fynn war nun wirklich verblüfft. Was hatte Butch nur mit diesem Mädchen angestellt? Oder war sie schon immer so gewesen und er hatte es einfach nicht bemerkt und ihr keine Chance gegeben?
Die Gespräche im Saloon wurden wiederaufgenommen, die Situation schien bereinigt. Der Wirt stellte plötzlich einen Whisky vor Abby.
„Der Kerl dort hinten möchte Ihnen das ausgeben!"
Abby blickte in die angezeigte Ecke. Ein junger Mann winkte ihr grinsend zu. Er hatte ein offenes, freundliches Gesicht, kurze dunkle Haare und sah sehr attraktiv und höchst verwegen aus in seiner Lederkleidung.
„Ich werde verrückt, das ist Elzy Lay!", murmelte Matt erstaunt. „Was macht er hier?"
„Elzy Lay? Wirklich? Er wird das Gleiche wollen wie wir, schätze ich, sich mit Butch zusammentun!"
„Wer ist das?", fragte Abby.
„Einer der besten Schützen, die du finden kannst. Schneller als er zieht keiner!", antwortete Fynn.
„Ich habe gehört, da soll es noch einen geben, nennt sich The Sundance Kid. Er soll noch besser als Elzy sein!", meinte Matt und nahm sein Glas. „Ich werde zu ihm gehen, mal sehen, was er zu sagen hat."
„Sag ihm danke von mir!", bat Abby, nickte Elzy zu und trank den Whisky in einem Zug aus.
„Langsam, Abby!", lachte Fynn. „Du bist es nicht gewohnt! Ich möchte dich nicht hier raustragen müssen!"
Der Wirt kam erneut.
„Miss, eine Frage, suchen Sie zufällig Arbeit?"
„Arbeit? Ich? Ja, ich weiß nicht, ich denke schon!"

„Ich könnte ein Barmädchen brauchen. So jemand wie Sie, der zupacken kann und sich auch zur Wehr setzt."
„Und noch dazu so blendend aussieht!", fügte Fynn spöttisch an.
„Ich weiß aber nicht, ob ich hier in Lander bleibe ..."
„Butch wird bleiben, zwar nicht hier direkt, etwas außerhalb, aber da kannst du sowieso nicht mit", meinte Fynn. „Vergiss das mit dem Viehtreiber, nimm den Job hier, zumindest für eine Weile. Viehtreiber kannst du immer noch werden, das müsstest du sowieso erst lernen. Butch wird dich besuchen kommen, so oft es geht, da bin ich mir sicher."
„Und wo soll ich wohnen?"
„Vorerst könnte ich Ihnen sogar hier ein Zimmer anbieten!", schlug der Wirt vor. „Ich würde das von Ihrem Lohn abziehen."
„Herrenbesuche ausdrücklich erwünscht, Joe?", fragte Fynn mit unschuldigem Blick.
Abby fuhr zu ihm herum, ihre Augen blitzten. Sie wusste, was für Frauen in Saloons lebten.
„Ich bin nicht so eine!"
Der Wirt hob abwehrend die Hände.
„Nein, so ist das nicht gemeint, ganz bestimmt nicht, ich brauche Sie wirklich nur für die Bar. Mein Name ist Joe Macintosh, nennen Sie mich Joe!"
„Okay, Joe, ich heiße Abby. Ich überlege mir das. Ich werde Ihnen Bescheid geben!"
Der Wirt wurde gerufen und versorgte ein paar Männer mit Bier. Abby sah sich um.
„Ich könnte mir das hier sogar vorstellen!", meinte sie.
„Wenn du mich fragst, ich würde an deiner Stelle annehmen. Ich kenne Joe, er wird dich gut bezahlen und es ist ein ziemlich anständiges Haus. Seine Frau ist in der Küche, die hast du wohl gesehen. Sie passt auf ihn auf, er wird dir bestimmt nicht zu nahetreten. Und Butch kann dich jederzeit besuchen!", fügte er anzüglich hinzu.
„Butch kann machen, was er will!", entgegnete sie gereizt. „Er ist ein sehr netter Mann. Ich mag ihn wirklich, aber er ist doch kein Mann fürs Leben!"

„Also nicht die große Liebe? Hat er dich nicht gut behandelt?"
„Er hat mich bestens behandelt. Im Gegensatz zu dir hat er mir geholfen!"
„Hoppla, habe ich dich nicht vor einer Hochzeit mit einem Greis gerettet?"
„Er hat mir geholfen, ohne etwas zu verlangen!"
„Ach Abby, ich wette, er hat von dir gekriegt, was er haben wollte. Wieviel Geld hast du ihm außerdem schon gegeben?"
„Keinen Cent!"
Fynn hob die Augenbrauen.
„Dann hat er wohl selbst noch genug."
Dieses Thema war Abby unangenehm. Daher kam sie auf das Arbeitsangebot zurück.
„Ich denke, ich werde den Job machen. Es ist viel einfacher als in einem Hotel, man muss ja nur hier immer ein wenig saubermachen und die Leute bedienen."
„Willst du nicht erst mit Butch darüber reden?"
Abby begann sich ein wenig zu ärgern.
„Was hast du nur immer mit Butch? Ich brauche ihn bestimmt nicht zu fragen."
„Er sagte doch, du seist sein Mädchen."
„Du weißt wie ich, dass ich nicht die einzige bin."
„Ich wundere mich, wie du das so hinnimmst. Das können nicht alle seine Frauen, ich habe schon so manche Szene erlebt."
Ehrlich gesagt wunderte Abby sich selbst darüber. Aber sie wollte nicht darüber nachdenken.
„Das geht dich alles eigentlich überhaupt nichts an! Kümmere dich um deine eigenen Weibergeschichten. Ich habe gehört, du warst in Colorado nicht dabei wegen einer Sache mit einem Mädchen!"
Fynn lachte auf.
„Das hast du gehört? Ja, ich hätte die Tochter des Ranchers in Ruhe lassen sollen. Aber sie war so ein nettes Persönchen und so verliebt in mich. Ihr Vater kam leider dahinter und ich musste schnellstens verschwinden. Es war ausgemacht, dass Matt, Tom und ich uns in Ogden treffen, wenn alles gut gegangen war, und

das ist es ja, nur leider nicht für mich, ich war nicht dabei."
„Dein Pech."
„Ja, es kam noch schlimmer, ich bin auf dich gestoßen!", spottete er.
„Du hättest mich einfach dort in Ruhe lassen können, aber du hast mir geholfen. Für einen unverschämten Preis übrigens."
„Ich verrate dir etwas, Abby, ich hätte dich auch für weniger mitgenommen, aber das Handeln war nicht so deine Stärke."
„Gut zu wissen für das nächste Mal!"
„Da würde ich sowieso das Dreifache verlangen, jetzt wo ich dich kennengelernt habe, … Trinken wir noch ein Bier?"
„Nein danke, für mich nicht, ich werde ins Hotel hinübergehen, ich bin müde, wir sind den ganzen Tag von South Pass City her geritten."
„Ok, ich bringe dich hin!"
„Ich kann allein gehen!"
„Kannst du bestimmt, aber ich gehe dennoch mit. Und du musst nicht mal was dafür bezahlen!"
Er fasste sie am Arm und geleitete sie aus dem Saloon.
Draußen atmeten sie befreit die frische Luft ein. Hier oben in den Bergen waren die Nächte kühl im Gegensatz zu ihrer Heimat in Utah. Abby fröstelte sogar ein wenig und war froh, als sie das Hotel erreichten, das im Dunkel lag, alle schliefen.
„Typisch Butch", lachte Fynn. „Es muss das Hotel sein!"
Er wartete, bis sie aufgesperrt hatte, entzündete eine Lampe, die am Eingang lag und brachte sie bis zu ihrem Zimmer. An der Tür drehte sie sich zu ihm um.
„Gute Nacht, Fynn!"
„Gute Nacht, Abby. Wir werden uns wohl morgen sehen! Schlaf gut!"
Er verbeugte sich andeutungsweise und verschwand.
Abby begab sich in das Zimmer, entkleidete sich und legte sich dann in das weiche Bett. Sie vermisste Butch ein wenig, es war schön, ihn neben sich zu haben, er war warm und zärtlich und sie genoss seine Umarmungen und auch seine Leidenschaft. Nun, es war wohl besser, sich gleich daran zu gewöhnen, ohne

ihn zu sein. Sie schloss die Augen und schlief ziemlich schnell ein.
Gegen Morgen klopfte es heftig an der Tür. Abby erwachte.
„Wer ist da?“, rief sie schlaftrunken.
„Ich bin‘s! Lass mich rein!“
Es war Butch und Abby stand auf, um ihm die Tür zu öffnen. Er war betrunken und schwankte leicht. Abby stützte ihn und half ihm, sich auszuziehen. Sie bestand auch darauf, dass er sich wusch und das bewirkte, dass er ein wenig nüchterner wurde. Er sah sich um.
„Du bist allein? Ich dachte, Fynn sei mitgekommen!“
„Er hat mich hergebracht, dann ist er gegangen!“
„Anständiger Kerl! Ich glaube, er ärgert sich ganz schön, dass er die Gelegenheit mit dir nicht ergriffen hat.“
„Was sagst du da?“
„Merkst du das nicht? Ja gut, Fynn ist nicht der einzige, der dich gerne hätte. Aber ich bin derjenige, der dich kriegte. Wunderschöne Abby! Süße Abby! Du fabelhaftes Mädchen! Komm mit mir ins Bett, ich will für dich da sein!“
„Butch, du kommst gerade von einer anderen Frau!“
„Ja, und? Ich habe die ganze Zeit nur an dich gedacht! Nur an dich! Meine Abby! Du machst mich verrückt! Ich will dich!“
Er umfasste sie mit seinen starken Armen und küsste sie wild. Sie hatte keine Chance, er zog sie mit aufs Bett und ließ sie gar nicht mehr zu Wort kommen. Sie gab nach, wurde von seiner Leidenschaft gepackt, die ganze Situation schien so unwirklich, so weit weg von allem, was sie bisher gekannt hatte, sie dachte einfach über nichts mehr nach, krallte ihre Finger in seine Haut, überschritt die letzten Grenzen und erlebte mit Butch den bisherigen Höhepunkt ihrer kurzen Beziehung.
„Du bist wundervoll!“, raunte er ihr danach ins Ohr und schlief beinahe sofort ein. Abby dagegen lag wach neben ihm und betrachtete ihn im Licht der aufgehenden Sonne. Wie sollte es nur weitergehen? Hatte Fynn recht und es war ihr unmöglich, Butch als Viehtreiber zu begleiten? Sie wusste, es war eine schwere und schmutzige Arbeit, die einiges an Geschick verlangte. Würde

sie im Saloon arbeiten, würde sie Butch nicht mehr so oft zu Gesicht bekommen, aber der Saloon schien ein Anlaufpunkt und Sammelpunkt zu sein, ihr würde nichts entgehen. Und sie musste ja nicht für immer dortbleiben, nur vorübergehend. Sie strich Butch zärtlich über den Arm, sie ahnte, es würde bald zu Ende gehen zwischen ihnen und das machte sie ein wenig traurig, denn sie mochte ihn wirklich. Butch war kein Mann für eine einzige Frau, er war überall beliebt, eben, weil er sich nicht festlegte und daher auch keinen vor den Kopf stieß. Er war großzügig, freigebig und loyal gegenüber seinen Freunden, das merkte man sofort. Er hatte den Konflikt zwischen ihr und Matt, Tom und Fynn so geschickt gelöst, dass keiner zu Schaden gekommen war, er hätte niemals zugelassen, dass Abby das ganze Geld behalten hätte, da war sie sich sicher.
Es war besser, Butch als guten Freund zu betrachten, sie würde mit ihm reden, sobald er aufgewacht war. Sie schloss endlich die Augen und schlief tatsächlich noch einmal ein.
Als sie erwachte, war später Vormittag.
Sie wusch sich, kleidete sich an, rüttelte anschließend Butch leicht und weckte ihn auf. Er stöhnte, sein Kopf schmerzte und er hätte gerne noch weitergeschlafen, aber sie war unbarmherzig.
„Wir müssen aufstehen, Butch! Los, ich möchte raus aus diesem Hotel! Das können wir uns nicht weiter leisten!“
„Ach, Abby, du gutes Mädchen, lass mich noch ein wenig!“
„Butch, wir müssen reden!“
Er nahm sie in den Arm.
„Reden können wir doch später!“, murmelte er schlaftrunken.
Sie befreite sich und ging zurück zur Waschschüssel. Im Krug war noch Wasser, das holte sie und goss es ihm über den Kopf. Er war wieder eingeschlafen, fuhr nun aber hoch und starrte sie verblüfft an.
„Was soll das?“
„Steh auf, wir müssen hier raus!“
Er legte sich zurück und trocknete sich mit der Decke ab.
„Komm her zu mir, Abby, ich muss dir etwas sagen!“
„Was denn?“

Sie setzte sich zu ihm und er zog sie an sich.
„Man hat mir gestern ja noch einiges über dich erzählt! Als ich in den Saloon kam, redete man über die schöne Rothaarige, die Matt mit einem Glas Bier niedergeschlagen hat. Ich kam zu dem Schluss, dass du das warst."
Abby erwiderte sein Lächeln.
„Ich habe ihn nicht niedergeschlagen, aber es stimmt, ich habe ihm mein Bierglas über den Schädel gezogen. Er wollte mir Gewalt antun."
„Und das hast du überlebt? Er hat dich nicht in seiner Wut erschlagen?"
„Fynn ging dazwischen und hat auf ihn eingeredet."
„Man sagt, ihr hättet danach friedlich miteinander angestoßen. Du liebe Güte, Abby, ich kenne Matt schon lange, ich habe aus gutem Grund Fynn gebeten, auf dich aufzupassen. Ich hatte schon die Befürchtung, dass Matt dir einiges übelnehmen könnte. Du hast die Männer gestern schwer beeindruckt."
„Dieser Elzy hat mir einen Whisky spendiert."
„Ja, er war nicht erfreut, als er hörte, dass du mein Mädchen bist."
„Bin ich dein Mädchen? Wirklich?"
„Natürlich bist du das. Zweifelst du daran?"
„Eine von vielen!"
„Ja, gut!", gab er zu. „Du bist nicht die einzige. Aber die Schönste und die Aufregendste,
Abby, du machst mich wirklich verrückt, …"
„Lass das jetzt."
„Abby, ich schwöre, ich war nur kurz bei Lilly, ich bin zurück in den Saloon und habe dich und Fynn gesucht, aber ihr wart beide verschwunden, daher dachte ich, er sei hier bei dir. Ich bin dann länger geblieben, um euch nicht zu stören."
„Du hättest nichts dagegen, wenn ich mit Fynn …?"
„Wie sollte ich etwas dagegen haben? Fynn ist mein Freund, einer meiner besten Freunde. Abby, was für mich gilt, sollte auch für dich gelten!"
„Ich habe mir eigentlich immer vorgestellt, einen Mann zu fin-

den, den ich liebe und der mich liebt. Und dann wollte man mich an einen Greis verschachern. Ich habe es ihnen allen gezeigt!"
Butch richtete sich ein wenig auf und strich ihr übers Haar.
„Abby, glaube mir, ich verstehe dich gut. Schon als du mir die Geschichte erzählt hast, habe ich in deinem Gesicht die Wut und Fassungslosigkeit herauslesen können. Das war nicht dein Leben, ganz bestimmt nicht. Du wärst todunglücklich geworden. Ich mache dich glücklicher, das wusste ich sofort!"
Sie musste lachen.
„Ja, Butch, das tust du tatsächlich. Aber mit uns, das wird auf Dauer nichts, das wissen wir beide, nicht?"
„Wollen wir es nicht darauf ankommen lassen? Es genießen, so lange es geht?"
„Du lebst für den Augenblick, ich kann das nicht. Du hast Geld und gibst es sofort aus. Ich spare, weil ich nicht weiß, was kommen wird. Du bist mit jedem gut Freund, jeder mag dich. Ich schlage mit Biergläsern um mich!"
„Heißt das jetzt, du willst das zwischen uns beenden? Sofort?"
Er strich über ihren Rücken und sie schauderte.
„Ein wenig länger kann ja nicht schaden!", meinte sie.
„Das ist gut!", seufzte er erleichtert und legte sich wieder zurück.
„Abby, ich muss dir etwas gestehen und das ist mir höchst unangenehm."
„Raus mit der Sprache, du hast eine Frau und Kinder hier?"
„Nein, habe ich nicht, ganz bestimmt nicht, also nicht, dass ich wüsste. Es ist etwas anderes. Lily hat einen Sohn, nicht von mir, Abby, ich schwöre, und sie muss für ihn sorgen. Er soll auf eine Schule gehen, sie hat kein Geld …"
„Und du hast ihr welches gegeben gestern?"
„Alles, was ich hatte. Abby, ich musste das tun, ich kenne sie schon so lange, …"
„Was heißt, dass du dieses Zimmer nicht mehr bezahlen kannst."
„Kann ich nicht mehr. Und bei Joe habe ich auch eine Rechnung offen von gestern."
„Wie viele Runden hast du ausgegeben?"
„Zwei oder drei, oder mehr, ich weiß es nicht mehr. Aber ich

musste doch auf dich anstoßen, …"
„Du bist unmöglich Butch!"
„Ich weiß, Abby. Und es tut mir leid, ich wollte dir noch ein paar schöne Tage hier bereiten, jetzt geht das leider nicht mehr. Ich habe auch keine Ahnung, wo du hinkönntest, ich werde so schnell wie möglich Arbeit suchen und vielleicht planen wir etwas, aber was wird mit dir?"
Abby musste lächeln. Sie wusste genau, wo sie hinkonnte und was sie tun würde. Aber zunächst das Wichtigste.
„Dann los, Butch, wir verschwinden hier. Ich werde dafür aufkommen, nein, das lass mich jetzt zahlen. Aber dann ist Schluss! Mein Geld kriegst du nicht!"
„Nein, das will ich nicht, das wollte ich nie, glaube mir, es ist mir peinlich genug, dass du das nun begleichen musst."
„Schon gut, ich wäre wirklich dumm gewesen, wenn ich nicht mit so etwas gerechnet hätte."
„Du bist unglaublich, Abby, komm, wir nützen das schöne Bett noch einmal!"
„Nein, Butch, nein, hör auf, …"
Wieder ging ihr Protest in seiner Umarmung unter.
Später packten sie endlich zusammen und Abby gab Butch Geld, damit er bezahlen konnte und das Gesicht wahrte. Dann standen sie auf der Straße.
„Wohin jetzt?", fragte Butch.
„Komm mit!", befahl sie und steuerte den Saloon an, in dem sie am Tag vorher gewesen waren.
Es war noch geschlossen, aber als Abby durchs Fenster sah, entdeckte sie den Wirt, Joe Macintosh, der gerade saubermachte. Sie klopfte an die Scheiben.
Er sah auf, winkte ihr zu und öffnete ihr die Tür.
„Gilt Ihr Angebot noch, Joe?", fragte sie ihn ohne Umschweife.
„Was für ein Angebot?", fragte Butch.
„Natürlich gilt es noch, Abby!"
„Und ich kann hier wohnen?"
„Halt!", mischte sich Butch erneut ein. „Was soll das heißen?"
Abby wandte sich zu ihm um.

„Ich werde hier arbeiten. An der Bar und in der Küche. Nicht mehr! Und ich bekomme ein Zimmer, in dem ich wohnen kann.“
Butch blieb der Mund offen vor Erstaunen und er schwieg. Sie betraten den Saloon und Abby wurde sich mit Joe einig. Sie würde nicht besonders viel verdienen, aber sie würde auch nicht viel brauchen, da sie Mahlzeiten frei hatte und eben das Zimmer. Für den Anfang war es genug.
Joe rief seine Frau und stellte Abby vor.
Betty Macintosh betrachtete sie zunächst misstrauisch, fand aber nichts an Abby auszusetzen und nicht zuletzt war sie mit Butch zusammen, dass sie zupacken konnte, hatte man am Vorabend schon gesehen.
Sie nickte also gnädig und führte Abby nach oben. Dort war ein längerer dunkler Gang mit vielen Türen. Am Ende des Flures befand sich das Zimmer, das Abby von nun an beziehen würde. Es war klein, düster und schmutzig, aber Letzteres würde sie gleich ändern. Sie stellte ihre Sachen ab, und nachdem Betty ihr noch das Badezimmer gezeigt hatte, bat sie um Wasser und Schrubber und fragte nach neuer Bettwäsche.
„Was zum Putzen habe ich, aber Bettwäsche habe ich nicht. Neue gibt es im Laden gegenüber.“
„Das ist in Ordnung. Danke!“
Abby reichte Butch ein wenig Geld und schickte ihn in den Laden mit einer Einkaufsliste. Sie wollte nicht nur Bettwäsche, sondern auch ein Tischtuch und Seife und andere kleine Dinge, die das Leben leichter machten, nun, da sie wieder für längere Zeit ein Dach über dem Kopf haben würde. Während er weg war, schrubbte sie den Boden, warf die alte Bettwäsche vor die Tür und machte überhaupt gründlich sauber. Butch war zurückgekehrt, hatte es sich auf dem Bett gemütlich gemacht und sah ihr zu.
„Warum mache ich mir überhaupt über dich Gedanken?“, fragte er. „Du hast alles selbst im Griff!“
Sie nickte stolz.
„Ja, das habe ich! Und ihr könntet mir alle ruhig ein wenig mehr zutrauen!“

„Du weißt, dass ich nicht hierbleiben kann? Ich werde mir Arbeit suchen, was heißt, dass ich mal hier und mal dort bin, und ich werde etwas außerhalb wohnen!“
Sie hielt inne und blickte ihn an.
„Ich weiß das und es ist für mich in Ordnung. Mir wäre es auch lieber, wenn du mich nicht mehr als dein Mädchen bezeichnen würdest. Ich bin es nicht. Ich gehöre niemandem und ich tue was ich will. Ich habe zu lange getan, was andere von mir verlangten.“
Er lachte.
„Es würde dir aber das Leben erleichtern, zumindest am Anfang. Was glaubst du, was die Männer von Mädchen erwarten, die hier arbeiten? Wenn sie wissen, dass du zu mir gehörst, lassen sie dich eher in Ruhe. Außer du willst dein Tätigkeitsfeld ausdehnen, du könntest gut verdienen!“
Sie richtete sich auf und ihre Augen blitzten zornig.
„Noch so eine Bemerkung und du fliegst hier raus!“
„Sei nicht so streng mit mir, Abby. Du hast noch ein wenig Zeit, wir könnten das Bett einweihen, meinst du nicht?“
Er zauberte aus seiner Jackentasche eine wunderschöne kleine Brosche, die mit grünen Steinen besetzt war.
„Die habe ich dir mitgebracht, Abby, sie passt zu dir!“
Sie starrte ihn ungläubig an.
„Wo hast du die her?“
„Es war noch ein wenig Geld übrig und ich habe sie gesehen und gewusst, sie ist für dich! Komm her zu mir, lass sie dir anstecken!“
„Du meinst, du hast von meinem Geld ein Geschenk für mich gekauft?“
„Ich musste sie kaufen, sie schrie geradezu nach dir! Sie passt genau zu deinen Augen.“
Er stand auf, steckte ihr die Brosche an die Bluse, zog sie an sich und küsste sie. Es war beinahe unmöglich, ihm zu widerstehen.

Aber diesmal gelang es ihr und sie befreite sich aus seiner Umarmung.

„Dir kann man keinen Cent anvertrauen!", schimpfte sie.
„Sei doch nicht böse, Abby, sieh nur, wie wundervoll sie an dir aussieht. Ein wunderschönes Schmuckstück für ein wunderschönes Mädchen!"
Sie betrachtete die Brosche und musste lachen.
„Sie gefällt mir ja und vielleicht hätte ich sie auch gekauft, aber du sollst mein Geld nicht so sinnlos ausgeben!"
„Was dich schmückt, ist niemals sinnlos!"
„Ich werde mich auf jeden Fall hüten, dir noch einmal Geld in die Hand zu geben!"
„Das habe ich fast befürchtet!", seufzte er.
Sie sah sich im Zimmer um.
„Und jetzt gehe ich hinunter, hier bin ich beinahe fertig. Ich muss sehen, was zu tun ist, ich will meine Arbeit gut machen."
„Wollen wir nicht noch ein wenig Zeit miteinander verbringen?"
„Später, Butch!"
Sie küsste ihn flüchtig auf die Wange und gemeinsam verließen sie das Zimmer. Unten fanden sie Joe im Gespräch mit den anderen Frauen, die im Saloon arbeiteten. Joe winkte Abby zu sich.
„Das ist Abby!", stellte er sie vor. „Und Abby, das sind Lilly, Bridget und Joan. Abby wird an der Bar und in der Küche arbeiten. Sie wird euch kein Geschäft wegnehmen! Ihr seid nett zu Abby, verstanden?", fügte er noch in scharfem Ton an.
Abby verstand sofort, dass man ihr nicht unbedingt freundlich gesinnt war. Lilly war etwa 25 Jahre alt, sie wirkte aber älter, ihre blonden Haare schienen nicht echt zu sein. Sie war stark geschminkt und starrte Abby feindselig an. Trotzdem reichte Abby ihr die Hand.
„Nett dich kennenzulernen, Lilly! Und auch dich, Bridget und dich, Joan!"
Bridget war ein wenig dicklich, ebenfalls stark geschminkt und sie war die Älteste. Sie nickte als einzige Abby zu und lächelte sie an. Joan dagegen, dunkelhaarig, dünn und etwa 20 Jahre alt, blickte hochmütig in die Gegend und
würdigte Abby keines Blickes.
Abby wusste, sie würde mit den Frauen auskommen müssen,

das würde nicht einfach werden, aber für den Moment waren andere Dinge wichtiger.
„Joe, ich würde gerne anfangen, ich möchte mich hier ein wenig auskennen, wenn die Männer kommen. Kannst du mir alles zeigen?"
Joe nickte und stand auf.
„Und ich kümmere mich so lange um die Mädels!", grinste Butch und setzte sich auf den freigewordenen Platz. „Abby, du könntest uns etwas zu trinken besorgen!"
„Kannst du denn zahlen, Butch?", fragte sie.
Er lachte sie ungerührt an.
„Ich habe Kredit bei Joe, nicht wahr, Joe?"
Joe nickte.
„Butch bekommt, was er will. Ich weiß, dass er irgendwann alles zurückzahlen wird. Aber deine Einstellung gefällt mir, Abby. Ich werde dir genau sagen, wer Schulden machen kann und wer nicht."
„Es ist dein Laden, Joe, du bestimmst!"
Es dauerte nicht lange, bis Abby alles verstanden hatte, was zu tun war. Sie half auch in der Küche, wo Betty eine Art Bohneneintopf zubereitete. An diesem ersten Tag blieb sie meist hinter der Theke, denn obwohl Butch anwesend war und seine Hand schützend über sie hielt, hatte sie mit Aufdringlichkeiten zu kämpfen, die sie aber kurz und bündig abwehrte. Sie stellte klar, dass sie nur für Getränke und Essen zuständig war und fuhr jeden scharf an, der sie anfassen wollte.
Später am Abend kamen Fynn, Elzy Lay, Matt und Tom und begaben sich mit Butch an einen Tisch. Fynn winkte Abby zu sich, bestellte sechs Bier und als sie die Getränke brachte, schob er ihr einen Stuhl in die Kniekehlen, so dass sie sich setzen musste.
„Mach mal Pause!", befahl er ihr augenzwinkernd. „Du scheinst das ja ansonsten im Griff zu haben. Hier, trink mit uns!"
Mit heimlicher Erleichterung ging Abby auf das Angebot ein, die Arbeit war anstrengend, es tat gut, ein wenig sitzen zu können. Sie prostete den Männern zu und nahm einen tiefen Schluck. Elzy, der an ihrer anderen Seite saß, blickte sie neugierig an.

„Wer bist du eigentlich? Was war das gestern für eine Geschichte mit Matt?"
„Sie ist eine verfluchte Diebin!", erklärte Matt. „Pass auf dein Zeug auf, sonst ist es weg!"
„Tatsächlich?", staunte Elzy. „Sie sieht gar nicht so aus!"
„Der Schein trügt!", nickte Fynn. „Mich hat sie auch getäuscht!"
„Sie hat euch wirklich beklaut?"
„Deswegen ist sie mein Mädchen!", strahlte Butch. „Auch, wenn sie das gar nicht mehr so gern hört!"
„Was jetzt, gehört sie zu dir oder nicht? Könntet ihr einfach mal alle sagen, was wirklich passiert ist?"
Fynn klärte Elzy in groben Zügen über Abby auf. Elzy grinste Matt an.
„Jetzt verstehe ich, warum du so wütend auf sie warst. Alle Achtung, Abby, du hast dich hier nicht schlecht eingeführt!"
„Sie hatte unverschämtes Glück!", meinte Fynn.
„Und was hast du jetzt vor, Abby?"
Sie sah Elzy fest ins Gesicht.
„Zunächst bleibe ich hier und verdiene ein wenig Geld. Und dann möchte ich bei euch mitmachen!"
Es herrschte verblüfftes Schweigen.
„Was heißt das, bei uns mitmachen?", fragte Tom schließlich.
„Wenn ihr wieder etwas vorhabt, so wie in Colorado, möchte ich dabei sein."
„Als ob wir da ein Weib gebrauchen könnten!", polterte Matt los. „Das ist nichts für dich, Missy, wir können keine Rücksicht auf ein Zuckerpüppchen nehmen und dazu musst du reiten können und schießen. Nicht nur aus zwei Metern Entfernung, sondern richtig schießen!"
„Ich kann schießen und reiten kann ich auch! Ich bin nicht zimperlich und aus Zucker bin ich auch nicht."
„Du könntest ihr Unterricht im Schießen geben, Elzy!", schlug Butch unvermittelt vor. „Besser als bei dir kann sie es kaum lernen, wie man so von dir hört!"
„Und Reiten lernt sie dann bei dir, oder wie?", fragte Elzy anzüglich und die Männer lachten.

„Ich war mit ihren Reitkünsten bis jetzt sehr zufrieden!“, grinste Butch. „Aber gut, du hast recht, da wäre noch ein wenig zu tun, gerade was Schnelligkeit anbelangt.“
„Seid ihr verrückt geworden?“, fragte Matt fassungslos. „Sie ist ein Weib!“
„Was muss sie tun, damit du sie akzeptierst, Matt?“, fragte Elzy. „Wie gut muss sie sein?“
Matt starrte ihn mit offenem Mund an.
„Sie muss mindestens so gut schießen wie ich und so schnell reiten ebenfalls. Ich gebe ihr zwei Wochen. Wenn sie das schafft, meinetwegen.“
„Schlag ein!“
Elzy reichte Matt die Hand, der sie ein wenig zögernd ergriff. Dann sah er in die Runde.
„Wie steht es mit euch?“
Butch hob sein Glas.
„Ich bin dabei!“
„Ich auch!“, bestätigte Fynn.
Und zuletzt schloss sich auch Tom an.
Abby stieß mit allen an, sie konnte es kaum glauben, würde sich ihr Traum erfüllen?

Der Wettkampf

Die nächsten Tage und Nächte wurden hart für Abby. Sie hatte immer geglaubt, das Reiten und Schießen zu beherrschen, doch was Elzy und Butch von ihr verlangten, ging weit über ihre Grenzen. Beide hatten auch nicht viel Geduld mit ihr, es war ihnen zu wichtig, dass sie vor Matt bestand. Weder Wutausbrüche noch Tränen rührten sie. Da Butch als Viehtreiber arbeitete, stand sie frühmorgens auf, auch wenn die Nacht lang gewesen war, und ritt zu dem Holzhaus, in dem er wohnte. Dort ließ er sie die wildesten Pferde besteigen, wenn sie abgeworfen wurde, musste sie sofort wieder das Pferd einfangen und neu beginnen. Er jagte sie herum, auch über Hindernisse, die immer höher wurden. Nach einer Woche war Abby mehr als mutlos.

„Ich schaffe es nicht!", klagte sie ein ums andere Mal und wollte aufgeben. Aber Butch lachte sie einfach aus, hob sie höchstpersönlich mit seinen starken Armen zurück auf den Pferderücken und trieb sie weiter an.

Mit dem Schießen lief es ähnlich. Sie musste mit verschiedenen Waffen schießen und die Ergebnisse waren kümmerlich.

„Verdammt, Abby, halt deine Hand ruhig und ziele. Tanz nicht so herum! Das ist doch nicht so schwer! Matt macht dich fertig, wenn du dich so anstellst!", schrie Elzy sie immer wieder ungeduldig an.

Sie musste im Stehen schießen, im Liegen und von einem galoppierenden Pferd aus.

Mehrmals warf sie ihm die Waffe zu Füßen und wollte weglaufen, aber er fing sie ein und zwang sie, weiterzumachen.

Am schlimmsten war es, als er ihr beibrachte, schnell zu ziehen. Sie hatte einen Revolvergürtel umgebunden und sollte gegen Elzy in einer Art Duell antreten. Bis sie überhaupt die Hand am Revolver hatte, hatte er bereits geschossen, meistens knapp vor ihre Füße, so dass sie erschrocken hochsprang.

Und dann war da noch die Arbeit im Saloon, die bis tief in die Nacht ging.

Abby wusste später kaum, wie sie die erste Woche überstanden hatte. Aber gerade, als sie alles hinwerfen wollte, kamen die zaghaften Erfolge. Nach acht Tagen blieb sie auch auf dem bockigsten Pferd und zwang es unter ihren Willen. Nach zehn Tagen überholte sie Butch für kurze Zeit in einem kleinen Rennen. Nach zwölf Tagen schaffte sie es zum ersten Mal, über einen Zaun zu springen, ohne dass ihr Pferd sie abwarf oder vor dem Hindernis scheute. Und es begann, ihr wirklich Spaß zu machen, sie trieb ihr Pferd an, genoss die Geschwindigkeit und freute sich, wenn sie Butch hinter sich ließ. Wobei ihr das nie für längere Zeit gelang, Butch war einfach einer der besten Reiter seiner Zeit, ihn zu schlagen war ein Ding der Unmöglichkeit.
Auch Elzy konnte allmählich stolz auf seine Schülerin sein. Sie entwickelte eine ruhige Hand, wurde wesentlich schneller und auch, als sie von einem galoppierenden Pferd aus schoss, traf sie nach einer Woche die ersten Ziele und beflügelt von ihrem Erfolg steigerte sie sich die nächsten Tage enorm.

Die Männer im Saloon hatten sich inzwischen daran gewöhnt, dass Abby keinerlei Annäherung zuließ. Es hatte das eine oder andere Bierglas gekostet, das Abby allzu eifrigen Verehrern an den Kopf geknallt hatte, es hatte scharfe Worte gebraucht, und nicht zuletzt hatten alle mitbekommen, dass Abby mit Butch und seinen Männern im Bund zu sein schien, die oft kamen und sie dann auch jedes Mal zu sich an den Tisch holten. Butch blieb in der ganzen Zeit nur einmal bei ihr über Nacht, denn sie war so erledigt von allem, dass es für beide kein besonderer Erfolg war und so hielt er Abstand.
Matt fragte immer wieder süffisant grinsend nach, wie Abby sich mache und bekam stets die gleiche Antwort:
„Du wirst schon sehen!“

Und dann waren die zwei Wochen um. Es war ein schöner Septembernachmittag mit strahlendem Sonnenschein, aber nicht allzu warm. Inzwischen hatten viele von dem bevorstehenden Wettkampf gehört und es fand sich eine beachtliche Zuschauermenge ein. Matt hatte die Bedingungen festgelegt. Zunächst wollte er gegen Abby im Schießen antreten. Wie sie es mit Elzy geübt hatte, sollte sie auf zehn Flaschen schießen, die in einiger Entfernung aufgestellt wurden. Dabei zählte auch, wer es schneller schaffte.

Abby war unruhig, die Leute machten sie nervös und es ging für sie ja auch um etwas. Zudem wollte sie weder Butch noch Elzy enttäuschen, die sich so viel Mühe mit ihr gegeben hatten.

„Bereit, Abby?“, fragte Elzy. „Mach jetzt bloß keinen Unsinn. Konzentrier dich! Du kannst es, vertrau auf dich!“

Sie sah ihn ein wenig zweifelnd an, aber dann fasste sie sich und riss sich zusammen.

„Ich bin bereit!“

„Also gut, dann geht es los!“

Elzy stellte sich zwischen Abby und Matt und zählte bis drei.

Kaum war die letzte Zahl erklungen, hielt Abby ihre Waffe in der Hand und schoss. Eine Flasche zerklirrte, die Menge johlte, aber auch Matt hatte getroffen. Der nächste Schuss ging daneben, Matt dagegen war erfolgreich gewesen. Abby ließ sich nicht beirren, zielte neu und traf die nächsten zwei Flaschen ohne Probleme. Wieder ein Fehlschlag, doch auch bei Matt war es schiefgegangen. Abby fasste Mut, konzentrierte sich und traf. Sie warf den nun leeren Revolver zu Boden und zog ihre andere Waffe.

Auch Matt hatte inzwischen gewechselt und noch einmal danebengeschossen. Abby hatte nun wieder sechs Kugeln für sechs Flaschen, sie musste treffen ansonsten war sie gezwungen nachzuladen. Sie zielte daher etwas sorgfältiger und langsamer und holte eine Flasche nach der anderen vom Zaun. Gleichzeitig mit Matt traf sie die zehnte Flasche. Das erste Duell war unentschieden ausgegangen. Die Leute applaudierten und johlten

Elzy klopfte ihr auf die Schulter.

„Immerhin!“, meinte er, aber sie konnte ihm ansehen, dass er nicht unbedingt mit dem Ergebnis zufrieden war.

Nun kam das, wovor sich Abby am meisten fürchtete, das Schießen vom Pferd aus. Sie hatte es nie wirklich so gut geschafft,

wie Elzy es verlangt hatte, aber sie musste ja nicht gegen ihn, sondern gegen Matt antreten.
Doch wie erwartet unterlag sie knapp. Sie hatte ebenso wie Matt nicht alle Ziele getroffen, allerdings war Matt etwas erfolgreicher gewesen als sie.
Daher kam es auf das Rennen an. Die Strecke ging etwa eine Meile über teils unwegsames Gelände - am Ende wartete Tom, um zu prüfen, dass auch keiner der beiden zu früh umkehrte - und wieder zurück. Butch hatte für Abby ein Pferd ausgesucht, mit dem sie oft geritten war die letzten Tage, es war kräftig und schnell, aber nicht leicht zu beherrschen. Er setzte alles auf eine Karte und Abby war schließlich einverstanden gewesen mit seiner Wahl.
Butch nahm sie beiseite.
„Du weißt, dass du gewinnen musst?“, fragte er sie. „Reite wie der Teufel, hab keine Angst, lass dich nicht beirren. Und eines sage ich dir, wenn du es nicht schaffst, werde ich dir hier vor allen Leuten eine Tracht Prügel verabreichen. Elzy würde das auch am liebsten tun, wie konntest du nur so danebenschießen?“
„Butch, es tut mir leid, ich, …“
„Enttäusche mich nicht! Ich habe eine hohe Summe auf dich gesetzt!“
Er küsste sie und führte sie zu dem Pferd, das nervös tänzelte, die ganze Umgebung und die Leute machten es unruhig. Als Abby aufgestiegen war, vollführte es ein paar Bocksprünge und die Leute lachten. Aber das Lachen ging in anerkennendes Gemurmel über, als klar wurde, dass Abby sich nicht abwerfen ließ, sondern das Tier ihrem Willen unterwarf und zur Startlinie lenkte.
Matt warf Abby einen spöttischen Blick zu.
„Hast du dich mit diesem Gaul nicht übernommen?“
„Du wirst Staub schlucken, Matt!“
„Das werden wir sehen!“
Butch gab das Signal und Abby trieb ihr Pferd an. Sie kümmerte sich um gar nichts mehr, sondern jagte das Tier quer über die Wiesen und Felder, durchquerte den Bach an der Furt und noch

vor Matt erreichte sie den Punkt wo sie umkehren sollte. Und genau dort scheute das Tier und stieg, als es Tom sah. Abby hielt sich mit Müh und Not im Sattel. Matt raste heran.
„Los!", schrie Abby und trieb ihr Pferd erneut an. Matt holte rasch auf, war an ihrer Seite, doch dann sah Abby ihre Chance. Sie konnte wieder einen kleinen Umweg in Kauf nehmen, um den Bach an der Furt zu durchqueren. Sie konnte aber auch den Bach überspringen an einer Stelle, die zu tief war um hindurchzureiten, und damit abkürzen. Sie wurde eins mit ihrem Pferd, sie feuerte es an, der Bach kam auf sie zu, das andere Ufer schien so weit weg. Nur nicht nachdenken! Gerade rechtzeitig setzte das Tier zum Sprung an und erreichte sicher die andere Seite. Abby johlte auf vor Stolz und Freude, sie waren wie der Wind, sie waren so schnell, von der Ferne hörte sie das Geschrei der Zuschauer und mit einem beachtlichen Vorsprung erreichte sie schließlich das Ziel.
Butch zog sie vom Sattel und umarmte sie stürmisch.
„Bist du wahnsinnig?", schrie er sie an. „Du bist über den Bach gesprungen? Habe ich das richtig gesehen?"
„Ja, bin ich!", strahlte sie. Sie riss sich los und bedankte sich bei dem Pferd, klopfte ihm auf den Hals und streichelte über seine Nüstern.
„Ich werde dir Gemüse besorgen! Du sollst das Beste bekommen!", versprach sie.
Fynn nahm ihr das Tier ab.
„Ich versorge es. Alle Achtung, Abby, das war ein Meisterritt. Das hätten sich nicht viele getraut!"
Matt war inzwischen abgestiegen und kam auf Abby zu.
Seine Miene war undurchdringlich. Sicher ärgerte er sich über die Niederlage, aber er wollte es nicht zeigen, und auch er war beeindruckt von Abbys Leistung. Er streckte ihr die Hand entgegen und sie ergriff sie.
„Unentschieden, Abby. Du hast es geschafft, Respekt!"
„Heißt das jetzt, ich bin dabei?"
„Ich pflege mein Wort zu halten."
„Was anderes habe ich nicht von dir erwartet!"

Inzwischen war auch Tom gekommen und berichtete, was er gesehen hatte.
„Abby war zuerst am Umkehrpunkt, aber ihr Pferd scheute, wie sie auf dem Sattel blieb, ist mir ein Rätsel. Und dann hat sie es noch geschafft, es wieder unter Kontrolle zu bekommen. Sie waren gleichauf. Ich denke, Matt hätte gewonnen. Doch dann ritt sie einfach geradeaus weiter und sprang über den Bach. Ich hätte nicht gedacht, dass das möglich ist."
„Butch hatte mir Prügel angedroht, ich musste also gewinnen!", lachte Abby.
„Das hätte ich auch tun sollen!", seufzte Elzy. „Wie konntest du nur so verlieren, Abby, wir werden weiterüben müssen, …"
„Für eine Frau hat sie wirklich gut geschossen!", meinte einer der Zuschauer. „Hätte ich ihr nicht zugetraut!"
„Zwölf Schüsse für zehn Flaschen. Das ist schwach!"
„Für dich vielleicht, Elzy. Da gibt es viele hier, die das nicht könnten", lachte ein anderer.
„Und dann noch so langsam, habe ich dir gar nichts beigebracht?", murrte Elzy weiter.
Sie umarmte ihn.
„Danke für alles, Elzy. Ohne dich hätte ich das nie geschafft!"
Er grinste sie an.
„Ich hatte ehrlich gesagt wenig Hoffnung, dass du das Schießen jemals lernst. So wie du dich anstelltest, hast du es allerdings heute ganz gut hingekriegt."
„Gehen wir feiern! Das muss begossen werden!"
„Das ist ein Wort, Butch!"
Und Arm in Arm zogen Abby, Elzy und Butch in den Saloon ein.

Eine Heimat für den Winter

Die Feier blieb Abby in dunkler Erinnerung, zum ersten Mal in ihrem Leben betrank sie sich und erwachte am nächsten Morgen mit Übelkeit und den schlimmsten Kopfschmerzen, die sie jemals gehabt hatte, an Butchs Seite in ihrem Zimmer.
Es war bereits später Vormittag und Joe erwartete sie sicher schon unten, nur konnte sie sich nicht dazu aufraffen, sich zu erheben. Doch dann wurde das Unwohlsein übermächtig, sie stand auf, lief zur Waschschüssel und übergab sich. Anschließend saß sie erschöpft auf dem Boden und schwor sich, nie wieder so viel zu trinken. Sie hatte gar nicht gewusst, dass man sich so schlecht fühlen konnte.
Plötzlich klopfte es an der Tür.
„Butch, bist du da?", ertönte Fynns Stimme. „Abby, ist Butch bei dir?"
Sie öffnete. Fynn stürmte ins Zimmer und rüttelte Butch wach.
„Butch, du musst weg, sie sind euch auf der Spur! Schnell! Sie sind schon in Lander! Tom und Matt sind unterwegs nach Norden, sie warten auf dich an der Hütte, wenn du dich beeilst!"
Butch war auf einen Schlag hellwach und griff nach seiner Kleidung. Abby sah fassungslos zu, wie er hastig seine Sachen zusammensuchte und von Fynn aus dem Zimmer geschoben wurde.
„Warte!", rief sie, sperrte eine Schublade auf und holte ein paar Scheine hervor.
Butch lächelte sie an, nahm das Geld und umarmte sie kurz.
„Danke Abby, ich zahle es zurück!"
Dann war er verschwunden.
Abby sank zurück auf den Boden. Was hatte das alles zu bedeuten?
Sie riss sich zusammen, zog sich fertig an, säuberte die Waschschüssel und lief in den Saloon hinunter. Dort traf sie auf Fynn, der aus dem Fenster starrte.
„Was ist los?", fragte sie.

„Komm her und sieh selbst!“
Abby sah hinaus auf die Straße. Eine Gruppe Männer war im Gespräch mit ein paar Leuten, die jedoch alle nur mit den Achseln zuckten.
Fynn war zufrieden.
„Kaum einer hier wird Butch verraten! Aber sie werden trotzdem kommen, irgendeiner ist immer da, der vor dem Gesetz Angst hat. Mach einfach deine Arbeit, Abby, dir passiert nichts. Sie werden dich fragen, sag ihnen, du hast ihn seit gestern nicht mehr gesehen.“
„Wo wird er hingehen?“
„Nach Norden, sie werden sich verstecken. Keine Sorge, sie lassen sich bestimmt nicht erwischen!“
Er blickte weiter aus dem Fenster, während Abby Gläser zusammenräumte und Scherben aufkehrte. Von Joe war nichts zu sehen, er hatte wohl auch länger geschlafen.
„Du musst ihn sehr gern haben!“, meinte Fynn plötzlich.
Abby blickte auf.
„Wer hat ihn nicht gern?“
„Liebst du ihn?“
Abby überlegte.
„Ich glaube nicht. Butch wird sich sowieso nie festlegen.“
„Es ist wirklich gut, dass du es so siehst. Alles andere würde dir das Herz brechen.“
„Ich weiß.“
„Er wird zurückkehren, da bin ich mir sicher. – Sie kommen, ich verschwinde mal hier!“
„Fynn, …“
„Ruhig, Abby, sie werden dir nichts tun!“
Fynn lief ins obere Stockwerk und ließ Abby allein. Ihr Herz klopfte, sie hatte Angst um Butch, er hatte so wenig Vorsprung. Aber er war ein großartiger Reiter, sie würden ihn so schnell bestimmt nicht einholen. Sie konnte mithelfen, die Verfolger ein wenig aufzuhalten. Wenn sie jetzt nur kühl überlegte und ruhig blieb, …
Als jemand kräftig an die Tür pochte, stellte sie sich zunächst

taub, doch als man drohte, die Tür einzuschlagen, rief sie: „Ja, ja, ich komme ja schon!“ und öffnete.
Vier Männer stürmten in den leeren Saloon und sahen sich um.
„Es ist noch geschlossen!“, murrte Abby.
„Wo sind sie?“, fragte einer der Männer.
„Wo ist wer? Sie sehen doch, ich bin allein hier und ich habe jede Menge Arbeit!“
„Man sagte uns, ein rothaariges Mädchen arbeitet hier und sie sei die Frau von Butch Cassidy! Sind Sie das?“
„Butch Cassidy? Sie meinen Butch? Der ist nicht hier und er hat auch keine Frau. Was wollen Sie von ihm?“
„Schaut euch um!“, befahl der Mann und die anderen durchsuchten den Raum und die Küche.
Dann nahm der Mann Abby am Arm.
„Und Sie, Miss, zeigen mir Ihr Zimmer. Wenn er dort ist, wissen Sie, was Sie zu erwarten haben!“
„Wer sind Sie überhaupt und was wollen Sie von Butch?“
„Ich bin Marshall Pinkton und Butch Cassidy wird gesucht wegen eines Banküberfalls. Ebenso Matt Warner und Tom McCarty.“
Er stieß Abby vor sich her. Sie wandte sich empört um.
„Lassen Sie mich los, was fällt Ihnen ein! Butch, Matt und Tom sollen eine Bank überfallen haben? Lächerlich! Die haben alle drei kein Geld und machen hier nur Schulden! Kann ich Ihnen zeigen!“
„Halten Sie den Mund und zeigen Sie mir lieber Ihr Zimmer!“
Voller Schreck dachte Abby daran, dass Butch jede Menge Sachen in ihrem Zimmer hinterlassen hatte. Beim eiligen Aufbruch am Morgen hatte er nur das Nötigste mitnehmen können. Man würde sofort sehen, dass ein Mann bei ihr gewesen war.
Der Marshall zog sie den Flur entlang, die anderen Männer folgten, sie machten jede Tür auf und fanden alle Zimmer besetzt, empörte Rufe drangen ihnen entgegen, doch die Gesuchten waren nicht dabei. Schließlich kamen sie zu Abbys Zimmer.
Zu Abbys Überraschung lag Fynn in Unterwäsche auf ihrem Bett und stellte sich schlafend. Der Marshall rüttelte ihn wach.

Fynn fuhr hoch und schaute sich scheinbar erschrocken um. Abby hatte sofort verstanden und spielte mit.
„Fynn, sie suchen Butch, Matt und Tom. Stell dir vor, sie sollen eine Bank überfallen haben! So ein Unsinn!"
„Wer sind Sie?", fragte der Marshall.
„Mein Name ist Smith und das ist meine Frau, was wollen Sie von ihr?"
„Ihre Frau?"
„Ja! Was ist das für eine Geschichte mit Butch, Matt und Tom?"
„Können Sie mir sagen, wo die drei sich aufhalten?"
„Woher soll ich das wissen? Und lassen Sie meine Frau los, sie hat nichts getan!"
Fynn stand auf und stellte sich schützend vor Abby.
„Können Sie beweisen, wer Sie sind?", fragte der Marshall. Abby sann fieberhaft auf einen Ausweg. Und dann fiel ihr der Zeitungsartikel aus Point of Rocks ein. Sie hatte ihn immer noch und er lag in einem Regal. Sie nahm ihn und hielt ihn dem Marshall unter die Nase.
„Hier", fuhr sie ihn an. „Genügt das?"
Der Marshall blickte auf den Artikel, sah die Bilder, las, dass Abby eine Belohnung erhalten hatte, weil sie zwei Zugräuber erschossen und einen Überfall vereitelt hatte. Ungläubig blickte er sie an, aber sie war es unverkennbar.
„Glauben Sie im Ernst, ich würde einem Bankräuber helfen?", fauchte sie. „Butch hat bestimmt keine Bank überfallen, er ist der netteste Mann, der jemals in Lander gewesen ist, da können Sie jeden fragen!"
„Meine Frau steht für Gerechtigkeit ein!", bestätigte Fynn und nahm Abby in den Arm.
Vor Abbys Tür hatte sich ein kleiner Auflauf angesammelt.
„Was ist hier los?", ertönte Joes Stimme.
Fynn wechselte einen schnellen Blick mit Abby. Doch Bridget hatte anscheinend alles mitgehört und hielt Joe zurück.
„Die Männer hier suchen Butch, Tom und Matt, sie dachten, Butch sei bei Abby, na da hätte ihr Mann aber was dagegen!", betonte sie.

Joe war verwirrt.
„Abbys Mann? Aber, …“
„Joe, schlaf deinen Rausch aus, du bist noch nicht wach!“
Bridget wollte ihn wegführen, doch der Marshall war hellhörig geworden.
„Ist dieser Mann der Ehemann dieser Frau?“, fragte er und führte Joe ins Zimmer.
Joe blickte auf Fynn und Abby.
„Das weiß ich doch nicht!“, brummte er.
„Also die Dame ist mit Butch Cassidy zusammen? Ist das richtig?“
„Mit Butch? Unsinn, der ist mit jeder zusammen, die einen Rock anhat und deren Mann nicht aufpasst. Ich weiß nicht ob diese beiden hier verheiratet sind, sagen können sie viel. Behauptet haben sie es jedenfalls. Hast du unten schon saubergemacht, Abby?“
„Nein, Joe, die freundlichen Herren hier haben das verhindert!“
„Dann marsch ab, wir sind spät dran heute. Wollen Sie etwas zu essen oder zu trinken?“, wandte Joe sich an den Marshall.
„Nein danke“, wehrte dieser ab. Er war misstrauisch, aber er konnte nichts ausrichten. Alle schienen sich verbündet zu haben.
„Wir reiten weiter! Los Männer!“
Sie liefen polternd die Stufen hinunter und kurz darauf hörte man das Geklapper der Hufe, sie waren weg.
Abby sank auf ihr Bett, ihre Beine zitterten.
Fynn lachte sie an.
„Nun habe ich dir zum dritten Mal aus der Patsche geholfen!“
„Das war wirklich eine unglaublich gute Idee, danke Fynn, man hätte gemerkt, dass Butch hier war.“
„Der Zeitungsartikel war aber auch nicht schlecht!“
Abby wandte sich an Bridget.
„Dir auch danke, Bridget, Joe hätte alles verraten können!“
„Kein Problem, Schätzchen. Ich wollte dir übrigens noch sagen, dass du das gestern prima gemacht hast, hatte noch keine Gelegenheit dazu. Also dein Ritt, ich habe noch nie eine Frau so reiten sehen!“

„Hat Butch mir beigebracht!“
„Reiten kann Butch! In jeder Beziehung!“, lachte Bridget und zog sich zurück.
Abby blickte ihr nach.
„Gibt es eigentlich tatsächlich keine Frau, die noch nicht mit Butch zusammen war?“
„Wird schwer, eine zu finden!“
„Ich gehe jetzt runter, du solltest dich wieder anziehen, Fynn.“
„Es musste echt aussehen, Abby!“
„Ich sage ja gar nichts, aber nun ist das Theaterspiel vorbei.“
Er grinste und begann, seine Sachen zusammenzusuchen. Dabei fragte er:
„Willst du eigentlich hier bleiben in diesem Zimmer? Du kannst es nicht heizen im Winter.“
„Wo soll ich denn sonst hin? Und denkst du, wir bleiben über den Winter hier?“
„Sieht so aus. Wenn es anfängt zu schneien, sind die Pässe zu, dann kommt keiner mehr hier durch. Wenn, dann müssten wir gleich losreiten, doch wenn wir das tun, wie sollen wir die anderen wieder treffen? Es wäre besser, auf ihre Rückkehr hier zu warten, und das heißt, einen Winter zu überstehen.“
„Du hast recht, Fynn, auch mit dem Heizen, ich habe eigentlich keine Lust zu erfrieren.“
„Noch dazu wo vielleicht kein Butch dein Bett wärmen wird!“
Sie sah ihn scharf an.
„Du sagst es! Also, was schlägst du vor? Du hast doch einen Plan?“
„Am Ende der Straße wohnt eine Witwe, sie vermietet das obere Stockwerk. Es wäre groß genug für uns beide. Und keine Sorge, du kriegst ein eigenes Zimmer. Für mich allein ist es zu groß und zu teuer.“
„Warum fragst du mich und nicht zum Beispiel Elzy?“
„Elzy hat eine Unterkunft und ein warmes Bett mit zugehörigem Inhalt, um Elzy musst du dir diesbezüglich nie Gedanken machen, er und Butch passen da gut zusammen.
Von dir weiß ich, dass du Geld genug hast. Wir teilen die Kosten.

Ich arbeite weiter draußen mit dem Vieh, aber wohnen werde ich dort nicht mehr, wenn es kälter wird."
„Und Butch?"
„Wenn er hier Platz hatte, wird sich auch in der Wohnung ein Eckchen für ihn finden, falls er vor dem Schnee zurückkommt. Was meinst du dazu?"
„Wird die Witwe nichts sagen, wenn wir dort unverheiratet zusammenleben und Butch vielleicht auch noch dazu?"
„Wir sind doch ein geübtes Ehepaar, Mrs. Smith. Und in Unterhosen hast du mich jetzt auch schon gesehen. Die Witwe braucht das Geld dringend, also mach dir keine Gedanken! Sie wird nicht nachfragen!"
„Also gut, kann ich mir das mal ansehen?"
„Ich hole dich heute Nachmittag ab, lass dir von Joe eine Stunde freigeben."
„Mach ich! Bis später, Fynn!"

Abby beeilte sich mit der Arbeit, sie holte die verlorene Zeit schnell auf und bald glänzte im Saloon wieder alles. Zusammen mit Betty kochte sie anschließend einen Eintopf mit viel Fleisch, wie ihn die Männer gerne aßen, und die beiden Frauen nahmen sich selbst auch eine große Portion. Sie verstanden sich inzwischen sehr gut, obwohl Betty gut zehn Jahre älter war, und Abby brachte das Thema auf die neue Wohnung.
„Du willst also mit Fynn zusammenziehen?"
„Nur zusammen wohnen, Betty. Mein Zimmer kann man nicht heizen, wie du weißt."
„Ja, im Winter kann es hier kalt werden. Das heißt also, du bleibst für länger. Das ist gut! Und Fynn ist ein netter Kerl. Er wäre besser für dich als Butch."
„Ich bin nicht wirklich mit Butch zusammen, wir mögen uns, das ist alles!"
„Ein bisschen mehr als nur mögen wird schon sein, wie ich ihn kenne!", kicherte Betty.
Abby starrte sie an.
„Du auch?"

„Nein, da passt mein Joe zu gut auf. Aber ich muss gestehen, Butch wäre eine Sünde wert!“
„Ist er!“, prustete Abby, wurde aber rot dabei. Sie war es einfach nicht gewohnt, so freizügig zu sprechen, auch wenn sie von Butch nun schon einiges gelernt hatte.
„Du machst das schon richtig, Abby, nimm mit, was du kriegen kannst. Wenn du mal heiratest oder alt wirst, ist es vorbei. Nicht, dass ich mit Joe nicht glücklich wäre, er ist ein guter Mann, aber ich werde hier in der Küche sitzen, bis man mich mit den Füßen voran raustragen wird.“
Abby sah sie nachdenklich an.
„Ich hatte ein schlimmeres Los zu erwarten. Ich hätte einen alten Mann heiraten sollen, der schon vier ältere Frauen hatte. Ich war dazu bestimmt worden, ihm einen Sohn zu schenken. Meine Familie wollte mich verschachern, ich kann ihnen das nicht verzeihen. Jetzt tue ich, was ich will, ich frage niemanden mehr. Und eines Tages werde ich zu ihnen zurückkehren und ihnen zeigen, dass ich mein eigenes Leben lebe.“
„Du hast Mut, Abby, geh deinen Weg! Ich beneide dich ein wenig, aber ich weiß genau, dass ich es nicht könnte. So zu reiten wie du gestern, ich habe dir zugesehen, niemals würde ich das wagen.“
„Ich musste dieses Rennen gewinnen. Sonst würde ich hier bei dir in der Küche bleiben, bis man mich mit den Füßen voran hinausträgt.“
Betty kicherte.
„Ich freue mich wirklich, dass du den Winter über hierbleibst. Dann wird es nicht ganz so trostlos werden wie sonst. Mit dir kann man reden, Abby.“
„Mit dir aber auch, ich fühle mich wirklich wohl hier.“
„Das ist schön!“

Später kam Fynn vorbei und holte Abby ab, um die Wohnung mit ihr anzusehen. Abby war sehr zufrieden damit, es gab ein größeres Zimmer, in dem sie kochen und essen konnten, ein geräumiges Schlafzimmer und ein kleineres, in das man auch ein

Bett stellen konnte. Ein Holzofen würde für Wärme sorgen und auch ein Badezimmer war vorhanden. Die Miete war ebenfalls in Ordnung und damit war die Sache besiegelt.
Abby sagte Joe Bescheid und räumte schon am nächsten Tag ihre wenigen Habseligkeiten in ihr neues Heim. Fynn hatte ein Bettgestell aufgetrieben und erklärte sich bereit, in das kleine Zimmer zu ziehen. Noch wohnte er allerdings draußen vor der Stadt in der Hütte.

Abby setzt sich durch

Nach all der Aufregung und der harten Schule, durch die sie die letzten 14 Tage gegangen war, kam Abby die folgende Zeit ein wenig leer vor, sie hatte nur noch die Arbeit, doch wenigstens holte Elzy sie ein paar Mal zu Schießübungen. Er hatte es noch nicht überwunden, dass seine Schülerin nicht besser abgeschnitten hatte und machte ihr weiterhin die Hölle heiß. Nach einer Woche bestand auch Fynn darauf, dass Abby weiter im Training blieb, also ritt sie zu ihm hinaus, wenn sie ihre Arbeit gemacht hatte und Joe sie nicht brauchte, und half ihm bei der Beaufsichtigung der Herden.

So verging der Oktober rasch und ein kalter, eisiger November begann. Die Tage waren nun kurz und düster und bald fiel der erste Schnee. Fynn zog mit in die Wohnung ein und hackte jede Menge Holz, damit sie es alle schön warm hatten. Sie kamen gut miteinander aus und hielten Abstand voneinander, soweit es ging. Abby arbeitete weiterhin im Saloon, aber es gab wenig zu tun, viele waren weitergezogen, Fremde kamen kaum, nun da die Pässe bald zuschneien würden.

Eigentlich saßen sie im Saloon mehr oder weniger nur zusammen, spielten Karten oder erzählten Geschichten. Ein paarmal gingen sie zu Tanzfesten in einer großen Scheune, die in Lander genauso üblich waren wie überall im Westen, und sie tanzten die ganze Nacht durch, was immer für alle ein großes Vergnügen war. Der beste und beliebteste Tänzer war Elzy, er machte wirklich kaum Pause und forderte alle Mädchen und Frauen auf. Für Abby war auch das Tanzen neu, aber sie lernte es schnell und war eine begehrte Partnerin, so dass sie meist erst nach Hause ging, wenn ihre Füße unerträglich schmerzten.

In den stilleren Stunden im Saloon lernte Abby dann endlich Bridget, Joan und Lilly näher kennen, wobei Bridget die einzige war, die sie wirklich mochte. Lilly und Joan sahen in Abby eine gewaltige Konkurrenz, da die Männer sie akzeptierten, teils bewunderten und begehrten und dann wieder mit ihr redeten,

als sei sie selbst ein Mann. Besonders Lilly konnte abfällige Bemerkungen über Abby machen, gerade wenn man sie als Butchs Mädchen bezeichnete.
„Glaub ja nicht, dass er bei dir bleiben wird!“, sagte sie eines Tages zu Abby, als in der Runde wieder einmal die Rede auf Butch kam. „Er mag blonde Frauen, keine rothaarigen Hexen!“
Die Männer lachten und Fynn griff in Abbys Haar.
„Vielleicht hat Abby Butch ja auch verhext?“
„Und dich dazu, Fynn? Sie nimmt sich ja wohl, wen sie kriegen kann!“, zischte Lilly giftig.
„Und du nimmst dir, was du kriegen kannst!“, gab Abby scharf zurück.
„Was soll das heißen?“
„Butch ist so gutgläubig. Er hat dir das mit deinem Kind abgenommen. Du hast ihm das Geld aus der Tasche gezogen mit einer rührseligen Geschichte von deinem angeblichen Kind, das angeblich auf eine Schule soll.“
Lilly wurde puterrot im Gesicht.
„Was erlaubst du dir!“
„Butch hat mir alles erzählt, Lilly, und eines wissen wir alle hier sicher, er lügt nicht, nicht in solchen Dingen. Also sei du lieber still und bleiche weiter deine Haare, damit sie blond werden, vielleicht bleibt Butch ja dann tatsächlich bei dir!“
Lilly sprang wütend auf und stürzte sich auf Abby. Die Männer lachten und johlten, das schien eine nette Abwechslung zu werden, die unnahbare Abby gegen die heißblütige Lilly. Sie machten Platz und feuerten die beiden an.
Lilly riss an Abbys Haar, krallte ihre Finger in Abbys Haut und versuchte sie zu beißen. Abby wehrte sie ab, so gut sie konnte, versetzte Lilly einen Schlag in die Magengrube und stieß sie gegen einen Tisch. Gläser flogen in alle Richtungen, es war ein unglaublicher Lärm. Abby warf sich auf Lilly und beide fielen zu Boden und wälzten sich hin und her. Abby schaffte es schließlich, sich auf Lillys Bauch zu setzen und ihre Hände festzuhalten, sie war einfach stärker und beweglicher durch das Training der letzten Wochen.

Doch Joe kam hinter seiner Theke hervor, zog Abby am Kragen hoch und stieß sie weg. Dann riss er Lilly hoch.
„Du verschwindest nach oben! Und du, Abby, machst hier sauber! Verfluchte Weiberbande! Ihr zahlt mir den Schaden, beide!"
„Lass gut sein, Joe!", rief Elzy, immer noch lachend und warf Joe ein paar Dollar zu. „Das war wenigstens mal ein Spaß hier!"
Sie halfen alle zusammen und räumten die Scherben weg. Abby putzte alles wieder sauber und schämte sich ein wenig, was war nur in sie gefahren, sich auf eine Rauferei vor allen Männern einzulassen.
Doch man gab ihr Getränke aus und gratulierte ihr zu ihrem Sieg. Lilly tauchte nicht mehr auf, darüber war Abby erleichtert. Elzy nahm Abby schließlich in den Arm und führte sie zu Fynn, der gerade an der Theke stand.
„Erbärmlich, was du da gezeigt hast, Abby!", grinste Elzy. „Fast so schlimm wie deine Schießkünste. Fynn, ich glaube, da musst du ran und ihr zeigen, wie man jemanden wirklich niederringt. Macht euch sicher Spaß, das nachts in eurer schönen Wohnung zu üben. Ich würde das ja gern selbst übernehmen, aber ich will mich weder mit Butch noch mit dir anlegen!"
„Du verstehst da was falsch, Elzy", meinte Fynn. „Es ist richtig, wir haben eine gemeinsame Wohnung, aber das ist alles, die Wohnung hat mehrere Zimmer!"
„Das soll euch jemand glauben? Du wohnst mit dem schönsten Mädchen von ganz Wyoming zusammen und ihr schlaft angeblich in getrennten Betten? Hast du noch alle Latten am Zaun, Fynn?"
„Glaube es ruhig!", entgegnete Abby. „Es gibt auch so etwas wie Freundschaft und Respekt!"
Elzy prustete los.
„Klar!", lachte er.
„Vielleicht will auch ich mich nicht mit Butch anlegen?", fragte Fynn ruhig.
Abby sah ihn erstaunt an. Butch hatte schon einmal angedeutet, dass Fynn mehr von ihr wollte, aber davon merkte sie absolut nichts. Hielt Fynn sich nur von ihr so fern, weil Butch sie als sein

Mädchen bezeichnete?
„Wegen Butch würde ich mir die geringsten Gedanken machen!", meinte Elzy. „Aber, wenn die Sache so steht, Abby, dann wäre ich zu gern bereit, dir Unterricht im Raufen zu geben. Es wäre mir wirklich ein Vergnügen und wir schicken Fynn einfach in sein Zimmer und gehen in deins!"
Er fasste sie um die Hüften und zog sie an sich. Sie drückte ihn weg und befreite sich.
„Vielleicht solltet ihr alle zuerst mich mal fragen, mit wem ich mich auf welche Weise einlassen will!", rief sie zornig. „Vielleicht will ich keinen von euch!"
„Hoho, Abby, mit Butch hältst du sicher nicht nur Händchen!"
„Auch das ist meine Sache, Elzy."
„Immerhin schlägst du dich seinetwegen, ich freue mich auf sein Gesicht, wenn ich ihm das erzähle!"
„Es war doch nicht seinetwegen, ich habe doch nicht, …"
„Natürlich ging es um ihn."
„Nein, es ging darum, dass Lilly ihn betrogen hat."
„Das wäre aber dann seine Sache, das hättest nicht du für ihn regeln müssen, nicht? Egal, es war jedenfalls mal wieder etwas los hier, das ist die Hauptsache. Sind wir wieder gut, Abby? Und falls du dir das mit dem Unterricht überlegen willst, …"
„Ich brauche keinen Unterricht, mit euch werde ich noch allemal fertig!"
„Du willst mich jetzt nicht wirklich herausfordern, Abby! Hier vor allen! Das könnte deinem Ruf ganz schön schaden, denk daran, wie das aussehen würde, wenn ich dich eins, zwei, drei überwältigen würde!", neckte er sie.
„Ach, lass mich in Ruhe! Ich habe zu tun!"
Elzy lachte laut auf.
„Also doch ein Rückzieher. Klug von dir!"
„Abby, würdest du mir noch ein Bier bringen?", fragte Fynn.
Erleichtert nickte sie und verschwand hinter der Theke. Sie war froh, dass Fynn eingegriffen hatte, Elzy hätte es nun darauf angelegt und sie hatte wirklich keine Lust auf eine weitere Auseinandersetzung.

Sie blieb daher außer Reichweite und begann abzuspülen.
Aber er gab nicht auf.
„Versteck dich doch nicht, ich würde wirklich zu gerne sehen, wie du dich gegen mich wehren willst!"
Abby hatte genug.
„So!", rief sie und griff nach seinem Glas, um es ihm über den Kopf zu kippen. Aber er wäre nicht Elzy Lay gewesen, berühmt für seine unglaublich schnellen Reaktionen, wenn er es nicht vorausgeahnt hätte. Noch bevor sie das Glas überhaupt berührt hatte, hatte er schon ihr Handgelenk umfasst.
„Du bist zu langsam, Abby, sag ich dir doch immer!", spottete er und zog sie zu sich über den Tresen. Sie schlug mit der anderen Hand auf ihn ein, doch das gab ihm nur den Vorteil, dass er sie an beiden Handgelenken fassen konnte und sie nun wehrlos war. Wieder griff Fynn ein und legte seine Hand auf Elzys Arm.
„Lass es gut sein, Elzy, willst du ihr alles kaputt machen?"
„Und wenn?"
„Man wird sie nicht mehr respektieren, wenn du sie lächerlich machst."
„Ist nicht mein Problem, dann muss sie sich eben wehren!"
Aber er ließ Abby trotzdem los.
Sie war wütend, aber auch ein wenig nachdenklich geworden. Die Männer ließen sie also nur in Ruhe, weil sie dachten, sie sei nun mit Fynn zusammen? Hatte Fynn deshalb eine gemeinsame Wohnung vorgeschlagen, um sie weiter zu schützen?
An diesem Abend hörte sie bald auf, es war wenig los und Joe hatte nichts dagegen, dass sie nach Hause ging. Fynn begleitete sie, er musste früh raus und brauchte seinen Schlaf.
In der Wohnung war es einigermaßen warm, sie achteten darauf, dass der Ofen immer geschürt war. Fynn legte sofort Holz nach und Abby holte Wasser in einem Topf und wärmte es. Fröstelnd kuschelte sie sich in eine Decke und setzte sich in einen Sessel. Sie wollte sich noch waschen, aber nicht mit kaltem Wasser.
„Gute Nacht, schlaf gut, Abby!", wünschte Fynn und ging zu seinem Zimmer. Doch sie hielt ihn auf.
„Elzy hat recht! Ich muss kämpfen lernen! Ich muss mich durch-

setzen, ohne deine Hilfe. Kannst du mir das beibringen, Fynn?“
„Gegen jemanden wie Elzy hast du keine Chance, Abby, er ist zu schnell und zu stark.“
„Trotzdem, es muss einen Weg geben!“
Fynn setzte sich einen Sessel, Abby ließ sich ihm gegenüber nieder.
„Niemand wird mit einer Frau kämpfen, weder Butch noch ich, auch Elzy nicht, keiner von uns würde dir wirklich wehtun wollen, wir würden alle lieber zurückstecken.“
„Aber Elzy hätte mich heute lächerlich gemacht und dann würden sich alle Freiheiten herausnehmen, das weißt du so gut wie ich. Und ich könnte nichts dagegen tun. Ich will nicht, dass jemand über mich lacht!“
„Dann solltest du auch aufhören, mit Lilly zu raufen!“
„Dieses Biest! Sie hat es verdient und ich habe sie ganz schön erwischt und am Ende auch besiegt! Sie hat Butch betrogen und ausgenommen!“
„Butch lässt sich doch von jedem ausnehmen.“
„Deswegen braucht sie ihn nicht anzulügen, diese falsche Schlange. Und als ob Butch auf ihre gebleichten Haare reinfallen würde!“
„Also doch eifersüchtig!“, grinste Fynn.
„Ich bin nicht eifersüchtig!“
„Das sah heute aber ganz so aus, mach dir nichts vor, Abby, du magst ihn lieber, als du denkst.“
Abby schwieg. Sie gab es ungern zu, aber sie vermisste Butch wirklich, er hatte so viel Leichtigkeit in ihr Leben gebracht, es war immer schön gewesen, sich von ihm mitreißen zu lassen, nicht nachzudenken, einfach das Leben zu genießen.
Fynn betrachtete sie eine Weile. Was er heute zu Elzy gesagt hatte, stimmte nur zum Teil. Für ihn war Abby lediglich aus einem Grund tabu, sie musste zuerst ihr Verhältnis mit Butch klären, denn dass Butch nichts dagegen haben würde, war ihm klar, doch, wenn er sich mit ihr einließ, wollte er sie nicht teilen. Solange sie so viel für Butch empfand, hielt er Abstand von ihr.

Endlich ergriff sie wieder das Wort.
„Wirst du mir nun zeigen, wie ich mich wehren kann?"
„Du bist dir im Klaren, dass du es an Kraft nicht mit einem Mann aufnehmen kannst? Deine einzige Chance ist, du musst schneller sein und dort treffen, wo es wirklich wehtut."
„Wo ist das?"
„Augen, Nase, und hier!"
Er deutete zwischen seine Beine.
Sie sah ihn verblüfft an.
„Augen, das klingt ja übel, da kann man jemanden doch wirklich verletzen, das will ich nicht!"
„Wenn es hart auf hart geht, Abby, wenn dir jemand wirklich Gewalt antun will, solltest du darauf keine Rücksicht nehmen. Aber am besten kannst du einen Mann ausschalten, wenn du ihm dein Knie zwischen die Beine rammst. Schnell und mit aller Kraft, die du aufbringen kannst, kein Zögern. Komm morgen zu mir raus, ich werde dir das zeigen. Und jetzt gehe ich schlafen, ich bin müde!"
„Gute Nacht, Fynn, und danke!"

Fynn hielt Wort und brachte Abby bei, wie sie sich wirksam zur Wehr setzen konnte, er lehrte sie, ihre Skrupel zu vergessen, ihre Angst, jemanden zu verletzen oder ihm wehzutun, er zeigte ihr, wie leicht es für ihn war, sie zu überwältigen, wenn er nur wollte. Und sie lernte schnell, weil sie begriffen hatte, wie notwendig das für sie war.

Elzy gab keine Ruhe. Er hatte sie im Saloon immer wieder geärgert die letzten Tage und so getan, als ob er mehr von ihr wollte. Doch das ermutigte leider einen Mann, den alle Big Nose Jack nannten, und der nun auch versuchte, Abby anzufassen oder sie auf seinen Schoß zu ziehen und zu küssen. Sie hatte mehrmals scharfe Worte gebraucht, um beide von sich fernzuhalten, was bei Jack allmählich ein Problem wurde, während Elzy das Ganze als großen Spaß betrachtete und nicht wirklich daran interessiert war, Abby gegen ihren Willen zu bedrängen.

Eine Woche war vergangen, es war schon ziemlich spät und Big Nose Jack hatte sich betrunken. Er stand an der Theke und stierte vor sich hin. Als Abby an ihm vorbeiging, hielt er sie fest und umgriff sie von hinten. Sie fuhr ihn an.
„Lass das sein, Jack, ich will das nicht!"
„Bist du dir sicher, dass du das nicht willst? Bist du nicht neugierig, ob ich vielleicht besser bin als Butch oder Fynn?"
Er drehte Abby zu sich um.
„Ich könnte dir viel bieten, Abby, sehr viel! Willst du nicht mal anfassen?"
Die Gespräche um sie herum brachen ab. Es waren sowieso nur eine Handvoll Männer im Raum, Lilly und Joan saßen zwischen ihnen, alle beobachteten gespannt, was geschah.
Er nahm ihre Hand und legte sie auf seine Hose. Sie riss sich los.
„Hör auf, Jack, lass mich! Du bist betrunken!"
„Dann mach mich wieder nüchtern, ich weiß, du schaffst das!"
„Geh heim, Big Nose Jack, du hast genug!"
„Joe wird uns ein Zimmer geben, komm schon, Abby!"
Er packte sie und schob mit einer Hand ihren Rock nach oben, mit dem anderen Arm hielt er sie umklammert, so dass sie sich nicht wehren konnte. Sie gab scheinbar nach. Als er ihren Rock jedoch hoch genug angehoben hatte, schob sie ihr Bein zwischen seine, zog ihr Knie an und traf ihn mit aller Macht dort, wo es schmerzte.
Jack stöhnte laut auf, ließ sie los und taumelte. Gebückt lehnte er am Tresen und rundum ertönte Gelächter.
„Abby, was soll das?", rief Jack entsetzt und mit verzerrter Stimme.
„Du lässt mich in Ruhe, ich stehe dir nicht zur Verfügung!", schrie sie ihn an.
„Oooooh, das tut weh!"
„Hoffentlich!", rief Abby. Sie hatte sich vorsorglich außerhalb seiner Reichweite in Sicherheit gebracht.
„Wie soll ich jemals wieder eine Frau beglücken?", stöhnte er.
„Das wird schon wieder! Und ein paar Tage Pause schaden dir auch nicht!", meinte Abby mitleidslos.

„Du bist verrückt! Mir ist übel!“
Joan war aufgestanden und nahm Jack in den Arm.
„Komm mit mir, Big Nose, ich krieg das wieder hin!“
Auf sie gestützt wankte er nach oben. Die anderen nahmen ihre Gespräche wieder auf, Abby hatte sich allen Respekt zurückerobert, den sie brauchte.

Als sie in ihre Wohnung kam, war alles dunkel, Fynn schlief bereits. Aber das konnte nicht warten. Sie stürmte in sein Zimmer und weckte ihn.
„Ich hab's getan, Fynn, ich habe Big Nose Jack eins eingeschenkt!“
Fynn war erschrocken hochgefahren, Abby hatte ihn aus tiefstem Schlaf geholt. Er tastete im Dunkeln nach ihr.
„Bist du das, Abby?“, fragte er schlaftrunken. „Hat das nicht Zeit bis morgen?“
„Nein, hat es nicht!“
Und sie erzählte ihm aufgeregt aber leicht lallend, was geschehen war. Fynn war sofort hellwach und setzte sich auf.
„Du bist unglaublich!“, stellte er fest. „Dich wird bestimmt keiner mehr anfassen!“
„Das habe ich dir zu verdanken!“
„Ob ich mir damit einen Gefallen getan hab?“
Sie lachte und beugte sich zu ihm hinab, um ihn zu umarmen. Dabei verlor sie das Gleichgewicht, fiel auf ihn und riss ihn mit um.
„Hoppla, Abby! Nicht so stürmisch! Hast du getrunken?“
„Nicht so furchtbar viel!“
Sie versuchte sich aufzurappeln, was gar nicht so einfach war.
„Aua!“, rief Fynn, als sie sich auf seinem Magen abstützte.
„Tut mir leid!“, kicherte sie und fiel wieder zurück.
„Jetzt reicht es aber!“, schimpfte Fynn, wälzte sich unter ihr weg und suchte auf dem Nachttisch nach seiner Öllampe. Endlich hatte er sie entzündet und blickte auf Abby, die quer über seinem Bett lag und lachend zu ihm aufsah.
„Du bist betrunken!“, stellte er fest.

„Bin ich nicht!“
„Ich bringe dich in dein Bett! Komm mit!“
„Ich bin doch schon in meinem Bett!“
„Nein, das ist mein Bett, los, steh auf!“
„Ich kann doch hierbleiben, …“
„Das hättest du gerne.“
„Du nicht?“
„Darüber reden wir ein anderes Mal. Wenn du wieder nüchtern bist!“
Er zog sie hoch und sie klammerte sich an ihn. Mit einiger Mühe schleppte er sie in ihr Zimmer und warf sie auf ihr Bett, doch sie ließ ihn nicht los.
„Ich mag nicht allein sein! Bleib bei mir, bis ich eingeschlafen bin!“
Ihre Stimme klang bereits schläfrig.
Fynn löste sich aus ihrem Griff, was nun ganz einfach war. Er entzündete auch hier ein Licht, zog ihr Jacke, Stiefel und den Rock aus und lockerte ihr Mieder, damit sie einigermaßen bequem schlafen konnte. Dann deckte er sie zu und wandte sich zum Gehen.
„Warum willst du mich nicht?“, fragte sie undeutlich.
Er beugte sich zu ihr hinunter.
„Ich will dich doch!“, flüsterte er. „Aber alles zu seiner Zeit!“
Er war sich sicher, dass sie das nicht mehr gehört hatte, denn sie schlief bereits. Er löschte das Licht und begab sich wieder in sein Bett.

Der strenge Winter

Am nächsten Tag war Fynn bereits weg, als sie erwachte. Sie hatte einen gehörigen Kater, konnte sich an kaum mehr etwas erinnern, was nach der Szene mit Big Nose Jack geschehen war. Man hatte ihr Bier und Whisky spendiert, das wusste sie noch, und sie hatte irgendwann mit Lilly Brüderschaft getrunken. Dann war sie heimgelaufen zu Fynn und war zu ihm ins Zimmer, war sie nicht auf seinem Bett gelegen? Wie war sie in ihr eigenes Zimmer gekommen? Ihre Stiefel standen neben ihrem Bett, ihr Rock und ihre Jacke hingen ordentlich über einem Stuhl. Hatte sie sich noch selbst entkleidet?

Sie gab das Nachdenken auf, sie würde Fynn fragen müssen. Seufzend stand sie auf, machte Wasser warm und wusch sich gründlich. Essen wollte sie nichts, allein der Gedanke bereitete ihr Übelkeit. Wie es wohl Big Nose Jack heute ging?

Die kalte Luft draußen war heilsam. Abby beschloss, erst zu Fynn hinauszureiten, bevor sie sich wieder in den rauchigen Saloon begab.

Fynn saß auf einem Zaun und beobachtete die Herde, es gab nicht viel zu tun im Moment, die anderen Männer standen teilweise um wärmende Lagerfeuer, Elzy war bei ihnen. Abby winkte ihm zu und er hielt die Daumen nach oben und lachte sie anerkennend an. Bestimmt hatte er die Geschichte mit Big Nose Jack gehört.

Fynn betrachtete Abby, als sie sich näherte und fragte sich, wie viel sie von der vorherigen Nacht noch wusste. Anscheinend sehr wenig, denn sie war unbefangen wie eh und je.

„Hallo Abby! Was führt dich in die Kälte?“, begrüßte er sie. „Du siehst schrecklich aus!“

„Ich habe wohl zu viel getrunken!“, gestand sie. „Da tut es mir gut, ein wenig herauszukommen. Habe ich dir gestern noch alles über Big Nose Jack erzählt?“

„Hast du!“

„Ich weiß nicht mehr viel, ich habe dich wohl aufgeweckt?“

„Oh, ja!“ Er beugte sich vor und raunte verschwörerisch: „Und was du sonst noch getrieben hast, willst du gar nicht wissen, glaube mir!“
Abby erschrak.
„Was war denn?“
„Ich musste dich gewaltsam aus meinem Bett entfernen!“
Sie wurde rot.
„Du lügst mich an.“
Aber Erinnerungsfetzen sagten ihr, dass er die Wahrheit sprach. Sie spürte noch seinen festen Griff, als er sie getragen hatte, sie konnte noch den heißen Wunsch fühlen, dass er bei ihr bleiben sollte! Hoffentlich hatte sie nichts Derartiges verlauten lassen!
Fynn amüsierte sich über ihr erschrockenes Gesicht.
„Was zahlst du mir, damit ich dir alles verrate?“
„Nichts zahle ich. Weil nichts passiert ist. Das wüsste ich doch!“
Sie schwieg eine Weile und sah ihn herausfordernd an. Fynn wartete geduldig, pfiff ein wenig vor sich hin und wurde belohnt.
„Haben wir uns geküsst?“, stieß sie hervor.
„Ich konnte es verhindern!“, lachte er.
„Was willst du damit sagen?“
„100 Dollar auf die Hand!“
„Von wegen! Wir haben uns also nicht geküsst. Hätte mich auch gewundert!“
„In deinem Zustand gestern hätte mich nichts mehr gewundert. Küssen wäre ja noch harmlos gewesen!“
„Was ist passiert?“
„100 Dollar! Kein Cent weniger!“
Sie wandte sich um und wollte wegreiten, aber er fasste in die Zügel und hielt sie auf.
„Psst, Abby, eins muss ich dir schon sagen, du hast wunderschöne Beine!“
„Woher, wieso, …?“
„100 Dollar!“
„Mit dir handle ich nicht mehr!“
„Da gibt es nichts zu verhandeln. 100 Dollar und ich verrate dir alles, was du gestern noch getrieben hast.“

„Ich muss zur Arbeit! Wir sehen uns später!"
Sie riss ihm die Zügel aus der Hand und ritt los. Ihr Gesicht brannte vor Scham. Was war denn nun wirklich passiert? Wieso wusste Fynn, wie ihre Beine aussahen? Oder hatte er sie nur ärgern wollen?
Sie fand es nie heraus, denn Fynn schwieg über die Geschehnisse, machte nur ab und zu geheimnisvolle Andeutungen und blieb ihr weiterhin fern.
Der November war beinahe zu Ende, am 28. wurde Thanksgiving gefeiert. Fynn und Abby waren zusammen mit ein paar Nachbarn bei ihrer Vermieterin, der Witwe, eingeladen, die einen Truthahn besorgt hatte und sich über die Abwechslung freute. Es wurde ein gemütlicher Abend mit köstlichem Essen in einer warmen Stube, während es draußen schneite.
Keiner wollte gern nach Hause gehen, weil es bedeutete, in die Kälte zu müssen und durch Schnee zu stapfen, daher dauerte die Feier ungewöhnlich lange. Es war spät, als Fynn und Abby sich endlich zurückziehen konnten. Sie stiegen die Treppen hinauf in ihre Wohnung und dann sahen sie durch einen Spalt zwischen Tür und Boden, dass bei ihnen Licht brannte. Sie hatten es doch ausgemacht? Sie ließen es nie brennen, wegen der Feuergefahr.
Fynn legte den Finger auf den Mund und bedeutete Abby, zurückzubleiben. Sie suchte hastig nach irgendeiner Waffe, fand jedoch nichts Geeignetes.
Fynn schlich an die Tür, riss sie mit einem Ruck auf und sprang ins Zimmer, bereit, jeden anzugreifen, der sich darin aufhalten sollte. Doch dann lachte er.
„Das gibt's doch nicht! Du bist es!"
Abby drängte sich an ihm vorbei und erstarrte.
„Du bist noch schöner geworden, Abby!" ertönte eine Stimme vom Sofa her.
Es war Butch, der auf ihrem Sofa lag, in eine Decke gewickelt, vor sich auf dem Tisch ein Glas Whisky und ein leerer Teller, offensichtlich hatte er sich von ihren wenigen Vorräten bedient.
Abby stieß einen Freudenschrei aus, lief auf ihn zu und umarmte ihn.

„Wie kommst du hier rein? Woher wusstest du, wo wir sind?"
Er küsste sie und hielt sie so von weiteren Fragen ab. Sie setzte sich neben ihn, strich ihm übers Haar und über die Arme, er zog sie fest an sich, sah aber Fynn prüfend an.
„Nun ja, die Tür unten war offen und diese hier kein Problem. Wenn ihr nicht wollt, dass jemand hereinkommt, solltet ihr euch ein Schloss besorgen, das man nicht so leicht aufkriegt!"
„Und wo kommst du jetzt her? Sind Matt und Tom auch bei dir? Wie seid ihr entkommen?", fragte Fynn.
„War nicht weiter schwer, sie sind uns ein paar Tage gefolgt, dann verloren sie wohl unsere Spur in den Bergen. Wir sind nach Wind River, haben wochenlang gewartet, ob sie kommen, sind sie nicht. Als wir sicher waren, haben wir uns dann auch getrennt, Tom und Matt sind weiter nach Star Valley um dort zu überwintern. Ich wollte nicht mit, Lander gefällt mir besser, vor allem die Frauen, die hier sind, ich bin über ein paar Umwege zurückgeritten. Es wurde immer schlimmer mit dem Schnee, ich musste warten, bis ich über die Pässe kam und heute hat es mich beinahe erwischt, aber ich hätte nicht länger warten können, sonst wäre ich irgendwo erfroren, ich wusste ja, es war nicht mehr weit. Seit ich hier bin, versuche ich mich aufzuwärmen. Habt ihr noch mehr Holz?"
Fynn nickte und legte nach.
„Meine nassen Sachen habe ich in eurer Badestube aufgehängt. Ich habe mir was von dir genommen, Fynn, ich hoffe, es ist dir recht, ich hatte nichts Trockenes mehr."
„Ist doch selbstverständlich. Du bleibst also hier?"
„Hier in Lander, ja, ich geh da nicht mehr raus die nächsten Wochen. Ich kann im Saloon bleiben, Joe macht mir einen guten Preis."
„Und dort hast du gehört, dass Abby und ich zusammen eine Wohnung haben?"
„Ja, hat man mir gleich erzählt. Ich dachte mir schon, na, Abby hat sich ja schnell getröstet, dann habe ich mich hier umgesehen. Getrennte Betten? Tatsächlich? Die ganze Zeit über?"
Fynn lachte.

„Bis auf die eine Nacht, in der Abby mich verführen wollte, …"
„Das ist nicht wahr!", fuhr sie auf.
„Es ist dir ja auch nicht gelungen!", spottete er.
„Ich hoffe, meine Rückkehr kommt nicht ungelegen?", fragte Butch verwirrt.
„Sie kommt gerade recht!", rief Abby mit wütendem Seitenblick auf Fynn. Sie hasste seine ständigen Andeutungen auf ihr Verhalten in jener Nacht.
„Dann ist es ja gut. Abby, ich habe eine Flasche Whisky in meiner Tasche, sie ist in der Badestube, eurer ist leider schon leer, war aber gut. Holst du ihn? Ich hätte gern noch was, ich muss mich irgendwie wieder aufwärmen. Und ich möchte mit euch anstoßen. Ihr müsst mir auch erzählen, was so alles los war hier."
Abby stand auf und lief, um die Flasche zu holen. Sie hörte die zwei Männer leise sprechen, konnte aber nichts verstehen.

Als sie das Zimmer wieder betrat, verstummten sie und Abby wusste, dass es um sie gegangen war.
Sie brachte die Flasche und zwei weitere Gläser und schenkte ein.
„Betrink dich nicht, Abby! Ich möchte mich nicht wieder meiner Haut wehren müssen!", sagte Fynn zu ihr.
Sie warf den Kopf zurück, stieß mit den Männern an, leerte das Glas in einem Zug und schenkte sich nach.
„Eieiei", staunte Butch. „Muss man Angst haben?"
„Frag Big Nose Jack, dem hat sie das Knie in seine empfindlichste Stelle gedonnert. Er konnte tagelang nicht auf einem Pferd sitzen."
„Fynn, du weißt, was ich mit dir mache, wenn du weiter so einen Unsinn erzählst?"
„Und mit Lilly hat sie um dich gerauft. Die Ärmste hatte zu tun, die blauen Flecken zu überschminken."
„Ich glaube, ich habe schon zu viel Whisky", lachte Butch. „Und ich würde es auch nicht glauben, wenn ich es nicht schon im Saloon gehört hätte. Darum bin ich auch zu euch gekommen,

ich war neugierig, was hier passiert ist."
„Nichts ist passiert!", rief Abby zornig. „Die übertreiben alle!"
Sie schenkte sich noch einmal ein. Butch betrachtete sie.
„Ich glaube, es ist besser, wir lassen es für heute gut sein. Ihr müsst mir jetzt nur eins sagen: Kann ich heute Nacht hierbleiben, ich würde auch auf dem Sofa hier schlafen, oder soll ich zurück in den Saloon, in ein ungeheiztes Zimmer und mich zu Tode frieren?"
Abby schmiegte sich an ihn.
„Ich würde sagen, du bleibst hier und zwar bei mir."
„Fynn?"
„Wenn ich Abby so ansehe, hast du gar keine andere Wahl!"
„Fynn, ich will deine Meinung darüber wissen!"
„Du kennst meine Meinung! Sei unser Gast, Butch, so oft und so lange du willst!"
„Danke, Fynn, du bist ein guter Freund!"
„Ich weiß!", antwortete Fynn und sah Abby und Butch nach, wie sie zusammen in Abbys Zimmer gingen. Nachdenklich trank er seinen Whisky aus. Wie lange würde es noch gut gehen zwischen den beiden? Nun, er konnte warten, letztendlich war es Abby, die entscheiden musste, was und wen sie eigentlich wollte.

Wie war es schön, wieder bei Butch zu sein, in seinen Armen zu liegen, bei ihm Schutz und Wärme zu finden! Abby war selig, sie suchte seine Nähe und wollte ihn gar nicht loslassen. Der Winter erschien ihr nun überhaupt nicht mehr schrecklich, nein, sie sah viele gemütliche Abende und leidenschaftliche Nächte vor sich. Butch würde ganz ihr gehören, zumindest eine Zeitlang.

Die nächste Woche blieb Butch tatsächlich. Er begleitete Abby in den Saloon, ritt dann oft weg, kam bei Einbruch der Dunkelheit wieder und ging mit ihr nach Hause, wenn Joe sie entließ. Butch hatte ihr alles Geld zurückgezahlt, das sie ihm gegeben hatte, er war überhaupt mit einem kleinen Vermögen wiedergekommen, wollte aber nicht verraten, wo er es herhatte. Wie üblich gab er es mit vollen Händen aus und war daher überall gern gesehen.

Und dann war die erste Nacht, in der sich im Saloon bei Abby entschuldigte, er müsse auch andere Freundschaften pflegen. Sie hatte es natürlich erwartet, war aber dennoch enttäuscht. Sie lag allein in ihrem großen Bett und vermisste ihn.
Zwei Tage später blieb er wieder bei ihr, aber es war nicht mehr dasselbe. Abby merkte, dass sie es hasste, dass er sie immer wieder allein lassen würde. Sie mochte ihn, vielleicht mochte sie ihn zu sehr, sie wollte ihn für sich, doch Butch war dafür nicht geschaffen. Am Anfang ihrer Beziehung im Sommer hatte sie es viel gelassener akzeptiert, dass sie eine von vielen war. Alles war so neu gewesen, so ungewohnt leicht, jetzt dagegen in der Düsternis des Winters wollte sie ein wenig Sicherheit in ihrem Leben.
Trotzdem sagte sie keinen Ton und die Wochen vergingen. Sie feierten Weihnachten zusammen, Butch schenkte ihr schönen Schmuck und sie ihm einen warmen Pullover, über den er sich sehr freute. Von Fynn bekam sie eine Pelzmütze, die sie in der Kälte gut brauchen konnte, und sie war ihm sehr dankbar. Er bekam zwei Bücher von ihr, sie hatte herausgefunden, dass er gerne las und oft schon waren sie abends zusammengesessen und Abby hatte vorgelesen. Die Witwe hatte einen vollen Bücherschrank, aus dem Abby sich bedienen durfte. Abby liebte diese stillen Stunden im Schein der Öllichter, sie und Butch lagen auf dem Sofa, Fynn saß im Sessel und sie las laut vor von Geschichten, die sich in fernen Ländern zutrugen, von Abenteuern, von Liebe, Verrat und Tod. Aber es gab auch immer mehr Abende, an denen Butch fehlte.
Kurz vor Jahresende kam Fynn sehr früh nach Hause, denn er hatte Abby nicht im Saloon vorgefunden. Sie hatte dort gesagt, sie fühle sich krank und er machte sich Sorgen. Als er eintrat, sah er sie sehr blass und still auf dem Sofa liegen.
Er zog seine Jacke und seine Stiefel aus und hockte sich vor sie auf den Boden.
„Was ist los?“, fragte er. „Du bist doch nicht krank?“
Sie sah ihn nur stumm an und er merkte, dass sie geweint hatte.
„Wo ist Butch?“

„Was weiß ich, bei Joan, bei Lilly oder bei der kleinen schwarzhaarigen Nutte zwei Häuser weiter oder bei sonst irgendeiner einsamen Frau, die er trösten muss!“
Fynn atmete heimlich auf. Nun war es wohl so weit, Abby war auf den Boden der Tatsachen gefallen.
„Sonst kein Problem?“, fragte er vorsichtig. „Also mit dir ist ansonsten alles in Ordnung?“
„Ja doch. Ich hatte heute einfach keine Lust auf die alle. Ich hasse es, wenn Lilly mich angrinst, weil Butch bei ihr ist. Und Elzys Bemerkungen, ob er nicht Butchs Platz übernehmen könnte, wenn er woanders ist. Ich habe noch kaum einen Tag dort freigenommen, ich brauche eine Pause, ich sagte einfach, ich fühle mich krank!“
„Verstehe ich, irgendwann gehen einem alle auf die Nerven, vor allem, wenn man sie jeden Tag sieht.“
„Fynn, tust du mir einen Gefallen?“
„Welchen?“
„Könntest du Butch sagen, er soll mir eine Zeitlang aus dem Weg gehen? Er soll bei seinen anderen Weibern bleiben, ich will ihn nicht mehr hier haben.“
„Abby, das solltest du ihm selbst sagen.“
„Wenn ich das tue, lässt er mich nicht ausreden. Ich habe es schon versucht, aber er hat seine Methoden, mich zum Schweigen zu bringen. Er kriegt mich einfach immer rum, ich weiß auch nicht, wieso. Darum möchte ich ihn nicht mehr sehen, ich habe Angst, dass ich wieder nachgebe.“
„Dann musst du etwas bestimmter auftreten. Er wird dir zuhören, wenn er merkt, dass du es wirklich ernstmeinst. Er würde doch nichts gegen deinen Willen tun! Ist es denn auch dein Ernst, willst du das mit ihm beenden?“
Sie blickte ihm in die Augen. Er wartete gespannt, ließ sich aber nichts anmerken.
„Ich muss es beenden, Fynn. Das Ganze demütigt mich. Anfangs konnte ich das so leicht hinnehmen. Irgendetwas hat sich geändert, ich weiß nicht, was.“
„Ich habe dich schon einmal gefragt, liebst du Butch?“

„Ich glaube schon. Ich weiß es nicht. Ich möchte, dass er zu mir gehört, das ist nicht möglich, also ist es besser, ihn nicht zu lieben, oder?“
„Kann man sich das denn aussuchen?“
Sie straffte die Schultern.
„Ich kann es mir aussuchen. Ich bin frei, ich kann tun, was ich will. Ich möchte nicht länger abhängig sein, ich möchte nicht länger auf ihn warten, nicht wissen, ob er kommt oder nicht. Ich hasse das und ich will das nicht mehr. Und daher werde ich es beenden. Er liebt mich nicht, also warum soll ich meine Gefühle an ihn verschwenden?“
„Klingt nach großem Herzeleid“, meinte Fynn.
„Ich kann ihm nicht einmal böse sein. Er hat mich niemals im Unklaren gelassen, wie es sein wird. Es ist mein Problem, dass ich nicht mehr ohne ihn sein will. Und weil es mein Problem ist, kann nur ich es lösen!“
„Du bist ein kluges und starkes Mädchen, Abby.“
„Ich habe viel nachgedacht die letzten Tage.“
„Das merkt man. Sag es ihm bald.“
„Ich sage es ihm, wenn er wieder zu uns kommen will. Er kann gerne bleiben, hier auf dem Sofa.“
„Ob das gut geht? Mach dann nur nicht den Fehler und trinke etwas, da wirst du immer so hemmungslos!“
Er grinste als sie die Augen verdrehte und fuhr fort.
„Dennoch glaube ich, dass du jetzt einen Schluck brauchen könntest, nicht? Aber fall nicht wieder über mich her!“
„Dann wehre dich doch, es ist unglaublich, dass du so viel Angst vor mir hast! Ja, ich denke auch, dass ich etwas zu trinken brauchen könnte.“
Fynn erhob sich und holte den Whisky.
Er setzte sich zu ihr auf das Sofa und nahm sie in den Arm. Sie lehnte sich an ihn, suchte Trost und Wärme. Noch nie in der ganzen Zeit war er ihr so nahegekommen und sie merkte erstaunt, dass ihr Herz schneller schlug.
„Wollen wir unser neues Buch lesen?“, fragte sie ein wenig verlegen. „Es würde mich ablenken.“

„Gerne!"
Sie nahm das Buch vom Tisch, suchte das Lesezeichen und las weiter in der rührenden Geschichte einer verarmten adeligen Engländerin, die sich in den falschen Mann verliebte. Nach ein paar Seiten klappte Abby das Buch jedoch verärgert zu.
„So ein Unsinn!", schimpfte sie. „Wie kann dieses Weib nur so dumm sein! Wieso rennt sie ihm so hinterher?"
„Es soll schon öfter vorgekommen sein, dass man sich in den Falschen verliebt und nicht von ihm lassen kann!", meinte Fynn vorsichtig.
„Spielst du auf mich an? Ich weiß, wann es zu Ende ist! Ich hole jetzt ein anderes Buch, das hier ist ja wohl übelster Schund!"
Sie suchte eine Weile und fand ein Buch über große Entdeckungen. Dann legte sie sich wieder zu Fynn auf das Sofa, sie hatten es warm und gemütlich unter einer Decke und lasen von gefährlichen Fahrten rund um die ganze Welt. Als Abby zu Bett ging, hatte sie ihren Kummer schon fast überwunden. Es war auch mit Fynn zusammen auf dem Sofa schön gewesen, das mit Butch, nun ja, sie hatte doch immer gewusst, dass es keine Zukunft haben würde. Trotzdem hatte sie sich in etwas verrannt. Sie schwor sich, dass ihr das nie wieder passieren würde. Von Liebe hatte Abby wirklich sehr wenig Ahnung!
Fynn pfiff zufrieden vor sich hin, als er sich schlafen legte. Endlich wurde Abby vernünftig, er konnte nur hoffen, dass sie jetzt fest bei ihrem Entschluss blieb. Er würde mit Butch reden müssen, aber ohne, dass Abby das jemals erfuhr. Butch sollte ihm nicht mehr in die Quere kommen, dafür würde er schon sorgen.

Silvester wurde im Saloon gefeiert. Endlich war einmal wieder richtig Betrieb und Abby hatte alle Hände voll zu tun. Mit Butch hatte sie noch nicht reden können, er war nicht wieder zu ihr gekommen und sie schob das Gespräch gerne hinaus. Bis Mitternacht waren alle ziemlich betrunken. Als die Uhr zwölf schlug, stimmten sie gemeinsam das Auld Lang Syne an. Dann liefen sie hinaus in die schneekalte, sternenklare Nacht und schossen in die Luft, es war ein Höllenlärm. Abby stand neben Elzy und Fynn und atmete befreit die frische Luft ein. Elzy umarmte sie schließlich, hob sie hoch und wirbelte sie herum, dann verschwand er in der Menge. Andere kamen, umarmten sie mit frohen Wünschen, und irgendwann war Fynn bei ihr.

„Frohes Neues Jahr, Abby!“

„Dir auch Fynn!“

Er zog sie an sich und gab ihr einen kleinen Kuss auf die Wange. Sie ließ ihn nicht gleich los und küsste ihn ebenfalls. Fynn blickte ihr in die Augen. Er hielt sie fest im Arm, strich ihr ein paar Haarlocken aus der Stirn und sie schauderte. Langsam senkte er den Kopf ein wenig und küsste sie auf den Mund. Sie erstarrte kurz, doch dann erwiderte sie den Kuss. Ihr wurde klar, dass sie sich das gewünscht hatte, seit sie Fynn zum ersten Mal begegnet war. Seine Ablehnung hatte ihr immer zu schaffen gemacht, er hatte stets Abstand zu ihr gehalten und sie hatte nie ganz verstanden, warum.

Sie versanken in ihren Kuss, hörten nichts mehr von dem Trubel um sie herum, es gab nur noch Abby und Fynn.

„Hohoho!“, ertönte plötzlich eine Stimme neben ihnen. „Da will man ja kaum stören!“

Fynn löste seine Lippen von Abbys Mund, hielt sie aber weiter fest im Arm und fragte:

„Warum tust du es dann? Frohes Neues Jahr, Butch!“

„Dir auch, Fynn. Abby?“

Butch streckte seine Arme nach ihr aus und lachte sie an.

„Schönstes Mädchen von Wyoming, lass dir ein gutes Neues Jahr wünschen!“

Fynn gab sie frei und Butch umarmte und küsste sie.

„Neues Jahr, neues Glück!“, raunte er ihr ins Ohr. „Ich werde dann wohl heute woanders nächtigen!“

„Tu das, Butch. Und viel Glück auch dir im Neuen Jahr!“

Sie drückte ihn kurz an sich und drehte sich gleich wieder zu Fynn um, der seinen Arm um ihre Schultern legte.

„Gehen wir zurück, es ist lausig kalt!“, schlug er vor und Abby, der alles andere als kalt war, stimmte zu.

Die Feier dauerte fast bis zum Morgen. Abby versprach, am Vormittag zu kommen und beim Aufräumen zu helfen und war heilfroh, endlich ins Bett gehen zu können. Sie hatte wenig Alkohol getrunken, es war zu viel zu tun gewesen.
Fynn war ebenfalls bis zum Schluss geblieben und gemeinsam liefen sie nach Hause. Sie schlichen leise die Treppe hinauf, um die Witwe nicht zu wecken. Sie hatte sich schon öfter beschwert, wenn die beiden spät heimkamen und noch lärmten. Schließlich standen sie in ihrem Wohnzimmer und sahen sich an.
„Wie viel Whisky muss ich dir heute noch geben, um dich in mein Bett zu kriegen?“, fragte Fynn.
„Probiere es aus!“, lachte sie. Sie war eigentlich todmüde, aber allein der Gedanke, was nun passieren würde, ließ ihr Herz schneller klopfen und hielt sie hellwach. Er trat auf sie zu und zog sie fest an sich.
„Ich versuche es mal ganz ohne!“, raunte er in ihr Ohr.
„Es könnte funktionieren!“, flüsterte sie und küsste ihn.
„Das wäre wunderbar! Ich möchte nämlich nicht mehr so lange warten! Ich habe lange genug auf dich gewartet.“
„Dann sollten wir keine Zeit mehr verlieren!“
„Du sagst es!“
Er nahm sie bei der Hand und führte sie in sein Zimmer.

Aus dem eiskalten Dezember wurde ein noch kälterer Januar. Es gab so viel Schnee, dass niemand mehr aus dem Ort konnte, sie waren abgeschnitten von der Welt. Später sprach man davon, dass es einer der schlimmsten Winter seit Menschengedenken gewesen war, viele Menschen gerade in Utah und Wyoming verhungerten oder erfroren. In Lander war die Situation noch einigermaßen erträglich, man hatte genug Feuerholz und ausreichend Nahrungsmittel, aber alles wurde sehr teuer und manches bekam man nur noch über Beziehungen.
Abby bemerkte den Winter teilweise gar nicht, denn sie war ja bei Fynn und mehr wollte sie nicht. Es war so anders als mit Butch, auf Fynn konnte sie sich verlassen, er war für sie da und sie musste sich nie fragen, bei wem er sich herumtrieb. Er ge-

hörte ihr und sie gehörte ihm. Butch hatte das anstandslos ohne große Worte verstanden und akzeptiert und hielt sich von ihr fern, begegnete ihr nur mehr freundschaftlich. Er mochte sie sehr, aber das war schon alles gewesen, daher fiel ihm das nicht schwer. Fynn und Abby benahmen sich vor den anderen so wie immer, aber da sowieso niemand geglaubt hatte, dass die beiden sich nur die Wohnung und nicht auch das Bett teilten, machte es keinen Unterschied. Manchmal übernachtete Butch bei ihnen, nur waren jetzt die Plätze im Bett und auf dem Sofa vertauscht. Butch war derjenige, der extra saß und schlief während Fynn sich bei Abby befand.
Der strenge Winter dauerte bis Mitte März. Dann begann der Schnee zu schmelzen, die Sonne gewann an Kraft und das erste zaghafte Grün zeigte sich und wurde jubelnd begrüßt.
Eines Abends kam Butch mit einer neuen Idee, er wollte eine Pferderanch gründen. Die anderen hielten ihn für verrückt, aber Butch war der Meinung, er müsse nun endlich einen ehrlichen Weg einschlagen, er hätte genug vom gesetzlosen Leben. Da er noch über ein wenig Geld verfügte, setzte er seinen Plan sogleich in die Tat um und baute sich etwas außerhalb von Lander eine große Holzhütte, die bald zum beliebten Treffpunkt seiner Freunde wurde. Auch Abby und Fynn waren oft dort, Fynn half mit, als die ersten Pferde eintrafen, die Butch von einer anderen Ranch gekauft hatte. Und so blieben sie alle weiter in Lander, ohne Butch so schien es, würde es keine weiteren Raubzüge mehr geben.

Das änderte sich schnell, als Mitte April Matt und Tom zurückkehrten. Zur Überraschung aller hatten sie beide im langen Winter in Star Valley geheiratet und waren nun begierig, Geld zu beschaffen, das sie ihren Frauen schicken konnten.
„Wir könnten es wieder mit einer Bank versuchen!“, schlug Tom vor, als sie im Saloon beisammensaßen.
Es herrschte allgemeine Zustimmung und sie schmiedeten in den nächsten Tagen viele Pläne. Butch war meist mit dabei, aber er sagte wenig dazu, Elzy genauso.
Toms Bruder Bill war inzwischen auch nach Lander gekommen und drängte darauf aufzubrechen.
Eines Abends kam Fynn in den Saloon und sprach mit Joe. Dann winkte er Abby zu, sie solle mitkommen.
„Was ist los?“, fragte sie.
„Wir reiten raus zu Butch, wir müssen reden, ohne die anderen. Joe weiß Bescheid. Mach schnell, bevor man es mitkriegt!“
Abby gehorchte erstaunt und folgte Fynn nach draußen, wo zwei Pferde auf sie warteten. Es war immer noch ziemlich kalt, aber die Tage waren schon spürbar länger geworden, so dass sie noch vor der Dämmerung bei Butch eintrafen.
Dort fanden sie Elzy vor, der mit Butch zusammen am Tisch saß und heftig mit ihm diskutierte. Sie brachen ab, als Abby und Fynn eintraten.
„Setzt euch!“, lud Butch sie ein und reichte ihnen Gläser, die er mit Whisky vollschenkte. Dann wandte er sich an Fynn.
„Hast du schon mit Abby geredet?“
„Nein, ich wollte erst abwarten, ich habe ja dein Gesicht gesehen die letzten Tage und nachdem Elzy so ungewöhnlich schweigsam war, …“
Elzy lachte.
„Ist aufgefallen, nicht?“
Abby war es auch aufgefallen, aber sie hatte nicht die richtigen Schlüsse gezogen.

„Worum geht es eigentlich?“, fragte sie beklommen.
„Um Matts Pläne!“, antwortete Elzy. „Und um das, was wir von Tom über Matts Frau gehört haben.“
„Und was ist damit?“
„Matts Frau ist 14. Und anscheinend ist sie nicht ganz freiwillig seine Frau geworden.“
„Wie bitte?“
„Wir kennen Matt!“, erklärte Butch. „Ich könnte mir vorstellen, dass die Geschichte stimmt, er hat vielleicht ein 14jähriges Mädchen mit Gewalt genommen und sie gezwungen ihn zu heiraten, wir vermuten, dass sie ein Kind erwartet. Keiner von uns könnte das billigen.“
„Genug davon, ob es nun stimmt oder nicht!“, warf Elzy ein. „Wie sagen wir es Matt?“
„Was sagen wir ihm?“, fragte Abby verständnislos.
„Dass wir nicht mitmachen bei ihm!“, erklärte Fynn.
„Wir sind uns wie immer einig, ohne dass wir überhaupt darüber geredet haben! Mir scheint, ich kenne euch schon seit Jahren und nicht erst seit ein paar Monaten!“, lachte Elzy.
„Ihr seid euch vielleicht einig ohne Worte, ich verstehe gar nichts mehr!“, murrte Abby.
„Was ist so schwer daran zu verstehen?“, fragte Butch. „Matt hat seine eigenen Vorstellungen, wir kennen ihn, er handelt unüberlegt, wir fürchten es wird Tote geben, keiner von uns möchte das, es geht anders, es genügt, die Leute auszurauben, ihr Leben sollen sie behalten!“
„Ich möchte vor allem nicht unter seinem Kommando stehen, denn das wird er für sich in Anspruch nehmen! Er behauptet auch nach wie vor, dass euer Raub in Colorado auf seinen Plänen beruhte und nicht auf denen von Butch, das glaube ich im Leben nicht!“, rief Fynn und hob sein Glas. „Also trinken wir darauf, wir gehen unsere eigenen Wege, ohne Matt!“
„Du sagst es, alter Freund!“
Elzy stieß mit ihm an, ebenso Butch. Sie blickten auf Abby. Sie nahm ihr Glas und schloss sich an.
Dann fragte sie: „Und was haben wir jetzt vor?“

„Schlag du etwas vor, Abby, schließlich willst du eine von uns sein!“, forderte Elzy sie auf.
Abby zögerte und dachte an das, was Matt mit den anderen besprochen hatte.
„Wie wäre es mit einer Bank?“
Die Männer brachen in schallendes Gelächter aus.
„Das ist unser Mädchen!“, rief Butch vergnügt. „Respekt, Fynn, dass du sie aufgelesen hast!“
„Ok, bleibt das Problem, wie wir es Matt sagen. Er wird es uns übelnehmen, wenn wir nicht mit ihm gehen. Ich könnte ihm natürlich flüstern, dass Abby kalte Füße gekriegt hat und sie darauf besteht, dass wir hierbleiben und so ehrlich wie Butch werden“, schlug Fynn vor.
„Das machst du nicht!“, widersprach Abby empört. „Was soll er von mir denken?“
„Was er insgeheim sowieso denkt!“, grinste Elzy. „Du bist ein schwaches Weib und nicht fähig und mutig genug, mit Männern mitzuhalten. Aber es wäre tatsächlich eine geschickte Idee, Abby vorzuschieben. Es passt ihm sicher nicht, dass er sie mitnehmen muss. Wenn wir darauf bestehen, dass sie dabei ist, ist er heilfroh, wenn wir getrennte Wege gehen.“
„So macht ihr es!“, stimmte Butch zu.
„Du wirst also nicht dabei sein?“, fragte Fynn.
„Ich habe vorhin schon versucht, ihn zu überreden, bevor ihr gekommen seid, es ist wohl zwecklos“, seufzte Elzy.
„Ich will ein ehrlicher Mann werden!“
„Das schaffst du sowieso nicht!“, prophezeite Fynn. „Besser, du gibst das gleich auf!“
„Nein, ich werde das jetzt durchziehen. Dann kann ich später zumindest mal sagen, ich habe es wenigstens versucht!“
„Bleiben wir drei!“, stellte Elzy fest. „Wir können nur hoffen, dass wir nie von Abbys erbärmlichen Schießkünsten abhängig sein werden. Da können wir uns gleich selbst die Kugel geben!“
Er zwinkerte ihr zu.
„Vielleicht wäre ich besser, wenn ich einen guten Lehrer gehabt hätte!“, gab sie bissig zurück. „Mit Butch hat es funktioniert!“

„Das Reiten liegt dir eben mehr, da hatte er es einfacher!" spottete Elzy.
„Nur kein Neid!", grinste Butch. „Und Elzy, egal was du sagst, so schlecht hat sie auch wieder nicht geschossen, es genügte nur deinen Ansprüchen nicht!"
„Die sind hoch!", lachte Elzy. „Zugegeben, hätte mich auch gewundert, wenn irgendjemand die erfüllt. Matt hat mich an dem Tag allerdings sehr überrascht, ich wusste nicht, dass er so gut ist. Ich hatte eigentlich gedacht, Abby schlägt ihn um Längen."
„Du warst nicht der einzige, der über Matt staunte", stimmte Butch zu. „Und ehrlich gesagt dachte ich, es sei vorbei, als es ans Reiten ging. Und dann kam dieser unglaubliche Sprung über den Bach!"
Er blickte Abby stolz an. „Ich bin heilfroh, dass ich dich doch ein paarmal über Hindernisse jagte."
Abby hob ihr Glas erneut.
„Ohne euch beide hätte ich das nie geschafft, glaubt mir, ich weiß das und ich bin euch sehr dankbar!"
„Das ist doch ein Wort!", rief Butch und sie stießen alle erneut an und tranken.
Sie redeten und planten noch stundenlang und am Ende war die Whiskyflasche leer und weder Elzy noch Abby und Fynn hatten Lust, nach Lander zurückzureiten, also blieben sie einfach bei Butch und machten es sich so bequem wie möglich. Butch hatte Abby höflich und zuvorkommend wie immer sein Bett angeboten, aber sie zog es vor, mit Fynn auf einer Decke neben dem warmen Ofen zu bleiben.

Zwei Tage später brach Matt mit den Brüdern Bill und Tom auf. Abby hatte gar nicht mitbekommen, wann Fynn und Elzy mit ihnen gesprochen hatten, seit sie das von Matts Frau wusste, war sie froh, dass sie nichts mehr mit ihm zu tun haben musste. Sie hörten zwar in den nächsten Jahren einiges von ihm und wie knapp er zweimal entkam, aber Abby begegnete ihm nicht mehr. Und nach einer weiteren Woche fragte Elzy eines Spätnachmittags im Saloon:

„Bist du bereit, Abby?"
„Wann?"
„Wie wäre es mit morgen?"
„Ja, gut!"
Elzy sah sie erstaunt an, er hatte sie ein wenig ärgern und auf die Probe stellen wollen. In Wahrheit hatte Abby ihre Sachen jedoch bereits geordnet, sie musste nur noch ihre wenigen Besitztümer in Butchs Hütte schaffen, die Wohnung war inzwischen zum Leidwesen der Witwe gekündigt, und auch Fynn hatte alles, was er brauchte, zusammengepackt.
„Ich muss sagen, Abby, deine Einstellung gefällt mir immer besser. Wegen mir können wir wirklich morgen weg, ich rede mit Fynn."
„Tu das! Er soll uns gute Pferde besorgen! Dann werde ich mich mal hier verabschieden!"
Sie suchte Joe auf und er sah sie nur an.
„Ist es also so weit?"
„Ja, Joe, wir werden weggehen. Es war eine schöne Zeit hier, vielen Dank, dass ich bei dir arbeiten konnte!"
„Du wirst uns fehlen, Abby! Und du kriegst noch deinen Lohn. Lass dir gesagt sein, du bist jederzeit willkommen hier!"
„Das ist nett von dir, Joe, aber nächstes Mal möchte ich eine Lohnerhöhung!", lachte sie.
„Die würdest du bedenkenlos kriegen, Abby! Bist du dir sicher, dass du dir das antun willst?"
„Ja, ich bin mir sicher. Mir scheint, ich habe mein ganzes Leben lang auf so eine Gelegenheit gewartet! Ich gehe dann jetzt, habe noch einiges zu tun!"
„Dann mach`s gut, Abby."
Er gab ihr das Geld, das er ihr schuldete, umarmte sie kurz und widmete sich wieder seinen Gästen. Abby lief in die Küche, um sich von Betty zu verabschieden. Das war schon schwieriger, Betty weinte, wollte sie zum Hierbleiben überreden, aber Abby blieb fest. Immerhin versprach sie, wiederzukommen und das tröstete Betty ein wenig.

Es wurde Zeit, sie hätte sich gerne auch noch von Bridget verabschiedet, aber sie war oben beschäftigt, da wollte Abby nicht stören, vielleicht war später noch Gelegenheit.
In der Wohnung traf Abby auf Fynn, der alles, was sie zu Butch bringen wollten, auf einen Haufen geworfen hatte. Viel war es nicht und Abby half ihm, die Sachen in eine große Kiste zu packen und diese dann unten in eine Kutsche zu laden. Sie fuhr nicht mit zu Butch hinaus, denn sie hatte etwas Dringenderes zu erledigen.
Schon vor Tagen hatte sie Briefpapier und eine Feder besorgt, sie konnte es nun nicht mehr aufschieben, sie musste ihren Eltern schreiben und ihre Schulden zurückzahlen. Wer wusste, ob ihr nicht etwas passierte, wenn sie nun den Pfad der Gesetzlosen einschlug, dann hätte sie ihr Versprechen gebrochen, alles zurückzuzahlen.
Nachdenklich sah sie auf die 165 Dollar, die sie damals entwendet hatte. So viel Geld war ihr das vorgekommen, sie hatte inzwischen viel mehr angehäuft und sie beschloss, auch für Tom Brighams Pferd eine entsprechende Summe beizulegen. Dann war diese Sache ebenfalls geklärt.
Als Fynn nach zwei Stunden zurückkehrte, saß sie immer noch über dem leeren Briefbogen.
„Was ist los?", fragte er. „Du wolltest doch deinen Eltern schreiben? Bist du noch nicht fertig damit?"
Sie blickte ihn ein wenig verzweifelt an.
„Ich weiß nicht, wie ich sie anreden soll!"
„Wo ist das Problem? Schreibt man da nicht „liebe Eltern" oder so etwas?"
„Sie waren keine lieben Eltern. Ich könnte „geehrte Eltern" schreiben, aber ich kann keine Verehrung für sie empfinden. Ich würde lügen!"
„Dann schreib gar nichts!"
„Das ist unhöflich!"
„Wen schert es?"
„Mich!"
„Weißt du was, Abby? Ich lass dich allein mit diesem unglaublich

großen Problem. Ich gehe in den Saloon und trinke noch etwas. Wenn du fertig bist, kannst du ja nachkommen!"
„Es ist ein Problem, Fynn!"
„Sag ich ja, aber zum Glück nicht meins! Bis später, Abby!"
Er nahm seinen Hut und ging. Abby starrte auf das weiße Blatt Papier. Es war wirklich lächerlich!
Zum wiederholten Male tauchte sie die Feder in die Tinte und setzte an. Sie dachte daran, dass ihre Mutter geweint hatte, als sie fortgelaufen war. Und das gab endlich den Ausschlag.

„Liebe Mutter,
ich wende mich heute an Dich, um mein Versprechen einzulösen: Ich sende Euch das Geld zurück, das ich aus der Kasse entnommen habe.
Es tut mir leid, dass ich Dir solchen Kummer bereiten musste, aber ich wäre mit Tom Brigham todunglücklich geworden. Ich weiß, dass ich ungehorsam war, es ist mir bewusst, dass ihr mich als Tochter verstoßen habt und dass ich die Gesetze gebrochen habe, aber Mutter, ich fühle mich wundervoll! Ich bin frei, ich lebe, wie ich will, ich gehe, wohin ich will und ich habe es sogar zu einigem Wohlstand gebracht. Man könnte sagen, ich habe mein Glück gefunden!
Natürlich weiß ich auch, dass es sich in Euren Augen nicht ziemt, dass ich auf mein eigenes Wohlbefinden achte, aber ich habe mein altes Leben hinter mir gelassen und ein neues begonnen.
Um ganz abschließen zu können, übersende ich Euch auch eine Summe für Tom Brighams Pferd, das ich ihm entwendet habe. Ich besitze es immer noch und es leistet mir gute Dienste, er hat es wirklich gut erzogen und ich achte darauf, dass es ihm weiterhin wohlergeht. Kannst Du ihm das bitte ausrichten?
Ich bitte euch nicht um Verständnis für mein Handeln, ich weiß, dass ihr es niemals billigen werdet und es ist mir egal. Dir, Mutter, muss ich wohl nicht sagen, was es für mich bedeutet hätte, wäre ich folgsam geblieben.
Ich kann nur wünschen, dass ihr gesund seid und bleibt, so wie auch meine Schwester. Meine Schwestern werden sich hoffent-

lich an mein Beispiel erinnern, wenn ihr für sie ähnliche Pläne hegt wie für mich.
Du kannst dir nicht vorstellen, was es bedeutet, wenn Frauen das gleiche Sagen haben wie Männer und wirklich respektiert werden. Ich würde es nie mehr anders haben wollen!
Für den unwahrscheinlichen Fall, dass Ihr mich noch suchen wollt, füge ich den Hinweis an, dass ich nicht mehr hier in Lander sein werde, wenn Dich dieser Brief erreicht. Ich ziehe morgen weiter und freue mich darauf, die Welt zu entdecken und jeden Tag Neues zu sehen.
Richte bitte Vater meine Grüße aus,
Abby"

Abby seufzte erleichtert auf, legte die Feder aus der Hand und packte den Brief und das Geld in einen dicken Umschlag. Es war ihr beim besten Willen nicht möglich gewesen, mehr Herzlichkeit aufzubringen, immerhin ersparte sie ihren Eltern die Tatsache, dass sie mit Männern umherzog und einen verbrecherischen Weg einschlug, das würde sie vollends vor den Kopf stoßen und die Schande wäre zu groß, ihr Vater würde sich vielleicht verpflichtet fühlen, aus Meadow wegzuziehen und das wollte sie ihrer Mutter und ihren Geschwistern nicht antun. Sie würde alles morgen auf die Poststation bringen und viel Geld dafür zahlen, dass der Brief sicher ankam. Rasch zog sie ihre Jacke an und lief in den Saloon, heute wollte sie nur noch Gast sein.
„Und?", fragte Fynn neugierig. „Was hast du denn jetzt alles geschrieben?"
„Reden wir nicht darüber. Ich bin froh, dass ich das geschafft habe."
„Irgendwann musst du ihnen verzeihen."
„Muss ich das?"
„Meinetwegen nicht! Aber nun hast du wenigstens keine Schulden mehr bei ihnen. Hake es einfach ab. Es ist vorbei, was willst du mehr? Dein Leben liegt vor dir!"
„Ja, und alles ist möglich!"

Inzwischen hatte es sich herumgesprochen, dass Abby mit Fynn und Elzy aufbrechen würde und viele kamen, um sich zu verabschieden, die meisten wollten Abby zurückhalten. Bridget umarmte sie ebenfalls und gab ihr ein paar mütterlich anmutende Ratschläge, wie sie mit den zwei Männern umzugehen habe.
„Denk daran, Elzy ist wie Butch, auf ihn ist in Sachen Frauen kein Verlass. Und Fynn wird es gar nicht mögen, wenn du einen anderen ansiehst. Man merkt ja gleich, wie er ständig auf dich aufpasst …"
So ging es eine Weile, bis Abby ihr lachend den Mund zuhielt.
„Genug, ich werde schon fertig werden mit den beiden."
Sie grinste.
„Vielleicht spreche ich auch die Falsche an und ich muss den beiden sagen, wie sie mit dir fertig werden sollen!"
„Tu das! Ist bestimmt sinnvoller!"
Schließlich trat Butch ein. Er holte sich zuerst etwas zu trinken, dann nahm er Abby am Arm.
„Komm mit!"
„Was ist?"
„Habe ich nicht einen Abschied verdient?"
„Butch, falls du glaubst, …"
„Ich will nur mit dir reden! Aber machst du mir vielleicht Hoffnung auf mehr?"
„Nein, mit uns, das ist vorbei, du weißt das!"
„Leider, ich vermisse dich, Abby!"
„Ganz bestimmt, Butch, das glaube ich dir sofort!"
„Es ist die Wahrheit, du bist das wundervollste Mädchen, mit dem ich je zusammen war und du wirst von Tag zu Tag schöner! Fynn ist zu beneiden! Kommst du jetzt?"
„Nur reden?"
„Nur reden, versprochen!"
„Also gut!"
Sie folgte Butch nach oben, wo er sie in ein leeres Zimmer führte. Sie bemerkte nicht, dass Fynn ihnen nachblickte und seine Fäuste ballte.

„Was soll das?“, fragte Abby ungeduldig, als Butch sorgfältig die Tür hinter ihr schloss.
„Abby, bist du dir ganz sicher, dass du diesen Weg gehen willst? Du könntest auch bei mir bleiben, wenn du einmal auf dem gesetzlosen Pfad bist, gibt es kein Zurück mehr!“
„Ich bin mir sicher! Ich habe gesehen, wohin mich das ehrbare Leben geführt hätte.“
„Also gut. Glaube nicht, dass ich dich nicht verstehe, schließlich bin ich nicht weit weg von dir aufgewachsen und weiß, was du meinst. Dir ist klar, dass es euch das Leben kosten könnte, …“
„Butch!“, unterbrach sie ihn. „Bitte, komm zum Punkt, ich bin kein kleines Kind, ich weiß, was passieren kann.“
Er sah sie an.
„Ich bin am Punkt. Ich wollte dir ganz einfach viel Glück wünschen, ich freue mich für dich und Fynn, auch wenn ich es sehr schade finde, dass das mit uns zu Ende ist. Ich habe die Zeit mit dir sehr genossen, Abby. Ich möchte, dass du das weißt!“
Sie schluckte.
„Ich habe dir viel zu verdanken, Butch und ja, es war schön mit dir.“
„Hast du Angst?“
„Ein bisschen!“, gestand sie.
„Das ist gut, Abby, keine Angst zu haben macht unvorsichtig! Ich möchte, dass du vorsichtig bist. Komm noch einmal her zu mir!“
Er nahm sie in die Arme und hielt sie einfach bloß fest. Sie fühlte sich sofort wieder geborgen in seiner Nähe und merkte, dass sie ihm immer noch nur schwer widerstehen konnte. Er hatte eine magische Wirkung auf sie, sie wusste noch nicht, dass sich das niemals mehr ändern würde.
Aber der Gedanke an Fynn ließ sie zur Vernunft kommen. Sie löste sich aus seiner Umarmung, gab ihm einen flüchtigen Kuss auf die Wange und sagte:
„Ich wünsche dir viel Erfolg mit deinen Pferden, Butch. Wir werden uns bestimmt wiedersehen!“
„Natürlich! Wenn ihr wiederkommt, werde ich die größte Ranch

der Umgebung haben, warte nur ab!"
Sie lachte.
„Du bist ein Träumer, Butch!"
„Ich bin kein Träumer, ich habe einfach gute Ideen, auf die andere nicht kommen. Was kann ich dafür, wenn ich klüger bin? Aber wir sollten jetzt tatsächlich nach unten gehen, Fynn wird schon auf dich warten! Pass auf dich auf!"
„Mache ich, versprochen!"
„Und halte dich von Elzy fern!", grinste er. „Er ist noch schlimmer als ich!"
„Das geht?", lachte sie.
„Man behauptet es!"
Sie verließen das Zimmer und Abby suchte sofort nach Fynn, er saß mit anderen an einem Tisch und sah sie überrascht und erleichtert an.
Sie trat hinter ihn, schlang ihre Arme um ihn und beugte sich zu ihm hinunter.
„Er wollte sich nur verabschieden!", raunte sie in sein Ohr.
„Genau davor hatte ich Angst!", sagte er so leise, dass nur sie es hören konnte.
Butch kam ebenfalls, holte zwei Stühle und schuf Platz für sich und Abby. Sie feierten noch eine Weile, dann war es Zeit für den endgültigen Abschied.
Als Abby neben Fynn im Bett lag, zog er sie in seine Arme. Sie strich über seinen Kopf und küsste ihn.
„Butch wollte wirklich nur mit mir reden!"
„Abby, ich kenne Butch gut genug, ich weiß, dass er bei Frauen kaum ein Halten kennt. Und du hast mir selbst gesagt, er könne dich immer zu allem bringen. Was soll ich also denken, wenn ihr beide allein in ein Zimmer geht?"
„Du sollst mir vertrauen! Das mit Butch ist vorbei!"
Sie verschwieg, wie sehr sie die Umarmung genossen hatte, wie sehr es sie gedrängt hatte, Butch zu küssen, mit ihm noch einmal mehr zu erleben. Sie hatte der Versuchung widerstanden und darüber war sie sehr erleichtert.
„Du weißt, ich teile nicht, Abby! Das wird Elzy auch lernen, ich

fürchte, ich werde ihm gewaltig auf die Finger klopfen müssen."
„Das wird nicht nötig sein, dafür sorge ich schon selbst!"
Abby schlief schlecht in dieser letzten Nacht in Lander, zu viele Gedanken turnten durch ihren Kopf, der Brief an ihre Mutter hatte sie aufgewühlt, dann die Sache mit Butch, wieso konnte er sie so in Bedrängnis bringen? Liebte sie Fynn nicht genug? Er würde sie nie teilen, hatte er gesagt. Sie ertappte sich bei dem Wunsch, dass Fynn das doch etwas lockerer sehen sollte und schalt sich gleich darauf selbst. Butch und seine Einstellung zum Leben und zur Liebe hatten ihr offensichtlich nicht gutgetan, es war nicht richtig, wie er es handhabte, sie war ja auch nicht glücklich damit gewesen und hatte es deshalb beendet.
So kam es, dass sich Abby am nächsten Morgen ziemlich unausgeschlafen auf den Weg machte, um mit Fynn und Elzy in ihr erstes großes Abenteuer zu ziehen. Sie hatte noch den Brief an ihre Mutter auf der Poststelle abgegeben und dann war es auch schon losgegangen. Sie verließen Lander Richtung Süden, um über South Pass City zurück nach Point of Rocks zu reiten, wo sie in den Zug nach Osten steigen würden. Abby dachte daran, wie sie im Sommer mit Butch in Lander angekommen war, sie bereute nichts, es war die beste Entscheidung ihres Lebens gewesen, mit ihm zu gehen.
Drei Tage später erreichten sie Point of Rocks. Elzy hatte sich als sehr unterhaltsam erwiesen, so war ihr der lange Ritt gar nicht schlimm vorgekommen.
Abby erfuhr, dass Elzy in Ohio aufgewachsen und erst später nach Colorado gekommen war. Er war 20 Jahre alt und war gesetzlos geworden, als er eine Weile mit Matt zusammengearbeitet hatte.
In kürzester Zeit erhielt er den Ruf einer der schnellsten und besten Schützen zu sein und ein Mann, dem Frauen schlecht widerstehen konnten, da er noch dazu wirklich attraktiv und gutaussehend war, das musste sich auch Abby eingestehen.

Als sie in Point of Rocks den Zug Richtung Osten bestiegen fragte Fynn grinsend:

„Wie ist es, Abby, willst du dich nicht wieder lieber nach oben legen und auf irgendwelche Räuber schießen?"
„Nein danke, das überlasse ich diesmal dir! Es war sehr unbequem da oben."
Elzy hatte sich eine Zeitung besorgt und machte es sich auf den Polstersitzen bequem. Diesmal hatten sie sich Fahrkarten für die erste Klasse geleistet, Abby hatte immer noch genug Geld, da sie in Lander sehr sparsam gelebt und einiges verdient hatte, und die Männer hatten ihr versprochen, dass es bald noch viel mehr werden würde. Daher hatten sie beschlossen, sich von Anfang an mehr Luxus zu gönnen, auch wenn das hieß, dass Abby größtenteils dafür aufkommen musste.
Zuerst sah Abby wie bei ihrer ersten Zugfahrt nur fasziniert aus dem Fenster, dann fiel ihr Blick auf die Zeitung, in die Elzy sich vertieft hatte und sie stockte.
„Das gibt es doch nicht!", rief sie.
„Was ist los?", fragte Fynn und Elzy ließ die Zeitung sinken. Sie riss sie ihm aus der Hand und deutete auf das Datum.
„Heute ist der 4. Mai!"
„Ja und?"
„Ich werde heute 17. Es ist mein Geburtstag!"
Die Männer sahen sie verblüfft an. Dann gratulierten sie ihr und wünschten ihr viel Glück.
„Das müssen wir wohl heute noch feiern!", meinte Fynn. „Sobald wir in Saratoga ankommen, suchen wir uns ein feines Hotel und lassen es uns gutgehen."
„Zum Glück ist Butch nicht dabei!", lachte Elzy. „Er würde sofort ein paar Lokalrunden ausgeben und wahrscheinlich alle auf Abbys Kosten, weil er selbst mal wieder nichts mehr hat!"

Es war später Nachmittag, als sie in Walcott den Zug verließen und sich nach Süden aufmachten, zu ihrem Ziel Saratoga. Elzy hatte diesen Ort vorgeschlagen, er kannte ihn gut und wusste, dort würde einiges zu holen sein.
Sie schafften die gut 20 Meilen in kürzester Zeit, weil sie die Pferde antrieben und scharf ritten. Dennoch war die Sonne

schon beinahe untergegangen, als sie ankamen und Elzy brachte die Pferde unter, während Fynn und Abby im besten Hotel der Stadt Zimmer nahmen. Auf Abbys Wunsch hin nannten sie sich jetzt Mr. und Mrs. Harper, „Smith“ war ihr zu gewöhnlich und auffällig erschienen.
Wenig später trafen sie sich im Speisesaal des Hotels und ließen es sich gut gehen. Sie stießen auf Abbys Geburtstag an und bestellten die feinsten Speisen und Getränke.
Dann setzten sie sich im Salon des Hotels zusammen und besprachen in gedämpftem Ton, wie sie nun endgültig vorgehen würden. Fynn und Abby würden am nächsten Tag in die Bank gehen, ein Konto eröffnen und sich alles ganz genau ansehen. In dieser Zeit würde Elzy drei weitere Pferde besorgen und ihre eigenen etwa 20 Meilen Richtung Westen verstecken, zusammen mit dem wenigen Gepäck, das sie dabeihatten. Dieser Teil des Plans stammte von Butch, der es für wichtig hielt, im Fall einer schnellen Flucht auf ausgeruhte Pferde wechseln zu können. Den eigentlichen Überfall würde dann Fynn am Tag darauf zusammen mit Elzy machen, während Abby draußen die Pferde bereithalten sollte.
In dieser Nacht schlief Abby wieder sehr schlecht, sie machte sich Sorgen, ob alles gutgehen würde, ob ihnen die Flucht gelingen würde, es gab so Vieles, das schiefgehen konnte.

Der Saratoga Bankraub

Dann war es so weit. Abby hatte sich noch in Lander ein schönes Kleid besorgt, das sie leider am Ende würde zurücklassen müssen, mit diesem Gepäck konnten sie sich nicht belasten. Fynn trug einen Anzug und zusammen betraten sie die Bank, Fynn führte Abby galant am Arm. Sie sahen aus wie ein wohlhabendes, glückliches junges Paar.
Als Abby die Summe nannte, die sie einzahlen wollten, wurden sie zum Bankdirektor persönlich geführt.
„Ist mein Geld denn hier auch sicher?“, fragte Abby scheinbar besorgt.
„Aber selbstverständlich, Mrs. Harper! Ich kann ihnen alles zeigen, wenn Sie wollen!“
„Das würde mich wirklich interessieren!“, strahlte Abby.
Und der Direktor erläuterte ihnen tatsächlich die gesamte Bank, er geleitete sie in den Keller, wo ein Gitter den Raum mit dem Safe abschloss. Dort nahm er den Schlüssel, den er an einer Kette um den Hals trug und sperrte die Gittertür auf, dann holte er einen anderen Schlüssel aus einer Schublade, öffnete den Safe und verstaute Abbys Ersparnisse darin. Sorgfältig legte er den Safeschlüssel zurück und versperrte das Gitter.
Abby und Fynn hatten alles aufmerksam beobachtet, sie bedankten sich und schlenderten langsam zurück ins Hotel, um auf Elzy zu warten. Abby setzte sich in ihrem Zimmer an den dortigen Sekretär, zeichnete grob den Plan der Bank und füllte ihn mit allen Informationen, die sie erhalten hatten. Fynn sah ihr über die Schulter.
„Du machst das ja noch akkurater als Butch!“
„Ich will, dass alles klappt morgen!“, erwiderte sie ungerührt. „Und Elzy soll auch wissen, wie es dort aussieht.“
„Ist ja auch eine gute Idee. Wir planen das heute schon noch einmal, jeden Schritt, es darf nichts schiefgehen!“
„Ihr braucht diesen Direktor, nur er hat den Schlüssel.“
„Das kriegen wir hin, Abby! Keine Sorge!“

„Ich wollte, ich wäre dabei. Ich werde vor Angst um euch umkommen draußen!"
„Das nächste Mal, diesmal noch nicht, da sind wir uns doch einig gewesen. Und es ist wichtig, dass die Pferde bereitstehen, glaube mir, das ist das Wichtigste überhaupt!"
Sie nickte zweifelnd. Aber da war nichts zu machen, weder Elzy noch Fynn wollten sie im Inneren der Bank mit dabeihaben, wer wusste schon, ob sie nicht doch die Nerven verlieren würde?
Der Tag verging quälend langsam. Endlich kehrte Elzy zurück, er hatte ihre Pferde gut versteckt an einem Platz, wo sie Wasser und Gras hatten, sie warteten fertig gesattelt und würden ausgeruht und frisch sein.
Nach einem gemeinsamen Abendessen besprachen sie alles noch einmal. Elzy begutachtete Abbys Zeichnungen und prägte sich ebenfalls alles ein. Er lobte ihre Umsicht und Genauigkeit und Abby strahlte vor Stolz.
Diese Nacht schlief sie seltsamerweise besser, alles war gut geplant und die Männer waren sich so sicher, dass auch Abby von ihrer Ruhe angesteckt wurde.
Am Morgen frühstückten sie in bester Laune, danach packten sie im Zimmer zusammen, was sie mitnehmen würden, verstauten die restlichen, unbrauchbaren Sachen in einem alten Koffer und traten auf die Straße, nachdem Fynn die Hotelrechnung bezahlt hatte. Man hatte sie dort bestens versorgt, sie wollten keine Schulden hinterlassen. Sie schlenderten langsam zum Stall, wo ihre Pferde untergebracht waren, die Elzy am Tag vorher besorgt hatte. Sorgfältig sattelten sie die Tiere, befestigten die notwendigen Habseligkeiten, dann verbargen sie den alten Koffer im Stall unter dem Stroh und machten sich auf den Weg zur Bank.
Abby hatte sich im Stall noch umgezogen, sie trug nun statt des schönen Kleides ihre Hose und hatte die Haare unter einen Hut gesteckt, wenn man nicht genau hinsah, musste man annehmen, sie sei ein Mann. Sie blieb mit den Tieren vor der Bank stehen, versuchte nicht aufzufallen und nicht nervös zu wirken.
Fynn und Elzy nickten sich zu und betraten die Bank. Noch am Eingang zogen sie sich Tücher vors Gesicht. Dann waren sie

im Inneren der Bank verschwunden. Abby lauschte gespannt, zuerst ertönte Geschrei, dann war alles ruhig. Quälend langsam vergingen die Minuten. Abby zählte mit. Nun bedrohte Fynn den Direktor mit dem Revolver und zwang ihn, in den Keller zu gehen. Gitter aufsperren, Safe aufsperren, das Geld in die Tasche packen, …

Es musste gleich so weit sein. Abby stieg auf ihr Pferd und sorgte dafür, dass die zwei anderen Pferde bereitstanden.

Keine Minute später rannten Elzy und Fynn aus der Bank. Sie rissen sich die Tücher vom Kopf und sprangen auf die Pferde. Fynn hatte die Tasche vor sich auf dem Sattel und sie ritten los. Hinter ihnen war Geschrei zu hören. Elzy nahm seinen Revolver und schoss übermütig in die Luft, während sie in schnellem Galopp aus der Stadt ritten.

Sie trieben die Tiere an, in einem Höllentempo preschten sie Richtung Westen, zunächst in einen Wald, der Weg führte jedoch bald steil bergauf über steiniges Gelände. Fynn hielt kurz an und schaute zurück. Auch Abby und Elzy zügelten die Pferde.

„Und?“, fragte Elzy.

Fynn deutete auf eine Staubwolke in großer Entfernung.

„Sie kommen! Los!“

Und weiter ging es, so schnell die Pferde konnten. Elzy führte sie jetzt, er kannte ja als einziger den Platz, wo die anderen Pferde warteten.

Nach etwa zwei Stunden erreichten sie das Versteck und wechselten auf die frischen Pferde. Die Verfolger waren nicht näher an sie herangekommen, nun waren Abby, Elzy und Fynn im Vorteil, sie konnten weiterhin mit großem Tempo reiten und ihren Vorsprung ausdehnen.

Abby fühlte sich wie in einem Traum. Sie saß auf ihrem Pferd und floh in rasendem Galopp, stundenlang ritten sie nun schon, sie hatten den Weg längst verlassen und kämpften sich durch unwegsames Gelände. Es wurde dunkel, sie machten keinen Halt. Erst als es zu gefährlich wurde, zu leicht konnte man in der Dunkelheit abstürzen, verlangsamten sie die Geschwindigkeit.

Elzy und Fynn stiegen schließlich ab und führten ihre Pferde am Zügel hinterher.
Auch Abby glitt mit einem Seufzer der Erleichterung vom Sattel und leicht hinkend folgte sie den Männern, die sich leise berieten und endlich an einem kleinen Bach anhielten.
„Eine Stunde Pause könnte drin sein!", meinte Fynn. „Die müssen jetzt auch aufhören, können unsere Spur im Dunkeln nicht verfolgen."
„Ihre Pferde brauchen bestimmt auch länger Rast."
Sie sattelten ihre Pferde ab, rieben sie mit Gras trocken und ließen sie trinken.
Abby legte sich auf den Boden und schloss die Augen ein wenig, doch obwohl sie wirklich erschöpft war, blieb sie hellwach. Am liebsten hätte sie getanzt und gesungen, alles in ihr war in Aufruhr, sie hatten eine Bank überfallen, das Geld befand sich in ihrem Besitz und man würde sie nicht einholen. Sie stellte sich das Gesicht ihres Vaters vor, wenn er das erfahren würde, er würde tot umfallen. Seine wohlbehütete Tochter eine Bankräuberin!
„Hier, Abby, trink etwas!"
Elzy reichte ihr eine Flasche. Sie setzte sich auf, nahm einen Schluck Whisky und fühlte die Wärme, die sich in ihr ausbreitete.
Dann suchte sie in ihrer Satteltasche nach dem Brot, das sie eingepackt hatte und teilte es mit den Männern. Ihren Durst stillten sie noch am Bach und gleich darauf ging es wieder weiter. Der Mond schien nun und sie kamen gut voran. Weit nach Mitternacht hielten sie erneut an, diesmal um wirklich zu schlafen. Abwechselnd wachten sie, doch niemand störte ihre Ruhe. Beim ersten Tageslicht setzten sie ihre Flucht fort. Als sie einen hohen Berg erklommen hatten, stiegen sie wieder ab, verbargen sich hinter Felsen und betrachteten aufmerksam die Talebene zu ihren Füßen. Nichts war zu sehen, keine Reiter, keine Staubwolke. Sie warteten ein paar Stunden, und dann waren sie sich sicher, man hatte ihre Spur verloren.

Browns Hole

Sie sahen sich an, Triumph lag in ihren Blicken. Fynn holte die Tasche und sie betrachteten die Beute, es wurden beinahe 7.000 Dollar für jeden, das war mehr, als sie erwartet hatten und das noch abzüglich Abbys Geld, das sie natürlich auch mit entwendet hatten.
„Das ist ein Grund zu feiern!“, strahlte Elzy und holte erneut den Whisky. Sie tranken alle drei und waren beinahe sprachlos. Mit so viel hätten sie niemals gerechnet!
„Wir müssen sehen, dass wir nach Browns Hole kommen!“ meinte Fynn. „Bei diesem Betrag werden sie keine Ruhe geben, bis sie uns kriegen!“
„Erst müssen sie wissen, wer wir sind! Von Abby dürften sie schon mal gar nichts mitbekommen haben.“
„Wer weiß, wem sie es in die Schuhe schieben!“
„Wir sind reich!“, stammelte Abby, sie war vollkommen überwältigt.
Fynn fasste sie um die Hüften und wirbelte sie im Kreis herum.
„Ja, wir sind reich und wir können nun alles machen, was wir wollen!“
„Vorausgesetzt, sie kriegen uns nicht!“, warf Elzy ein. „Was habt ihr beiden jetzt dann eigentlich vor?“
„Wie abgemacht, Browns Hole, Gras über die Sache wachsen lassen. Über das Danach haben wir noch gar nicht geredet!“
„Wie wäre es mit der Ostküste?“, fragte Elzy. „Da wohnen reiche Leute, habe ich mir sagen lassen. Dort muss es nicht einmal eine Bank sein, man kann sich deren Häuser vornehmen, ist sicher einfacher!“
Fynn wechselte einen überraschten Blick mit Abby.
„Das wäre ja mal eine gute Idee!“, meinte er.
„Ja“, stimmte Abby zu. „Warum nicht?“
Sie träumten alle drei ein wenig vor sich hin.
„Wir könnten auch versuchen ehrlich zu bleiben!“, schlug Fynn nach einer Weile vor.

„So wie Butch?", fragte Elzy. „Ich gebe Butch höchstens noch einen Monat, dann hat er zumindest wieder Pferde auf der Weide, die ihm nicht gehören. Und das war immer der Anfang bei ihm, hat mir Matt erzählt."
Fynn lachte.
„Stimmt, dann muss er wieder schnell verschwinden, braucht dringend Geld und eins kommt zum anderen. Aber wir könnten es dennoch schaffen. Es gibt viele Möglichkeiten, wenn du Geld hast, ist alles einfacher."
„Du willst wirklich ehrlich leben, Fynn? Hast du Abby schon gefragt?"
Beide Männer wandten sich Abby zu, die sich etwas abseits gesetzt hatte und gedankenverloren Dollarscheine und Goldmünzen durch ihre Finger rinnen ließ.
„Sieht nicht so aus, als würde Abby ein ehrliches Leben gutheißen, wenn ich sie mir so ansehe!", grinste Elzy. „Außerdem müsstest du sie heiraten. Kannst du dir Abby tatsächlich als brave, folgsame Ehefrau vorstellen?"
„Als ich sie kennenlernte, war sie auf dem Weg, genau das zu werden. Wobei ich da schon den Verdacht hatte, dass ihr künftiger Mann seine Wahl bald bereuen würde."
„Eine Frau wie sie zu haben muss aufregend sein, dich beneiden viele, Fynn!"
„Du lässt die Finger von ihr!"
„Sie hat mir schon mehrmals eindeutig zu verstehen gegeben, dass ich bei ihr keine Chance habe, und das reicht mir für den Moment ehrlich gesagt. Abby weiß was sie will und vor allem, was sie nicht will. Ungewöhnlich für eine Frau!"
Abby hatte ihren Namen gehört und blickte auf.
„Redet ihr über mich?"
Fynn und Elzy lachten.
„Kaum hast du Geld, siehst und hörst du nichts anderes mehr!", rief Fynn. „Butch hatte schon recht als er sich beklagte, dass du viel zu viel Wert darauflegst."
„Butch verteilt das Geld mit beiden Händen!", meinte Abby ein wenig verächtlich. „Er könnte es so guthaben, wenn er ein

bisschen sparsamer wäre. Er wird von allen ausgenützt! Und was heißt das, er hat sich beklagt?"
„Nun, er sagte du seist ziemlich geizig!", grinste Elzy. „Würdest auf deinem Geld hocken wie die Henne auf dem Ei. Kein Wunder, dass das mit euch auf Dauer nicht gutging!"
„Und was hat Butch sonst noch über mich erzählt?", fragte Abby leicht beleidigt.
„Über die interessanten Dinge hat er sich leider ausgeschwiegen!", bedauerte Elzy.
„Das möchte ich hoffen! Sonst kann er was erleben, wenn ich ihn das nächste Mal zu Gesicht kriege!"
Abby stand auf, um das ganze Geld sicher zu verpacken.
„Sie wird Butch danach fragen und ihm die Hölle heiß machen!", raunte Elzy Fynn so leise zu, dass sie es nicht hören konnte. „Der Ärmste! Überlege dir gut, ob du Abby tatsächlich heiraten willst!"
„Jetzt lass uns erst einmal nach Browns Hole kommen, dann sehen wir weiter! Und vom Heiraten sprichst momentan nur du. Das steht nun gar nicht zur Debatte!"
Elzy grinste. Doch er konnte es nicht lassen.
„Hey, Abby, willst du Fynn eigentlich nicht demnächst mal heiraten?"
„Heiraten?", fragte sie verblüfft. „Wozu soll das gut sein?"
Elzy lachte laut auf.
„Ich liebe dieses Mädchen! Fynn, wenn es bei euch auseinandergeht, sag mir rechtzeitig Bescheid!"
Abbys verständnisloser Blick gab auch Fynn den Rest und er stimmte in Elzys Lachen ein.
„Ich weiß, was ich an ihr habe! Mach dir vorerst keine Hoffnungen, Elzy!"
„Habt ihr jetzt genug über mich gelacht?", fragte Abby ein wenig zornig. „Wie wäre es, wenn wir weiterritten?"
„Dein Wunsch ist uns wie immer Befehl!", erwiderte Elzy.
Als Abby ihr Pferd sattelte, hielt Elzy Fynn noch einmal zurück. „Dir ist klar, dass Abby in der Liebe eher so denkt wie Butch und ich? Sie wird sich irgendwann nach anderen Männern sehnen."

Fynn warf einen nachdenklichen Blick auf Abby.
„Ja, das fürchte ich auch. Nur momentan weiß sie es zum Glück noch nicht!“
Sie setzten schließlich ihren Weg fort und nach einigen Tagen erreichten sie unversehrt das einsame Tal, das als Browns Hole bekannt war. Es war ein kleines, grünes Paradies, das vom Green River durchflossen wurde und von nur wenigen Siedlern bewohnt wurde. In der Hauptsache trafen sich dort Pferdediebe und andere Gesetzlose, dort fanden sie Sicherheit in der Einsamkeit und das Tal war leicht zu verteidigen, falls es nötig werden sollte. Man konnte sich bei den Siedlern und auf den Ranches versorgen, die Bewohner waren nur zu gern bereit zu helfen, da sie stets großzügig entlohnt wurden und mit den Banditen gute Arbeitskräfte zur Verfügung hatten.
Elzy, Fynn und Abby fanden Unterkunft in einer kleinen Holzhütte, doch es dauerte nicht lange und Elzy wurde nur noch selten gesehen. Er half auf einer großen Ranch am Eingang des Tales mit und blieb dort dann auch über Nacht. Abby brauchte ein bisschen länger, um den wahren Grund herauszufinden: die 16jährige Tochter des Ranchers hatte es ihm angetan. Josie Bassett war gerade von einer Internatsschule endgültig nach Hause zurückgekehrt, sie hatte sich entschieden, auf der Ranch zu bleiben und dort zu arbeiten, diese später auch zu leiten und nicht all das angesammelte Wissen und die Bildung für eine andere Karriere zu nützen. Sie hätte sich wahrscheinlich mit Abby bestens verstanden, wenn die beiden sich kennengelernt hätten, aber sie trafen sich kaum und wussten nur wenig voneinander.
Nach zwei Wochen erschien dann zur allgemeinen Überraschung Butch am Spätnachmittag in Browns Hole. Abby freute sich sehr und umarmte ihn, sobald er vom Pferd gestiegen war.
„Was ist mit deiner Ranch?“, fragte Fynn.
„Die läuft eine Zeitlang auch ohne mich. Ich war zu neugierig, ihr wart das in Saratoga, nicht?“
„Ja, waren wir!“, antwortete Abby stolz.
„Ihr müsst mir alles erzählen und eins muss ich sagen Abby, du bist noch schöner geworden! Wie machst du das nur?“

Abby lächelte geschmeichelt.
„Wo ist Elzy?“, fragte Butch.
„Er wandelt auf Liebespfaden! Die Tochter eines Ranchers ist seine neuste Favoritin und ich habe den Verdacht, er meint es ein wenig ernster mit ihr als üblich!“, erzählte Fynn.
„Sieh an, sieh an!“
„Ich reite mal kurz rüber und sage ihm Bescheid, dass du da bist!“
„Mach das. Abby, hast du vielleicht etwas zu essen für mich? Ich bin ausgehungert!“
„Natürlich, Butch, komm mit rein!“
Butch folgte Abby in die Hütte und ließ sich am Tisch nieder, während Fynn zur Ranch ritt.
Abby reichte Butch einen Teller mit Eintopf, den sie am Vormittag zubereitet hatte und der in einem Topf über dem Feuer hing. Sie sah zu, wie er es sich schmecken ließ und gab ihm noch eine große Portion. Schließlich war er satt und lehnte sich genüsslich zurück.
„Das tat gut!“, seufzte er zufrieden. „Ich bin ziemlich scharf geritten, zu lange will ich ja auch nicht wegbleiben. War keine Zeit, sich anständig zu verpflegen!“
Er sah sie an.
„Erzähle, Abby, wie geht es dir? Bist du glücklich jetzt?“
Sie nickte strahlend.
„Es war unglaublich aufregend!“, berichtete sie. „Aber warten wir lieber, bis Fynn und Elzy kommen, sie sollen auch erzählen.“
„Und mit Fynn und dir, ist da auch alles gut?“
„Natürlich!“, lachte sie. Doch dann wurde sie ein wenig ernst. „Butch, eigentlich habe ich noch ein Hühnchen mit dir zu rupfen. Ich habe gehört, du hättest über mich geredet!“
„Ich? Über dich? So etwas würde ich niemals tun!“
„Hast du aber! Du hast behauptet, ich sei geizig, würde auf meinem Geld hocken und wer weiß, was du sonst noch alles gesagt hast. Ich weiß ja, wie Männer reden! Also, Butch, was hast du alles über mich erzählt?“
„Ja, gut, das mit dem Geld, kann sein, das stimmt ja auch, nicht?

Aber ansonsten kein Wort, Abby, ich schwöre!“
„Das soll ich dir glauben? Elzy hat so komisch dahergeredet! Du hast auch mit Fynn über mich gesprochen, glaubst du, ich habe das nicht mitgekriegt?“
„Warum fragst du Fynn dann nicht?“
„Ich habe ihn gefragt, aber ihr haltet ja immer zusammen. Raus mit der Sprache! Ich will das jetzt wissen, weil ich finde ich habe ein Recht dazu und …“
Butch kannte nur ein Mittel, Abby zum Schweigen zu bringen. Er zog sie auf seinen Schoß und verschloss ihren Mund mit einem Kuss. Es war so vertraut, so warm und sie fühlte sich sofort wieder sicher und geborgen in seinem festen Griff. Sie konnte nicht anders, sie erwiderte den Kuss und spürte, wie die Leidenschaft erwachte, sie umklammerte ihn, wollte mehr, wollte ihn nie mehr loslassen, doch diesmal war es Butch, der sich schließlich von ihr löste und sie ein wenig wegdrückte. Fassungslos saß sie auf seinem Schoß und starrte ihm ins Gesicht. Sie war brennend rot vor Scham, was war nur in sie gefahren? Was würde Fynn dazu sagen? Sie machte sich nichts vor, hätte Butch sie nicht abgewehrt, sie hätte hier und jetzt alles mit ihm getan, ohne nachzudenken.
Sie stand auf, doch er fasste ihre Hand und ließ sie nicht weg.
„Abby, du weißt, ich würde alles dafür geben, weiter mit dir zusammen sein zu können. Aber es geht nicht, Fynn ist mein Freund, er würde es mir nicht verzeihen.“
„Ich würde es mir auch nicht verzeihen“, stammelte Abby. „Ich weiß nicht, was mit mir los ist, wie kann ich nur daran denken, … danke Butch, dass du, …“
Sie brach ab, sie schämte sich zu sehr.
„Mach dir nicht so viele Gedanken, Abby, wir haben nichts Schlimmes getan!“
„Mir geht es mehr um das, was ich tun wollte. Ich gehöre doch zu Fynn! Daher verstehe ich nicht, was gerade passiert ist. Ich weiß gar nicht, wie ich ihm das sagen soll!“
„Sag einfach nichts, oder erzähle es anders herum, sage, ich wollte dich überwältigen, aber du hast mich abgewehrt! Dann

ist er stolz auf dich!“
„Ich lüge ihn doch nicht an!“, rief Abby entsetzt. „Und ich will auch nicht, dass er auf dich böse ist.“
„Gutes Mädchen! Dann sag es ihm, wenn du meinst, du musst das tun. Ich denke sowieso, er wird nicht zu überrascht sein. Höchstens darüber, dass ich mich beherrschen konnte, auch wenn es mir sehr schwerfiel.“
„Was meinst du damit, er wird nicht überrascht sein?“
„Hast du dir noch nie überlegt, dass deine Beziehungen zu Männern etwas ungewöhnlich sind?“, fragte Butch vorsichtig.
„Wieso ungewöhnlich? Ich mache doch nichts anderes als ihr, du hast überall deine Frauen, auch für Fynn war ich nicht die erste, bei uns haben viele Männer mehrere Frauen, ich bin eine von euch, ich kann tun, was ich will!“
„Gut gesprochen, Abby, aber siehst du eigentlich den Unterschied? Männer tun das, nicht die Frauen!“
„Dann wird es Zeit, dass sich das ändert.“
„Wegen mir jederzeit. Ich liebe deine Art, diese Dinge anzugehen, es wäre schön, wenn alle so denken würden!“
„Ich bin keine Hure, Butch!“
„Nein, das bist du bestimmt nicht. Du weißt, was du willst und du nimmst es dir. Daran ist nichts auszusetzen in meinen Augen.“
„Dennoch, wenn ich bedenke, was gerade beinahe passiert ist, ich will nicht, dass das noch einmal vorkommt. Ich verstehe es nicht!“
„Das ist eben mein unglaublich gutes Aussehen und meine Verführungskunst! Und weil du natürlich weißt, wie gut ich bin!“, lachte Butch.
„Ach hör auf, du weißt genau, dass es das nicht ist!“
„Was? Ich bin nicht gut im Bett? Willst du das sagen? Ich hatte eigentlich nie den Eindruck, dass es dir nicht gefällt!“
Abby wand sich.
„Nein, das will ich nicht damit sagen!“
„Ich will das jetzt hören, sei ein liebes Mädchen und bau mich wieder auf, du siehst mich am Boden zerstört! Ich gebe mir die

Kugel, wenn du mir nicht sofort sagst, wie gut ich bin!“
„Okay, du bist gut.“
„Wie gut?“
„Gut, das muss genügen!“
„Abby, …“
„Frag doch deine anderen Weiber!“
„Von denen hat sich nie eine beklagt, eher im Gegenteil!“
„Ich habe mich auch nicht beklagt!“
„Das ist mir zu wenig!“
„Was willst du jetzt hören?“
„Die Wahrheit, Abby!“
„Du bist gut, Butch, und ich habe es mit dir immer genossen. Mehr wirst du von mir nicht hören!“
Er zog in gespielter Traurigkeit die Mundwinkel nach unten.
„Dann muss ich wohl einstweilen damit leben. Vielleicht, eines fernen Tages, kommen wir doch wieder zusammen und dann werde ich dich noch einmal fragen!“
„Tu das!“, lachte Abby und horchte plötzlich auf. „Ich höre Pferde, ich glaube, sie kommen!“

Sie entfernte sich rasch von Butch und machte sich am Feuer zu schaffen. Nicht nur Elzy, auch andere Männer waren mitgekommen, um Butch zu begrüßen und Abby hatte zu tun, alle zu versorgen. Sie war froh, dass sie das Gespräch mit Fynn noch aufschieben konnte, sie wusste nicht, wie sie ihm das erklären sollte, was in der Hütte beinahe geschehen wäre. Später saßen alle draußen um ein Lagerfeuer, unterhielten sich und genossen die milde Frühsommernacht. Über ihnen waren unzählige Sterne aufgegangen und der Mond verbreitete sein gespenstisches Licht. Abby lehnte an Fynn, suchte seine Nähe und war ungewöhnlich schweigsam, sie hatte auch kaum über Saratoga erzählt, sondern alles Fynn und Elzy überlassen. Sie beobachtete Butch heimlich, er war nicht viel anders als die übrigen Männer, die Abby inzwischen kennengelernt hatte, doch keiner, außer Fynn natürlich, faszinierte sie so wie Butch. War es, weil er ihr erster Liebhaber gewesen war? Hatte sie das so geprägt? Von

Bridget hatte sie gehört, dass der erste Mann im Leben einer Frau angeblich etwas Besonderes blieb und man ihn nie vergaß. Sie wünschte sich jemanden, mit dem sie wirklich über solche Dinge reden konnte, Bridget hatte immer zu viel erzählt, man wusste nie, was man glauben konnte und was nicht, Butch nahm das Ganze auf die leichte Schulter und Fynn nahm es zu ernst.
Fynn stand schließlich auf und zog sie mit hoch.
„Komm, wir ziehen uns zurück!“, sagte er leise zu ihr.
Sie erstarrte leicht, natürlich, er hatte etwas gemerkt.
Sie wünschten den anderen eine gute Nacht und verschwanden in der Hütte. Dort hatten sie einen eigenen kleinen Bereich mit Tüchern abgehängt, so dass Abby sich keinen Blicken aussetzen musste. Sie zogen sich aus und legten sich auf ihre Matratze. Abby drehte sich zu Fynn, griff nach seiner Hand und suchte nach Worten.
„Fynn, ich muss mit dir reden.“
„Was war los heute mit dir und Butch? Hast du mir etwas zu sagen?“, fragte Fynn ruhig.
„Woher weißt du das?“
„Es war nicht schwer zu sehen, Abby. Und ich kenne Butch, so wie ich auch dich inzwischen ein wenig kenne!“
„Es war nichts Schlimmes, glaube mir, es war nur … ein Kuss. Ich wollte ihn zur Rede stellen, wollte wissen, was er über mich erzählt hat und er küsste mich, wie er es immer tat, wenn er mich zum Schweigen bringen wollte.“
Fynn schwieg. Er wartete auf die wahre Geschichte, denn das konnte nicht alles gewesen sein. Abbys Gesicht hatte Bände gesprochen, auch die Art, wie sie sich, ohne ihn anzublicken, mit dem Essen beschäftigt hatte, hätte jeden misstrauisch gemacht.
Abby kämpfte mit sich.
„Es tut mir so leid, Fynn!“, flüsterte sie schließlich. „Es war natürlich nicht alles, ich weiß nur nicht, wie ich es dir sagen soll.“
„Ich warte, …“
Abby schluckte und gab sich schließlich einen Ruck.
„Wir küssten uns, ja, ich habe den Kuss erwidert, es war wie ein Rausch, ich wollte mehr, ich wollte, … du weißt, was ich wollte,

ich habe nicht mehr nachgedacht, aber er hat es abgebrochen, er sagte, er sei dein Freund und deswegen ginge es nicht, so gerne er das auch hätte. Es war sein Verdienst, dass nichts weiter passierte, nicht meiner, und ich bin ihm wirklich dankbar. Fynn, bitte glaube mir, ich habe mich seitdem nichts anderes gefragt, als wie mir das passieren konnte. Ich liebe ihn nicht, ich gehöre doch zu dir, ich möchte auch keinen anderen als dich, doch kaum küsst er mich, vergesse ich alles. Ich kann verstehen, wenn du jetzt sagst, du kannst nicht mehr mit mir zusammen sein, ich kann es wirklich verstehen, aber Fynn, du würdest mir das Herz brechen."

Sie merkte, wie ihr die Tränen kamen.

Er nahm sie in den Arm und sie schmiegte sich an ihn, froh, dass er ihr anscheinend verzeihen wollte.

„Ich schätze es sehr, dass du so ehrlich bist, Abby. Bleibe es, das wünsche ich mir. Und so lange wenigstens immer einer von euch beiden den klaren Kopf behält, soll es mir recht sein."

Sie atmete auf.

„Ich werde dich nicht anlügen, Fynn, das verspreche ich dir. Alles andere kann ich dir leider nicht versprechen, nicht nach heute."

Er drückte sie.

„Ich weiß, Abby."

Sie blieben noch einige Tage in Browns Hole, dann ritt erst Butch zurück nach Lander und schließlich machten sich auch Fynn und Abby auf den Weg. Abby hatte Butch gemieden, was leicht gewesen war, denn er hatte sich Elzy angeschlossen und auch auf der Ranch mitgeholfen. Elzy hatte beschlossen, vorerst zu bleiben, denn er war schwer verliebt in Josie Bassett, die seine Zuneigung inzwischen erwiderte.

Fynn und Abby hatten nichts dagegen einzuwenden, sie waren froh, endlich einmal für sich allein zu sein. Wie Elzy ursprünglich vorgeschlagen hatte, reisten sie in den Osten, New York war das große Ziel, dort würde man auch nicht nach ihnen suchen und sie konnten sich eine schöne Zeit machen.

Die Reise dauerte mehrere Tage und sie gönnten sich jeden Luxus, der zu bekommen war. Schließlich erreichten sie New York. Was gab es alles zu bestaunen! Die erst ein paar Jahre alte Brooklyn Bridge, die Freiheitsstatue, die Metropolitan Oper, der unglaubliche Verkehr, die vielen Menschen, der Lärm, die Gerüche, das Meer und der Strand, … sie ließen nichts aus. Es war ein anderes Leben und Abby genoss es mit ehrfürchtigem Staunen. Fynn weigerte sich allerdings, irgendeinen Raubzug zu unternehmen, er wollte nichts riskieren, und das führte oft zu Streit zwischen ihnen, denn Abby kannte keine Skrupel. Sie war ein wenig enttäuscht, sie hatte sich immer vorgestellt, an Fynns Seite eine berühmte Banditin zu werden. Und so wurde das Geld schnell weniger, denn sie wohnten nur in den besten Häusern, kauften sich schöne Kleidung, Abby bekam wertvollen Schmuck und sie speisten nur in den vornehmsten Restaurants.
Also reisten sie im Oktober wieder zurück nach Wyoming, um Butch in Lander zu treffen und mit ihm vielleicht etwas Neues zu planen. Weil sie so viel Gepäck hatten, mussten sie in Point of Rocks sogar eine Kutsche besorgen, um das letzte Stück nach Lander bewältigen zu können, wo sie einen weiteren Winter verbringen wollten.

Der zweite Winter in Lander

Abby und Fynn wurden erfreut begrüßt, als sie in den Saloon in Lander eintraten. Betty kam aus der Küche und umarmte Abby stürmisch.
„Ihr werdet hierbleiben, nicht? Du wirst wieder hier arbeiten! Bitte, Abby, lass mich nicht im Stich, es war so schön, dich hierzuhaben! Und du bist immer noch mit Fynn zusammen? Ich hätte nie geglaubt, dass das hält! Und du siehst so verändert aus, so ein schönes Kleid hast du an, ..."
Abby unterbrach sie lachend.
„Liebe Betty, ich bin so froh, wieder in Lander zu sein, aber lass uns doch erst einmal ankommen. Stell dir vor, wir waren in New York!"
„In New York? Ja, Elzy hat gesagt, dass ihr dort hinwolltet!"
„Elzy ist hier?"
„Er war hier, will aber bald wiederkommen. Er hat da wohl irgendwo seine große Liebe gefunden, die er immer wieder besucht!"
„Wir sprechen wirklich von Elzy Lay? Er ist immer noch mit Josie Bassett zusammen? Ich glaube es ja nicht!"
„Was man eben bei ihm so „zusammen sein" nennt!", grinste Betty. „Aber ja, er scheint sich auf dieses Mädchen ziemlich festgelegt zu haben, was aber nicht heißt, dass er alle anderen Damen nun links liegen lässt!"
„Ach, liegen lässt er sie bestimmt irgendwo!"
Betty lachte schallend.
„Ich habe dich so vermisst, Abby, komm mit in die Küche, du hast gewiss Hunger und dann erzählst du mir von New York."
„Gerne, ich sage nur schnell Fynn Bescheid."

Es war, als wären sie nie weggewesen. Zwar waren einige Männer nun hier, die Abby noch nicht kannte, Butch, Elzy, Matt und Tom dagegen fehlten, aber ansonsten war alles so vertraut, dass Abby sich fast wie zu Hause fühlte. Sie zogen der Einfachheit halber in Butchs Hütte, in der sicheren Annahme, dass er nichts dagegen habe würde. Abby machte dort gründlich sauber und räumte alles auf, das war nötig gewesen, dann begann sie ihre Arbeit im Saloon wieder. Ihr Ruf hatte sich gehalten und schnell verbreitet, sie hatte nun viel weniger mit Anzüglichkeiten oder gar Unverschämtheiten zu kämpfen, und wie versprochen zahlte Joe ihr sogar ein wenig mehr als im Jahr zuvor. Das war gut so, denn sie hatten kaum mehr Geld und würden sich nicht einmal eine Miete leisten können.

Fynn half auf Butchs Ranch mit, die tatsächlich gar nicht so schlecht lief. Butch hatte einige gute Leute gefunden, die ihre Arbeit auch in seiner Abwesenheit erledigten.

Als Butch selbst dann nach zwei Wochen zurückkehrte, freute er sich sehr, zum einen, dass Fynn und Abby den Winter in Lander bleiben würden und zum anderen über die saubere Hütte und dass Abby nun für ihn kochen und den Haushalt führen würde. Er bestand darauf, dass sie bei ihm wohnen blieben und zimmerte für sich selbst ein Bett, das er neben den Ofen stellte, das habe er sowieso vorgehabt. Seine Schlafkammer überließ er Fynn und Abby, denn zu zweit würden sie dort nicht erfrieren, meinte er augenzwinkernd.

Falls Fynn Angst gehabt hatte, dass zwischen Butch und Abby wieder etwas aufflackern würde, war diese Sorge zunächst unbegründet. Abby vermied es tunlichst, mit Butch allein zu sein und er hatte sowieso in Lander selbst die eine oder andere Bleibe und war oft gar nicht in seiner Hütte.

Mitte November tauchte auch Elzy wieder auf und zog ebenfalls zu Butch, so dass es ziemlich eng wurde. Aber es fand sich schnell eine Routine ein. Abby versorgte morgens den Haushalt, sobald die Männer die Hütte verlassen hatten. Sie stellte noch einen Topf mit etwas Gutem zum Essen neben den Herd, bevor sie sich zum Saloon aufmachte, so dass die Männer das Ganze nur wärmen mussten, wenn sie hungrig und frierend von draußen kamen.

Es herrschte eine stille Übereinkunft, dass Abby niemals allein in der Nacht zurückreiten musste, meistens kamen sie alle drei

noch nach Lander und mindestens einer von ihnen wartete stets, bis Abby fertig war, sodass er sie nach Hause begleiten konnte. Als der Schnee einsetzte, wurde es oft schwierig den Weg zu finden, sie hatten dann Öllampen dabei, um sich nicht zu verirren und waren jedes Mal froh, wenn die kleine Hütte wieder vor ihnen in der Dunkelheit auftauchte.
Zum Unterhalten war wenig Zeit und Gelegenheit, wenn Abby heimkam, wünschte sie eigentlich nur zu schlafen, was irgendwann auch zu Ärger mit Fynn führte, der gerne noch mehr von ihr gewollt hätte, doch sie war nicht dazu bereit.
Dann kurz vor Weihnachten war im Saloon so wenig los, dass Joe sie meist sehr früh nach Hause schickte und sogleich wurde alles wieder besser. Sie besorgten sich Bücher und wie im vergangenen Jahr las Abby an den Abenden vor und sie hatten es wirklich gemütlich und gingen ausgeruht und mit den Köpfen voller Geschichten ins Bett.
So verging das alte Jahr friedlich und das neue begann mit frischen Plänen und Unruhe. Vor allem Abby drängte, sie hatte es genossen, so viel Geld zu besitzen, sie wollte nicht länger auf jeden Cent achten müssen. Aber auch sie war gezwungen, die Schneeschmelze abzuwarten und damit war nicht vor März zu rechnen. Sie wurde immer ungeduldiger, die Hütte wurde ihr zu eng, sie schimpfte mit den Männern, wenn sie Unordnung hinterließen, hatte es satt, hinter ihnen herzuräumen, sich immer Mahlzeiten ausdenken zu müssen, die dann zu allem Überfluss vielleicht noch kritisiert wurden. Ihre Launen waren oft kaum zu ertragen. Elzy und Butch waren viel gelassener als Fynn, sie verschwanden meistens, wenn Abby loslegte oder lachten sie einfach aus und verspotteten sie, was sie noch rasender machte. Fynn dagegen hatte weniger Möglichkeiten ihr auszuweichen, sie stritten oft und wenn Butch und Elzy nicht da waren, schlief er auch getrennt von ihr. Oder er kam gar nicht nach Hause, blieb in Lander. Sie lag dann allein in ihrem Bett, war traurig, verletzt und wütend zugleich, schlief schlecht und war daraufhin am folgenden Tag noch unleidlicher.
Schließlich wurde es Fynn zu viel. Elzy hatte ihn bei der Arbeit

damit aufgezogen, dass er unter Abbys Pantoffel stehen würde und das konnte er nun gar nicht verwinden. Er packte sein Zeug zusammen und ritt zum Saloon, um Abby zu holen und mit ihr zu reden. So konnte es nicht weitergehen!
Sie blickte überrascht auf, als er eintrat und sofort kurz mit Joe sprach. Dann ging er zu ihr, fasste sie am Arm und befahl:
„Komm mit!"
„Was soll das?"
„Los, komm, ich habe dir ein paar Dinge zu sagen!"
„Ich will nicht, wir sehen uns später!"
„Nein, das tun wir nicht, wenn du jetzt nicht mit mir gehst, kannst du gleich hierbleiben. Joe gibt dir sicher ein Zimmer, ich bringe dir auch deine Sachen. Von uns will dich nämlich allmählich keiner mehr sehen!"
Sie starrte ihn sprachlos an, nahm aber dann ihren Mantel und folgte ihm hinaus in die kalte Februar Luft.
Sie holten ihre Pferde und ritten langsam zu Butchs Hütte. Abby war wie erschlagen, was sollte das heißen, keiner wollte sie mehr sehen? War das der Dank für all die Mühe, die sie sich gab, um einigermaßen Ordnung und Sauberkeit zu halten? Für die guten Mahlzeiten, die sie unter schwierigsten Bedingungen zubereitete? Sie fühlte, wie die Wut in ihr zu wachsen begann.
Fynn nützte die Zeit, um sich zu überlegen, was er Abby mitteilen wollte, er kannte ihr Temperament, die Sache konnte so oder so ausgehen, er würde sie wirklich vermissen, aber er war nicht bereit, ihre Launen länger zu dulden und er wusste, dass es Butch und Elzy ähnlich ging. Sie sagten nur wenig dazu, weil sie sich nicht einmischen wollten.

Endlich kamen sie zur Hütte, versorgten schweigend die Pferde und traten schließlich ein. Abby schürte sofort das Feuer neu und stellte sich fröstelnd an den Herd.
Dann blickte sie Fynn herausfordernd an.
„Was hast du mir jetzt zu sagen?"
Das war ein denkbar schlechter Beginn. Sie sah aus wie eine angriffsbereite Katze vor dem Sprung und Fynn war nicht

unbedingt jemand, der sich irgendetwas von ihr gefallen lassen würde. Er atmete tief durch.
„Abby, findest du nicht selbst, dass du dich zurzeit unmöglich benimmst?“
„Wie bitte? Was tue ich? Ich möchte dich mal sehen, wenn du ständig hinter jedem herräumen musst und unter diesen Bedingungen zu kochen ist eine Zumutung. Elzy lässt sein Zeug extra liegen, um mich zu ärgern, glaube nicht, dass ich das nicht weiß! Und du! Kommen wir mal zu dir!“
Sie setzte an zu einer erneuten Schimpftirade, doch er unterbrach sie. Sein Ton war scharf und laut.
„Hör auf, Abby! Halte endlich einmal den Mund!“
„So lasse ich nicht mit mir reden!“, schrie sie ihn an. Die ganze angesammelte Wut brach aus ihr heraus.
„Das wirst du müssen!“ brüllte Fynn zurück.
Und sie verloren sich in eine jener sinnlosen Streitigkeiten, die nur darauf zielten, den anderen zu verletzen, alles kam zur Sprache, jedes unbedachte Wort, jede missverständliche Geste, und schließlich auch Abbys zeitweise Verweigerung im Bett.
„Bei Butch würdest du dich nicht sträuben, mit offenen Armen würdest du ihn empfangen!“, zischte Fynn.
Abby blieb der Mund offenstehen. Das war unter der Gürtellinie, das war mehr als sie ertragen konnte.
Sie stürzte sich auf Fynn und schlug auf ihn ein, ihr ganzer Zorn entlud sich, es war ihr egal, wo sie ihn traf und obwohl er viel stärker war als sie, hatte er Mühe, ihren Angriff abzuwehren.
Er hielt sie schließlich fest umklammert, sie versuchte ihn zu beißen, zu kratzen, sie gab so schnell nicht nach. Endlich wurde sie ruhiger und er lockerte allmählich seinen Griff.
Beide atmeten schwer, versuchten sich zu beruhigen.
„Lass mich los!“, krächzte Abby schließlich. Sie war vollkommen aufgewühlt.
„Lass mich los!“, wiederholte sie und versuchte, ihrer Stimme ein wenig Festigkeit zu geben. „Ich habe genug, ich gehe!“
„Das ist vielleicht die beste Idee!“
Fynn wandte sich von ihr ab, wollte ihr nicht zeigen, wie weh

ihm das tat, er hatte sie bestimmt nicht verlieren wollen und er ärgerte sich über sich selbst, weil er so unbeherrscht gewesen war. Das hätte alles anders laufen müssen.
Sie ging in ihr Zimmer und packte eine Tasche. Dann trat sie wieder zu Fynn.
„Du kannst mir meine übrigen Sachen nachbringen. Mehr brauche ich im Moment nicht."
Er konnte nicht anders, er respektierte und bewunderte ihre Festigkeit und Stärke, wie damals bei Butch hatte sie sich entschlossen, ein Ende zu setzen und sie zog es durch, man konnte ihr ansehen, wie nahe es ihr ging, aber sie hielt die Tränen zurück und den Kopf oben. Er wusste, sie würde später weinen, wenn sie allein war oder von Bridget oder Betty getröstet werden würde. Aber nicht vor ihm!
Und genau in diesem Moment ging die Tür auf und Butch erschien mit Elzy. Beide hatten gerade gelacht, verstummten aber, als sie Abby mit der Tasche sahen.
„Oh, dicke Luft!", meinte Butch.
„War gut, dass wir eher zurückgekommen sind, scheint mir!", fügte Elzy grinsend an. „Du willst gehen, Abby? Tu mir das nicht an, mach mir erst noch etwas zu essen!"
Abby atmete tief durch und verengte ihre Augen. Die Wut kam wieder hoch in ihr.
„Dafür bin ich gut genug, nicht? Mir reicht es mit euch! Macht euch euer Zeug selbst!"
„Oh, nicht, dass wir das nicht könnten, aber von dir schmeckt es um Klassen besser und ehrlich, Abby, ohne dich würden wir hier verkommen, lass uns nicht im Stich!"
Butch nahm ihr einfach die Tasche ab.
„Heute bleibst du noch hier!" bestimmte er. „Schlafe eine Nacht drüber, morgen kannst du immer noch gehen!"
„Gib mir die Tasche, Butch, ich will weg! Ihr wollt mich ja alle drei nicht mehr hier haben!"
„Wer sagt das?"
Abby deutete mit dem Kinn auf Fynn.
„Er sagt das!"

Elzy lachte.
„Auf deine Launen und dein ständiges Gekeife kann ich wirklich gut verzichten, aber nicht auf dein Essen. Abby, sei ein Schatz, sei wieder lieb und freundlich und alles ist gut! Ich räume auch meine Sachen weg, versprochen!“
„Mach dich nicht ständig lustig über mich! Du gehst mir so auf die Nerven Elzy!“
„Du mir schon auch, Abby, also sind wir quitt. Und Butch hat recht, schenk uns noch eine Nacht, vielleicht vertragen wir uns ja wieder?“
Butch merkte, dass Abby zu zögern begann.
„Dann ist das abgemacht!“, meinte er. „Und Abby, mir geht es mit dir wie Elzy. Aber es ist der Winter, glaube mir, wenn wir erst wieder unterwegs sind, lachen wir darüber. Es tut keinem von uns gut, hier eingesperrt zu sein, wir müssen uns zusammennehmen, es wird nicht mehr lange dauern, dann können wir los. Ich hätte gerne, dass du bleibst. Es ist schließlich meine Hütte, ich suche mir meine Gäste aus!“
„Eine billigere Haushälterin kriegst du sowieso nicht!“, bestätigte Elzy.
Abby drehte sich wütend zu ihm um und er tat so, als hätte er Angst.
„Nicht schlagen, Abby, bitte nicht!“
„Das hättest du wohl gern?“, fragte Butch und begab sich an den Herd. Abby zog er einfach mit sich.
„Ich gebe zu, ich würde Elzy auch ab und zu gern eins auf die Nase hauen!“, raunte er ihr zu und sie musste ein wenig lächeln. Dann fiel ihr Blick auf Fynn, der kein Wort mehr gesagt hatte und ihr Lächeln erstarb. Sein letzter Ausspruch im Streit hallte noch in ihr nach. Sie sahen sich in die Augen, es war ein Riss zwischen ihnen entstanden, der nicht so einfach gekittet werden konnte. Wie sollte es weitergehen?
Sie machte das Nächstliegende, sie wärmte das vorbereitete Mahl, während sich die Männer umzogen und danach an den Tisch setzten. Schließlich trug Abby das Essen auf und sie stärkten sich, ohne viel miteinander zu reden.

Schweigend räumte Abby hinterher zusammen und spülte gedankenverloren das Geschirr in heißem Wasser, brauchte dazu viel länger als üblich. Wo sollte sie heute Nacht schlafen? Es gab nur drei Betten in der Hütte, aber gut, sie konnte auch eine Decke nehmen und sich auf den Boden legen, für eine Nacht würde das gehen, wobei sie sich sicher war, dass man ihr ein Bett anbieten und aufdrängen würde. Ob allein oder mit zugehörigem Mann, das war dann Abbys Entscheidung. Sie war jedoch fest entschlossen, sich auf nichts einzulassen.
Es war allerdings erst früher Abend, einige Stunden waren noch zu überstehen, bis es Zeit war, sich zurückzuziehen.
„Abby, komm doch endlich, was machst du so lange?“, fragte Butch schließlich. „Wollt ihr zwei nicht mal erzählen, was heute passiert ist?“
Abby und Fynn sahen sich an.
„Was willst du hören?“, fragte Fynn endlich. „Ist es nicht offensichtlich? Abby ist wieder frei, ihr müsst euch meinetwegen nicht mehr zurückhalten!“
Elzy und Butch wechselten einen Blick.
„Ich glaube, ich brauche einen Whisky!“, meinte Butch und fügte hinzu: „Das war jetzt nicht nett von dir, Fynn. Absolut nicht!“
„Aber es ist die Wahrheit, nicht?“
„Die Wahrheit, wie du sie siehst! Komm, trinken wir einen, dann vergessen wir, was du da eben gesagt hast!“
„Ich kann es nicht vergessen!“, rief Abby zornig und tief verletzt. Elzy stand auf und holte sie an den Tisch, zog sie zwischen sich und Butch auf die Bank. Sie war den Tränen nahe, wollte sich aber keine Blöße geben. Butch schenkte ihnen allen Whisky ein und drängte Abby zu trinken. Sie wollte nicht, hatte Angst, Dinge zu sagen und zu tun, die sie hinterher bereuen würde, aber sie wusste auch, dass der Alkohol sie beruhigen würde und vielleicht würde sie dann auch klarer sehen und es tat nicht mehr so weh.
„Trink!“, flüsterte Elzy ihr ins Ohr. „Ich passe auf dich auf, keine Angst, verlasse dich auf mich.“
Sie sah ihn ein wenig zweifelnd an, aber sie hatte auch noch nie

erlebt, dass Elzy sein Wort gebrochen hatte.
„Fynn, ich würde sagen, du entschuldigst dich bei Abby, meinst du nicht?“, schlug Butch vor.
Fynn schwieg. Dann stand er auf.
„Wo willst du hin?“, fragte Elzy.
„Ich steh ihr nicht länger im Weg! Und ich denke, es tut uns gut, wenn wir uns eine Weile nicht sehen! Sie kann bleiben, dann gehe eben ich!“
Abby starrte auf die Tischplatte vor sich. Sie wollte nicht, dass Fynn jetzt einfach so verschwand, sie wollte bei ihm bleiben, aber das heute war zu viel gewesen. Vielleicht war es wirklich besser, wenn sie sich für einige Zeit aus dem Weg gingen.
„So sollte es nicht enden“, meinte auch Elzy. „Sei vernünftig, Fynn, wir sind alle gereizt, du weißt das. Egal, was zwischen euch im Moment schiefläuft, ihr könnt das wieder geradebiegen. Willst du alles aufgeben? Denk an Saratoga!“
„Ich will nichts aufgeben, ich brauche jetzt nur ein wenig Abstand. Ist das so schwer zu verstehen?“
„Nein, ist es nicht!“, gab Elzy zu. „Wenn das einer versteht, dann ich, was glaubst du, warum ich nicht bei Josie bin, auch wenn ich sie vermisse, es tut immer gut, sie eine Weile nicht zu sehen!“
„Nun, da bist du anders als ich, Elzy. Aber Abby braucht wohl Abwechslung!“
Jetzt verstand Abby plötzlich. Sie blickte auf und sah Fynn zornig in die Augen.
„Du irrst dich, Fynn. Du hast immer geglaubt, ich würde mich nach einem anderen verzehren? Du hast geglaubt, wenn ich in deinen Armen liege, sehne ich mich in Wirklichkeit nach Butch? Ich habe dir einmal versprochen, dir immer die Wahrheit zu sagen und das hätte ich getan. Wäre Butch der Mann meiner Träume, hätte ich dich verlassen und wäre zu ihm gegangen.“
Es herrschte Schweigen.
Abby nahm einen tiefen Schluck aus ihrem Glas. Es kostete sie viel Kraft, so ruhig zu bleiben. Dann gab sie sich einen Ruck.
„Und ich möchte sagen, dass es mir leidtut. Ich war wohl tatsächlich schlecht gelaunt in letzter Zeit, es war nur so viel Arbeit

und es ist so eng hier, ich habe immer das Gefühl, ich brauche Luft zum Atmen, … Ich will versuchen, mich zu bessern."
Butch umarmte sie und gab ihr einen Kuss auf die Wange.
„Das ist unser Mädchen, so kennen wir sie! Fynn, setz dich hin und gib Ruhe. Vergesst, was heute zwischen euch passiert ist. Ihr hattet Streit, das kommt vor. Hier, trink!"
Er schenkte die Gläser noch einmal voll. Fynn setzte sich zögernd. Er ließ Abby nicht aus den Augen, aber sie mied jetzt seinen Blick. Sie konnte nicht vergessen, was er von ihr gedacht hatte, weil sie wusste, egal was sie sagen würde, er würde ihr immer misstrauen. Und sie musste sich eingestehen, dass er nicht ganz unrecht hatte, die Gedanken an Butch ließen sich manchmal nicht ausschalten und Elzys beständiges, wenn auch nicht immer ernst gemeintes Werben schmeichelte ihr auch. Doch sie hatte sich nie zu irgendetwas hinreißen lassen, Fynn hatte sich immer auf sie verlassen können, genauso wie auf Elzy und Butch.
So wollte sie nicht weiterleben. Es war vorbei, auch wenn es ihr das Herz brach, denn Fynn war der erste Mann, in den sie sich wirklich verliebt hatte und mit dem sie sich ein Leben hätte vorstellen können.
Sie wünschte sich mit ihm allein zu sein und ihm das sagen zu können, sie durfte das nicht aufschieben. Aber vielleicht hatte Butch auch recht und es war besser, eine Nacht darüber zu schlafen? Der Whisky beruhigte sie allmählich, sie spürte die Wärme, die von ihm ausging und die gefährliche trügerische Gelassenheit stellte sich ein.
„Wollen wir nicht einfach ein Buch lesen?", schlug Elzy vor. „Würde uns auf andere Gedanken bringen."
„Oder wir reiten alle nach Lander rüber und gehen in den Saloon!", meinte Butch. „Musst du nicht arbeiten, Abby?"
Abby nickte, das war wirklich eine gute Idee, sie hatte schon wieder das Gefühl, in der engen Hütte zu ersticken. Die Arbeit würde sie ablenken und vielleicht ergab sich eine Gelegenheit, mit Fynn zu reden.
Sie zogen sich alle warm an, sattelten die Pferde und ritten los.

Im Saloon herrschte Betrieb und Joe war froh, dass Abby zurückgekehrt war und sofort an die Arbeit ging. Doch sobald sie konnte, zog sie sich zu Betty in die Küche zurück.
„Was ist los?“, fragte Betty erschrocken, als Abby ziemlich bleich auf einen Stuhl sank und den Kopf in den Armen barg.
Unter Tränen erzählte Abby, was passiert war und dass es mit Fynn vorbei war. Betty versuchte sie zu trösten, doch es gelang nicht.
„Eifersucht ist eine schlimme Sache“, meinte Betty. „Man kann nichts dagegen tun. Es zerfrisst einen.“
„Ich verstehe das nicht!“, schluchzte Abby. „Selbst, wenn ich an Butch denke, ich bin Fynn die ganze Zeit über treu geblieben, ich habe Butch gemieden, habe nie auch nur seine Nähe gesucht, was da draußen nicht ganz einfach ist. Versuche mal, dir Elzy vom Leib zu halten, auch das habe ich geschafft. Und wenn, was wäre so schlimm, wenn ich einmal einen anderen hätte? Die Männer tun das andauernd. Elzy liebt Josie und dennoch hat er noch überall seine Weiber. Ich weiß nicht einmal, ob Fynn nicht auch andere hatte, es gab Nächte, da kam er nicht heim. Habe ich gefragt?“
„Also Abby, ich muss sagen, für eine Frau denkst du ganz schön … ich weiß gar kein Wort dafür!“
„Ich bin eine von ihnen, das haben sie oft genug gesagt, also kann ich auch sein wie sie!“
„Sicher kannst du das, aber von einer Frau wird einfach anderes erwartet!“
„Ich bin frei! Ich tue, was ich will. Ich wollte wirklich mit Fynn zusammenbleiben, aber nicht, wenn er mir so misstraut, ich müsste ja auf jedes Wort achten, immer auf der Hut sein, ob ich nicht einem anderen Mann zu nahekomme, nein danke. Ich werde mich mit keinem mehr einlassen.“
„Warte es ab, Abby.“
„Es tut so weh, Betty, es tut so weh.“
„Ich weiß!“
Betty nahm Abby in die Arme und wiegte sie wie ein kleines Kind hin und her.

Schließlich wischte Abby trotzig ihre Tränen ab und erhob sich. „Ich mache jetzt weiter mit der Arbeit, dafür werde ich bezahlt. Keiner soll mir etwas anmerken!“
Sie straffte den Rücken und ging wieder hinaus an den Tresen, um Getränke auszuschenken und Gläser zu spülen. Sie sah Fynn im Gespräch mit Elzy, aber egal was Elzy sagen würde, es würde nichts nützen, ihr Entschluss stand fest. Die Stunden zogen sich hin. Schließlich kam Butch zu ihr und gähnte.
„Wie wäre es mit aufhören für heute? Ich möchte ins Bett!“
„Ich muss noch mit Fynn reden, das kann nicht warten!“
„Abby, verschieb das auf morgen, mach nichts Überstürztes!“
„Ich muss es beenden. Heute noch!“
Butch schwieg einen Moment.
„Ich lasse das jetzt nicht zu!“, sagte er schließlich, holte Abbys Mantel und half ihr hinein. „Wir gehen, und morgen tust du, was du tun musst. Heute nicht mehr! Außerdem scheint mir, du bist betrunken. Da trifft man keine Entscheidungen!“
Er winkte Elzy zu und gemeinsam schafften sie Abby nach draußen, holten ihr Pferd und setzten sie hinauf. Die kalte Luft traf sie wie ein Schlag, der Alkohol entfaltete seine volle Wirkung.
„Wo ist Fynn?“, lallte sie. „Ich muss mit ihm reden!“
„Er ist bestimmt schon zuhause!“, antwortete Elzy. „Komm jetzt, es ist spät geworden!“
Er nahm ihr Pferd am Zügel und sie ritten alle drei langsam aus Lander hinaus. Der Mond schien und erleuchtete ihren Weg, die Wege waren inzwischen sowieso ziemlich frei oder gut erkennbar, da schon länger kein neuer Schnee gefallen war.
An der Hütte half Elzy Abby hinunter und führte sie hinein. Sie riss sich los und stolperte zu ihrem Zimmer, das sie mit Fynn geteilt hatte. Es war leer. Sie drehte sich um.
„Fynn ist nicht da, du hast mich angelogen, Elzy!“
„Dann habe ich mich wohl getäuscht. Ihr seht euch morgen! Geh zu Bett!“
„Ich will mit ihm reden! Jetzt! Ich reite zurück!“
Bevor Elzy sie aufhalten konnte, war sie schon an der Tür, prallte dort aber auf Butch, der sie einfing. Gemeinsam schafften sie es,

sie in ihr Bett zu bringen, obwohl sie sich heftig wehrte.
„Wir müssen wohl warten, bis sie eingeschlafen ist", meinte Butch über Abbys lautstarkes Zetern hinweg. „Sie wird versuchen zurückzureiten, vom Pferd fallen und irgendwo erfrieren."
„Auch das noch!", stöhnte Elzy. „Weiber! Man hat nur Ärger mit ihnen! Ich möchte jetzt schlafen, ich bin müde!"
„Dann geh, ich bleibe hier und passe auf!"
„Wir binden sie einfach an, hol einen Strick und am besten noch einen Knebel! Sonst kriegen wir hier keine Ruhe!"
„Oh, es gibt eine angenehmere Art, Abby ruhig zu stellen!", grinste Butch, beugte sich hinunter und begann, sie zu küssen. Doch diesmal fuhr er schmerzverzerrt hoch.
„Au, dieses Biest hat mich gebissen!"
Elzy lachte schallend.
„So viel zu deinen Küssen, du bist also doch nicht so unwiderstehlich!"
„Na dann versuch du dein Glück!"
Butch wischte ein paar Blutstropfen weg.
Abby war inzwischen verstummt und machte nur noch schwache Versuche, sich aufzusetzen.
„Gerne! Wollte ich schon lange einmal!"
Elzy nahm Abby sanft in die Arme und küsste sie. Sie starrte ihn ungläubig an, erwiderte aber den Kuss und schlang ihre Arme um ihn. War es nicht egal?
Doch Elzy löste sich und seufzte.
„Ich habe dir versprochen, auf dich aufzupassen, Abby. Ich halte meine Versprechen. Butch, ich denke, wir können sie jetzt allein lassen!"
„Eigentlich schade, nicht?"
„Komm! Lass sie in Ruhe!"
„Also gut, gehen wir!"
Sie verließen Abby und legten sich ebenfalls zu Bett. Es war ein anstrengender Abend gewesen!

Ein neuer Aufbruch

Fynn hatte sich in dieser Nacht im Saloon von Elzy einiges anhören müssen, aber da er Elzys Meinung in Bezug auf Liebe und Zusammenleben nicht teilte, war das Gespräch schließlich im Sande verlaufen. Er hatte Abbys Trauer gesehen, aber auch ihr entschlossenes Gesicht, er wusste, es war vorbei. Vielleicht hatte er ihr tatsächlich Unrecht getan, es änderte jedoch nichts an der Tatsache, dass Abby eines Tages bestimmt den Wunsch verspüren würde, sich wieder auf andere Männer einzulassen und dann hatte sie die Wahl, an seiner Seite zu verzichten und vielleicht unglücklich zu sein, oder zu tun, was sie wollte und dann war er derjenige der leiden würde. So oder so, sie passten nicht wirklich zusammen, das musste er einsehen. Es war gutgegangen, sie mochten sich sehr, vielleicht war es sogar Liebe, aber Abby hatte so einen Drang nach Freiheit, sie einzuengen in welcher Beziehung auch immer, war auf Dauer unmöglich.
Er fragte sich, was in der Hütte geschehen würde, wenn er nicht mehr dort war und sein Herz zog sich zusammen. Abby würde ihm nicht mehr gehören, er vermisste sie jetzt schon, ihren warmen weichen Körper, ihre Zärtlichkeit, ihr Lachen, er könnte es ja locker sehen und sie einfach ab und zu loslassen, wie ihm auch Elzy vorgeschlagen hatte, aber das wollte er nicht. Er war nicht bereit zu teilen, es wäre zu schmerzhaft.
Joan hatte Fynn schließlich trösten wollen und es tat ihm gut, ihre Schmeicheleien zu hören, aber er wollte nichts von ihr, er ließ sich von Joe ein kleines Zimmer geben und übernachtete dort allein. Vielleicht konnte er ein paar Tage bleiben, bis sich mit Abby alles geklärt hatte. Er hatte beobachtet, wie sie sich hinter dem Tresen betrunken hatte und war früher gegangen, denn er wollte nicht miterleben, wie Butch und Elzy sie nach Hause brachten und wer weiß was mit ihr dort anstellten. Er machte sich wenig Illusionen, dass Abby den beiden widerstehen würde, vor allem nicht, wenn sie so viel getrunken hatte.
Sie sahen sich erst wieder am nächsten Abend im Saloon.

Abby war am Morgen sehr verkatert aufgewacht, Butch und Elzy waren schon lange weg, sie brauchte eine ganze Weile, um zu sich zu kommen, erst als sie hinausging und ihren Kopf in den Schnee tauchte, wurde sie munterer.
Und nun stand sie wieder hinter dem Tresen und nur, wenn man genauer hinsah, konnte man erkennen, dass sie geweint hatte. Fynn kam von der Ranch, er hatte sich dort umgezogen und ein paar Sachen geholt, die er die nächsten Tage brauchen würde. Endlich war er bereit, Abby gegenüberzutreten. Sie wartete auch nicht länger und setzte sich mit ihm an einen Tisch, wo sie ungestört sprechen konnten.
„Du musst nichts sagen, Abby!“, begann er. „Ich weiß so gut wie du, dass es vorbei ist. Ich möchte mich für gestern entschuldigen, ich fürchte, ich habe dir Unrecht getan. Können wir trotzdem im Guten auseinandergehen und weiter zusammen herumziehen?“
Sie war den Tränen wieder nahe und schluckte.
„Es tut mir leid!“, flüsterte sie. Ihre Stimme ließ sie im Stich. „Du weißt, dass ich dich liebe, aber anscheinend nicht genug, vielleicht ist bei mir irgendetwas in meinem Denken falsch, …“
Er ergriff ihre eiskalte Hand.
„Nein, Abby, da ist nichts falsch. Du denkst so und ich denke so. Es passt nicht zusammen, wir würden uns gegenseitig nur unglücklich machen. Du musst so leben, wie du es willst, frei und unabhängig, das ist dein Traum, das weiß ich doch.“
Sie lächelte ihn an.
„Auch wenn du ein Gesetzloser bist, Fynn, du bist der anständigste Mann, den ich jemals getroffen habe. Dich nicht zu lieben, wird für mich unmöglich sein. Ich werde mich zwar anstrengen müssen, dir fern zu bleiben, aber wenn wir Freunde bleiben könnten, das wäre wunderbar!“
„Dann sind wir uns einig, Abby. Ich werde ein paar Tage hierbleiben, ein wenig Abstand halten, dann komme ich zurück zu Butch, mal sehen, welches Bett dann für mich frei sein wird!“
Sie spürte die Spitze gegen sich fast körperlich und ihre Augen verengten sich leicht.
„Elzys Bett wird frei sein, das weißt du, er reitet für ein paar Tage

nach Browns Hole, um Josie zu sehen. Das sagt er seit Wochen. Der Southpass ist offen, es kamen schon Leute gut durch. Also wird er wohl bald aufbrechen!“
Sie stand unvermittelt auf, um ihre Arbeit weiterzumachen. Seine letzte Aussage hatte ihr noch einmal gezeigt, wie richtig ihr Entschluss war und zum ersten Mal fühlte sie sich sogar erleichtert. Sie war wieder frei!

Die nächsten Tage achtete Abby darauf, nichts zu trinken, sie wollte einen klaren Kopf bewahren und sich vor allem weder mit Butch noch mit Elzy oder gar beiden einlassen. Dunkel hatte sie in Erinnerung, dass beide sie in jener Nacht geküsst hatten, so genau wusste sie das nicht mehr und fragen wollte sie nicht. Dann ritt Elzy tatsächlich los und Fynn kehrte zurück in die Hütte. Sie hatten beschlossen, sich alle wieder in Rock Springs in zwei Wochen zu treffen, diesmal würde auch Butch mit von der Partie sein.
Abby und Fynn gingen sich eine Weile so gut wie möglich aus dem Weg und es war meistens Butch, der Abby vom Saloon abholte und heimbegleitete. Abby blieb für sich, sie wahrte den Abstand zu beiden Männern und allmählich wurde ihr Verhältnis beinahe wieder so, wie es vorher gewesen war, sie konnten miteinander reden und lachen, was Butch mit heimlicher Erleichterung aufnahm. Sie mussten sich aufeinander blind verlassen können, das war die Grundvoraussetzung für alles, was sie vorhatten.
Endlich ritten sie los und verließen Lander ein weiteres Mal. Sie hatten vorsorglich schon vier Pferde zusätzlich dabei und waren mit wenig Gepäck belastet. Abby sang leise und fröhlich vor sich hin, es fiel ihr mit jedem Tag leichter, von Fynn getrennt zu sein und mit ihm normal umgehen zu können. Sie merkte, dass sie sich doch sehr nach ihm gerichtet und nach seinen Vorstellungen gelebt hatte, schon um Streit zu vermeiden. Sie mochte ihn nach wie vor und vermisste ihn in ihrem Bett, aber nichts auf der Welt hätte sie dazu bewogen, mit ihm wieder zu beginnen. Es war aus und vorbei!

In Rock Springs bezogen sie ein Hotel, die Männer teilten sich ein Zimmer, während Abby allein wohnte, und dann warteten sie auf Elzy. Sie mussten zwei Tage ausharren, bis er endlich auftauchte.
„Was hielt dich auf?“, fragte Fynn.
Elzy hob nur grinsend die Schultern. Fynn verdrehte die Augen. „Ich hoffe, es hat sich wenigstens rentiert!“
„Hat es! Josie hat übrigens eine kleine Schwester, sie heißt Ann. Du lieber Mann, die hat es in sich, sie wird jetzt dann 13 aber ich glaube, sie steht Josie in nichts nach. Beide Mädchen wollen Rancher werden und wenn ihr mich fragt, schaffen sie es. Ich brauche ja nur an Abby zu denken, dann weiß ich, dass Frauen viel mehr können, als man ihnen zutraut!“
„13 ist zu jung!“, meinte Butch bedauernd.
„Dann warte noch ein oder zwei Jahre, ich werde sie dir vorstellen!“
„Mach das, ich bin gespannt!“
Abby hatte lachend zugehört.
„Butch, du wirst dich doch nie festlegen!“
Wie die Zukunft zeigte, hatte sich Abby hier geirrt. Ann Bassett wurde nur zwei Jahre später Butch Cassidys vorerst dauerhafteste Beziehung und sollte ihn durch seine wildesten Jahre begleiten.

Eigentlich hätte Elzy nun mit Abby ein Zimmer teilen sollen, aber sie weigerte sich, was er bedauernd zur Kenntnis nahm. Sie wollten noch zwei Nächte bleiben und dann in den Zug nach Osten steigen. Ihr Ziel war Evanston, von dort hatten sie etwa vier bis fünf Tage, um nach Browns Hole zu entkommen.
„Seit wann ist Abby eigentlich eine Nonne geworden?“, fragte Elzy beim Abendessen. Er hatte es noch nicht verwunden, dass sie sich so beharrlich dagegen sträubte, mit ihm ein Zimmer zu teilen.
„Wundert mich jetzt auch ein wenig!“, lachte Butch. „Schließlich bist du der einzige, mit dem sie noch nicht das Vergnügen hatte! Aber das wird schon seinen Grund haben!“
Abby knallte das Besteck auf den Tisch und sprang auf. Wie eine

Furie ging sie auf Butch los und fasste ihn am Kragen.
„Ich suche mir gefälligst selbst aus, mit wem ich zusammen sein will und wann. Das werdet ihr wohl nie verstehen!"
„Psst, Abby, war doch nur Spaß!"
„Das ist kein Spaß! Lass diese Bemerkungen oder du sollst mich kennenlernen!"
Sie setzte sich wieder hin und aß weiter. Butch richtete sein Hemd zurecht und warf Fynn einen bedeutungsvollen Blick zu.
„Mir scheint, du hattest großes Glück, dass das mit euch vorbei ist, alter Freund. Und ich auch, wenn ich es recht bedenke!"
„Und ich erst!", seufzte Elzy.
Die Männer lachten und Abby stimmte mit ein. Sie kannte Butch gut genug, um seine Aussprüche nicht wirklich ernst zu nehmen. Aber sie wollte auch Grenzen setzen und sich nichts gefallen lassen. Fynn sah ein wenig nachdenklich drein. Er war nicht davon ausgegangen, dass zwischen Abby und Elzy anscheinend nie etwas passiert war. Das überraschte ihn tatsächlich. Abby schien auf sich zu achten und hatte sich nicht gleich auf den nächsten Mann gestürzt. Irgendwie freute er sich darüber.
Später setzten sie sich zusammen, um alles zu besprechen. Sie hatten viele Pläne gemacht, aber irgendwann beschlossen, so wie in Saratoga vorzugehen, was für Abby wieder heißen würde, dass sie beim eigentlichen Überfall nicht dabei war. Die Männer trauten ihr einfach nicht genug, sie hatte sich in den letzten Wochen nicht unbedingt als nervenstark erwiesen und das musste sie schließlich zähneknirschend einsehen.
In Evanston war es aber notwendig, dass sie eine glückliche Ehefrau spielte, bis vor kurzem war klar gewesen, dass sie das mit Fynn zusammen machen würde. Dieses Thema hatten sie die letzten Tage nicht wirklich angerührt, sie wollten sich Zeit geben, bis alles geklärt war. Abby brachte es nun selbst zur Sprache.
„Es bleibt aber dabei, dass Fynn und ich zusammen in die Bank gehen, wie in Saratoga. Oder hast du etwas dagegen einzuwenden, Fynn?"
Er war verblüfft, nickte aber dazu.

„Keine Einwände, Abby."
Butch und Elzy wechselten einen Blick.
„Wird das gutgehen?", fragte Elzy zweifelnd. „Was, wenn ihr wieder streitet?"
„Dann wirkt es wenigstens echt!", grinste Fynn. „Und ich kann sie rechtmäßig in aller Öffentlichkeit übers Knie legen, wollte ich immer mal!"
„Ich glaube, das wollen wir alle von Zeit zu Zeit!", stimmte Butch zu. „Aber du hast tatsächlich am meisten unter ihr gelitten und kriegst den Vorzug!"
„Ach, und ihr denkt wohl, für mich war das immer ein reines Vergnügen mit euch?", fragte Abby leicht erbost.
„Ja", antworteten die Männer aus einem Mund.
„Was sonst?", fügte Elzy an.
„Haltet nur zusammen!"
„Tun wir!", lachte Butch.
Das war nun geklärt und sie sprachen sich weiter ab. Abby war erleichtert, dass es Fynn sein würde, mit dem sie ein Zimmer teilen sollte. Auf ihn konnte sie sich verlassen, sie hatten mehr als ein Jahr zusammengelebt, waren einander vertraut und sie würden Abstand halten.
Sie nützten den nächsten Tag, um Abbys wertvollen Schmuck zu verkaufen, den sie in New York erstanden hatte. Sie brauchten unbedingt mehr Geld, damit Abby und Fynn das wohlhabende Ehepaar glaubwürdig spielen konnten. Abby lag sowieso nicht so viel daran, sie hatte den Schmuck gern getragen solange sie schöne Kleider anhatte, aber nun benötigte sie ihn nicht, sie behielt nur zwei Lieblingsstücke.
Sie spürte wieder die Aufregung in sich wachsen, morgen würden sie mit dem Zug nach Evanston fahren und schon einen Tag später die Bank dort ausrauben. Sie empfand Angst und Vorfreude zugleich, zu leicht konnte etwas schiefgehen, jeder von ihnen konnte ums Leben kommen. Der Tag verging ansonsten in quälender Untätigkeit. Abby versuchte sich auszuruhen, denn die nächste Zeit würde sie wenig Gelegenheit zum Schlafen haben, doch sie war so nervös, dass ihr das kaum gelang.

Endlich war auch die Nacht vorbei und sie konnten den Zug besteigen. Abby und Fynn saßen getrennt von Butch und Elzy, sie trugen schöne Kleidung und sahen aus wie ein junges, glückliches, reiches Ehepaar.
In Evanston nahmen sie ein Zimmer im besten Hotel und machten sich nicht viel später auf den Weg zur Bank. Butch und Elzy hatten zwei der Pferde in einem Stall untergebracht und ritten mit den anderen Tieren davon, um sie an einem Ort gut zu verstecken, den sie auf ihrer Flucht passieren würden. Sie waren übereingekommen, dass sie in Evanston keinesfalls zu viert irgendwo auftreten würde, damit niemand die Verbindung herstellen konnte und man auch später nicht wusste, wen genau man suchen musste. In Saratoga hatte das geklappt, es hatten nicht einmal Steckbriefe veröffentlicht werden können.
In der Bank spielte sich alles genau ab, wie geplant. Abby und Fynn bekamen Gelegenheit, den Tresorraum zu sehen, der sich in einem Hinterzimmer befand. Sie betrachteten alles genau, beobachteten, wo die Schlüssel verstaut wurden und prägten sich alles Wichtige ein. Zurück im Hotelzimmer fertigte Abby wieder Zeichnungen an, sie hatte vor, diese später zu Butch und Elzy zu bringen, die in einem anderen Hotel wohnten.
Als es dunkel war, zog sie daher ihre Hose an und stahl sich ungesehen zu den beiden Männern hinüber, die faul in ihren Betten lagen und schon auf sie gewartet hatten. Fynn war nicht mitgekommen, denn Abby war in ihrer Männerverkleidung unauffälliger und konnte bestimmt nicht mit der reichen Dame in Verbindung gebracht werden.
Abby berichtete Elzy und Butch alles, was sie in der Bank erfahren hatte und sie studierten die Pläne noch einmal und besprachen die letzten Einzelheiten.
„Eines haben wir aber noch ausgelassen“, meinte Elzy am Schluss.
„Was denn?“, fragte Abby erschrocken.
„Nun, wenn wir morgen alle draufgehen, habe ich niemals deine schönen Beine gesehen, von denen Butch und Fynn so schwärmen!“

„Da erwähnst du was!", grinste Butch. „Ich sag's dir, das sind Beine, die kannst du suchen!"
„Also doch!", fuhr Abby auf. „Du hast doch über mich geredet! Und Fynn auch!"
„Abby, glaube mir, über deine Beine muss man reden! Nicht böse sein, meine Schönste! So etwas sieht man einfach nicht alle Tage!"
Butch trat hinter sie und massierte sie sanft an den Schultern.
„Bleib doch noch ein bisschen hier bei uns! Was willst du bei Fynn, zwischen euch läuft doch sowieso nichts mehr und Elzy und ich wissen auch gerade nicht, wie wir die Zeit totschlagen sollen! Wir könnten es uns gemütlich machen, meinst du nicht?"
„Nein, meine ich nicht! Ich gehe jetzt!"
Doch ihre Stimme klang nicht überzeugend, sie schauderte ein wenig unter Butchs immer noch vertrauten Berührungen. Elzy hatte ihr Zögern erkannt.
„Bist du sicher, dass du gehen willst?", lachte er und rückte mit dem Stuhl näher zu ihr. „Vor zwei Wochen, als ich dich küsste, wolltest du mich gar nicht mehr loslassen, aber schau, du konntest mir vertrauen. Kannst du auch heute, Abby. Nichts wird gegen deinen Willen geschehen!"
Butch schob ihre Haare zur Seite, beugte sich zu ihr und küsste ihren Nacken.
„Morgen könnten wir alle tot sein, warum sollen wir also unseren vielleicht letzten Abend nicht noch genießen?" raunte er ihr ins Ohr.
Elzy legte seine Hand auf ihr Knie, langsam und zärtlich strich er über ihr Bein.
„Das fühlt sich gut an! Ich würde dich wirklich gerne einmal ohne dieses störende Zeug hier sehen!"
Abby schloss die Augen. Sie wusste, sie konnte jetzt aufstehen und gehen, die Männer würden sie nicht hindern, aber sie wollte es im Grunde ihres Herzens nicht, sie wollte bleiben, wollte dieses Abenteuer erleben, ja, sie konnten morgen tot sein, was war also dabei, sie war frei, sie musste niemandem Rechenschaft über ihr Tun ablegen. Dennoch war etwas in ihr, das sich sträub-

te, der Zeitpunkt war falsch und sie hatte nicht das Gefühl, noch etwas bestimmen zu können. Wenn, dann würde sie es tun, weil es ihr eigener, fester Wunsch war und nicht, weil sie geschickt verführt wurde.
Daher nahm sie Elzys Hand von ihrem Bein und küsste sie. Dann blickte sie ihm fest in die Augen.
„Heute nicht! Ich bin nicht bereit dazu, natürlich könnten wir noch eine Weile herumspielen, aber dann würde es vielleicht weiter gehen, als ich eigentlich möchte. Lasst uns zuerst die Sache morgen erfolgreich hinter uns bringen."
Elzy wechselte einen Blick mit Butch. Er konnte es kaum fassen, so eine Frau wie Abby hatte er noch nie getroffen. Sie war nicht zimperlich oder prüde, sie wollte selbst entscheiden, und das respektierte er und es faszinierte ihn gleichzeitig.
„Schade!", meinte er bedauernd. „Wie gesagt, ein Wort von dir, Abby, und nichts weiter passiert, das verspreche ich dir und ich denke, ich rede auch für Butch!"
Sie lachte ein wenig.
„Butch ließ mir immer wenig Chancen, auf ihn würde ich mich nicht verlassen!"
„Sag nicht, dass du es nicht genossen hast!", spottete Butch. „Allzu viel musste ich meist nicht tun, eher im Gegenteil!"
„Jaja, dieses Thema hatten wir bereits. Dann strenge dich nächstes Mal ein bisschen an, vielleicht kannst du mich wieder überzeugen!"
„Ich werde mein Bestes geben! Für dich sowieso immer, Abby! Es wäre aber schön, wenn ich dich nicht erst überzeugen müsste von etwas, das für uns alle zu etwas Besonderem werden könnte!"
Abby stand auf und küsste zuerst Elzy und danach Butch.
„Ich weiß, dass es das sein wird!", sagte sie. „Aber nicht heute!"
Sie war stolz auf sich, weil sie sich nicht hatte gehen lassen, sie kannte sich inzwischen gut genug, sie hätte alles nur allzu gerne mitgemacht, aber ohne es wirklich beeinflussen zu können. Nun, aufgeschoben war nicht aufgehoben!
Rasch lief sie zu ihrem Hotel zurück und achtete darauf, unauf-

fällig und unbemerkt zu bleiben. Um diese späte Nachtstunde war niemand mehr am Empfang und sie schlich leise hinauf zu ihrem Zimmer.
Fynn lag noch wach auf dem Bett, er hatte ein Buch gelesen. Erstaunt blickte er auf, als sie eintrat.
„Du konntest ihnen also ein weiteres Mal widerstehen?", fragte er.
Sie hörte den Unterton der immer noch vorhandenen Eifersucht heraus. Sie wusste, dass Fynn sie genauso vermisste, wie sie ihn. Manchmal fragte sie sich, wo für ihn der Unterschied war, er litt offensichtlich auch, wenn sie gar nicht zu ihm gehörte.
„Heute konnte und wollte ich widerstehen. Es ist und bleibt auch meine Entscheidung!", antwortete sie kurz.
„Das wird ihnen nicht gefallen haben!"
„Sie werden damit leben müssen. Und jetzt möchte ich schlafen, wir haben morgen einiges vor."
Sie zog sich aus und Fynn vertiefte sich wieder in sein Buch.
Als sie neben ihm lag, löschte Fynn das Licht. Er lauschte auf ihre Atemzüge, die ihm verrieten, dass sie hellwach war und genauso wenig einschlafen konnte wie er. Viele Gedanken gingen ihm durch den Kopf, wegen des nächsten Tages machte er sich zwar wenig Sorgen, aber es war keine Kleinigkeit, die sie vorhatten. Und immer wieder überlegte er, ob er mit seiner starren Haltung nicht sich selbst im Weg lag. Nur, wollte er wirklich eine Frau, die Vergnügen an anderen Männern fand?
Abby dagegen dachte daran, was beinahe geschehen wäre und allein der Gedanke löste ein unglaubliches Kribbeln in ihr aus. Sie spürte noch Elzys warme Hand auf ihrem Bein, sie fühlte Butchs Lippen auf ihrem Nacken, wie gern hätte sie der Versuchung nachgegeben, aber sie wusste, für diesen Tag hatte sie richtig entschieden. Und eines war ihr klar, das Ganze hatte nichts aber auch rein gar nichts mit Liebe zu tun, sie mochten sich, es war ein Begehren vorhanden, Liebe war jedoch das, was sie immer noch für Fynn empfand.

Endlich schlief sie ein und erwachte am Morgen ausgeruht.
Wie letztes Mal in Saratoga bezahlten Fynn und Abby ordentlich ihre Hotelrechnung und begaben sich zum Stall, wo ihre Pferde untergebracht waren. Dort trafen sie auf Butch und Elzy, die schon alles vorbereitet hatten. Abby zog ihr schönes Kleid aus, die Hose hatte sie bereits darunter getragen, sie schlüpfte in ein Männerhemd und in eine Jacke und steckte ihre Haare in den Hut. Dann verbargen sie alles, was sie nicht mitnehmen würden unter einem Strohhaufen und sattelten die Pferde. Sie sprachen kaum, blieben konzentriert auf das, was sie vorhatten. Schließlich saßen sie auf und ritten zur Bank. Dort stiegen sie ab und die Männer maskierten sich am Eingang des Gebäudes, während Abby neben den Pferden stehen blieb und die Straße beobachtete.
Sie war sehr nervös, sie konnte nicht genau sagen, was sie so beunruhigte. Das Sheriffbüro lag am anderen Ende der Straße, ein schönes Stück entfernt und plötzlich war dort Bewegung. Ein Mann lief aus dem Gebäude, gestikulierte wild, andere Männer versammelten sich daraufhin und sahen zur Bank. Abby blieb das Herz stehen. Diese Männer wussten Bescheid, was gerade geschah, wie und warum sie das wissen konnten, verstand sie nicht, aber sie musste ihre Freunde warnen.
Rasch lief sie in die Bank und schrie:
„Raus hier, schnell! Sie kommen!“
Butch, Elzy und Fynn reagierten sofort, sie ließen alles liegen und stehen und folgten Abby zu den Pferden. Inzwischen war auf der Straße ein kleiner Auflauf, die vier saßen auf und preschten davon. Es dauerte nicht lange, da wurden sie verfolgt.
Sie trieben ihre Pferde an, zum Reden war keine Zeit. Abby war wie erschlagen, sie hatten nun überhaupt kein Geld mehr, wie hatte das alles so schiefgehen können? Endlich erreichten sie den Platz, an dem die frischen Pferde auf sie warteten. Abbys Entschluss war gefasst.

„Reitet weiter!“, rief sie den Männern zu. „Sie werden nicht gleich merken, dass einer fehlt. Ich hole mir mein Geld zurück!“
„Bist du verrückt?“, brüllte Fynn sie an.
„Worauf wartet ihr?“, schrie sie zurück. „Wir treffen uns in ein paar Tagen in Browns Hole, macht, dass ihr wegkommt! Ich bin die einzige, die das schaffen kann, vertraut mir!“
„Abby, sei vernünftig!“, versuchte es Butch, doch Abby wendete ihr Pferd und ritt tief in den Wald, um sich zu verstecken. Den Männern blieb nichts anderes übrig, als ihre Flucht fortzusetzen, denn die Verfolger waren nahe. Sie konnten nur hoffen, dass man nicht gleich merken würde, dass Abby fehlte. Was hatte sie nur vor?

Abby stieg vom Pferd und führte es abseits vom Weg in beinahe undurchdringliches Dickicht. Es dauerte nicht lange und sie hörte die Verfolger. Sie hielt den Atem an, würde man sie bemerken, würde man ihre Spur sehen?
Doch die Männer ritten nach einer kurzen Pause weiter, sie hatten die Pferde gefunden und wussten, dass die Bankräuber nun auf frischen Tieren im Vorteil waren, dennoch gaben sie die Verfolgung nicht auf.
Als alles ruhig war, wagte sich Abby zurück, holte ihr erstes Pferd und suchte ein neues Versteck. Sie ritt ein Stück weg in den Wald, nützte steiniges Gelände, um keine Spur zu hinterlassen und fühlte sich schließlich an einem Bach ziemlich sicher. Um sie herum herrschte nur Stille. Sie sattelte die Pferde ab, rieb sie trocken und überlegte immer noch ein wenig fassungslos, wie man den Sheriff alarmiert hatte. Niemand war aus der Bank entkommen, sie hatte alles im Blick gehabt. Nun, dieses Geheimnis galt es zu lüften, das durfte kein weiteres Mal geschehen.
Sie legte sich ins Gras und ruhte aus bis es beinahe dunkel war, dann sattelte sie die Pferde wieder, band eines von ihnen an einen Baum und ritt auf dem anderen zurück nach Evanston. Als sie die Lichter der Stadt sehen konnte, hielt sie erneut an, es war noch zu früh, sie musste warten, bis fast alle schliefen. Endlich wurde es dunkler, auch die Straßenbeleuchtung erlosch.

Abby ritt langsam durch die Straßen und suchte den Stall auf, in dem sich noch ihre Sachen im Heu versteckt befanden. Sie holte ihr schönes Kleid und zog es an. Dann führte sie ihr Pferd neben die Bank und band es dort fest. Erst danach schlich sie zum Hotel, in dem sie genächtigt hatten, das Schloss am Eingang war kein Problem, denn Butch hatte ihr einmal gezeigt, wie man Schlösser einfach mit dem Messer öffnen konnte. Wie erwartet, war die Hotelhalle leer. Sie holte sich einen Schlüssel, sperrte das entsprechende Zimmer auf und hängte den Schlüssel zurück, niemand sollte ihre Anwesenheit bemerken. Sie musste unbedingt am nächsten Morgen ausgeruht und frisch sein und die wohlhabende Dame erneut überzeugend spielen. Daher konnte sie nicht einfach im Stroh oder im Freien übernachten, das würde man ihr anmerken.
Abby streckte sich auf dem bequemen Bett aus und schlief beinahe sofort ein. Am Morgen erwachte sie früh. Sie lauschte auf die Geräusche im Hotel, es war alles ruhig, und so lief sie schnell in die Badestube und machte sich so sauber wie möglich, steckte die Haare ordentlich auf und schlüpfte in ihr Kleid. Die Hose behielt sie darunter an, das war nicht zu umgehen. Dann versteckte sie sich wieder in ihrem Zimmer, sie musste weiter abwarten, es war noch zu früh, um sich zu zeigen. Allmählich belebten sich die Gänge, Gäste gingen nach unten, um zu frühstücken, ein Zimmermädchen begann mit ihrer Arbeit. Abby, die in einem Hotel großgeworden war, wusste, dass niemand ihr Zimmer betreten würde, da keiner davon Ahnung hatte, dass sie es belegte. Sie wartete, bis es auf ihrem Gang still war und wagte sich endlich hinaus. An der Treppe spähte sie hinunter, der Portier war am Tresen und sprach mit anderen Gästen. Dann, sie konnte ihr Glück kaum fassen, verließ er seinen Posten, wohl um den Leuten etwas zu zeigen. Abby lief hinunter und verließ ungesehen das Hotel.
Auf der Straße atmete sie auf. Nun konnte sie sich normal bewegen, man hatte sie zusammen mit Fynn als wohlhabendes Ehepaar gesehen und würde sie nicht mit dem Bankraub in Verbindung bringen, sie war also sicher und damit die einzige,

die diese Aufgabe erfüllen konnte, das war ihr am Vortag klargeworden.
Langsam schlenderte sie die Straße entlang und genoss augenscheinlich die warme Frühjahrssonne. Dann betrat sie einen Laden, sie hatte keine Ahnung, wie sie nach Browns Hole kommen sollte, sie brauchte eine Karte.
Hilfesuchend wandte sie sich an den Ladenbesitzer.
„Könnten Sie mir bitte behilflich sein? Mein Mann möchte gerne zuverlässige Karten von Wyoming und Utah haben und einen, wie heißt das noch, er sagte Kampus, glaube ich!"
Der Mann lächelte amüsiert.
„Sie meinen sicher einen Kompass!"
„Ja, genau, wie klug Sie sind!"
Abby war ganz Bewunderung. Und sie ließ sich sogar noch erklären, wie so ein Kompass funktionierte, der Ladenbesitzer war zu gerne bereit, das kleine dumme Frauchen zu beraten.
Abby strahlte ihn am Ende an.
„Mein Mann wird so überrascht sein, dass ich nun so gut Bescheid weiß, vielen Dank!"
„Das macht dann 15 Dollar!"
„Leider habe ich kein Geld, aber mein Mann wird später kommen und bezahlen!"
Sie lächelte ihn so betörend an, wie sie nur konnte.
„Selbstverständlich, meine Dame, Ihnen kann ich ja wohl vertrauen!"
Abby packte die Karten und den Kompass in ihre Tasche und verließ den Laden. Der arme Kerl würde so schnell keiner Frau mehr glauben!
Nun musste sie all ihren Mut zusammennehmen. Es hatte keinen Sinn, das Ganze hinauszuzögern, je schneller sie jetzt handelte, desto wahrscheinlicher war es, dass sie erfolgreich war, denn der Sheriff war mit seinen Männern hinter Butch, Elzy und Fynn her, vielleicht würde sie gar nicht verfolgt werden, vorausgesetzt, sie entkam überhaupt aus der Bank! Sie spazierte an ihrem Pferd vorbei und löste den Knoten, mit dem es angebunden war.
Völlig harmlos aussehend betrat sie anschließend die Bank und

wandte sich sogleich an den Direktor.
„Wir haben gehört, hier war ein Überfall!“, sprudelte sie aufgeregt hervor. „Ist unser Geld auch gestohlen worden?“
Der Direktor lächelte stolz.
„Nein, dank unseres neuen Alarmsystems konnte der Sheriff benachrichtigt werden und die Räuber mussten unverrichteter Dinge wieder abziehen. Sie haben nichts mitnehmen können!“
„Ein Alarmsystem? Was ist das?“
„Sehen Sie hier, werte Dame, wenn ich diesen Knopf drücke, läutet beim Sheriff eine kleine Glocke, so weiß er, dass wir Hilfe brauchen!“
„Wie raffiniert!“, staunte Abby. Deshalb war alles schiefgegangen. „Das haben Sie uns aber bei unserem ersten Besuch nicht verraten!“
„Nein, das ist unser kleines Geheimnis, Sie sehen, Ihr Geld ist bei uns in sicheren Händen!“
„Ich möchte mich davon überzeugen, schließlich ist es unser gesamtes Erspartes! Zeigen Sie mir bitte, dass noch alles da ist!“
„Selbstverständlich, aber Sie können mir schon vertrauen!“
„Bitte, ich möchte es sehen! Mein Mann ist ebenfalls beunruhigt, er schickt mich, damit wir uns vergewissern können!“
Der Bankdirektor verbeugte sich leicht und führte Abby in den Tresorraum.

Dort waren sie allein. Abby wartete, bis er den Safe aufgeschlossen hatte und mit der Hand auf das Geld wies!
„Sie sehen, alles …“
Der Satz blieb unvollendet. Entsetzt starrte der Direktor auf die Pistole, mit der Abby ihn bedrohte.
Sie warf ihm mit der linken Hand die Tasche zu.
„Vollmachen!“, befahl sie.
„Aber, …“
„Hören Sie schlecht? Vollmachen und keine Tricks mehr!“
Der Direktor gehorchte widerstrebend. Abby hatte sich von einer Sekunde zur anderen von einer liebenswerten jungen Dame in eine zu allem entschlossene Banditin verwandelt.

Schließlich reichte ihr der Direktor die gefüllte Tasche.
„Und jetzt nehmen Sie diese Regale aus dem Safe!“
Abby wusste, dass der Safe groß genug war, sie hatte auch bemerkt, dass man nur Regalböden eingeschoben hatte, die sich leicht entfernen ließen.
„Was haben Sie vor?“
„Tun Sie was ich sage. Wir wollen beide nicht, dass ich Sie erschießen muss.“
Wieder gehorchte er.
„Okay“, befahl Abby, „Nun hinein mit ihnen!“
„Aber ich werde ersticken!“
„Es wird gleich jemand kommen und Sie holen, vertrauen Sie mir, ich will nicht, dass Ihnen etwas geschieht, aber Sie verstehen doch sicher, dass ich verhindern muss, dass Sie schnell Alarm schlagen!“
Sie richtete drohend ihre Waffe auf ihn und er zwängte sich schließlich in den Safe. Abby schlug die Tür zu, sperrte ab, ließ aber den Schlüssel stecken.
Dann verbarg sie die Pistole in der Tasche und rannte schleunigst zur Tür, der Direktor begann bereits in Panik, Krach zu schlagen.
Abby verließ den Raum und hastete zu einem Angestellten.
„Rasch, Ihr Direktor braucht Hilfe, Sie müssen zu ihm!“
Sie deutete auf den Tresorraum und vergewisserte sich, dass einige Leute hineinliefen und den armen Mann befreien würden. Dann aber rannte sie hinaus, schwang sich auf ihr wartendes Pferd und trieb es an. Mit schnellem Galopp ritt sie aus der Stadt und kümmerte sich nicht darum, als hinter ihr Rufe und Schüsse ertönten. Sie hatte es geschafft! Sie hatte das Geld geraubt, sie hatte ganz allein eine Bank überfallen. Das Hochgefühl war unbeschreiblich, sie jauchzte laut auf und fühlte keine Angst, sie war unbesiegbar, sie war uneinholbar!
Schließlich erreichte sie die Stelle, an der ihr anderes Pferd wartete, befreite ihr müdes Pferd vom Sattel und Zaumzeug und riss sich das Kleid herunter, nun war es wesentlich leichter zu reiten. Das Kleid hatte sie arg behindert. Sie horchte, ob sich Verfolger

näherten, aber alles blieb still. Trotzdem schwang sie sich eilig auf das frische Tier und stob in rasendem Tempo davon. Ungefähr kannte sie die Richtung, sie musste auch darauf achten, dass der Sheriff mit seinen Männern irgendwo vor ihr war, mit etwa einem Tag Vorsprung.

Sie folgte einfach dem Weg Richtung Osten, wusste aber, dass sie irgendwann nach Süden abbiegen musste, so hatte sie es auf der Karte gesehen. Es war seltsam, so einsam unterwegs zu sein, bis jetzt war sie immer den anderen hinterhergeritten, nun war sie für sich allein verantwortlich und hatte selbst darauf zu achten, wo sie sich befand. Es war jedoch einfacher, als sie gedacht hatte, denn durch die unwirtliche Berglandschaft führte nur ein Weg. Die Männer waren sicher irgendwo in die Berge abgebogen, um die Verfolger abzuschütteln, das hatte Abby nicht nötig. Selbst wenn sie verfolgt wurde, sie war mit ihrem frischen Pferd bestimmt schneller.

Nach ein paar Stunden machte sie eine Pause, versorgte ihr Pferd und stieg auf eine Anhöhe, um mehr zu sehen. Niemand war hinter ihr her, sie konnte keinerlei Bewegung ausmachen. Triumphierend öffnete sie die Tasche, unfassbar, so viel Geld! Die Männer würden staunen, das hatte ihr bestimmt keiner zugetraut. Nun würde es auch von ihr einen Steckbrief geben, aber da niemand ihren richtigen Namen kannte, würde man sie unter Evelyn Harper suchen, so hatte sie sich in Evanston genannt. Sie suchte die Karte und den Kompass heraus, natürlich hatte sie längst von den Männern gelernt, wie man mit so etwas umging, aber dem Ladenbesitzer in Evanston hatte es so eine Freude gemacht, sie zu unterrichten. Sie grinste ein wenig höhnisch, als sie an den Ärmsten dachte.

Die Strecke nach Browns Hole war lange, sie würde mehrere Tage brauchen. Butch und die anderen waren schon viel weiter, sie war sicher, dass sie entkommen waren. Abby aß ein wenig aus ihren Vorräten, um bei Kräften zu bleiben, dann stieg sie wieder in den Sattel und ritt, bis es dunkel wurde. Sie fand einen geschützten Platz an einem kleinen Rinnsal, wo sie und ihr Pferd ihren Durst löschen konnten, gleich darauf sank sie zu Boden

und schlief trotz der Kälte beinahe sofort ein.
Sobald die Morgendämmerung anbrach, machte sie sich fröstelnd wieder auf den Weg. Sie passierte ein paar kleinere Ortschaften, hielt sich aber davon fern und ließ sich nicht blicken. Erst am dritten Tag wagte sie es, in einer Ansiedlung ein paar Vorräte zu kaufen, Hunger zu leiden war für Abby kein Spaß, sie war nicht geschickt im Jagen, mochte auch nicht gerne Tiere töten, daher war ihr Speisezettel die letzten zwei Tage so gut wie leer geblieben. Sie redete kaum mit den Menschen dort, so fand auch niemand heraus, dass sie ein Mädchen war. Sie wirkte wie ein junger Mann auf Wanderschaft in ihrer Männerkleidung.
Ansonsten blieb sie allein auf ihrer Reise, Butch, Elzy und Fynn mussten einen anderen Weg gewählt haben, denn falls der Sheriff mit seinen Männern inzwischen umgekehrt war, hätte sie ihm begegnen müssen. Sie wusste auch, dass die Männer nicht auf direktem Weg zu Browns Hole ritten, um niemanden auf diese Spur zu bringen. Es konnte daher gut sein, dass Abby genauso schnell dort sein würde, wie sie. Der Gedanke beflügelte sie. Dass man die drei gefasst hatte, schloss sie aus. Sie waren hervorragende Reiter, die mit der Wildnis vertraut waren und wussten, wie man sich verbergen konnte.
Am Nachmittag des vierten Tages kam ihr die Gegend vage vertraut vor, sie ritt am Fuße einer Bergkette einen Creek entlang nach Norden und dann stieß sie auf einen Fluss, den Green River. Sie weinte beinahe vor Erleichterung, sie hatte es fast geschafft. Nun musste sie nur noch dem Fluss in seinem tiefen Canyon folgen, er würde sie direkt zu Browns Hole führen. Noch einmal zwang die einbrechende Dunkelheit sie dazu, im Freien zu übernachten, doch sobald es hell war, machte sie sich erneut auf den Weg, manchmal musste sie ihr Pferd durch Wasser lenken, wenn der Canyon zu eng wurde, und sie stand jedes Mal Ängste aus, dass der Fluss zu tief werden würde, aber alles ging gut. Am späten Nachmittag erreichte sie endlich den Eingang zum Tal, an dem die Bassett Ranch lag.

Wieder vereint in Browns Hole

Alles lag friedlich da, wie sie es in Erinnerung hatte. Doch schon wurde sie von zwei Männern aufgehalten, die sie mit Gewehren bedrohten, niemand konnte unbemerkt in das Tal hineinreiten.
„Wer bist du? Was willst du?", wurde sie gefragt.
Sie zog ihren Hut herunter und lange, rötliche Locken fielen ihren Rücken hinab.
„Mein Name ist Abby Clearwater. Sind Butch Cassidy, Elzy Lay und Fynn Johnson schon hier? Wir wurden getrennt, ich gehöre zu ihnen!"
„Abby? Du bist diese Abby? Du wirst sehnsüchtig erwartet, ja, sie sind hier, aber sie rechneten nicht damit, dass du es tatsächlich bis hierherschaffst! Das wird eine Überraschung sein! Komm mit!"
Einer der Männer ritt mit ihr in das Tal und stellte ihr ein paar neugierige Fragen, doch sie antwortete nicht darauf. Sie hielt die Tasche mit dem Geld fest umklammert, niemanden ging es etwas an, was darin war.
Nach ein paar Meilen erreichten sie die Holzhütten, in denen sie vor einem Jahr ebenfalls Unterkunft gefunden hatten. Ein lauter Schrei durchbrach die Stille.
„Ich werde verrückt! Abby!"
Es war Elzy, der nun auf sie zu stürmte und sie vom Pferd zog. Sie umarmte ihn, küsste ihn, sie war so froh ihn wiederzusehen.
„Du dummes Weib, was hast du gemacht? Wir sind umgekommen vor Sorge um dich! Wieso bist du zurückgeblieben?"
„Wo sind die anderen? Ich will euch etwas zeigen!"
Butch und Fynn waren inzwischen ebenfalls zu ihr gerannt, umarmten Abby abwechselnd und schimpften sie aus. Sie kam kaum zu Wort. Andere Männer waren aufmerksam geworden und sahen der stürmischen Begrüßung erstaunt zu.
„Wir müssen allein reden!", versuchte Abby zu sagen, doch niemand hörte ihr zu.
Schließlich brachte man sie doch in eine Hütte. Butch hatte die

Tasche in der Hand und hob sie prüfend an.
„Was ist da drin?“, fragte er.
Abby sah sich um, kein anderer war mit im Raum, nur Elzy und Fynn.
„Mach auf und sieh nach!“, schlug sie vor. „Und dann hätte ich gerne etwas zu essen! Ich habe riesigen Hunger!“
Butch hatte die Tasche geöffnet und es verschlug ihm die Sprache. Obenauf lagen Karten und ein Kompass, aber darunter, … er fasste hinein und holte ein Bündel Geld hervor, er warf es auf den Tisch, ein paar Goldmünzen folgten.
Alle waren sprachlos.
Dann wandten sich drei Augenpaare Abby zu.
„Ich habe mein Geld geholt! Und etwas mehr. Ich war die einzige von uns, die das tun konnte, es ging ganz leicht! Wenn ich jetzt etwas zu essen kriege, erzähle ich euch alles. Und ihr müsst mir auch sagen, wie ihr entkommen seid!“
Elzy sank auf einen Stuhl.
„Ich glaube es nicht, du bist zurück in die Bank und hast sie allein ausgeraubt?“
Abby nickte.
Butch war ebenfalls fassungslos.
„Und dann hast du ganz allein hierhergefunden?“, vergewisserte er sich.
Wieder nickte sie.
Fynn sagte zunächst gar nichts mehr. Er trat zu Abby und umarmte sie, hielt sie fest, als wolle er sie niemals mehr loslassen.
„Wir dachten, du seist tot!“, meinte er schließlich. „Wir glaubten, man hätte dich gefasst und gehängt oder erschossen und wenn nicht, dass du in der Wildnis draufgegangen wärst. Wir hatten wenig Hoffnung, dich wiederzusehen!“
„Ihr solltet mir mehr zutrauen!“, antwortete sie. „Und ich habe immer noch Hunger!“
Sie ging zur Feuerstelle und prüfte den Inhalt des Topfes, der dort hing. Es schmeckte sogar, doch sie hätte in dem Moment alles gegessen, die Hauptsache es war warm und viel.
Die Männer ließen sie in Ruhe essen, sie war wirklich ausgehun-

gert, aber sie brannten vor Neugierde und sobald sie einigermaßen gesättigt schien, setzten sie sich erwartungsvoll zu ihr und sie musste alles bis ins kleinste Detail erzählen.
Sie erntete volle Bewunderung, zwar sparten die Männer nicht mit Vorwürfen, weil sie so eigenmächtig gehandelt hatte, doch sie sahen ein, dass Abby in der Sache recht hatte, sie war die einzige gewesen, die nach Evanston hatte zurückkehren können, ohne aufzufallen. Dennoch war es ein gewaltiges Risiko gewesen.
Dann berichteten sie selbst, sie waren verfolgt worden, hatten ihre Spur verwischen können, und nach zwei Tagen hatte der Sheriff aufgegeben. Wie Abby gedacht hatte, waren die Männer in den Süden geflohen, über die Berge, daher hatte Abby den üblichen Weg in relativer Sicherheit nehmen können.
„Wie viel hast du nun eigentlich geklaut?“, fragte Elzy.
„Ich habe noch nicht gezählt, ich dachte, das machen wir gemeinsam, wenn wir aufteilen.“
„Bist du verrückt? Das ist dein Geld!“
„Mein Geld? Nein, wir haben den Überfall gemeinsam geplant und gemacht, ich hätte nicht handeln können, wenn ihr den Sheriff nicht von Evanston weggelockt hättet!“
Sie stritten eine Weile, keiner der Männer wollte von dem Geld haben, das ging dann doch gegen ihre Ehre. Aber Abby setzte sich schließlich durch, sie drohte damit, den Anteil der Männer draußen unter den anderen zu verteilen und war empört, dass sie anscheinend immer noch nicht als eine von ihnen akzeptiert wurde.
„Wäre es einer von euch gewesen, würdet ihr euch nicht so anstellen, nur weil ich eine Frau bin, kommt ihr mit „Ehre“ daher! Es war unser gemeinsamer Überfall, es ist schiefgegangen wegen dieser Alarmklingel. Fynn und ich hätten sie sehen müssen, wir hätten darauf vorbereitet sein müssen. Und ihr musstet wegreiten, sonst hätte ich auch keine Chance gehabt. Also, wollt ihr jetzt euren Anteil oder soll ich das Geld zum Fenster hinauswerfen?“
Sie stand auf, um genau das zu tun, doch Elzy hielt sie lachend zurück.

„Also gut, du hast gewonnen, Abby. Dann schauen wir mal, was wir bekommen haben!"
Es war nicht ganz so viel wie in Saratoga, Abby hatte die Tasche nicht zu vollpacken lassen, damit sie nicht zu schwer war. Aber es wurden doch etwa 3000 Dollar für jeden und damit waren sie natürlich mehr als zufrieden.
Abby gähnte.
„Ich freue mich heute auf ein richtiges Bett, auf ein Dach über dem Kopf und vielleicht noch auf einen guten Schluck, ich glaube, ich habe zu viel gegessen."
„Du kannst mein Bett haben!", bot Elzy an. „Ich werde zu Josie hinüberreiten, außer natürlich, du willst, dass ich bei dir bleibe!" Er grinste sie augenzwinkernd an. Sie lächelte zurück.
„Heute nicht!", erwiderte sie.
„Ich fürchtete, dass du das sagen würdest. Du bist vielleicht ein Teufelsweib, du lieber Mann! Man kann Angst vor dir kriegen! Aber eines weiß ich, wenn du wieder losziehst, um einen Überfall zu begehen, will ich auf jeden Fall dabei sein."
„Ich auch!", schloss sich Butch an und Fynn nickte ebenfalls. Er hatte eine Flasche geholt und schenkte Abby einen Whisky ein. Abby leerte das Glas in einem Zug.
„Das tat gut!", seufzte sie glücklich und füllte nach.
Butch blickte sie von der Seite an.
„Wenn Abby heute weitertrinkt, könnte es hier interessant werden! Vielleicht solltest du doch bleiben, Elzy!"
„Vielleicht!", lachte Abby. Sie war so erleichtert, dass sie angekommen war, die Tage alleine waren schwer für sie gewesen, niemals wirklich zu wissen, wo genau man sich befand, dann der ständige Hunger, die langen einsamen Ritte, die Kälte in den Nächten, einmal wäre sie beinahe von einer Klapperschlange gebissen worden, das hätte dort draußen ihren sicheren Tod bedeutet und niemand hätte erfahren, was aus ihr geworden war.
„Eigentlich will ich aber nur baden und mir etwas anderes anziehen und vor allem raus aus diesen Stiefeln!", stöhnte Abby, sie war wirklich am Ende ihrer Kräfte und der Whisky hatte ein Übriges getan.

„Ich komme morgen wieder!“, sagte Elzy und verschwand.
Sehr viel machte Abby diesen Abend nicht mehr, sie hatte sich im Fluss gewaschen, ein Kleid herausgesucht, das noch vom letzten Jahr da war, doch zog sie sich gar nicht mehr an, sondern legte sich todmüde in Elzys Bett, wo sie sofort einschlief und erst am späten Vormittag wieder erwachte. Die Männer hatten sie ruhen lassen, Abby wirkte vollkommen entkräftet und als sie endlich aufstehen wollte, schwankte sie leicht. Sie hatte Schmerzen im ganzen Körper und fing an zu husten. Sie war allein in der Hütte und versuchte sich anzuziehen, aber sie musste sich hinsetzen, denn alles schien sich um sie zu drehen. Sie zitterte vor Kälte, was war nur los mit ihr?
Als Butch gegen Mittag die Hütte betrat, fand er sie zusammengerollt auf dem Bett liegen, sie war blass, atmete schwer und hustete stark. Er beugte sich zu ihr, fasste ihre Hand und merkte sofort, dass sie vor Fieber beinahe glühte.
Er holte noch eine Decke, hüllte sie warm ein und legte ihr ein nasses Tuch auf die Stirn.
„Du hattest keine Decke die letzten Tage, nicht? Du hast auf dem kalten Boden geschlafen!“
„Ich hatte nicht einmal die Jacke!“, keuchte sie. „Ich musste sie in Evanston zurücklassen.“
„Ein Wunder, dass du nicht erfroren bist. Du hättest die Jacke vorher am Sattel festmachen müssen. Das war ziemlich dumm von dir, Abby.“
„Ich weiß, Butch.“
Sie hustete wieder.
„Ich hole jemanden!“
Er verschwand nach draußen und machte sich große Sorgen. Einen Doktor gab es nicht, aber zumindest einige Frauen, die sich mit Krankheiten auskannten. Nur ob sie da etwas ausrichten konnten? Abby hatte es wirklich schlimm erwischt, das sah man sofort.
Abby wusste kaum etwas über die nächsten Tage, sie lag im Fieber und wurde von einer älteren Frau gepflegt, die das Fieber mit kalten Wickeln herunterkühlte und die ihr Tee und heiße Suppe

einflößte. Nach einer Woche sank die Temperatur, doch sie hustete immer noch und war zu schwach aufzustehen. Schmerzen quälten sie beim Atmen, aber allmählich schien es ihr besser zu gehen.

Doch erst nach etwa zwei Wochen erhob sie sich wieder von ihrem Lager und setzte sich nach draußen in die warme Sonne, um frische Luft zu bekommen. Sie wirkte kränklich, dünn und blass, es war nicht daran zu denken, mit ihr irgendwohin zu reiten. So allmählich bekam Abby mit, wie nah sie dem Tod gewesen war, und das erschreckte sie sehr. Ja, eine Kugel, Hängen, so konnte sie jederzeit sterben, damit rechnete sie, aber sie war noch nie wirklich krank gewesen, ihre Unvorsichtigkeit hatte sie nun beinahe das Leben und für den Moment all ihre Kraft und Zuversicht gekostet.

Doch sie wäre nicht Abigail Clearwater gewesen, wenn sie nicht gekämpft hätte, und aus der Wut über ihre Dummheit, mit der sie alles aufs Spiel gesetzt hatte, erwuchs der unbedingte Wille, wieder ganz gesund und stark zu werden. Sie konnte zwar nichts erzwingen, aber sie machte alles, was ihr helfen würde, sie aß, obwohl sie keinen Appetit hatte, sie begab sich auf immer längere Spaziergänge und watete heimlich barfuß durch kaltes Wasser, denn hinterher hatte sie warme Füße, und sie merkte, dass ihr das guttat. Nach drei Wochen saß sie wieder auf dem Pferd und bis auf den hartnäckigen Husten schien sie wieder die Alte zu sein. Es drängte sie weg, um neue Abenteuer zu erleben. Doch die Männer wollten davon noch nichts wissen. Sie waren teilweise selbst unterwegs, Elzy war auf einen größeren Viehtrieb gegangen und wurde vor einem Monat nicht zurückerwartet, Butch war für kurze Zeit nach Lander geritten, nur Fynn war geblieben und arbeitete auf der Bassett Ranch.

Also passte sich Abby notgedrungen dem Leben in Browns Hole an, es war primitiv und man war aufs Einfachste eingerichtet, so dass das Zubereiten von guten Mahlzeiten schon teilweise eine Kunst war.

Dennoch schaffte sie es, die Hütte sauber zu halten und zusammen mit anderen Frauen, die dort lebten, jeden Tag etwas zu kochen, nicht nur für sich und Fynn, sondern auch für die wechselnde Zahl von Männern, die in den Hütten Zuflucht suchten. Einer dieser Männer hieß Scott, er war kaum 20 Jahre alt, und er verliebte sich in Abby, verbrachte viel Zeit mit ihr und begleitete sie auf ihren Spaziergängen oder Ausritten. Sie mochte ihn und es kam auch zu ein paar harmlosen Küssen, aber zu mehr war sie nicht bereit, Scott wirkte auf sie wie ein kleiner Junge, den sie beschützen musste, dass sie mit ihm zusammenlebte oder ihn gar mitnahm, wenn sie wieder loszogen, schien ihr unmöglich. Es schmeichelte ihr zwar, so bewundert zu werden, doch sie war einen raueren Umgang gewohnt und einen, bei dem sie nicht auf einen Sockel gestellt wurde, sondern genauso behandelt wurde wie ein Mann. Dennoch war es eine Abwechslung für sie und brachte ihr wieder einiges an Selbstvertrauen zurück.

Endlich, nach etwa zwei Monaten waren Butch und Elzy wieder da und Abby drängte erneut zu einem Aufbruch. Es war nun Sommer geworden und sie wollte etwas von der Welt sehen und auch ihr Geld ausgeben und in Luxus leben. Doch sie mussten sich entscheiden, wo es hingehen sollte.

So saßen sie alle vier am Ende eines heißen Tages vor der Hütte und genossen den Sonnenuntergang. Fynn und Elzy hatten Landkarten in der Hand und studierten sie. Butch spielte gedankenverloren mit Abbys Locken und beugte sich dann plötzlich zu ihr nach vorne.

„Sag mal, wer ist eigentlich dieser Kerl dort, der kein Auge von dir lässt?"

Abby blickte in die angegebene Richtung und antwortete:

„Ach, das ist Scott!"

„Dein neuer Liebhaber?", fragte Elzy amüsiert.

„Scott? Nein, natürlich nicht, er ist doch noch ein Junge!"

Die Männer lachten.

„Abby, du bist so erfrischend!", meinte Butch. „Du bist gerade 18 geworden und dieser Scott ist bestimmt älter als du. Aber du hast recht, er ist zu jung für dich, du brauchst richtige Männer!"

„Du weißt, dass du dem armen Kerl gerade das Herz brichst?",

fragte Elzy.
In Abby regte sich so etwas wie ein schlechtes Gewissen.
„Das täte mir leid, aber er muss doch wissen, dass ich nicht mehr lange hier bin und er bestimmt nicht mit uns mitkommen kann!"
„Hast du ihm das auch gesagt?" fragte Butch. „Abby, du solltest vorsichtiger sein und nicht mit Männern spielen!"
„Ich spiele nicht mit ihm, ich dachte, das sei klar, außerdem hat er doch auch gesehen, dass ich die ganze Zeit über mit Fynn zusammengewohnt habe und ihr seid auch immer wieder hier, …"
„Abby ist gut im Brechen von Herzen! Seht mich an, seit mehr als zwei Jahren erhört sie mich nicht! Interessiert es sie, wie sehr ich leide?", klagte Elzy.
„Ach du, du hast doch gar kein Herz, liebster Elzy!"
„Oh, Abby, das war böse, ich habe ein großes Herz, ein Herz für alle Frauen und für dich besonders, das weißt du!"

Butch zog an ihren Haaren und bog ihren Kopf nach hinten, so dass sie ihn ansehen musste.
„Du liebst es gefährlich, machst den Männern schöne Augen und lässt sie dann abblitzen. Wirst du mit ihm reden?"
„Ja, mache ich, morgen!"
„Abbys übliche Antwort!", neckte Elzy. „Heute nicht! Wie oft hören wir das von dir! Und weil wir gerade beim Thema sind, Abby, ich mache mir allmählich große Sorgen um dein Liebesleben. Mit Fynn, das ist lange her, dann warst du krank, mit diesem Scott läuft auch nichts, wenn du so weitermachst, verlernst du es noch!"
„Das macht dir Sorgen?"
„Und wie, ich kann nachts kaum schlafen, weil ich an nichts anderes mehr denke!"
„Das finde ich jetzt rührend von dir, aber ich glaube, diese Sorge kannst du getrost mir überlassen! Ich wäre trotzdem dafür, dass wir uns endlich entscheiden, wo es hingehen soll. Wyoming geht gerade nicht, nachdem ich dort gesucht werde, Colorado geht wegen euch nicht, Utah wohl auch nicht, was bleibt eigentlich?"

„Arizona, Kalifornien, Idaho, Texas, Mexiko", zählte Fynn auf.
„Ich wäre für Arizona!", meinte Elzy.
„Also gut, warum nicht?", stimmte Fynn zu. „Reiten wir nach Süden über Robbers Roost, wir könnten nach Flagstaff."
„Flagstaff ist gut!", rief Elzy. „Dort habe ich eine ehemalige Freundin, sie hat sich verheiratet, die könnte ich einmal besuchen!"
„Empfängt sie dich denn?", fragte Fynn.
„Weiß ich doch nicht, ich war ja noch nicht dort!"
„Und wie heißt sie?"
„Mary-Anne!"
„Mit Nachnamen, Dummkopf!"
„So wie ihr Kerl, ich habe keine Ahnung, ich war nicht auf der Hochzeit."
„Na, dann werden wir ja keine Probleme haben, sie zu finden!", meinte Fynn kopfschüttelnd. „Wir fragen einfach in ganz Flagstaff nach Mary-Anne."
Sie redeten noch eine Weile über ihre Reise und planten eine Strecke. Dann brach Elzy auf, um zu Josie zu reiten, und als es dunkel wurde, zogen sich auch Fynn, Abby und Butch in die Hütte zurück. Für Abby hatten die Männer während ihrer Krankheit eine dünne Wand eingezogen, so dass sie einen winzig kleinen Raum für sich hatte, in dem nur ihr Bett Platz fand. Der Eingang wurde von einem Vorhang verschlossen.
Abby zog sich aus und legte sich nieder. Doch sie konnte nicht schlafen, ihre Gedanken kreisten um Scott, sie fühlte sich wie ein Ungeheuer. Nur was konnte sie dafür, wenn er sich in sie verliebte? Sie hatte ihn nie ermutigt, aber vielleicht hatten die paar Küsse für ihn mehr bedeutet als für sie? Sie seufzte, es war wirklich schwer mit den Männern. Warum konnten nicht alle so sein wie Butch und Elzy, die die Sache mit der Liebe so leichtnahmen?
Sie war kaum an diesem Punkt angelangt, als sich der Vorhang bewegte und Butch eintrat. Es war dunkel, aber sie wusste, dass er es war. Sie rückte zur Seite und machte Platz für ihn.
„Fynn schläft!", flüsterte Butch. „Und das ist mir auch lieber so.

Er muss nicht alles mitkriegen!"
„Butch, bin ich ein Ungeheuer?"
„Wie kommst du darauf?"
„Warum kann ich das nicht, einen einzigen Mann lieben?"
„Das tust du doch? Oder liebst du Fynn nicht mehr?"
„Doch, aber warum will ich dann mehr? Warum möchte ich trotzdem auch mit dir zusammen sein? Oder mit Elzy?"
„Weil das zwei verschiedene Dinge sind!"
„Fynn sieht das nicht so!"
„Die meisten sehen das nicht so. Du bist eben anders. Ich schätze, du kannst nur mit jemandem glücklich werden, der genauso denkt wie du."
„Und wie finde ich so jemanden?"
„Das fragst du ausgerechnet mich?"
„Manchmal habe ich das Gefühl, du bist der einzige, der mich versteht."
„Ich glaube, wir verstehen dich alle, Abby! Nur Fynn kann es nicht akzeptieren. Er hat damit ein großes Problem. Aber wenn wir schon bei deinem Liebesleben sind, ich fürchte, Elzy hatte heute recht!"
„Du denkst, ich hätte alles verlernt?"
„Es wäre möglich, nicht?"
„Wir könnten es ausprobieren!"
„Genau das wollte ich jetzt hören!"
Sie drehte sich zu ihm, umarmte und küsste ihn und sie wusste, dass sie sich die ganze Zeit nach ihm gesehnt hatte.
Es war schön, am Morgen neben Butch zu erwachen. Sie betrachtete ihn, dachte zurück an die Zeit, in der sie ihn kennengelernt hatte, sie hatte so viel Glück gehabt. Ohne ihn hätte sie nie diese Freiheit erleben dürfen, allein hätte sie das nicht geschafft, denn er war derjenige gewesen, der ihr zuerst eine Chance gegeben und dafür gesorgt hatte, dass die Männer sie akzeptierten und respektierten. Sie schwor sich in dem Moment, für Butch immer da zu sein, falls er irgendwann einmal Hilfe brauchen würde.
Fynn hob nur die Augenbrauen, als er sah, wo Butch übernachtet hatte. Es war lediglich eine Frage der Zeit gewesen, bis

Butch in Abbys Bett zurückfinden würde, er hatte sich sowieso gewundert, warum es so lange gedauert hatte und warum Elzy es immer noch nicht geschafft hatte. Es tat nicht einmal mehr weh, Fynn hatte vor kurzem auf einer der umliegenden Ranches ein hübsches Mädchen namens Harriet kennengelernt und überlegte ernsthaft, in Browns Hole zu bleiben und vielleicht mit ihr ein ehrliches Leben als Rancher zu führen. Aber noch zog es ihn in die Ferne, er hatte auch keineswegs vor, Butchs oder Elzys Aufmerksamkeit auf Harriet zu lenken geschweige denn sie mitzunehmen. Abby reichte vollkommen, noch so eine Frau würde keiner verkraften.
Nachdem Abby ihre täglichen Arbeiten verrichtet hatte, setzte sie sich aufs Pferd und ritt los, um Scott zu suchen. Sie fand ihn am Green River, wo er angelte. Er sah sie nicht an, als sie sich näherte.
Sie stieg vom Pferd und begrüßte ihn.
„Was willst du?“, fragte er.
„Ich wollte mich verabschieden, wir werden aufbrechen. Es tut mir leid, Scott, ich dachte, du wüsstest, dass ich zu den Männern gehöre und mit ihnen lebe.“
„Du bist mit drei Männern zusammen? Ist es also wahr?“
Sie blickte ihn von der Seite an.
„Und wenn es so wäre?“
„Du bist eine Hure!“
Er spie das Wort fast aus vor Verachtung.
„Ich werde dich kaum vom Gegenteil überzeugen können!“, entgegnete Abby.
Sie hatte das erwartet, was sonst sollte man über sie denken und reden? Etwas zornig fuhr sie fort:
„Es wird wohl nie in die Köpfe der Männer gehen, dass es auch Frauen gibt, die frei sind und die sich nehmen, was sie wollen. Ich habe zum Glück drei echte Freunde gefunden, die anders sind und die mich so behandeln, als wäre ich selbst ein Mann. Mehr habe ich dazu nicht zu sagen. Ich wünsche dir Glück und eine Frau, die so ist, wie du sie haben willst!“
Sie drehte sich um und wollte gehen.

„Abby!"
Er war aufgestanden, hielt sie zurück und riss sie an sich. Sie war vollkommen unvorbereitet und wehrlos in seiner Umarmung gefangen.
„Wage es nicht!", zischte sie ihn an.
„Wieso nicht? Ein Mann mehr oder weniger macht dir bestimmt nichts aus!"
„Du wirst das nicht überleben, glaube mir!"
„Aber ich werde noch meinen Spaß mit dir haben!"
„Es wird kein Spaß werden!"
Abby dachte daran, wie Fynn ihr das Kämpfen beigebracht hatte. Durch ihre Krankheit war sie schwächer geworden, aber Fynn hatte sowieso deutlich gemacht, dass sie niemals durch Stärke gewinnen konnte. Also hielt sie sich zunächst ruhig, um ihre Chance abzuwarten und um ihm das Knie zwischen die Beine zu rammen. Doch er ließ ihr keine Gelegenheit dazu, er schaffte es, sie zu Boden zu werfen und schlug sie mehrmals brutal, als sie sich wehrte. Sie war so angespannt, dass sie die Schmerzen kaum spürte. Sobald er begann, ihren Rock hochzuschieben, ließ seine Aufmerksamkeit kurz nach und sie fuhr mit ihrer freien linken Hand in sein Gesicht. Ihre Finger bohrten sich in seine Nase, sie drückte seinen Kopf heftig nach hinten, er schrie auf, ließ sie kurz los und sie konnte sich zum Sitzen aufrichten. Er zog ihre Hand weg, doch sofort griff sie mit der rechten Hand in seine Augen. Er fasste nach ihrem Handgelenk, aber sie krallte sich regelrecht fest. Er hatte wohl große Schmerzen, aus seiner Nase und seinem rechten Auge flossen Blut, daher gelang es ihr, die linke Hand zu befreien und sie ergriff einen Stein, es war ihr egal, wo sie ihn damit traf, sie schlug auf ihn ein, bis er sie endlich ganz freigab. Sie sprang auf und sah auf ihn herab. Er lag zusammengekrümmt am Boden und keuchte. Sie lachte wild.
„Ich bin keine Hure!", schrie sie ihn an und gab ihm einen Fußtritt. „Und du hast mich zu respektieren! Merke dir das!"
Sie stieg auf ihr Pferd und ritt zurück. Triumph und Entsetzen mischten sich. Wie hatte sie sich so in diesem Mann täuschen können? Nun, er hatte sie kennengelernt. Abby segnete Fynn für

seine Lehren, das war wirklich knapp gewesen!
Am Abend, als die Männer zurückkehrten, sagte Abby keinen Ton darüber, was vorgefallen war. Sie wollte auch nicht, dass Scott vielleicht noch eine Abreibung bekommen würde. Doch da es in der Hütte keinen Spiegel gab, wusste sie nicht, wie ihr Gesicht aussah und dass deutliche Spuren von Scotts Schlägen geblieben waren.
Butch stockte sofort, als er sie erblickte und Elzy stieß einen lauten Pfiff aus. Fynn zog sie hinaus ins Licht, um sie besser betrachten zu können.
„Was ist passiert?", fragte er.
„Frag lieber, wie der arme Kerl jetzt aussieht", meinte Elzy.
Fynn drehte sich zu ihm.
„Das ist wohl kaum ein Grund, dumme Witze zu machen!"
Abby konnte nicht anders, ihre ganze Anspannung, der Gefühlswirrwarr aus Scham, Entsetzen und Triumph entluden sich in prustendem Gelächter. Die Männer tauschten fragende Blicke.
„Ich fürchte, er sieht nicht allzu gut aus!", brachte sie schließlich hervor.
„War es dieser Scott?", wollte Butch wissen.
„Ja, er hat die Abfuhr nicht verkraftet und wollte mehr von mir, als ihm zustand. Das ist ihm nicht bekommen. Dank dir, Fynn, du hast mir das beigebracht!"
„Oh, ich erinnere mich!", grinste Elzy. „Hast du ihn so gut erwischt, wie damals Big Nose Jack?"
„Nein, das Vergnügen hatte ich nicht, ich habe ihm meine Finger in Nase und Augen gerammt! Und dann habe ich mit einem Stein auf ihn eingeschlagen, bis er genug hatte. Er wird keine Frau mehr anrühren, die das nicht will!"
Für die Männer war es einfach unfassbar. Sie fragten Abby genau darüber aus was geschehen war und wollten jede Einzelheit wissen.
„Möchtest du, dass wir uns noch einmal um diesen Scott kümmern?", fragte Elzy am Ende.
„Nein, bitte, lasst es. Ich habe es allein geschafft, dabei soll es

bleiben!“
„Ich fände es gut, wenn auch wir ihm klarmachen, was wir von seinen Absichten halten!“, erwiderte Butch. „Er soll ruhig merken, dass nicht alle Männer Frauen als Freiwild betrachten!“
„Er hat dich geschlagen, Abby, allein das genügt eigentlich für mich!“, fügte Elzy an.
Fynn nickte dazu.
„Lasst uns jetzt essen!“, schlug er vor. „Wir werden uns dann morgen um ihn kümmern!“
„Mir wäre es aber lieber, …“
„Psst, Abby!“
Butch verschloss ihr auf gewohnte Weise den Mund und erstickte somit ihren Protest.

Abby erfuhr nie, welche Lehre die Männer Scott erteilten, sie sah ihn nicht wieder, sie hörte nur, dass er aus Browns Hole für immer weggeritten war.

Unterwegs nach Arizona

Zwei Tage später brachen sie dann selbst auf und machten sich auf den Weg nach Süden.
„Und, fiel der Abschied schwer, Fynn?“, fragte Elzy nach einer Weile.
Fynn hob die Augenbrauen.
„Ich weiß nicht, was du meinst!“
„Ihr Name war Harriet,
sie war besonders gut im Bett!
Ihr Haar war dunkelbraun
Sie war nett anzuschaun!“, rezitierte Elzy.
Abby blickte erstaunt auf. Hatte Fynn ein anderes Mädchen kennengelernt? Es gab ihr einen Stich ins Herz.
„Jetzt sage mir nur, woher du das schon wieder weißt!“, stöhnte Fynn.
„Das weiß doch jeder, in Browns Hole kannst du nichts geheim halten!“, lachte Butch.
Nur Abby hatte mal wieder nichts geahnt und das verletzte sie ein wenig. Ja, natürlich war es mit Fynn und ihr vorbei, er war frei wie sie selbst und eigentlich musste sie sich doch für ihn freuen, doch es fiel ihr schwer. Fynn hatte immer irgendwie noch zu ihr gehört, nun liebte er eine andere, das war nicht leicht zu begreifen. Ihre Gefühle für ihn hatten sich nie wirklich verändert, für sie war er immer noch der Mann, mit dem sie sich ein Leben hätte vorstellen können, wenn er nur ein paar Prinzipien über Bord geworfen hätte.
„Erzähl doch mal von Harriet, Fynn. Hat sie so schöne Beine wie Abby sie angeblich hat?“, wollte Elzy wissen.
„Kann schon einmal überhaupt nicht sein!“, meinte Butch mit Seitenblick auf Abby. „Abbys Beine sind unschlagbar!“
„Soll ich euch was sagen? Das geht euch rein gar nichts an!“ brummte Fynn. „Und ich werde den Teufel tun und Frauen miteinander vergleichen. Da könnte ich gleich mein Grab schaufeln!“

„Das kann gut möglich sein, ja, erzähl es uns einfach, wenn Abby nicht zuhört!"
„Vergiss es, Elzy, von mir erfährst du nichts!"
„Schon gut, Fynn!", lachte Elzy. „Ich würde auch nicht über Josie reden, da könnte ich einpacken, wenn sie das hören würde!"
Sie ritten eine Weile scharf dahin und kamen ein gutes Stück voran. Gegen Abend erreichten sie Vernal, einen kleinen Ort, der aber immerhin ein Hotel besaß, in dem sie zwei Zimmer nahmen.
Abby wollte eines davon beziehen, doch Elzy hielt sie auf.
„Heute?", fragte er.
Sie blickte ihn an.
„Frage mich noch einmal, wenn wir etwas gegessen haben!"
„Hört sich schon mal vielversprechend an!", lachte er.
Fynn drehte sich daraufhin um und bezog das Zimmer, in das Abby hatte gehen wollen.
„Was soll das?", fragte Abby.
„Du kannst immer noch zu mir kommen, ich richte mich mal hier ein. Ist allein deine Entscheidung!"
Sie warf den Kopf zurück.
„Also gut!", sagte sie und brachte ihre Tasche in das Zimmer von Elzy und Butch.
„Welch angenehme Überraschung!", staunte Elzy.
„Ich gehe jetzt erst einmal baden!", wich Abby allem aus, holte ihr Kleid aus der Tasche und ein paar Dinge, die sie brauchte und verschwand in der Badestube, wo sie heißes Wasser bestellt hatte. Wenig später lag sie in der Wanne und schloss genussvoll die Augen. Was würde heute noch geschehen? War sie wirklich bereit? Sie dachte an Fynn, warum konnte er es nicht sein? Wieso hatte er ihr nicht gesagt, dass er sich verliebt hatte? Nun gut, damit würde sie jetzt leben müssen. Vielleicht war es besser so. Sie musste jedenfalls keinerlei Rücksicht auf seine Gefühle mehr nehmen, damit war das letzte Band gekappt. Sie tauchte unter und wusch ihre Haare, welch ein Luxus zu Browns Hole, wo man im Green River badete und es wirklich Überwindung kostete, sich ins kalte Wasser zu begeben.

Später gingen sie in den Speisesaal des Hotels und aßen, auch die Männer hatten gebadet und sich rasiert, sie tranken Wein zum Essen und lebten so luxuriös, wie es in einem kleinen Nest wie Vernal eben ging. Danach nahmen sie an der Bar noch einen Whisky zu sich und kehrten nach oben in ihre Zimmer zurück. Fynn befand sich neben Abby.
„Viel Spaß heute", wünschte er ihr so leise, dass die beiden anderen es nicht hörten.
Sie sah ihn nicht an und antwortete nicht, tat, als hätte sie es nicht gehört. Wie hatte sie einmal gesagt? Es war ihr eigenes Problem, wenn sie jemanden zu sehr liebte, und nur sie selbst konnte es daher lösen. Bei Butch war ihr das damals allerdings wesentlich leichter gefallen. Vielleicht würde diese Nacht ihr helfen, mit Fynn auch in ihrem Herzen abzuschließen.

Butch öffnete das Zimmer, ließ Abby und Elzy vorbei und schloss die Tür dann nachdrücklich hinter sich.
„Okay", sagte er. „Ich glaube, wir sollten doch noch ein wenig reden!"
Er nahm Abby am Arm und zog sie neben sich aufs Bett.
„Ist es wegen Fynn?", fragte er.
Sie sah ihn nur an.
„Komm her!"
Er umarmte sie tröstend und sie barg ihren Kopf an seiner Brust. Sein Herzschlag war so beruhigend, so vertraut, sie fühlte sich sofort besser.
Elzy ließ sich ebenfalls auf dem Bett nieder. Seine Hand lag fest und warm auf Abbys Bein. Mit der anderen strich er zärtlich über ihr Haar, fasste in ihre Locken.
„Hör zu, Abby, wir wollen nichts erzwingen, du weißt das. Du kannst hierbleiben, einfach hier schlafen und nie wird irgendetwas gegen deinen Willen geschehen!"
Sie fühlte seine Berührungen, alles in ihr war in Aufruhr. Doch ihr Entschluss stand sowieso schon fest, sie wusste genau, was sie wollte. Daher hob sie ihren Kopf und grinste Elzy an.

„Das würde ich aber unglaublich schade finden, wenn nichts passiert!“
„Na, und ich erst!“
Sie löste sich ein wenig aus Butchs Umarmung, drehte sich zu Elzy, öffnete sein Hemd und streichelte sanft über seine Brust. Butch wechselte einen kurzen Blick mit Elzy, dann schob er Abbys Haare zur Seite und glitt mit seinen Lippen über ihren Nacken.
„Du bist wunderbar!“, raunte er in ihr Ohr.
Elzy fasste sie am Kinn, küsste sie und seine andere Hand strich ihren Körper entlang.
„Und jetzt, Abby, will ich endlich deine Beine sehen.“

Gewohnt früh erwachte sie am nächsten Morgen und musste erst überlegen, wo sie sich befand. Leises Schnarchen an ihrer Seite brachte die Erinnerung schlagartig zurück. Sie lag zwischen Butch und Elzy und hatte die Nacht mit ihnen verbracht. Sie hatte es als aufregend empfunden und sehr genossen, denn sie waren sich alle drei so vertraut, dass es nicht im Geringsten peinlich gewesen war, sondern einfach nur schön.
Vorsichtig, um die Männer nicht zu wecken, wand sie sich aus dem Bett. Sie setzte sich in eine Decke gewickelt vor den Spiegel und betrachtete sich lange. Wie so oft fragte sie sich, wo das gehorsame Mormonenmädchen geblieben war, das sie einst gewesen war. Sie sah nicht viel anders aus als vor zwei Jahren, ein wenig älter vielleicht, aber sie hatte sich vollkommen verändert. Und sie überlegte jetzt auch, wie es ihr bei Tom Brigham ergangen wäre, hätte er sie immer allein in sein Bett geholt, oder vielleicht zusammen mit einer seiner anderen Frauen? Oder gleich mit zweien? Sie schüttelte sich ein wenig, allein die Vorstellung, mit diesem alten Mann und gemeinsam mit Corinna in einem Bett zu liegen, verursachte ihr Grauen. Nein, da hatte sie es jetzt schon viel besser, Butch und Elzy waren beide jung, gutaussehend und sehr erfahren, sie wussten, was sie taten. Für Abby bedeutete es keinen Unterschied, bei den Mormonen teilten sich die Frauen einen Mann, bei ihr teilten sich die Männer

eine Frau. Sie lächelte ihr Spiegelbild zufrieden an, sie hatte eine gute Wahl getroffen.
Elzy war erwacht, sah Abby vor dem Spiegel sitzen und fragte sich, was sie jetzt wohl dachte. Bereute sie die letzte Nacht? Nein, bestimmt nicht, sie schien glücklich. Er erhob sich, trat hinter sie und ging in die Hocke, so dass sich sein Gesicht neben ihrem spiegelte.
„Geht es dir gut?“, fragte er.
„Ich fühle mich wunderbar!“
Und sie meinte es auch so. Mit Fynn wäre das nicht gegangen, sie hätte dieses Erlebnis nicht haben können.
Elzy umfasste sie und hielt sie einfach nur eine Weile schweigend im Arm. Sie lehnte sich an ihn, schloss die Augen und genoss seine Nähe. Schließlich stand er auf und zog sie mit hoch.
„Du bist eine unglaubliche Frau, Abby. Ich bin wirklich froh, dich kennengelernt zu haben. Und weißt du was? Fynn ist der größte Dummkopf auf dieser Welt, weil er so jemanden wie dich gehen ließ.“
„Wir haben das beide beschlossen.“
„Ach Abby, wäre Fynn nicht so stur, ihr hättet es so schön haben können. Ich habe es ihm oft genug gesagt, aber er wollte nicht hören. Nur muss ich zugeben, momentan gefällt mir die Situation ganz gut so, wie sie ist!“
„Mir gefällt sie auch!“, flüsterte sie.
„Dann ist ja alles in Ordnung!“
„Was habt ihr zwei eigentlich zu tuscheln?“, ertönte Butchs Stimme vom Bett her. „Und warum muss ich hier allein liegen?“
„Weil es Zeit zum Aufstehen und Weiterreiten ist!“, antwortete Abby.
„Die Sonne ist gerade mal aufgegangen“, gähnte Butch. „Und mir fehlt ein Weib an meiner Seite!“
„Damit könnte ich dienen!“, grinste Elzy, hob Abby hoch und trug sie zum Bett zurück. Sie strampelte, um sich zu befreien, aber er legte sie sanft in Butchs empfangsbereite Arme.
„Viel Spaß“, wünschte er und verschwand aus dem Zimmer, um in die Badestube zu gehen.

Auch Butch lag daran herauszufinden, ob Abby irgendetwas bereute, und er stellte schnell fest, dass es bestimmt nicht so war. Später trafen sie sich alle wieder im Speisesaal, wo es Kaffee gab und Eier mit Speck. Abby fand es herrlich, sich bedienen zu lassen. Sie hasste die Hausarbeit, sie kochte und putzte nicht gerne, aber das waren nun einmal die Aufgaben der Frauen und nicht der Männer, und sie übernahm sie, wenn auch oft widerwillig aber immer so, dass niemand sich beklagen konnte.
Elzy schlürfte genüsslich seinen Kaffee und grinste Fynn an.
„Ihr hattet übrigens verdammt noch mal recht! Abby hat die schönsten Beine aller Zeiten!"
„Dann verrate das lieber nicht Josie!", riet Fynn.
„Ich werde mich hüten!"
„Ihr sollt nicht immer so über mich reden! Ich mag das nicht!", protestierte Abby.
Butch beugte sich zu ihr.
„Die Wahrheit muss man sagen, wir haben alle schon einige Frauen gesehen, an dich kommt keine ran!"
„Sieh es als Kompliment!", schlug Fynn vor. „Wir sind uns bei dem Thema nämlich wirklich einig!"
Abby konnte nicht anders, sie fühlte sich geschmeichelt und war stolz.

Schließlich waren sie wieder unterwegs. Sie nützten es anfangs aus, dass es noch nicht so richtig heiß war und trieben die Pferde an, dann nach einer Weile ritten sie langsam entlang des Green River dahin, suchten Schatten wo es ging und beschlossen, in der größten Mittagshitze eine Pause einzulegen.
Abby lief zum Fluss und kühlte sich darin ab, während es sich die Männer im Schutz von Bäumen bequem machten und ihr zusahen.
„Fynn, es interessiert mich, du kennst sie am längsten. War sie von Anfang an so?", fragte Elzy. „Sie hat mir irgendwann einmal erzählt, wo sie herkam und wie du sie aufgegabelt hast. Ich frage dich, wie kann in so einer strengen Glaubensgemeinschaft wie den Mormonen so ein Mädchen herauskommen? Was ist da

passiert?“
Fynn rückte seinen Hut über die Augen.
„Ich denke dasselbe wie bei Butch und mir. Wir haben nicht hineingepasst und bei ihr merkte man das sofort, wenn man nur in ihre Augen sah.“
„Ja, gut, aber bei Abby ist überhaupt nichts mehr von dem Ganzen vorhanden. Sie ist skrupellos und tut was sie will. Wenn wir sie nicht ab und zu bremsen würden, wäre keine Bank von Lander bis Flagstaff vor ihr sicher. Von gestern Nacht rede ich mal gar nicht.“
Butch richtete sich ein wenig auf.
„Elzy, du musst nur ihr Gesicht betrachten, wenn sie von ihren Eltern erzählt. Sie wird ihnen nie verzeihen. Vieles von dem, was sie jetzt tut, macht sie auch, um es ihnen zu zeigen. Und deinetwegen, Fynn!“
„Meinetwegen? Bist du verrückt?“
„Also, wenn du das nicht merkst, dass sie nur einen Mann liebt, dann kann dir hier keiner helfen.“
Fynn schwieg eine Weile.
„Sie hat es beendet!“, sagte er schließlich. „Und zu Recht, es hat keinen Sinn mit uns. Dabei bleibt es.“
Elzy verdrehte die Augen.
„Fynn, du hast so was von recht. Such dir eine nette, liebe, langweilige Frau, die dir ein warmes Heim bereitet und nur auf dich wartet und lass das aufregendste, schönste und wagemutigste Mädchen der Welt, das dich wirklich liebt, sausen. Und jetzt ist mir heiß, ich glaube, ich habe eine Abkühlung nötig!“
Er stand auf, entkleidete sich und sprang zu Abby in den Fluss.

Die weitere Reise verlief ereignislos, sie kamen nicht gut voran, weil es einfach zu heiß war, doch es drängte sie auch nichts. In Robbers Roost hatten sie kurz zwei Tage Rast gemacht und ein paar Bekannte getroffen, doch es war kein Ort, um länger zu verweilen, es war ein Zufluchtsort ähnlich wie Browns Hole, der schwer zu finden und leicht zu verteidigen war.
Als sie sich nach beinahe zwei Wochen Flagstaff allmählich

näherten und durch einen schattigen Wald ritten, fragte Fynn: „Wart ihr eigentlich schon einmal hier in der Gegend?"
Die anderen drei verneinten.
„Alles klar, dann zeige ich euch einmal etwas."
Er ritt voran Richtung Westen und wollte nichts verraten. Schließlich verließen sie den Wald und eine grasbewachsene Ebene lag vor ihnen. In der Ferne sahen sie den Rand von steilen Felsen. Und dann hörte die Welt vor ihnen plötzlich auf. Sie standen am Abgrund zu einer unglaublich tiefen Schlucht, die senkrecht abfiel und in die kein Weg hinunterführte. Ein paar Meilen gegenüber zeigte sich dasselbe Bild, unten graue Felsen, von Streifen durchzogen, weiter oben wurden sie rot, dann gelb, bis sie die gleiche Höhe erreichten, wie die Ebene, auf der die vier standen. Es war ein unglaublicher Anblick, Abby stellte sich nah an den Rand und blickte hinunter, sie konnte sich nicht satt sehen. Weit unten entdeckte sie einen grünen Fluss und plötzlich wusste sie, wo sie sich befand.
„Das ist der Grand Canyon!", rief sie aus. „Wisst ihr noch? Wir haben darüber gelesen, wir haben über Powells Expedition durch den Colorado River gelesen!"
„Richtig, ich erinnere mich!", rief Butch. „Also hier ist das, ich muss schon sagen, wie kommt man denn überhaupt hinunter?"
„Hier gar nicht, würde ich sagen!", meinte Fynn. „Aber ich glaube weiter dort entlang gibt es ein paar Trails, die abwärtsführen. Ich habe gehört, man bringt zahlende Gäste nach unten, es soll sogar von Flagstaff her eine Postkutsche geben. Elzy, was ist los mit dir?"
Elzy war ein paar Schritte zurückgetreten, man sah ihm an, dass er die schwindelerregende Höhe nicht vertrug.
„Könntet ihr vielleicht mal dort vom Rand weggehen?", rief er. „Abby, du wirst noch hinunterfallen!"
Abby drehte sich lachend zu ihm um.
„Ich falle nicht und es ist herrlich hier!"
Sie wagte sich ein Stück weiter und stellte sich auf einen Felsen, der ein wenig überstand. Elzy konnte gar nicht mehr hinsehen und schrie auf.

„Abby, komm zurück, mach keinen Unsinn!“
„Hol mich doch, Elzy!“, neckte sie ihn.
Sie fühlte sich wie ein Vogel, streckte die Arme aus, als würde sie fliegen. Rings um sie ging es steil in die Tiefe. Sie hatte keine Angst.
Auch Butch bedeckte inzwischen halb die Augen, Abby trennte wirklich nur ein winziger Schritt vom Abgrund. Sie musste verrückt sein!
Fynn dagegen lachte und stellte sich zu Abby. Er fasste sie um die Hüften und hielt sie fest, damit sie sich nach vorne beugen und direkt hinuntersehen konnte. Nun war es wirklich so, als sei sie losgelöst von allem. Sie jauchzte laut auf vor Glück.

Viel später, als sie endlich weiterritten, hatte sich Elzy immer noch nicht beruhigt.
„Ihr zwei seid vollkommen von Sinnen!“, rief er Fynn und Abby zu. „Ihr hättet fallen können, ihr wärt jetzt tot!“
„Wir standen fest und sicher auf dem Felsen!“, erwiderte Abby. „Es konnte nichts passieren!“
„Ein falscher Schritt, und was, wenn du ausgerutscht wärst? Was, wenn Fynn einfach losgelassen hätte?“
„Wäre ich nicht, hätte er nicht! Ich wusste nicht, dass du so ein Angsthase bist, kleiner Elzy!“, spottete sie.
„Ich bin kein Angsthase, ich bin nur vernünftig!“
„Also mir wurde bei eurem Anblick auch anders“, meinte Butch. „Ich fand es fantastisch! Und ich finde immer noch kaum Worte für die Schönheit dieses Canyons. Danke Fynn, dass du uns hingeführt hast!“
„Ich war einmal dort mit Big Nose Jack, der stammt von hier irgendwo, ist schon länger her. Er hat mir das damals gezeigt.“
Auch später, als sie um ein Lagerfeuer saßen, war der Grand Canyon noch Gesprächsthema. Sie konnten nicht genug über dieses Wunder sprechen, das sie am Nachmittag gesehen hatten.
„Als ob jemand die Erde geteilt hätte!“, meinte Abby. „Und diese Farben, ich möchte wirklich einmal hinunterreiten und von unten hinaufschauen! Schade, dass ich nicht auf der Expedition

von diesem Powell dabei sein konnte, aber das war ja schon vor vielen Jahren!“

„Ich wette, das wäre das Richtige für dich gewesen!“, stimmte Elzy zu. „Du solltest dir überlegen, ob du nicht lieber eine berühmte Entdeckerin oder Forscherin werden möchtest. Banken auszurauben wird dir sicher bald langweilig!“

Abby starrte träumerisch ins Feuer. Hatte Elzy nicht recht? Sie konnte doch auch an so einer Expedition teilnehmen und dann ein Buch darüber schreiben.

„Würdet ihr mitmachen?“, fragte sie. „Das wäre doch etwas für uns!“

„Ohne mich!“, rief Elzy. „Ich bleibe bei dem, was ich gelernt habe, da geht es wenigstens nicht so hoch hinunter!“

„Ich könnte mir das vorstellen“, überlegte Fynn. „Nur braucht man Geld dazu. So einfach geht das nicht! Und ich fürchte, unsere Steckbriefe stehen uns irgendwann im Weg.“

„Ach je, stimmt!“

Abby klang ein wenig enttäuscht.

„Hey!“, rief Butch. „Du hast selbst entschieden, diesen Weg zu gehen, ich sagte dir, dass es kein Zurück geben würde!“

„Ja, du hast recht. Ich lege mich jetzt schlafen, ich will träumen von diesem wundervollen Canyon, ich werde den Anblick nie vergessen!“

„Ich auch nicht!“, seufzte Elzy.

Getrennte Wege

Am nächsten Tag erreichten sie Flagstaff, eine pulsierende Stadt am Rande von hohen Bergen und eine wichtige Eisenbahnstation auf dem Weg von Ost nach West. Sie quartierten sich im besseren der beiden Hotels ein und sahen sich ein wenig in der Stadt um.
„Hier könnte man leben!“, befand Butch. „Es gibt eigentlich alles und Arbeit würden wir auch finden!“
„Eine Bank haben sie auch!“, betonte Abby nachdrücklich.
„Ach Abby, wir sind gerade erst angekommen! Bleiben wir doch eine Weile!“, stöhnte Fynn.

Doch wie nicht anders zu erwarten, setzte Abby sich durch und nach einer Woche überfielen sie erfolgreich die Bank in Flagstaff und zogen sich wieder Richtung Norden zurück. Sie ritten nach Utah, blieben ein paar Wochen in Cedar City und dann wurde es wieder Herbst. Abby wollte alles, aber keinen weiteren Winter in Lander verbringen, am liebsten wollte sie überhaupt keinen Schnee mehr erleben, doch die Männer waren nicht bereit, mit ihr irgendwohin zu gehen, wo es auch im Winter warm war.
„Dann geh doch an die Westküste!“, schlug Elzy schließlich genervt vor, als sie wieder einmal das Thema aufbrachte. „Dort soll es nicht schneien, oder zumindest nicht so viel!“
„Kommt jemand mit?“, fragte Abby, die auch schon ziemlich gereizt war.
Die Männer sahen sich an und schüttelten die Köpfe.
„Also gut, dann gehe ich allein!“
„Tu das!“, stimmte Elzy zu. „Einen weiteren Winter mit dir hält wahrscheinlich sowieso niemand von uns aus.“
„Ich bin auch froh, wenn ich euch eine Weile nicht mehr sehe!“, gab Abby zurück.
Sie hatten alle das Gefühl, dass ihnen Abstand voneinander nur guttun konnte. Und so beschlossen sie, zunächst gemeinsam weiter nach Norden zu reiten und sich dann zu trennen, Fynn

und Elzy würden nach Browns Hole gehen, während Butch mit Abby nach Ogden weiterreiten würde, wo Abby dann mit der Eisenbahn nach Westen und Butch nach Osten fahren würde, um rechtzeitig vor dem Schneefall wieder in Lander zu sein.
Sie brachen auf und kämpften sich vier Tage lang durch einen Herbststurm mit Regen, bekamen von der Umgebung kaum etwas mit, so dass Abby erst merkte, dass sie in Meadow war, als sie in den Ort einritten.
Meadow, hier war sie aufgewachsen, hier lebten ihre Eltern.
Sie hielt ihr Pferd an.
„Warum habt ihr mir das nicht gesagt?", schrie sie.
„Was gesagt?", fragte Butch müde.
Fynn wandte sich um.
„Meadow ist Abbys Heimatort."
Es war ihm allerdings auch erst gerade eingefallen. Niemand hatte so wirklich darauf geachtet, wo die Strecke nach Norden hinführte.
Elzy betrachtete den Himmel, Wolken zogen schnell über sie hinweg, gerade war es ein bisschen trockener, aber es würde wieder viel Regen geben.
„Hattet ihr nicht ein Hotel?", fragte er.
„Nein!", rief Abby. „Ausgeschlossen!"
„Ok", meinte Elzy. „Ich für meinen Teil habe keine Lust, heute noch einmal gewaschen zu werden. Ich werde in dieses Hotel gehen, mich kennen sie ja nicht. Was ihr macht, ist mir relativ egal."
„Bin dabei!", stimmte Butch zu.
Fynn sah Abby an.
„Wir lassen Butch und Elzy das mit den Zimmern regeln, wir beide bleiben einfach unauffällig im Hintergrund. Sei vernünftig, Abby, oder willst du wieder krank werden? Du kannst heute nicht draußen übernachten!"
„Ich schleiche mich nicht unerkannt in das Haus meiner Eltern!", gab sie trotzig zurück.
„Dann gib dich zu erkennen, wenn du unbedingt Probleme haben willst."

Auch Fynn war es leid, ständig mit ihr zu streiten.
Abby zögerte und gab dann nach, denn das Wetter verhieß wenig Gutes für die Nacht. Sie zog den Hut tief ins Gesicht und wartete mit Fynn vor der Tür, bis Butch und Elzy Zimmer bekommen hatten. Dann trat sie mit gesenktem Kopf ein und versteckte sich hinter Butch, während sie von einem jungen Mädchen nach oben in ihre Zimmer geführt wurden. Das Mädchen war Abbys jüngere Schwester, die Ähnlichkeit war unverkennbar.
Abby teilte sich das Zimmer mit Fynn, das hatte sie meistens getan in den letzten Wochen, denn mit Elzy vertrug sie sich von allen am wenigsten. Sie legte sich sofort in das Bett und weigerte sich, mit nach unten zu gehen, um etwas zu essen.
Die Männer trafen sich also allein im Speisesaal und ließen sich von Abbys Schwester bedienen.
Elzy sah dem Mädchen neugierig zu, wie es die Arbeiten verrichtete. Sie wirkte wie eine jüngere Ausgabe von Abby, war etwa 14 Jahre alt, aber es fehlte das Feuer, das Aufblitzen der Augen, sie war es gewohnt zu gehorchen und es war richtig seltsam, ihr etwas anzuordnen, ohne eine schnippische Antwort oder gar Widerspruch zu erhalten.
„Könnten wir die zwei nicht austauschen?", fragte er schließlich. „Wir hätten es um einiges friedlicher!"
„Bloß nicht, am Ende haben wir zwei von der Sorte am Hals!", widersprach Fynn.
Inzwischen war Abby natürlich nicht still liegengeblieben. Sie lauschte nach draußen, alles war ruhig, es war so seltsam, wieder hier zu sein. Sie öffnete leise die Tür und wanderte den Gang entlang zu ihrem ehemaligen Zimmer. Es war abgeschlossen, aber für Abby war es kein Problem, denn sie wusste, dass ihr Zimmerschlüssel beinahe alle Schlösser in dieser Etage aufsperren konnte.
Als sie eintrat, stockte ihr der Atem. Das Zimmer war so, wie sie es verlassen hatte. Sie hatte immer gedacht, es würde vielleicht für Gäste genützt werden oder eine ihrer Schwestern würde es beziehen, aber nein, ihre Mutter hatte es bewahrt, als würde sie darauf warten, dass Abby eines Tages zurückkommen würde.

Das hatte Abby nun wirklich nicht erwartet und unwillkürlich fühlte sie Tränen aufsteigen. Sie öffnete den Schrank, all ihre Kleider hingen noch ordentlich darin.
Die Schubläden waren voll mit den kleinen Dingen, die sie besessen hatte und die ihr wichtig gewesen waren. Sie setzte sich auf das Bett und war plötzlich wieder ein kleines Mädchen, alles kehrte zurück, die Furcht vor dem Vater, die Verzweiflung wegen der Hochzeit, aber auch die Geborgenheit und Freiheiten, die sie als Kind erfahren hatte, sie hatte in die Schule gehen dürfen, hatte lange Nachmittage mit anderen Kindern spielend verbracht, bis sie alt genug gewesen war, im Hotel mitzuarbeiten. Sie erinnerte sich an Nächte, in denen sie sich heimlich mit anderen Kindern getroffen hatte, um im Wald zu übernachten. Wie aufregend war das gewesen, wie mutig waren sie sich vorgekommen.
Sie hörte jemanden die Treppe heraufsteigen, schlüpfte schnell hinaus und rannte zurück in das Zimmer, das sie mit Fynn teilte. Tatsächlich war es Fynn, der ihr einen Teller mit Essen brachte.
„Ich habe gesagt, du würdest dich nicht wohlfühlen und man hat mir das für dich mitgegeben!"
„Danke!", antwortete sie und aß hungrig. Sie war zwar aufgewühlt, aber nichts konnte ihr den Appetit verderben.
Später, als Fynn neben ihr fest schlief, hielt sie es nicht mehr aus, erhob sich, nahm ein paar Kleidungsstücke und kehrte in ihr Mädchenzimmer zurück. Sie legte sich auf das Bett und starrte in die Dunkelheit. Fynn würde denken, sie sei bei Butch und Elzy und sie nicht großartig vermissen. Nichts lag ihr ferner. Sie wollte diese Nacht einfach in die Vergangenheit eintauchen, wollte sich zurückversetzen in das Mädchen, das sie einst gewesen war.
Es wurde eine schlaflose Nacht. Früh am Morgen stand sie auf, zog sich an und schlich nach unten in die Küche. Sie hoffte, dass ihre Mutter allein sein würde. Ihr unangetastetes Zimmer hatte ihr verraten, dass die Mutter immer noch auf ihre Rückkehr wartete, auch wenn der Vater das niemals zulassen würde.
Endlich kam jemand. Abby saß in einer dunklen Ecke, Mrs. Clearwater entdeckte sie nicht gleich, erst als Abby ein heiseres

„Guten Morgen, Mutter", hervorstieß, schreckte sie auf und hielt sich die Hand vor den Mund. Hastig sah sie sich um.
„Abby! Du bist es! Du lebst und bist zurückgekommen!", flüsterte sie, sie konnte es kaum fassen.
„Ich lebe, ja, es geht mir gut, Mutter, aber ich bin nicht zurückgekommen, ich bin gerade auf dem Weg nach Kalifornien."
Mrs. Clearwater hörte das kaum, für sie zählte nur, dass ihre Tochter bei ihr in der Küche war. Tränen liefen ihr über das Gesicht. Abby stand auf, ging auf sie zu und die Frauen umarmten sich, umklammerten sich beinahe.
„Hör zu, Abby, keiner darf wissen, dass du hier bist, deine Schwester würde es Vater verraten und er würde, …"
„Ich weiß, Mutter. Ich werde auch gleich wieder verschwinden, ich möchte dich nicht in Schwierigkeiten bringen, ich war in meinem Zimmer, ich habe es gesehen, daher wollte ich dich sprechen."
„Ich habe so auf dich gewartet, Abby, als dein Brief kam, hat dein Vater das Geld sofort der Kirche gespendet, er wollte dein Hurengeld, wie er es nannte, nicht haben, er hat deinen Brief verbrannt, ich hatte ihn zum Glück vorher gelesen."
„Es war kein Hurengeld, es war ehrlich verdientes Geld!" Abby dachte an ihren ersten Winter in Lander, wie lange schien das her. Sie hatte das Geld im Saloon erarbeitet und es daher reinen Herzens ihren Eltern schicken können. Sie wusste, dass das wichtig war.
„Abby, brauchst du meine Hilfe? Brauchst du Geld?"
Abby hätte beinahe laut aufgelacht. Sie hatte fast noch die gesamte Beute aus Flagstaff und war reich.
„Nein, Mutter, mach dir keine Sorgen um mich. Wie gesagt, ich lebe mein Leben, mir geht es gut und ich bin glücklich."
„Und du bist ganz allein? Kind, das ist doch gefährlich!"
Nun entschied sich Abby zu lügen, denn sie wollte die Mutter weder schockieren noch beunruhigen.
„Nein, ich bin nicht allein, ich reise mit meinem Mann und seinen Freunden. Mein Mann ist sehr wohlhabend, auch wenn wir nicht so aussehen, wir lieben das Reisen, wir lieben das

Abenteuer, wir waren sogar schon zusammen in New York. Und nun sind wir wie gesagt auf dem Weg nach Kalifornien. Dort werden wir uns wieder schöne Kleidung besorgen und den Winter verbringen."

„Du bist verheiratet? Was für eine gute Nachricht! Ist er ein Mitglied unserer Kirche?"

„Ja!", antwortete sie fest. Alles andere hätte ihre Mutter nicht verstanden.

Draußen ertönte ein Geräusch. Die beiden Frauen schraken zusammen. Abby hatte bestimmt keine Angst vor ihrem Vater, sie wollte nur ihrer Mutter keine Probleme machen, daher zog sie sich schnell zurück und versteckte sich hinter einem Schrank. Ihre Schwester trat ein und wurde von der Mutter sogleich weggeschickt, um etwas zu holen.

Abby nützte die Gelegenheit, umarmte ihre Mutter noch einmal und sagte:

„Wenn ich einmal irgendwo ein neues Heim gefunden habe, in dem ich bleibe, werde ich mich bei dir melden."

„Abby!"

Die Mutter rang nach Worten.

„Abby, es war falsch mit diesem Brigham. Ich weiß das, glaube mir, ich weiß das. Aber was konnte ich tun?"

Abby starrte sie an. Ja, was hätte Mrs. Clearwater tun können? Sie dachte daran, wie sie selbst sich bei den Männern behauptete, warum konnte sie das, aber ihre Mutter nicht? Abby merkte plötzlich, wie Verachtung in ihr wuchs, sie wehrte sich dagegen, aber das Gefühl war übermächtig. Es war so einfach, sich hinter einem zugegeben gewalttätigen Ehemann zu verstecken, sich ihm nicht zu widersetzen. Wäre es jedoch um ihre eigene Tochter gegangen, hätte Abby eher den Ehemann erschossen oder wäre mit der Tochter geflohen, als ihr Kind so einem Schicksal auszusetzen. Sie fühlte, wie sie innerlich erkaltete, sie hatte verzeihen wollen, sie hatte es versucht, es wollte ihr nicht gelingen.

Die Mutter merkte nichts von Abbys inneren Kämpfen. Sie fuhr fort:

„Wenn du jetzt wirklich glücklich bist und einen gottesfürchti-

gen Mann hast, hast du alles richtiggemacht."
Abby riss sich zusammen, sie schluckte die Anklage hinunter. Ihre Mutter litt genug, sie wollte es nicht schlimmer machen.
„Ich bin glücklich, Mutter, ich bin frei und tue, was ich will."
Beinahe hätte Abby sich verraten, sie hatte kurzzeitig vergessen, dass sie angeblich verheiratet war.
„Und mein Mann unterstützt mich in allem!", fügte sie daher hastig an, küsste ihre Mutter zum Abschied und schlüpfte aus der Küche, um vorsichtig die Treppen hinaufzulaufen.
Fynn war schon wach und fertig angezogen als sie in ihr gemeinsames Zimmer eintrat. Er merkte sofort, dass etwas vorgefallen war, sie sah aus, als hätte sie geweint.
„Habt ihr wieder gestritten?", fragte er genervt. Er mochte es gar nicht mehr hören.
„Ja!", antwortete Abby nur und warf sich aufs Bett. Sie wollte jetzt allein sein.
„Ich gehe dann hinunter und bringe dir etwas mit."
„Tu das, danke!"
Er warf noch einen kurzen Blick auf sie, es musste ein schlimmer Streit gewesen sein, denn sonst war sie eher wütend, fuhr alle an und war bestimmt nicht so still.
Doch zu seiner Überraschung waren Butch und Elzy gut gelaunt und kein Wort fiel über Abby. Das Wetter hatte sich gebessert, es war zwar kalt und ein wenig windig, aber die Sonne schien, sie würden heute gut vorankommen und das war alles, worüber sich die Gespräche drehten.
„Hat Abby wenigstens gut geschlafen heute Nacht?", fragte Butch, bevor sie den Speisesaal verließen. „Ich kann mir vorstellen, dass es nicht ganz einfach für sie ist, wieder hier zu sein!"
Fynn fuhr herum.
„War sie nicht bei euch?"
„Bei uns? Nein, wieso?"
Fynn kaute auf seiner Lippe.
„Sie war die ganze Nacht weg, ich dachte, sie hätte Sehnsucht nach euch gehabt! Und gerade ist sie wiedergekommen und sieht aus, als hätte sie Gespenster gesehen. Ich glaubte natürlich, sie

hätte sich mal wieder mit Elzy gestritten."
„Verdammt!", fluchte Butch. „War keine so gute Idee, sie hierher zu zwingen."
„Vielleicht war es auch notwendig!", meinte Elzy, aber selbst er war beunruhigt. „Sieh nach ihr Fynn, schauen wir, dass wir wegkommen, bestimmt erzählt sie unterwegs, was los war."
Doch Abby schwieg. Sie waren rasch aufgebrochen, die Männer hatten dafür gesorgt, dass niemand Abby zu Gesicht bekommen hatte, und nun ritten sie gemeinsam weiter nach Norden. Es war beinahe besorgniserregend, so kannten sie Abby nicht. Blass und still saß sie auf ihrem Pferd und reagierte kaum, wenn man sie ansprach.
Irgendwann hielt Elzy es nicht mehr aus.
„Abby, redest du gar nicht mehr mit uns?"
Als Antwort trieb sie ihr Pferd ein wenig an und ritt ein Stück voraus.
„Was soll das?", fragte Elzy und folgte ihr.
Sie wandte sich zu ihm um.
„Lasst mich einfach in Ruhe!"
„Was haben wir dir getan?"
„Nichts! Es hat nichts mit euch zu tun."
„Mit wem dann?"
„Du sollst mich in Ruhe lassen!" schrie sie ihn an.
„Hey!", rief Elzy verblüfft.
„Elzy!"
Butchs Stimme klang warnend. Elzy drehte sich zu ihm um. Butch hatte den Finger auf seinen Mund gelegt und schüttelte den Kopf. Elzy gab widerstrebend nach und zügelte sein Pferd, bis Butch und Fynn aufgeholt hatten. Sie folgten Abby, die in einigem Abstand vor ihnen ritt und waren ratlos. Was verschwieg sie ihnen?
Abby war vollkommen durcheinander. Für eine Nacht war sie wieder Kind gewesen und sie hatte sich selbst in Frage gestellt, hatte gesehen, was aus ihr geworden war: eine Banditin, die ein ziemlich unmoralisches Leben führte, die ihr Bett mit Männern teilte, von denen keiner sie liebte. Sie hatte keine Heimat, kein

Ziel, sie würde den Winter ganz allein verbringen, da niemand ihre Launen ertragen und sie bei sich haben wollte.
Und sie hatte sich vorgestellt, wie ihr Leben hätte verlaufen können, wenn sie einen netten jungen Mann hätte heiraten dürfen, jemanden, den sie lieben hätte können und der mit ihr eine Familie gegründet hätte. Wenn sie Butch niemals kennengelernt hätte und seine Art, das Leben und die Liebe zu sehen.
Zum allerersten Mal zweifelte Abby daran, dass der Weg, den sie eingeschlagen hatte, der richtige war, doch ihre Eltern hatten sie geradewegs dazu getrieben.
Überhaupt die Eltern! Warum hatte Abby ihrer Mutter eigentlich nicht die Meinung gesagt? Warum hatte sie ihren Vater nicht zur Rede gestellt? Weil sie eben wieder Kind gewesen war, sie hatte zurückgesteckt, aus Respekt, sie hatte ihre Eltern geschont, hatte sich geduckt und ihnen die Wahrheit vorenthalten, dabei hätte sie ihnen so gerne ihre Wut und Verachtung entgegengeschleudert. Der Vater hatte seine Tochter verstoßen, nur weil sie weggelaufen war, oh, Abby ballte die Fäuste, sie hätte ihm wirklich Grund dafür geben können, sie hatte es versäumt ihm das sprichwörtliche Messer in die Brust zu stoßen, sie hätte ihn von seinem hohen Thron werfen können, seine Tochter auf diesem gesetzlosen Weg, das hätte er nicht verkraftet. Sie stellte sich sein Gesicht vor, es wäre zu Eis erstarrt, vielleicht wäre er vor Scham und Entsetzen gestorben, …
Abby hielt ihr Pferd an. Sie musste zurück. Sie musste es tun!
Doch hinter ihr waren drei Männer, die Schlimmes ahnten, und als Abby plötzlich wendete, handelten sie beinahe gleichzeitig. Elzy preschte vor und griff in Abbys Zügel, während Butch und Fynn ihr den Weg verstellten. Sie schrie laut auf vor Zorn.
„Genug davon!“, fuhr Elzy sie an. „Was hast du vor?“
„Ich will zurück, ich will ihnen die Wahrheit sagen, will ihnen sagen, was aus mir geworden ist!“, kreischte sie.
Sie war nicht mehr sie selbst.
„Du bist verrückt! Willst du dich an den Galgen bringen?“, brüllte Fynn. „Glaubst du, deine Eltern werden dich schonen, wenn du ihnen verrätst, woher du dein Geld hast und mit wem

du herumziehst? Hast du vergessen, dass Hurerei bei ihnen nicht geduldet wird? Dein Vater wird dich zum Sheriff bringen und was der mit dir macht, weißt du bestimmt!“
„Es wäre eine gute Lösung für uns alle!“, meinte Elzy provozierend. „Reite zurück, lass dich hängen, aber gib uns einen Vorsprung, ich möchte nämlich nicht erwischt werden.“
„Elzy, …“, stöhnten Butch und Fynn gleichzeitig.
„Stimmt doch!“, verteidigte sich Elzy.
„Nein, es stimmt nicht!“, widersprach Butch mit fester Stimme. „Keiner von uns will, dass dir etwas geschieht, Abby. Ich habe keine Ahnung, was da von gestern auf heute passiert ist, aber eines weiß ich, du wirst nicht dorthin zurückgehen. Nie mehr! Versprich mir das!“
Sie sah ihn an.
„Komm her!“, befahl er ihr und zog sie zu sich auf sein Pferd in seine Arme, er hatte sie schon so oft auf diese Weise beruhigen können, vielleicht würde es auch diesmal funktionieren. Und tatsächlich merkte er sofort, wie sie sich fühlbar entspannte.
„Können wir jetzt weiter?“, fragte Elzy ungeduldig.
„Keiner hält dich!“, antwortete Fynn gereizt.
„Okay!“
Elzy trieb sein Pferd an und galoppierte los.
Sie machten nicht einmal den Versuch, ihn aufzuhalten. Es war wirklich an der Zeit, dass sie getrennte Wege gingen.

Ein Winter in San Francisco

Abby brauchte ein paar Tage, bis sie wieder zu sich selbst fand und sowohl die gewohnte Zuversicht als auch ihren Unternehmungsgeist zurückgewann. Sie redete nie darüber, was denn nun eigentlich im Haus ihrer Eltern geschehen war und die Männer ließen sie nach ein paar Versuchen, sie zum Sprechen zu bringen, in Ruhe. Fynn verabschiedete sich bei Nephi und ritt nach Osten, um Elzy zu folgen und zu Browns Hole zu gelangen, während Butch und Abby weiter nach Norden zogen.

Butch wollte Abby mehrmals überreden, mit ihm nach Lander zu kommen, aber sie war nicht dazu bereit und er musste es aufgeben. Sie hatten vor langer Zeit in einem Buch von San Francisco gelesen und da wollte sie hin, sie war am Atlantik gewesen und nun wünschte sie, auch den Pazifik zu sehen. Butch rechnete nach einer Weile sogar damit, dass sie sich einschiffen würde, um einen anderen Kontinent aufzusuchen. Er traute ihr inzwischen alles zu.

Und so bestieg sie in Ogden den Zug nach Westen, übergab Butch ihr Pferd, denn sie würde es nicht brauchen und versprach, Ende März nach Rock Springs zu kommen, wo sie sich alle wieder treffen würden.

Abby empfand es als angenehm, endlich allein unterwegs zu sein. Die ganze Situation war ihr die letzten Wochen doch ziemlich auf die Nerven gegangen, die ständige Streiterei mit Elzy, die Nähe zu Fynn, der sich nach einer anderen sehnte, Butch mit seiner Unverbindlichkeit, nein, sie wollte zur Ruhe kommen, etwas Neues sehen und sich nicht wieder in einem Nest wie Lander eingraben, um für Männer den Haushalt zu führen oder hart in einem Saloon zu arbeiten. Sie hatte Geld zur Verfügung, wenn sie einigermaßen vernünftig damit umging, würde es leicht bis zum Frühjahr reichen und ihr ein angenehmes Leben ermöglichen.

Und dann kam sie eines Morgens Ende Oktober endlich an der Westküste an. Das Wetter war kühl und windig, aber die Sonne schien hell, viel heller als in Utah. Sie nahm die Fähre und setzte nach San Francisco über, stand staunend an der Reling und betrachtete die Silhouette der Stadt, die stetig näher zu kommen schien. Am Hafen verließ sie das Schiff und wanderte eine Weile durch die belebten Straßen, ließ die Atmosphäre auf sich wirken. Sie hatte sich bereits im ersten Moment in diese riesige Stadt verliebt, alles war hell und freundlich, die Menschen wirkten geschäftig, die Straßen waren voller Fuhrwerke und auf die steilen Hügel führten Kabelbahnen. Abby hatte schon von dieser seltsamen Straßenbahn gelesen und sah sie nun mit eigenen Augen. Schließlich wagte sie sich hinein und ließ sich über die Hügel auf die andere Seite der Stadt fahren. Die Häuser sahen reicher aus je weiter man hinaufkam, unten an den Uferstraßen entlang dagegen gab es mehrstöckige prächtige Gebäude aus Stein.

Abby überlegte, wo sie sich einquartieren sollte, sie hatte kaum Gepäck dabei, ihre ganzen Besitztümer waren noch in Lander bei Butch, aber sie würde nichts davon wirklich brauchen. So suchte sie zunächst ein Hotel und fand eines in der Claystreet, das nicht zu teuer aber sauber war. Dann beschloss sie, ein wenig einkaufen zu gehen, sie brauchte neue Kleider, Schuhe und irgendwann wärmere Sachen für den kommenden Winter. Für sie war es noch unvorstellbar, dass es keinen Schnee geben könnte. Nicht weit vom Hotel befand sich ein großes, mehrstöckiges Warenhaus und sie betrat es erwartungsvoll. Von New York kannte sie diese Art Kaufhäuser bereits, in denen es praktisch alles gab. Sie wurde schon am Eingang von einem jungen Herrn in einer roten Uniform freundlich begrüßt und gefragt, ob er ihr helfen könne. Das gefiel ihr und sie ließ sich in die Modeabteilung führen. Dort probierte sie Kleider an und bestellte gleich drei, die für sie geändert werden sollten. Man brachte ihr dazu passende Schuhe und Täschchen und einen warmen Schal. Sie beobachtete die Damen bei ihrer Arbeit und dachte sich, dass ihr das auch gefallen könnte.

Das war etwas anderes als in einem Saloon, hier gab es eine saubere Umgebung, einen höflichen und freundlichen Umgangston,

und die Arbeit schien nicht schwer zu sein.
Neugierig sah sie sich in dem gesamten Kaufhaus um, die Besitzer mussten sehr reich sein, denn das Haus war voller Kunden, die viel Geld ausgaben. Auch Abby besorgte sich noch ein paar Kleinigkeiten, die sie dringend benötigte. Als sie das Gebäude verlassen wollte, sah sie an der Wand einige Aushänge, auf denen stand, dass weitere Mitarbeiter gesucht wurden. Sie studierte alle sorgfältig, vielleicht könnte sie eine Stelle hier annehmen und etwas Geld verdienen. Was sonst sollte sie die nächsten Monate anfangen? Sie kannte hier niemanden, da war es doch gut, eine Arbeit zu haben, noch dazu, wenn sie so angenehm schien.
Aber die nächsten Tage verbrachte sie damit, sich die Stadt anzusehen, am Meer entlang zu wandern und über all die fremdartigen Dinge zu staunen, die eine Stadt wie San Francisco bot. Im Hotel hatte man ihr gesagt, sie solle unbedingt zum Cliff House hinausfahren, eine neugebaute Bahnlinie würde sie hinbringen, dort könne man Delfine und Wale sehen, wenn man Glück habe. Und das Meer sei dort wild und rau und die Luft viel besser als in der Stadt. Also setzte sie sich an einem sonnigen Tag in die Eisenbahn und fuhr die kurze Strecke hinaus, bis zum offenen pazifischen Ozean. Das Meer, …
Abby stand oben auf den Klippen und starrte ungläubig auf die tosenden Wellen, die sich am Ufer brachen oder gegen die Felsen donnerten, die sich nahe der Küste aus dem Meer erhoben. Der unendliche Ozean breitete sich vor ihr aus, an diesem Tag war er tiefblau. In der Ferne zogen Segelschiffe und einige Dampfschiffe vorüber. Langsam schritt sie die Straße hinunter zum großen Strand, auf dem sich gerade nur wenige Menschen befanden, meistens Paare, die gemächlich herumspazierten. Die Herren hatten den Damen höflich den Arm gereicht, während Kinder rufend und schreiend um sie herumliefen. Sie sehnte sich plötzlich mit aller Macht nach Fynn, er müsste jetzt hier sein, sein Arm müsste sie ebenfalls sanft geleiten, später würden sie im Cliff House vornehm speisen und abends zurück in die Stadt fahren. Warum konnte er nicht bei ihr sein? Nein, sie hatte ihn verloren, an eine Harriet, an ein braves, hübsches aber ziemlich

langweiliges Mädchen, wie Elzy ihr verraten hatte.
Der Gedanke tat immer noch weh. Sie setzte sich auf den Boden und zog Schuhe und Strümpfe aus, denn sie wollte nicht, dass die neuen Sachen vielleicht verdorben würden. Dann lief sie schnell über den Strand zum Wasser.

In New York hatte sie bereits im Meer gebadet, aber als nun ihre Füße von den Wogen des Pazifiks umspielt wurden, sog sie überrascht die Luft ein, es war eiskalt. Dennoch watete sie eine Weile darin herum und genoss es sehr, denn die Sonne schien warm herab.
Später ließ sie sich im Cliff House einen Tisch am Fenster geben und aß ein vorzügliches Menu, während die Sonne sich in glühendem Rot dem Meer näherte. Rechtzeitig brachte ihr der Kellner einen Sundowner und erklärte ihr, dass man einen Drink zu sich nahm, sobald die Sonne das Meer scheinbar berührte. Für Abby wurde diese Sitte in den nächsten Monaten zur schönen Pflicht, sie versäumte den Zeitpunkt nie.
Am nächsten Tag betrat sie wieder das Warenhaus in der Claystreet und fragte, wer für die Stellenvergabe zuständig sei. Man führte sie in ein Büro im oberen Stockwerk, wo ein gewisser Mr. Logan residierte.
„Guten Tag!“, grüßte Abby höflich. „Mein Name ist Abigail Clearwater, ich würde gerne hier arbeiten.“
Mr. Logan betrachtete sie abschätzend. Sie gefiel ihm sofort, sie schien selbstbewusst zu sein und hatte ein sehr angenehmes Äußeres.
„Nun, Miss Clearwater, was haben Sie denn für Erfahrungen aufzuweisen?“
„Ich habe lange in einem Hotel gearbeitet und in einem Restaurant!“
Abby fand es besser, den Saloon etwas zu beschönigen.
„Können Sie lesen, schreiben und auch rechnen?“
„Selbstverständlich!“
„Haben Sie Zeugnisse?“
„Zeugnisse?“, fragte Abby verständnislos.

„Nun, Bescheinigungen von ihren früheren Arbeitgebern. Schließlich möchten wir wissen, wie man mit Ihnen zufrieden war!“
„Nein, so etwas habe ich nicht. Ich wusste nicht, dass ich das brauche.“
„Können Sie nicht noch Zeugnisse besorgen?“
„Das wird schwierig, ich habe zuletzt in Wyoming gearbeitet. Aber ich kann Ihnen versprechen, dass Sie mit mir zufrieden sein werden! Ich habe noch niemanden enttäuscht, für den ich arbeitete!“
Mr. Logan überlegte nur kurz.
„Also gut, ich stelle Sie probeweise ein. Sie fangen morgen in der Parfümabteilung an, kommen Sie mit, ich stelle Sie vor.“
Diese Abteilung befand sich gleich am Eingang des Kaufhauses. Es duftete sehr intensiv und Abby musste sich erst an die vielfältigen Gerüche gewöhnen, anfangs wurde ihr richtig schwindlig davon. Doch schon nach ein paar Tagen fand sie nichts mehr dabei, sie lernte schnell und verstand sich mit den anderen Damen und Mädchen gut, weil sie freundlich, hilfsbereit und flink war. Bald durfte sie auch die Kasse mit übernehmen und nach zwei Wochen teilte ihr Mr. Logan mit, dass ihre Probezeit vorbei war und man sie fest anstellen würde. Abby freute sich sehr, sie ging gerne zur Arbeit und probierte auch neugierig alles aus, es war wirklich seltsam, dass die Parfums an verschiedenen Damen jeweils einen anderen Duft entfalteten. Zwei der älteren Verkäuferinnen waren richtige Expertinnen, von ihnen lernte Abby am meisten.
Sie hatte inzwischen auch die Besitzer des Kaufhauses gesehen, eine Mrs. und einen Mr. Hart und einen Mr. Jones. Mr. Hart Junior war auch oft anwesend, er war ein wenig jünger als Abby und man sagte von ihm, dass er gerne mit den jungen Verkäuferinnen herumtändelte. Mitte November erschien er auffällig oft in der Parfümabteilung, und die Mädchen stellten sich jedes Mal sofort in Positur, denn jede war erpicht darauf, den reichen Erben näher kennenzulernen. Nur Abby ließ das vollkommen kalt, sie hatte keinerlei Interesse an einem grünen Jungen und

Geld besaß sie selbst im Überfluss. Mr. Hart Junior hatte jedoch an Abby Gefallen gefunden, versuchte ein paar Mal, mit ihr ins Gespräch zu kommen und lud sie Anfang Dezember sogar ein, mit ihm abends eine Veranstaltung zu besuchen. Doch sie lehnte dankend ab, nicht ahnend, dass sie die erste war, die ihm eine freundliche aber bestimmte Abfuhr erteilte. Abby wurde daraufhin Tagesgespräch in allen Abteilungen. Dabei hätte sie die Einladung vielleicht sogar angenommen, denn sie sehnte sich ein wenig nach Gesellschaft, doch hatte sie bereits eine Verabredung für diesen Abend. Sie hatte inzwischen eine kleine Wohnung über einer Bar gefunden, in die sie oft hinunterging um zu essen, zu trinken oder sich mit den anwesenden Männern zu unterhalten. Mit einigen verstand sie sich wirklich gut und sie war ein gern gesehener Gast, da sie immer ihre Rechnungen beglich und auch im Bedarfsfall an der Theke aushalf, ohne groß darüber zu reden.

Die Erfahrung mit Scott in Browns Hole hatte sie jedoch gelehrt, niemanden mehr an sich heranzulassen und sie wehrte jeden Annäherungsversuch gekonnt ab. Sie ließ sich dagegen gerne zum Essen ausführen, sie hatte ja schon immer das Kochen gehasst, wobei sie stets betonte, dass mit dem Essen keinerlei Gefälligkeiten verbunden waren. Wer dennoch auf mehr hoffte, wurde arg enttäuscht.

Trotzdem wurde sie öfter eingeladen, denn sie bot eine angenehme Gesellschaft und war nicht auf den Mund gefallen.

Und so zog sie das Treffen in einem Restaurant mit einem Bekannten aus der Bar arglos der bedeutsamen Einladung des verwöhnten Mr. Hart Junior vor und hinterließ bei dem jungen Mann Verwirrung und verletzten Stolz.

Zwei Tage später versuchte er es wieder.

„Miss Clearwater, was haben Sie denn am Sonntag vor?"

Die umstehenden Mädchen hielten unwillkürlich den Atem an. Abby fühlte die Spannung und sah sich erstaunt um. Dann wandte sie sich an Mr. Hart.

„Ich fahre wie jeden Sonntag zum Cliff House hinaus."

„Aber doch nicht allein?", fragte er süffisant und irgendwie

erleichtert, sie hatte also abgesagt, weil sie schon gebunden war. „Natürlich allein!“, antwortete sie zu seiner Überraschung. „Ich liebe das Meer, es ist wundervoll dort!“
„Dann kann ich Sie also nicht dazu überreden, mit mir ein Konzert am Sonntagnachmittag zu besuchen?“
Abby schüttelte den Kopf. Der Sonntag gehörte ihr und dem Meer.
„Das ist sehr freundlich von Ihnen, Mr. Hart. An jedem anderen Tag gerne, aber nicht an Sonntagen!“
Sie lächelte ihn entschuldigend an und widmete sich dann einer Kundin.
Mr. Hart blieb nichts anderes übrig, als sich mit einem kurzen Nicken zu verabschieden. Aber diese Miss Clearwater ging ihm nicht aus dem Kopf. Wie konnte sie es wagen, seine Einladungen abzulehnen? Wusste sie nicht wer er war?
Er könnte sie hinauswerfen lassen und dann würde sie auf der Straße stehen und verhungern, denn er würde schon dafür sorgen, dass keiner sie mehr einstellte. Das waren so die Gedanken, die ihm im ersten Zorn durch den Kopf gingen, aber natürlich würde er nie etwas dergleichen tun.

Er versuchte es kein drittes Mal. Doch am Sonntag saß er spät nachmittags im Zug zum Cliff House, er wollte sich mit eigenen Augen überzeugen, dass sie wirklich allein war und er wollte sehen, was sie dort machte.
Er verließ den Zug an der Endstation und wanderte zusammen mit den anderen Sonntagsausflüglern zum Strand. Abby war nicht schwer zu finden. Schon von oben hatte er eine einsame Frauengestalt im Sand sitzen sehen, ganz nahe den Wellen, gerade so, dass sie nicht nass wurde.
Als er sich ihr näherte war er seltsam berührt. Sie starrte auf das Meer hinaus und ließ Sand durch ihre Finger rieseln. Der Wind wehte ihr rötliches Haar nach hinten, sie sah aus wie eine verwunschene Fee.
Schließlich stand er neben ihr und wollte etwas sagen, doch sie blickte zu ihm auf und kam ihm zuvor.

„Hallo, Mr. Hart, welche Überraschung!"
Er bemerkte ein wenig erschrocken, dass sie Tränen in den Augen hatte, oder war das nur die salzige Luft und der scharfe Wind?
„Sie wussten, dass ich komme und Sie suche?"
„Ich habe es vermutet. Setzen Sie sich doch!"
Er ließ sich vorsichtig neben ihr nieder, es war ein Fehler gewesen, ihr nachzufahren. Am liebsten wäre er sofort wieder verschwunden.
Eine Weile schwiegen sie. Dann fragte Abby:
„Kennen Sie das Gefühl auch, dass Sie jemanden so sehr vermissen, dass es wehtut?"
Er wand sich ein wenig, wünschte sich weit weg, aber er wollte nicht unhöflich sein.
„Nein, das kenne ich nicht. Wen vermissen Sie denn, Miss Clearwater?"
Sie lachte leise.
„Ach Mr. Hart, ich glaube kaum, dass Sie das wirklich interessiert. Sie wollen leichte Unterhaltung mit einem Mädchen, das Ihr Geld bewundert und sich Hoffnungen macht. Davon finden Sie sicher genug, es muss schön sein, wenn einem alles im Überfluss geboten wird!"
Nein, dieses Gespräch lief in eine völlig falsche Richtung. Er wollte nur noch weg. Doch etwas hielt ihn magisch, sie war so anders, zum ersten Mal in seinem Leben war er unsicher gegenüber einem einfachen Ladenmädchen.
„Warum sagen Sie nichts, Mr. Hart? Hat es Ihnen die Sprache verschlagen, weil nicht alle hinter Ihnen und Ihrem Geld her sind?"
Er schluckte und fragte das erste, was ihm einfiel.
„Wen vermissen Sie, Miss Clearwater? Ich möchte es wirklich wissen!"
„Den Mann, den ich liebe!"
„Und wo ist er? Warum ist er nicht bei Ihnen?"
„Er verbringt den Winter bei der Frau, die er liebt!", antwortete sie leise.

Ihre Offenheit erschlug ihn fast.
„Das tut mir leid!“, stammelte er.
„Mir auch! Aber manche Dinge kann man nicht ändern. Sehen Sie nur das Meer, es ist so unendlich groß, es war schon immer da und wird noch da sein, wenn wir alle tot sind. Was kümmert es das Meer, ob wir traurig oder glücklich sind. Es wirft seine Wellen an Land, immer und immer wieder. Jeden Tag, jede Nacht. Das ist seine Aufgabe, egal was geschieht. Ich wollte, ich wüsste auch, was meine Aufgabe ist!“
„Ihre Aufgabe? Sie arbeiten doch im Laden, sie verdienen Geld!“
Abby prustete los.
„Sie denken, ich arbeite wegen des Geldes? Du liebe Güte, ich bin vielleicht nicht so reich wie Sie, Mr. Hart, aber Geld habe ich genug. Ich arbeite, weil ich sonst nicht wüsste, was ich tun soll und die Arbeit macht mir Spaß. Mir wird allmählich kalt, können wir ein Stück laufen?“
Sie stand auf und hielt ihren Arm so, dass er die Aufforderung gleich verstand und ihr seinerseits den Arm bot. Abby wollte auch endlich einmal mit einem Mann den Strand entlangspazieren. Auch wenn er in ihren Augen nur ein kleiner Junge war.
Sie gingen eine Weile schweigend nebeneinander her. Dann ergriff Abby wieder das Wort.
„Sehnen Sie sich eigentlich auch danach, einmal über das Meer zu fahren? Ich würde das gerne einmal erleben und vielleicht mache ich das auch. Man kann von hier aus nach Südamerika oder nach Asien, ich habe mich schon erkundigt. Ich habe so viele Bücher gelesen, ich würde das gerne alles sehen, was beschrieben wurde, so wie den Grand Canyon, da waren wir im Sommer.“
„Sie sind wohl weit herumgekommen?“
„Ja, ich bin viel gereist in den letzten zwei Jahren. Und Sie?“
„Ich war ein paar Mal in Denver, dort lebt mein Großvater.“
„Denver, gibt es dort eine Bank?“
„Eine Bank? Selbstverständlich, wieso?“
Abby grinste in sich hinein. Von Denver hatte sie schon gehört, dort würde sich ein Überfall bestimmt lohnen. Aber wollte sie

das überhaupt noch?

„Ich mag Banken!“, sagte sie nur. „Sie sind faszinierend!“

Sie waren am Ende des Strandes angelangt und kehrten um. Die Sonne näherte sich bereits dem Pazifik, es wurde Zeit für den Sundowner.

„Und nun, Mr. Hart, wie wäre es, wenn Sie mich ins Cliff House einladen würden? Ich bin nämlich hungrig!“

Allmählich begann er sich an ihre offene Art zu gewöhnen und wurde sicherer.

„Es wäre mir ein Vergnügen, Miss Clearwater!“

Wider Erwarten wurde es ein nettes Abendessen, sie unterhielten sich angeregt und Mr. Hart erzählte ein wenig von seinen Eltern und seiner Schwester Maddie.

Sie hatten Wein zum Essen getrunken und seine Zunge löste sich, Abby erfuhr einiges über den jungen Mann, vor allem, dass er es auch nicht immer leicht hatte. Die Erwartungen, die in ihn gesetzt waren, waren hoch, zum Glück hatte er seinen Paten, Mr. Jones, der ihm schon öfter aus der Patsche geholfen hatte, ohne dass seine Eltern das erfuhren. Abby war eine gute Zuhörerin, wenn sie wollte, und diesmal war sie tatsächlich interessiert, denn sein Leben war so anders verlaufen als ihres, sie beneidete Mr. Hart, weil er von Anfang an alle Möglichkeiten gehabt hatte. Aber war es deshalb einfacher für ihn?

Sein Weg war vorgezeichnet, wie es der ihre gewesen war, sie spürte seinen Wunsch, auszubrechen, etwas anderes zu machen, doch schien es nicht unsinnig, vor einem Leben davonzulaufen, das einem die besten Aussichten bot?

Schließlich fuhren sie mit dem letzten Zug zurück nach San Francisco. Mr. Hart begleitete Abby höflich bis zu ihrer Wohnung und sie verabschiedeten sich freundlich voneinander, aber mit dem gehörigen Abstand.

Er ließ sich die ganze Woche nicht im Kaufhaus blicken und Abby war ein wenig enttäuscht, sie hatte den Tag mit ihm wirklich genossen und gedacht, er hätte auch Gefallen daran gefunden. Doch als sie am nächsten Sonntag, einem regnerischen,

unfreundlichen Tag, wieder an den Strand ging, hatte er schon auf sie gewartet.
„Mr. Hart, welche Überraschung!", begrüßte sie ihn neckend.
Er hatte einen Schirm dabei, den er nun schützend über sie hielt und reichte ihr wieder den Arm.
„Sagen Sie doch James zu mir!", schlug er vor.
„Gerne, James, ich heiße Abby!"
Sie schlenderten den Strand entlang, nur wenige Leute waren außer ihnen unterwegs. Abby überlegte ein wenig.
„Aber Ihr Vater heißt doch gar nicht James? Nach wem wurden Sie denn benannt?"
„Das ist tatsächlich eine aufregende Geschichte!"
„Ich liebe aufregende Geschichten! Erzählen Sie!"
„Meine Mutter wurde von Verbrechern entführt, als sie mich erwartete, sie war schon kurz vor der Niederkunft. Man brachte sie in die Wildnis und wollte sie töten."
„Warum denn das?", fragte Abby erschrocken.
„Es war ein Racheakt, denn meine Mutter hat Mitglieder einer Bande vor Gericht gebracht, denen sie in ihrer Kindheit begegnet ist, sie erkannte sie wieder und sie wurden angeklagt. Leider sind einige entkommen und wollten sich rächen. Doch einer der Entführer, er hieß James oder Jim, half ihr, er hatte anscheinend Mitleid mit ihr, er war sogar bei meiner Geburt dabei und wurde kurz darauf erschossen, als er meine Mutter und mich beschützen wollte."
„Das klingt ja fürchterlich. Wie wurdet ihr denn dann gerettet?"
„Mein Vater und Onkel Jesse sind gerade noch rechtzeitig gekommen und haben die Verbrecher verjagt und später, als sie erneut versuchten, meine Mutter zu töten, waren meine Eltern vorbereitet und erschossen alle. Aber ich wurde nach dem Mann benannt, der dafür gesorgt hatte, dass wir überlebten."
„Das ist ja eine schlimme Geschichte!", meinte Abby am Ende.
„Ihre Mutter scheint eine starke Frau zu sein!"
„Oh ja, das ist sie."
Seine Stimme war voller Bewunderung und dennoch hörte Abby etwas anderes heraus, einen Misston.

„Wie alt sind Sie, James?“
„Ich bin 17. Und Sie?“
„18, ich bin älter als Sie!“, lachte Abby. Sie hatte es ohnehin bereits gewusst.
„Erzählen Sie mir von sich, Abby! Das letzte Mal habe eigentlich fast nur ich geredet, ich denke, dass Ihr Leben um einiges interessanter ist als meines.“
„Ich stamme aus Utah, ich bin von meinen Eltern weggelaufen, weil sie mich mit einem alten Mann verheiraten wollten. Ich hatte Glück und habe die besten Freunde kennengelernt, die man haben kann und bin mit ihnen herumgezogen, wir haben zwei Winter gemeinsam in Wyoming verbracht, ich habe dort gearbeitet und viel Geld verdient, ja, das ist eigentlich so ziemlich alles!“
„Und der Mann, den Sie lieben und vermissen? War er auch dabei?“
„Ja, er war dabei. Wir haben zusammengelebt, bis wir feststellten, dass es nicht gutgehen würde mit uns.“
„Warum nicht?“
„Wissen Sie, was Eifersucht ist?“
„Ich weiß, dass es sie gibt, meine Tante Sue ist fürchterlich eifersüchtig, jede Frau, die mein Onkel Jesse auch nur ansieht, ist für sie ein Dorn im Auge. Ich weiß nicht, wie er das aushält. Sie treibt ihn damit geradezu aus dem Haus.“
„Sehen Sie, James, das wollte ich Fynn nicht antun. Ich wollte nicht ständig auf der Hut sein, wollte nicht sein Gesicht sehen müssen, wenn ich mit einem anderen Mann sprach. Ich wollte mich nicht anketten lassen und immer ein schlechtes Gewissen haben müssen. Verstehen Sie das?“
„Ich glaube schon.“
„Fynn hat nun seine Harriet, ich hoffe er wird glücklich mit ihr!“
Die Bitterkeit in ihrer Stimme verriet ihm, dass sie diesem Fynn alles andere als Glück wünschte. Sie schwiegen eine Weile. Dann hob sie den Kopf.
„Sehen Sie nur, James, es regnet!“, rief sie erstaunt.
„Ja, ich bin schon ziemlich nass geworden!“

„Wissen Sie was? Wir wärmen uns nun im Cliff House auf und fahren dann zurück, für heute habe ich genug Wasser gesehen!"
„Das ist eine gute Idee!"
Hand in Hand liefen sie über den Strand zurück, die Straße hinauf und in das warme Haus auf den Klippen über dem Meer. Sie tranken Tee und aßen Kuchen, dann bestiegen sie den nächsten Zug zurück nach San Francisco.
Ihre sonntäglichen Treffen wurden zu einer festen Gewohnheit. Abby stellte zu ihrem Entzücken fest, dass es in San Francisco tatsächlich nicht schneien würde und die Temperaturen nie so tief sanken, dass man wirklich frieren musste. Ja, es wehte oft ein schneidend kalter Wind vom Meer her, aber dagegen konnte man sich mit einem warmen Umhang schützen. Es gab nicht die dunklen Tage, in denen es so gar nicht hell wurde, auch im tiefsten Winter schien oft die Sonne. Sie verliebte sich von Tag zu Tag mehr in die Stadt und es zog sie immer weniger zurück nach Wyoming.
Und dann war da dieser James Hart, ein Knabe, für den sie höchstens mütterliche Gefühle übrighatte, soweit Abby diese überhaupt aufzubringen vermochte. Dennoch konnte sie sich nicht dagegen wehren, dass er ihr immer lieber und vertrauter wurde. Er erzählte ihr alles, seinen Kummer, seine Freuden, sie hörte ihm zu, tröstete ihn, stärkte ihn und gab ihm das Gefühl, ein besonderer Mensch zu sein, der seinen eigenen Weg gehen konnte, wenn er nur wollte. Sie hielten ihre Treffen geheim, Abby hatte sowieso niemanden, dem sie davon erzählen konnte und James hütete sich, seiner Familie gegenüber irgendetwas zu verraten, die sich allerdings oft fragte, wo er seine Sonntage verbrachte, denn eigentlich waren sie der Familie vorbehalten. Es hagelte Vorwürfe, doch James ließ sich nicht beirren. Das einzige Sonntagstreffen, das sie ausließen, war am ersten Weihnachtsfeiertag.
Abby war an diesem Tag allein am Strand und genoss die Ruhe, vermisste aber die Gespräche mit James. Sie machte sich wenig Gedanken darüber, dass sie ihm nicht ganz die Wahrheit sagte darüber, wer sie eigentlich war und warum sie so reich war. Das

mit ihnen hatte keine Zukunft, in absehbarer Zeit würde sie sowieso nach Rock Springs fahren und alles wieder hinter sich lassen.
Den Jahreswechsel verbrachte Abby in der Bar unter ihrer Wohnung und feierte dort mit einigen Männern, es floss viel Alkohol, und Abby erwachte am ersten Januar spät und ziemlich verkatert.
Trotzdem fuhr sie hinaus zum Cliff House und mit dem nächsten Zug erschien auch James. Sie wünschten sich ein glückliches neues Jahr und küssten sich zum ersten Mal. Es war ein sanfter, scheuer Kuss, etwas ganz Besonderes und so fühlten sie es auch. Arm in Arm liefen sie danach die Küste entlang, diesmal hatten sie den Steig über die Klippen nach Norden gewählt. Sie brauchten nicht viele Worte, der Wind wehte stark an diesem Tag und das Meer donnerte gegen die Felsen, Vögel schrien laut und Wolkenfetzen zogen am Himmel dahin. Abby liebte dieses Wetter und den Wind und sie wünschte sich, all das einmal mit Fynn zu erleben. Er würde mit ihr ganz an den Klippenrand gehen und sie hinunterhalten, so wie er es am Grand Canyon gemacht hatte.
Sie hatten den höchsten Punkt erreicht und Abby wagte sich nach vorne. Doch der Wind war zu stark, es war zu gefährlich. James umfasste sie und drehte sie zu sich um. Sein Griff war überraschend fest und sicher. Sie schlang ihre Arme um seinen Nacken und sah ihm ins Gesicht. Butch kam ihr in den Sinn, wie hatte er damals gesagt, als sie Fynn zum ersten Mal küsste? „Neues Jahr, neues Glück!“, ja so hatte er ihr ins Ohr geflüstert. Das mit Fynn hatte kein glückliches Ende genommen, genau genommen hatte es nur wenig mehr als ein Jahr gedauert.
An eine Beziehung mit James war nicht zu denken. Zum einen war er zu jung und zum anderen wusste er so gar nichts über Abby. Aber nun war er ihr so nahe wie noch nie und sie war schon so lange einsam, dabei sehnte sie sich doch auch nach jemandem, der sie in den Arm nahm und sie liebte und nicht nur mit ihr ins Bett wollte.
Er versuchte, sie küssen, doch sie wich zurück und barg einfach

nur ihr Gesicht an seiner Brust. Wieder musste sie an Butch denken, der sie so oft in seine Arme gezogen und sie allein durch seinen Herzschlag beruhigt hatte.

„Was ist, Abby?“, fragte James.

Sie blickte ihn wieder an.

„Es geht nicht, James, wenn ich dich jetzt küsse, wohin soll das führen?“

„Zu etwas Wunderbarem.“

„James, mit uns, das wird doch nichts. Du weißt nichts über mich, und ich werde im März wieder weggehen von hier.“

Er ließ sie los.

„Du gehst weg? Wohin? Zu ihm?“

„Wir haben uns alle wieder verabredet für Ende März. Ich habe versprochen, zu kommen. Und dann werden wir wieder losziehen, ja, Fynn wird dabei sein. Du siehst also, es hat keinen Sinn.“

„Du könntest hierbleiben.“

„Und dann, James? Was soll ich hier tun? Ich werde bestimmt nicht Ladenmädchen bleiben.“

„Ich könnte dafür sorgen, dass man dir eine bessere Stelle anbietet.“

„Ich würde sie nicht annehmen!“

„Abby, ich liebe dich!“

Sie drehte sich wieder zum Meer und starrte hinunter. Dann gab sie sich einen Ruck, sie wandte sich um und nahm seine Hand.

„Ich werde zurückkommen, James. Ich verspreche es, im Herbst spätestens bin ich wieder da und dann vielleicht für immer. Das weiß ich nicht. Wenn es Liebe ist, was du für mich empfindest, dann wird sie die Trennung aushalten.“

„Was soll es sonst sein außer Liebe, die mich Tag und Nacht nur an dich denken lässt, Abby?“

„Du würdest mich nicht lieben, wenn du alles über mich wüsstest, James.“

„Versuche es, erzähle mir alles. Du hattest einen Liebhaber, das weiß ich.“

„Nicht nur einen. Und ich bin eine Gesetzlose. Ich werde steckbrieflich gesucht. Jetzt weißt du es und kannst eine Belohnung

für mich kassieren."
„Wofür wirst du gesucht?"
„Bankraub!"
„Nein, Abby, du erzählst Märchen, nicht?"
„Es ist die Wahrheit. Ich habe sogar einmal eine Bank ganz allein ausgeraubt."
James starrte sie sprachlos an. Und dann musste er plötzlich lachen. Sie war verblüfft, damit hatte sie nun nicht gerechnet.
„Deswegen bist du so reich? Dein Geld stammt von Beutezügen?", prustete er.
„Ja doch!", antwortete sie.
„Und du gehst nun zurück, um noch mehr Banken auszurauben?"
„Ich habe es vor, ja! Warum findest du das so komisch, James?"
„Weil …" Er hielt sich den Bauch vor Lachen. „Weil du bei uns als Ladenmädchen arbeitest, völlig normal, niemand würde draufkommen, wenn das jemand wüsste, … und ich habe mich in eine steckbrieflich gesuchte Bankräuberin verliebt."
Sie wusste nicht, was sie noch sagen sollte. Sie hatte gedacht, er wäre schockiert, würde sie zurückweisen, niemals hatte sie mit so einer Reaktion gerechnet.
„Mein Gott, Abby, ja, geh zurück, tu es, raube noch mehr Banken aus, lass dich nicht dabei erwischen und dann komme wieder, ich werde auf dich warten und dann werde ich dich meiner Mutter vorstellen. Ich freue mich so auf ihr Gesicht! Das ist Abby, meine Braut, sie ist eine Bankräuberin!"
„Bist du verrückt, James?"
„Verrückt nach dir, Abby! So, jetzt weiß ich alles. Ich hatte schon ein paar Mädchen, du hattest ein paar Männer, wir sind also quitt. Sage mir, was spricht noch dagegen, dass wir ein Liebespaar werden?"
„Du bist zu jung!", entfuhr es ihr.
„Zu jung für was? Wie alt warst du bei deinem ersten Liebhaber?"
„16"
„Ich bin 17, also ein Jahr älter als du es warst. Gehen dir allmählich die Einwände aus?"

„Du bist aus gutem Haus, deine Eltern würden mich niemals akzeptieren!"
„Sie müssen. Noch etwas?"
„Aber ich liebe einen anderen, ..."
Abby zögerte und sah James an. War Fynn nicht in den letzten Wochen aus ihren Gedanken getreten?
„Wie sehr liebst du ihn noch?"
„Ich weiß es nicht, James. Ich habe tatsächlich schon länger nicht mehr an ihn gedacht."
„Und wie sieht es mit mir aus? Ich spüre es doch, Abby, da ist etwas zwischen uns. Ich täusche mich bestimmt nicht!"
„Nein!", sagte sie langsam. „Du täuscht dich nicht. Da ist etwas zwischen uns."
Er fasste Mut und zog sie wieder in seine Arme. Diesmal ließ sie sich küssen. Der Kuss wurde immer intensiver. Sie fühlte, wie ein Begehren in ihr erwachte, das lange geschlummert hatte. So viele einsame Nächte, so viel Sehnsucht, alles kam auf einmal an die Oberfläche und sie verwarf alle Bedenken, die sie jemals gehabt hatte. Hier, auf der höchsten Stelle der Klippen, über dem brausenden Meer, unter den dahineilenden Wolken, beobachtet von den kreisenden Vögeln, das war auch für Abby etwas vollkommen Neues und sie begegnete James mit einer Leidenschaft, wie er es noch nicht erlebt hatte.

Es blieb bei den Sonntagstreffen. Unter der Woche sahen sie sich kaum und wenn, dann wechselten sie kein Wort miteinander. Ungeduldig sehnten beide das Wochenende herbei, endlich konnten sie den Zug besteigen und trafen sich am Cliff House. Manchmal nahmen sie irgendwo ein Zimmer, aber meistens liefen sie hinauf zum Kliff und suchten sich eine Stelle, an der sie nicht beobachtet werden konnten.
Mitte Februar saß die Familie Hart an einem Montag wie üblich beim gemeinsamen Abendessen. Jacky Hart sah für ihre 36 Jahre immer noch wirklich gut aus, sie pflegte sich und achtete auf sich und führte in ihrer Familie ein strenges Regiment. Ihre Kinder James und Maddie und ihren Mann Ben liebte sie von ganzem

Herzen, war stolz auf sie, und sie tat alles, damit es ihrer Familie an nichts fehlte. Ben Hart hatte seit langer Zeit ein Lungenleiden und sich daher aus dem Geschäft ein wenig zurückgezogen, er freute sich, dass sein Sohn so viel Interesse und Eifer zeigte und in absehbarer Zeit alles übernehmen würde.
„Am Sonntag kommen Tante Sue und Onkel Jesse zu uns. James, ich wünsche, dass du diesmal zuhause bleibst, diese Woche ist Sues 35. Geburtstag und wir wollen hier ein kleines Fest für sie feiern."
James wand sich ein wenig.
„Es genügt doch, wenn ich am Abend hier bin, Mutter, ich habe am Nachmittag eine Verabredung!"
„James, du wirst diese Verabredung absagen können. Was soll deine Tante Sue von dir denken? Du bist jeden Sonntag weg, was machst du da eigentlich immer?"
Maddie ließ die Bombe platzen. Sie hatte schon den ganzen Tag über auf eine derartige Gelegenheit gewartet.
„Vielleicht solltet ihr das rothaarige Ladenmädchen fragen, das in der Claystreet in der Parfümabteilung arbeitet!"
James fuhr herum und sah in Maddies triumphierendes Gesicht.
„Was soll das heißen, Maddie?", fragte Ben Hart.
„Man hat euch gestern gesehen, James, draußen am Cliff House. Ich sage nicht wer mir das verraten hat, aber es war wohl eine eindeutige Sache, ihr habt euch geküsst!"
„Du küsst eines unserer Ladenmädchen in aller Öffentlichkeit? James? Bist du verrückt geworden? Und deswegen willst du bei Tante Sues Geburtstagsfeier fehlen?", fragte Jacky Hart mit erwachendem Zorn. „Du wirst das unterlassen, James, und dich nicht mehr mit ihr treffen."
James sprang auf.
„Du kannst mir das nicht verbieten, Mutter."
„Ich kann und ich werde. Du bist am Sonntag hier und um das Mädchen werde ich mich kümmern!"
„Setz dich, James!", griff Ben Hart ein. „Deine Mutter hat recht. Diese Mädchen sind nur auf dein Geld aus und du bringst sie und dich in Schwierigkeiten!"

„Abby ist bestimmt nicht auf mein Geld aus!“
„Setz dich und tu, was deine Mutter sagt. Kein Wort mehr!“
James gehorchte nicht, er wandte sich um und stampfte wütend aus dem Raum. Er wusste, er würde es nicht schaffen, sich seinen Eltern zu widersetzen. Sie bestimmten über sein Leben, verlangten seinen Gehorsam und er wollte ihnen auch nicht wehtun, denn er wusste, wie sehr sie ihn liebten. Er mochte auch Tante Sue nicht enttäuschen, indem er an ihrem Geburtstag fehlte. Vielleicht konnte er sich mit Abby an einem anderen Tag treffen, es war sowieso wohl nicht mehr möglich, die Verabredungen am Cliff House einzuhalten. Er würde morgen Abend zu ihr gehen und mit ihr reden, er wusste ja, wo sie wohnte.

Am nächsten Tag wurde Abby zum Büro gerufen. Sie war erstaunt, folgte aber der Aufforderung sofort. Zu ihrer Überraschung war es nicht Mr. Logan, sondern Mr. Jones, einer der Besitzer des Kaufhauses, der mit ihr sprechen wollte.
Jesse Jones betrachtete Abby eine kleine Weile, bevor er begann. Sie wirkte weder nervös noch unruhig. Er ahnte, dass das Gespräch nicht leicht werden würde, er hatte nicht erwartet, so ein selbstbewusstes, hübsches Mädchen vor sich zu haben, das den Kopf hochtrug.
„Miss Clearwater, mir kam zu Ohren, dass Sie sich Hoffnungen auf Mr. Hart Junior machen.“
Abby riss überrascht die Augen auf. Doch dann umspielte ein kleines, wissendes Lächeln ihre Lippen. Sie sah sich um, zog sich einen Stuhl heran und setzte sich erwartungsvoll.
„Reden Sie doch weiter, Mr. Jones, ich bin gespannt!“
„Man hat Sie beide gesehen, draußen beim Cliff House!“
„Ja, und?“
Er hatte erwartet, dass sie es abstreiten würde, aber sie blickte ihn weiter aufmerksam und freundlich an.
„Nun, Sie wissen doch selbst, dass ein Mann wie er und ein Mädchen wie Sie keine Zukunft haben.“
„Weiß ich das? Und weiter?“
„Kurz und gut, diese Treffen haben zu unterbleiben.“

„Sagt wer?“
„Ich sage das. Und ich spreche für Mr. und Mrs. Hart.“
„Und was meint James dazu?“
„Er dürfte in dieser Angelegenheit wohl kaum etwas zu sagen haben!“
„Wollen wir ihn nicht lieber fragen? Weiß er, dass ich zu Ihnen zitiert wurde?“
„Nein, er weiß es nicht und es wäre besser, wenn wir das so regeln könnten.“
„Die Sache ist geregelt, Mr. Jones. Es geht Sie schlicht und einfach nichts an, wie, wann und wo ich mich mit James treffe.“
„Miss Clearwater, ich sage es nur ungern, aber wenn Sie sich weigern, können Sie hier nicht länger arbeiten!“
„Sie wollen mich entlassen?“
„Ja, und ich fürchte, Ihr Zeugnis wird nicht allzu gut lauten.“
„Stecken Sie sich Ihr Zeugnis, wohin sie wollen, Mr. Jones. Ich lasse mich bestimmt nicht aus einer Arbeit werfen, die ich zu aller Zufriedenheit erledige. Sie können alle fragen, niemand konnte sich über mich beschweren. Ich war stets pünktlich, ordentlich, fleißig und freundlich. Und das wird in meinem Zeugnis stehen, nichts anderes. Es wird sowieso Zeit für mich, in einem Monat verschwinde ich aus San Francisco, ich habe gar keine Lust mehr, meine Zeit mit Arbeit zu verbringen. Es gibt Schöneres!“
„Sie gehen weg von hier? Weiß James das?“
„Ja, Mr. Jones, stellen Sie sich vor, er weiß das. Wir reden auch miteinander und teilen nicht nur das Bett. Eigentlich nicht einmal so oft das Bett, wir lieben uns meistens auf den Klippen.“
Jesse Jones war einen kurzen Moment sprachlos. Allmählich verstand er sein Patenkind. So eine Frau musste eine Offenbarung sein.
„Also Sie versprechen, dass Sie in einem Monat von hier weggehen?“
„Ja, das steht fest!“
„Dann können Sie auch bis dahin weiterarbeiten, aber ich habe Ihr Wort.“

„Sie haben mein Wort und hier haben Sie meine Kündigung.“ Sie riss ihre Schürze herunter und warf sie auf den Tisch. „Mein Zeugnis können Sie mir schicken, aber es wird gut sein, sonst werden Sie mich so richtig kennenlernen.“

„Miss Clearwater, nun wollen wir doch nicht in Unfrieden scheiden. Mir scheint, wir haben die Situation doch etwas falsch eingeschätzt.“

„Zu spät, Ihre Erkenntnis. Vielleicht hätten Sie James zuerst fragen sollen. Sie sind doch sein Patenonkel, es wäre Ihre Pflicht gewesen, ihn zu unterstützen und nicht hinter seinem Rücken zu handeln. Er ist erwachsen.“

„Er ist noch nicht erwachsen, aber in der Sache haben Sie recht und ich entschuldige mich. Schaden Sie sich nicht selbst und bleiben Sie noch einen Monat. Sie können das Geld doch sicher gut gebrauchen.“

„Geld kann ich immer brauchen, aber ich versichere Ihnen, ich besitze genug. Und ich werde bald noch mehr haben.“

„Das ist doch ein Scherz? Warum arbeiten Sie dann als Ladenmädchen?“

„Es ist eine einfache und schöne Arbeit, Mr. Jones, und ich hatte sonst nichts zu tun. Ich habe auch eine Menge gelernt.“

„Verstehe ich das richtig, Sie sind eine wohlhabende Frau und arbeiten bei uns, weil Ihnen sozusagen langweilig ist?“

„Richtig, aber da kam noch mehr zusammen, ich bin nicht gerne beschäftigungslos, ich mag es, Geld zu verdienen und ich wollte andere Menschen kennenlernen, man kann verdammt einsam sein hier, vor allem, wenn man es gewohnt ist, ständig jemanden um sich zu haben.“

„Und nun gehen Sie für immer weg?“

„Nicht für immer, nur für den Sommer. Wie gesagt, ich liebe Geld und werde mir noch mehr davon beschaffen!“

„Und was haben Sie da genau vor, Miss Clearwater? Was werden sie tun, wenn Sie hier weggehen?“

Sie war inzwischen aufgestanden und schon an der Tür aber sie drehte sich noch einmal zu ihm um.

„Ich werde ein paar Banken ausrauben, was sonst?

Auf Wiedersehen, Mr. Jones!"
Sie winkte ihm freundlich lächelnd zu und verschwand.
Jesse Jones, der sich höflich erhoben hatte, sank fassungslos auf seinen Stuhl zurück. Er musste unbedingt mit James reden. Ja, er verstand sein Patenkind voll und ganz!

Rückkehr zum Outlaw Trail

Am selben Abend suchte James Abby in ihrer Wohnung auf.
„Mein Onkel Jesse hat mit dir gesprochen!“, rief er gleich zur Begrüßung. „Du hast ihn schwer beeindruckt!“
„Jetzt komm erst einmal herein, James!“, lachte sie und zog ihn in ihre Wohnung.
Er küsste sie und setzte sich dann mit ihr an den Tisch.
„Also, was hat er gesagt?“, fragte sie.
„Dass ich der dümmste Mensch auf Erden wäre, würde ich jemanden wie dich aufgeben. Und er würde für uns beide kämpfen und wenn es das Letzte wäre, was er tun wird. Glaube mir, wenn jemand meine Mutter überzeugt von etwas, dann er. Mit ihm auf unserer Seite können wir alles schaffen.“
„Das klingt doch wunderbar, James!“
„Du hast ihm zum Abschied erzählt, dass du Banken ausrauben willst? Er sagte, er hätte es dir beinahe geglaubt!“
Sie prusteten beide vor Lachen.
„Und er freut sich darauf zu erleben, wenn du meine Mutter in ihre Schranken weist. Ich muss dir etwas sagen, Abby, ich kann am Sonntag nicht zum Cliff House, meine Tante Sue feiert ihren Geburtstag, sie würden mir alle nie verzeihen, wenn ich fehlen würde. Verstehst du das?“
Abby sah ihn an und überlegte nicht lange.
„Familie ist wichtig, James, natürlich bleibst du zuhause. Mach dir keine Gedanken meinetwegen.“
„Ich mache mir aber Gedanken, ich möchte nichts lieber, als bei dir sein, immer, ständig. Und nun wird mir der Sonntag genommen und wir haben doch nicht mehr viel Zeit. Wie wäre es, wenn du auch zu uns kommen würdest? Mein Onkel Jesse meinte, ich solle dich mitbringen. Er liebt so etwas, er und meine Mutter, das ist ein Thema für sich.“
Abby schüttelte den Kopf.
„Nein, ich werde nicht kommen. Die Sonntage gehören dem Meer, das weißt du. Und bevor ich mich für oder gegen ein

Leben hier mit dir entscheide, gehe ich zurück zum Pfad der Gesetzlosen. Wenn ich im Herbst wieder hier bin und wirklich für immer bleibe, ist es früh genug, deiner Mutter zu begegnen."
„Dann fahren wir aber an einem anderen Tag hinaus, am Samstag, oder ..."
Wieder schüttelte sie den Kopf.
„Es bleibt bei Sonntag."
„Aber du hast doch nun keine Arbeit mehr und hättest Zeit, ach ja, da fällt mir ein, Onkel Jesse hat dir ein Arbeitszeugnis geschrieben, höchstpersönlich. Hier ist es! Er war wohl bei Mr. Logan und hat sich erkundigt. Sie sind alle betrübt, dass du gegangen bist."
„Gib her!", forderte sie ihn neugierig auf.
Sie las das Zeugnis und grinste über das ganze Gesicht.
„Tu mir einen Gefallen, James, behalte es für mich, ich kann es nicht mitnehmen. Aber ich hätte es gerne, wenn ich wieder hier bin! So ein gutes Zeugnis werde ich im Leben nie mehr bekommen!"
James küsste sie.
„Außer ich schreibe es!", flüsterte er.

Es wurde März, ihre Zeit in San Francisco näherte sich dem Ende. Sie hatte die Wohnung gekündigt, alles, was sie nicht mitnehmen würde, hatte sie in eine Kiste gepackt, die sie gegen geringes Entgelt in einer Lagerhalle am Hafen lassen konnte, sie war bereit für den Aufbruch. Und sie freute sich darauf, ihre Freunde wiederzusehen, auf einem Pferderücken zu sitzen und alles zu erleben, was ihr so viel Spaß gemacht hatte. Die Streitereien und all die Mühseligkeiten waren in ihrer Erinnerung verblasst.
Der Abschied von James gestaltete sich einfacher als gedacht. Ihr letzter Sonntag am Meer war erfüllt von Sonnenschein und Wärme. Sie saßen gemeinsam auf den Klippen und beobachteten, wie Wale vorbeizogen, viele Leute waren an dem Tag am Strand und es herrschte große Freude, denn es war immer wieder ein majestätischer Anblick, diese Tiere zu sehen.

Sie nahmen den letzten Zug zurück nach San Francisco, es war alles zwischen ihnen gesagt. Sie gaben sich ein halbes Jahr, um sich klar zu werden, welchen Weg sie beide einschlagen wollten, sie hatten vereinbart, diese Zeit in Freiheit zu leben, so als würde es den anderen nicht geben. James hatte Abby nur das Versprechen abgenommen, sie solle auf sich aufpassen und sich nicht erwischen oder gar töten lassen. Am liebsten hätte er sie ja begleitet, aber als Abby ihm genau erzählt hatte, welche Fähigkeiten man brauchte im Reiten und Schießen, wie primitiv, anstrengend und rau dieses Leben war, wusste er, dass er das nicht konnte.
Sie verabschiedeten sich vor Abbys Wohnung, dann ging James und wandte sich nicht mehr um. Hätte er es getan, hätte er Abby vielleicht nicht mehr losgelassen, aber er blieb stark.

Und endlich saß Abby wieder im Zug und fuhr nach Osten. Sie hatte nur wenig Gepäck dabei, Hose und Hemd waren in der Tasche verstaut, einen Großteil ihres Geldes bewahrte James für sie auf. Sie hatte nicht vor, die nächste Zeit in Luxus zu leben.
In Rock Springs stieg sie aus und suchte das Hotel auf, in dem sie schon übernachtet hatte, damals vor dem Überfall in Evanston. Sie erkundigte sich, aber die anderen waren noch nicht da. Also nahm sie ein Zimmer und verbrachte zwei Tage mit Warten. Butch war der erste, der erschien. Er freute sich sehr, sie zu sehen, umarmte sie und wirbelte sie im Kreis herum.
„Du wirst immer schöner, Abby, wie machst du das?“, fragte er sie. „Sag, wie geht es dir? Warst du in Kalifornien?“
„Ja, in San Francisco!“, lachte sie, ein wenig außer Atem wegen seiner stürmischen Begrüßung.
Sie hatten sich viel zu erzählen. In Lander war alles beim Alten, Butch hatte mit seinen Rindern ein wenig Geld gemacht und alle hatten Abby vermisst und waren ihm böse gewesen, dass er sie nicht mitgebracht hatte. Abby berichtete von ihrem neuen Leben, vom Meer, von der Sonne, von der Stadt, Butch erkannte sofort, dass Abby ihre neue Heimat gefunden hatte, so wie sie davon sprach. Er freute sich für sie, war aber auch ein wenig

traurig, weil ihm klar war, dass er sie nach diesem Sommer wohl endgültig verlieren würde.
Tags darauf erreichte Elzy Rock Springs.
Alles war vergessen, jeder Streit, sie waren einfach nur glücklich, wieder zusammen zu sein.
Schließlich fragte Butch:
„Was ist mit Fynn? War er nicht bei dir in Browns Hole?"
Elzy zögerte ein wenig und blickte Abby an.
„Ich bin ja ungern der Überbringer solcher Nachrichten, aber Fynn hat geheiratet und wird nicht kommen."
Abby und Butch sogen überrascht die Luft ein.
„Ich weiß nicht, wie ich es dir schonender hätte sagen können, Abby!", meinte Elzy. „Ich habe ihn mehrmals aufgefordert, er solle es dir selbst mitteilen, aber er war nicht dazu zu bewegen, seine Frau zu verlassen."
Abby starrte Elzy an und verstand erst einmal gar nichts. Fynn würde nicht kommen? Er hatte geheiratet? Er war für immer für sie verloren? Und er war nicht einmal dazu bereit, ihr das selbst zu sagen?
„Ist es diese langweilige Harriet?", fragte sie schließlich
Elzy nickte.
„Sie bekommt ein Kind, daher haben sie geheiratet. Du kennst Fynn, was er macht, macht er ganz, nun ist er Rancher."
„Das heißt, wir könnten sein Vieh stehlen", überlegte Butch. „Würde dir das helfen, Abby?"
Abby blickte auf und sah die besorgten Mienen der beiden Männer. Sie war über sich selbst erstaunt, wie wenig ihr die Neuigkeit tatsächlich ausmachte. Eigentlich war sie sogar erleichtert, denn damit war nun wirklich alles klar. Und sie fühlte ganz deutlich, ihr Herz schlug für James, nicht für Fynn. So begann sie zu grinsen.
„Das wäre eine gute Idee, Butch! Behalten wir das mal als möglichen Plan!"
Butch und Elzy waren sehr erleichtert über Abbys Reaktion. Sie schien über Fynn hinweg zu sein, nun stand dem neuen Abenteuer nichts mehr im Wege.

Sie unterhielten sich den ganzen Abend, Elzy berichtete von Josie und von Matt und Tom, die er ebenfalls getroffen hatte und die einige Zeit in Browns Hole verbracht hatten. Matt war zweimal äußerst knapp entkommen und erzählte jedem, der bereit war zuzuhören, seine Abenteuer, die mit jedem Mal noch mehr ausgeschmückt und immer unwahrscheinlicher wurden. Die Männer fragten auch Abby aus, sie waren begierig zu hören, wie es ihr in San Francisco ergangen war und schließlich entlockten sie ihr, dass es einen neuen Mann in ihrem Leben gab.
„Ach deshalb hat dir das mit Fynn nicht so viel ausgemacht, wie ich befürchtet hatte“, rief Elzy. „Was ist das für ein Kerl? Ich will mehr wissen! Wieso lässt er dich hierher zu uns zurückkehren?“
Sie gaben keine Ruhe, Abby musste alles preisgeben.
„Dann hast du ihn also wirklich gefunden!“, meinte Butch.
„Wen habe ich gefunden?“
„Den Mann, der dich liebt und der dir deine Freiheit lässt.“
„Du hast recht, Butch, das habe ich wohl, und wenn man bedenkt, er ist jünger als ich, ich dachte zuerst, das sei ein kleiner Junge und nahm ihn nicht ernst. Aber ich habe mich geirrt.“
„Liebst du ihn?“, fragte Elzy.
„Ja, das tue ich“, antwortete sie mit fester Stimme. „In einem halben Jahr werde ich sehen, was von dieser Liebe übrig ist. Ich dachte immer, ich würde Fynn lieben, aber auch da scheine ich mich getäuscht zu haben.“
„Fynn hat dich nicht verdient, du hast ihn sicher geliebt, das war nicht schwer zu erkennen, aber wer so eine Frau wie dich gegen eine Harriet austauscht, dem ist sowieso nicht zu helfen!“
„Ach Butch, du alter Schmeichler!“
„Ich sage nur die Wahrheit, du kennst mich, Abby!“
„Eben, ich kenne dich!“
„Schön und gut, was haben wir vor?“, fragte Elzy.
„Wie wäre es mit Denver in Colorado?“, fragte Abby. „James sagte, dort gäbe es jede Menge Banken!“
„Denver ist eine große Stadt“, gab Butch zu bedenken. „Man kommt schlecht raus, wenn man schnell wegmuss. Aber mit Colorado wäre ich grundsätzlich einverstanden.“

Elzy gähnte.
„Colorado passt. Es ist spät geworden. Gehen wir zu Bett, wie sieht es mit Zimmern aus?"
Butch und Abby sahen sich an.
„Wir haben eins," antwortete Butch.
„Das würde doch genügen, meint ihr nicht?"
Elzy zog Abby hoch und Hand in Hand gingen sie nach oben.

Sie erlebten eine wilde Zeit in Colorado, überfielen erfolgreich eine kleine Bank in einem Nest nahe Grand Junction und wenig später eine andere auf dem Weg nach Denver. Auch hier gelang ihnen eine schnelle Flucht, doch wurden sie vom Erfolg berauscht etwas übermütig. Sie vermuteten zwar, dass man hinter ihnen her war, doch das hinderte Elzy und Butch nicht daran, in Georgetown an einem abendlichen Tanzfest teilzunehmen. Sie wollten auch Abby dazu überreden, aber sie blieb lieber bei den Pferden und der Beute und wartete unruhig die halbe Nacht, bis die zwei Männer ein wenig betrunken aber in bester Laune wiederauftauchten. Sobald die Morgendämmerung anbrach, setzten sie ihre Flucht fort und erreichten nach scharfem Ritt am späten Abend Denver, um dort für eine Weile unterzutauchen. Geld hatten sie genug, daher wohnten sie im besten Hotel der Stadt.
Abby war sehr neugierig auf das Geschäft der Harts in Denver, von dem James ihr erzählt hatte, und sie musste es unbedingt sehen. Sie suchte es gleich am nächsten Vormittag nach ihrer Ankunft und fand es rasch. Es war fast so groß wie das Kaufhaus in der Claystreet und man konnte ebenfalls mit einem Aufzug in die oberen Stockwerke fahren. Abby nützte den Aufzug weidlich aus, wie sie es auch schon in San Francisco getan hatte, es machte ihr Spaß, wenn sich die Tür schloss und dann plötzlich dieses seltsame Gefühl in der Magengegend auftauchte, sobald sich die Kabine in Bewegung setzte.
Als sie sich wieder einmal ins Erdgeschoss zurückfahren ließ, stieß sie beim Aussteigen mit einem jungen Mann zusammen. Sie waren beide wie vom Donner gerührt.

„Abby!“
„James!“
Die Leute mussten um sie herumschreiten und sahen sich unwillig nach ihnen um.
„Mr. Hart, kommen Sie?“, fragte ein etwas unscheinbarer Mann mit Brille.
„Ja, Mr. Wayne, sofort!“
„Sechs Uhr vor dem Eingang!“, zischte James Abby zu und sie nickte mit klopfendem Herzen.
James war in Denver, ja, er hatte ihr gesagt, dass er öfter hier war, aber ausgerechnet jetzt? Damit hatte sie nun gar nicht gerechnet. Wie im Traum wanderte sie zum Hotel zurück, wo Butch und Elzy noch in ihren Betten lagen, sie hatten die Nacht davor ausgiebig in den Saloons gefeiert und wurden erst allmählich wach. Gemeinsam gingen sie zum Mittagessen in ein Restaurant und den Männern fiel es nicht auf, dass Abby ungewöhnlich schweigsam war, sie waren froh, wegen ihres gewaltigen Katers nicht reden zu müssen.
„Was machen wir heute?“, fragte Elzy, als die Teller abgeräumt waren. „Noch so eine Nacht wie gestern halte ich nicht aus!“
„Wir sollten es ein wenig ruhiger angehen lassen“, stimmte Butch zu. „Ein gemütliches Abendessen irgendwo und dann könnten wir ein Buch lesen?“
„Ich habe heute schon eine Verabredung!“, verkündete Abby unerwartet.
Die Männer sahen sie erstaunt an.
„Mit wem?“
„James ist hier, wir treffen uns um sechs!“
„Das ist ja eine Überraschung! Können wir ihn auch kennenlernen?“, fragte Butch.
„Ich glaube nicht, dass das so eine gute Idee ist!“, meinte Abby zögernd.
Sie vermischte nicht gerne ihre beiden Leben. James gehörte zu San Francisco, Butch und Elzy zum gesetzlosen Pfad.
„Auf jeden Fall ist es gut, dass du ein eigenes Hotelzimmer hast!“, grinste Elzy anzüglich.

„Ja, und du hältst dich heute fern davon!“, befahl sie streng.
Elzy tat empört.
„Hörst du Butch, wie sie uns zur Seite schiebt, sobald ihr Liebster ins Spiel kommt?“
„Wäre Josie hier, würdest du es nicht anders machen“, behauptete Abby.
Elzy griff ihr unters Kinn, so dass sie ihn ansehen musste.
„Ich würde euch beide gern mit in mein Zimmer nehmen, da hätte ich wirklich kein Problem!“
Butch lachte.
„Glaub mir, Elzy, da hättest du ein Problem, was sage ich da, nicht nur eins, sondern zwei!“
Elzy stimmte in sein Lachen mit ein.
„Da kannst du sogar recht haben. Also gut, Abby, wir halten uns von deinen heiligen Hallen fern. Pass auf, wir gehen heute Abend in das gleiche Restaurant, in dem wir gestern waren. Wäre schön, wenn ihr euch anschließen könntet, wir halten einen Platz frei. Um acht Uhr, ist das okay?“
Abby nickte.
„Ich glaube nicht, dass wir kommen, aber wenn, dann sind wir pünktlich.“

Der Nachmittag verging quälend langsam. Abby widerstand tapfer der Versuchung, das Kaufhaus noch einmal zu betreten, um einen Blick auf James erhaschen zu können. Sie merkte erst jetzt so richtig, wie sehr sie ihn vermisst hatte.
Als sie lange vor sechs dann vor dem Eingang stand, klopfte ihr Herz wie verrückt. James war ebenfalls zu früh dran. Er nickte ihr zu, lief an ihr vorbei und sie folgte ihm. Sie bogen in eine Seitenstraße und dort drehte er sich zu ihr um, riss sie in seine Arme und sie küssten sich. Abby hätte sich am liebsten fallen lassen, gleich hier auf der Straße, … Aber natürlich mussten sie den Anstand wahren.
Sie fasste ihn an der Hand und zog ihn mit sich zu ihrem Hotel, hinauf in ihr Zimmer, in dem sie allein geschlafen hatte, weil sie nicht mit Butch und Elzy weggegangen war.

Sie hielten sich nicht lange auf, fielen beinahe übereinander her. Wenig später lagen sie in dem zerwühlten Bett und versuchten, wieder zu Atem zu kommen.
„Was machst du hier?", fragten sie sich gleichzeitig.
Und es war, als wären sie keinen Tag getrennt gewesen, sie redeten miteinander, wie sie es von Anfang an getan hatten, erzählten sich gegenseitig von ihren Erlebnissen.
„Wie ist es nun mit diesem Fynn?", hatte James gleich als erstes wissen wollen.
„Er ist nicht dabei, er hat geheiratet. James, es ist vorbei, es war mir egal, das zu hören, ich empfinde nichts mehr für ihn. Nur noch für dich! Und das war schon so, als ich dich in San Francisco verlassen habe, ich wusste es nur noch nicht!"
Und das war mit das Schönste, was Abby ihm jemals gesagt hatte.
Nach einer Weile liebten sie sich noch einmal, dann standen sie auf, wuschen sich und kleideten sich an.
„Butch und Elzy warten auf mich in einem Restaurant, willst du vielleicht mitkommen und sie kennenlernen?", fragte Abby zögernd.
„Ich werde eigentlich zuhause erwartet!", antwortete James bedauernd. „Aber ehrlich gesagt wäre das schon sehr interessant. Wie lange bleibt ihr noch hier?"
„Ich weiß nicht, ein paar Tage vielleicht! Manchmal geht das schnell, du weißt, wir werden gesucht, wir sind schon ein paarmal nur knapp entkommen, es kann sein, dass wir sofort verschwinden müssen."
„Gut, dann komme ich mit!", entschied James. „Los, wir gehen zu meinem Großvater und ich sage ihm Bescheid, dass ich jemanden getroffen habe, der nur heute in Denver ist und mich sprechen möchte. Geschäftlich! Das versteht er."
Pünktlich um acht betraten sie gemeinsam das Restaurant und setzten sich zu Butch und Elzy, die schon gewartet hatten. Sie stellten sich gegenseitig vor. Abby überwand schnell ihr anfängliches Unbehagen und bestand darauf, dass sich alle mit Vornamen anredeten.

„Ich muss sagen, ich bin fast umgefallen, als ich Abby heute sah, so eine Überraschung! Ich dachte nicht, dass ihr nach Denver kommen würdet!“, sagte James.
Er schien nicht die geringste Scheu zu haben, Abby war stolz auf ihn. Schließlich waren Butch und Elzy beide älter und gesuchte Verbrecher, sie hatte befürchtet, dass er vielleicht zu viel Respekt zeigen würde und das wäre ein gefundenes Fressen für den spöttischen Elzy gewesen.
„Abby wollte von Anfang an nach Denver, wenn ich mich recht erinnere“, lachte Butch. „Mir scheint, sie hegte insgeheim gewisse Hoffnungen, dich hier zu treffen!“
„Das ist nicht wahr! Ich kam nur auf Denver, weil James mir davon erzählte“, verteidigte sich Abby.
„Und du fragtest mich, ob es hier eine Bank gibt!“, erinnerte sich James. „Da wusste ich noch gar nicht, wie du deinen Lebensunterhalt verdienst! Du sagtest, du würdest Banken lieben!“
„Oh, das tut sie!“, stöhnte Elzy. „Wenn es nach ihr ginge, wäre keine Bank am Wegesrand mehr sicher. Es ist schwer, Abby zu bremsen!“
Sie unterbrachen ihr Gespräch, denn der Ober kam und sie bestellten das Menü des Abends, dazu gab es Wein.
„Wer zahlt eigentlich heute?“, fragte Butch in die Runde.
„Ich selbstverständlich!“, antwortete James sofort.
„Kommt nicht in Frage!“, widersprach Abby. „Ich bin dran!“
„Vergiss das Abby. Ich lasse mich doch nicht von dir einladen!“
„James, hier gelten andere Regeln!“
Elzy wandte sich an Butch.
„Ist es nicht schön zu sehen, wenn Abby mit jemand anderem streitet als mit mir? Ich genieße es richtig, einmal nicht ihre Zielscheibe zu sein!“
Butch grinste und beugte sich vor.
„James, weißt du, wie du sie ruhig kriegst?“
„Butch!“, rief Abby. „Wage es ja nicht!“
„Psst, Abby!“
Er hatte schon in ihr Haar gefasst, zog ihren Kopf zu sich und küsste sie, immerhin nur angedeutet, schließlich befanden sie

sich in einem öffentlichen Restaurant. Und Butch wollte es ja auch nicht übertreiben, es interessierte ihn nur, wie James reagieren würde.
Zufrieden bemerkte er, dass James lachte. Ja, das war der richtige Mann für Abby, er mochte jung sein, aber älter wurde er von selbst und bei ihm würde sie glücklich werden.
„So geht das also!“, neckte James Abby. „Ich werde mir das merken!“
„Ihr seid unmöglich!“, schimpfte Abby. „Wir haben noch ein Wörtchen zu reden, Butch. Warte nur!“

Es wurde ein sehr angenehmer Abend. Vor dem Restaurant verabschiedete sich James, er konnte nicht mit ihnen gehen, so sehr er sich das wünschte, aber sie würden sich am nächsten Tag wieder treffen, Abby würde um sechs auf ihn warten.
Glücklich wanderte Abby zwischen Butch und Elzy zurück, doch die Männer bogen mittendrin ab und steuerten einen Saloon an, Abby hatte keine Chance, sie zogen sie einfach mit sich.
Am Tresen bestellten sie Bier und Whisky und prosteten sich zu.
„Glückwunsch, Abby!“, gratulierte Elzy. „Ich freue mich darauf, das Fynn zu erzählen. Dieser James passt zu dir wie die Faust aufs Auge!“
„Lass Fynn in Ruhe!“, wehrte Abby ab. „Er soll sein Leben leben und glücklich sein.“
„Er wird nicht glücklich!“, prophezeite Butch. „Er wird es noch bereuen, aber selbst schuld würde ich sagen!“
Abbys Augen verengten sich.
„Übrigens Butch, wie konntest du es wagen, mich vor James und vor allen Leuten zu küssen?“
„Gute Frage!“, lachte Elzy. „Mir blieb die Luft weg! Was, wenn er dich zum Duell aufgefordert hätte?“
Butch tat unschuldig.
„Also hör mal, Abby, du hast ihn doch nicht im Unklaren gelassen, dass du immer wieder mal mit uns das Bett teilst?“
„Nein, das weiß er!“
„Na also, dann sollte er doch auch einen Kuss überleben!“

„Butch, es ist ein Unterschied es zu wissen oder es zu sehen!"
Butch gab ihr einen Nasenstüber.
„Ja, das sind zwei verschiedene Dinge, aber nun ist die Sache doch geklärt, nicht? Er weiß es und er hat es gesehen und es macht ihm anscheinend nichts aus. Er liebt dich immer noch."
„Trotzdem, es hätte nicht sein müssen!"
„Hätte es nicht, aber es hat Spaß gemacht. Es macht immer Spaß, dich zu küssen, Abby! Und es wäre ein Jammer, wenn das künftig nur noch einem einzigen Mann auf der Welt vorbehalten wäre!"
„Wo Butch recht hat, ...", stimmte Elzy zu. „Wo wart ihr eigentlich in den zwei Stunden vor dem Essen?"
„Einmal darfst du raten!", lachte Abby und nahm einen tiefen Schluck von ihrem Whisky.

Sie sahen sich noch die nächsten zwei Abende, dann brachen Butch, Elzy und Abby wieder auf. Sie fuhren zunächst mit dem Zug nach Cheyenne, dann weiter nach Westen und stiegen bei Laramie wieder aus, um nach Glenrock im Norden zu reiten. Sie hatten gehört, dass man dort seit drei Jahren erfolgreich nach Öl bohrte und dass der Ort boomte. Von Glenrock wollten sie dann weiter nach The Hole in the Wall, einem neueren Zufluchtsort auf dem Outlaw trail, von dem sie viel gehört hatten. Butch war vor Jahren schon da gewesen, er und Elzy hatten vor, sich einmal dort umzusehen und sich für alle Fälle etwas einzurichten, falls es einmal schnell gehen musste.

In Glenrock nahmen sie sich Hotelzimmer und besichtigten dann den Ort. Die Straßen waren belebt, die Menschen schienen wohlhabend zu sein. Hier waren sie richtig!
Sie besuchten die Bank, betrachteten alles genau und bereiteten wie üblich ihre Flucht vor.
Am Abend vor dem geplanten Raub saßen sie zusammen. Abby war unruhig. Sie sprach kaum, ließ die Männer reden, doch irgendwann meldete sie sich zu Wort.
„Wir sollten es lassen!"

Die Männer sahen sie erstaunt an.
„Wie bitte?"
„Ich habe ein ungutes Gefühl. Ich hatte das auch damals in Evanston, ihr erinnert euch? Das ging schief. Und heute ist es ähnlich."
„Was bitte soll schiefgehen?", frage Elzy. „Das ist eine Bank wie jede andere, wieso kriegst du kalte Füße?"
„Ich weiß es nicht, Elzy!"
„Sprechen wir es noch einmal durch!", schlug Butch vor.
Sie fanden keinen Fehler, keine Lücke im Plan.
Abby stimmte schließlich zu, wenn auch zögernd. Sie konnte nicht sagen, was es war, irgendetwas in der Bank hatte sie gestört. Sie hatten etwas übersehen und in der Nacht reifte in ihr ein Entschluss, sie würden es diesmal anders machen!

Am nächsten Tag sprach Elzy Abby gleich nach dem Aufstehen an.
„Wie sieht es aus?", fragte er. „Immer noch ein schlechtes Gefühl?"
Sie nickte.
„Ich weiß nicht, was es ist. Als wir gestern in der Bank waren, hat mich etwas gestört."
„Wir können die Sache abblasen!"
Abby blickte die Männer an.
„Wir werden den Teufel tun! Nur wegen eines dummen Gefühls! Los geht's! Aber ich komme heute mit, ich werde nicht draußen warten!"
„Du willst den Plan ändern?"
„Ja!"
Butch schüttelte den Kopf.
„Es ist nie gut, ein funktionierendes Konzept auf den Kopf zu stellen."
„Bitte, vertraut mir! Ich ziehe mein Kleid an, habe die Waffe versteckt in meiner Tasche und spiele die Kundin, gehe vor euch rein und gehöre nicht zu euch. Ich kann euch später in The Hole in the Wall treffen, wenn alles vorbei ist und wenn alles gut ging. Wenn allerdings etwas schiefläuft, bin ich bereit, euch drinnen zu unterstützen!"
„Abby, du findest nie allein nach The Hole in the Wall!"
Abby biss sich auf die Lippen, ja, da hatte Butch recht.
Elzy dagegen war nachdenklich geworden und holte die Karte hervor.
„Ich traue dir das allemal zu und ich finde deinen Vorschlag gut. Folge uns einfach sobald es geht. Sieh her, du reitest diesen Weg nach Westen, in Evansville gehst du in den Saloon, dort werden wir auf dich warten. Sollten sie noch hinter uns her sein und wir müssen weg, findest du dort in jedem Fall eine Nachricht von uns. Nimm die Karte, den Kompass hast du noch?"

Abby nickte und klopfte auf ihre Tasche.
Butch gab zögernd nach, er legte Wert auf seine Pläne und warf sie nicht gerne um. Aber er fand auch keine wirklichen Einwände.
Schließlich war es so weit. Abby betrat die Bank als erste und stellte sich an den Schalter, vor ihr befand sich nur ein Kunde, das hatten sie natürlich gewusst.
Elzy und Butch kamen nach ein paar Minuten ebenfalls, sie waren maskiert und bewaffnet.
„Hebt eure Hände, dann passiert nichts! Finger weg von der Klingel!", befahl Butch.
Abby hob ihre Hände genauso wie alle anderen. Sie versuchte, sich einen ängstlichen Ausdruck zu geben.
„Alle an die Wand!", ordnete Butch an und winkte dem Mann hinter dem Schalter zu. „Du nicht, du kommst mit mir!"
Abby stellte sich ebenfalls an die Wand und beobachtete, was geschah. Elzy war stehen geblieben und hielt die Waffe auf sie gerichtet, während Butch mit dem Angestellten zum Tresorraum ging und die Tasche mit Dollarscheinen füllen ließ. Alles schien ruhig und normal, Butch war zurückgekommen und es war Zeit für die beiden Männer, zu verschwinden.
Plötzlich war von draußen Lärm zu hören.
Fenster klirrten und Schüsse ertönten. Butch und Elzy sprangen in Deckung.
„Kommt mit erhobenen Händen heraus! Ihr seid umstellt!", ertönte eine laute Stimme.
Abby war wie erstarrt. Sie überlegte fieberhaft, was sie tun konnte. Man hatte ihnen eine Falle gestellt, so viel war klar, nur sie würde zunächst davonkommen. Sollte sie Butch und Elzy helfen, sollte sie sich als Banditin zu erkennen geben, oder sollte sie weiter ihre Rolle spielen?
Sie hörte, wie Butch Elzy etwas halblaut zurief, konnte es aber nicht verstehen. Elzy nickte, lief gebückt direkt auf Abby zu, umfasste sie von hinten und zog sie an sich. Er hielt ihr eine Waffe an den Kopf und schrie laut: „Wir haben eine Geisel! Eine junge Frau! Ich erschieße sie, wenn ihr uns nicht gehen lasst!"

Abby hatte sofort begriffen. Sie strengte sich an, ein entsetztes Gesicht zu machen.
„Bitte, lassen Sie mich!“, brachte sie mit weinerlicher Stimme hervor.
„Aber …“, versuchte ein Bankangestellter zu sagen.
Butch richtete sofort seine Waffe auf ihn und der Mann schwieg erschrocken.
„Nehmen Sie mich stattdessen!“, rief der Kunde tapfer, ein älterer Mann. „Lassen Sie die Frau gehen!“
„Halt den Mund!“, fuhr Elzy ihn an. „Aber, wenn du unbedingt willst!“
Er ließ Abby kurz los, riss den Mann am Arm und stieß ihn Richtung Butch, der ihn packte und als Deckung benützte.
Sofort fasste Elzy Abby wieder um den Hals und schob sie vor sich her Richtung Eingang. Butch folgte ihnen, rückwärtsgehend mit dem Kunden, der starr vor Schreck war.
Sie traten aus der Tür, Elzy hielt Abby immer noch vor sich, alles, was die Männer, die die Bank umstellt hatten, sahen, war eine Frau, die von einer Waffe bedroht wurde.
Sie ließen langsam ihre Gewehre sinken.
„Wir nehmen sie mit und lassen sie laufen, wenn wir nicht verfolgt werden. Habt ihr verstanden? Solltet ihr uns nachreiten, könnt ihr gleich anfangen, hier ein Grab für sie zu schaufeln!“
Zu viert bewegten sie sich langsam auf die wartenden Pferde zu.
„Lasst eure Waffen fallen!“, befahl Butch, „sonst glaubt zuerst dieser nette Mann dran!“
Die Männer, die die Bank umstellt hatten, folgten der Aufforderung, sahen sich hilflos an. Einer davon war ein Sheriff, wie man unschwer an seinem Stern erkennen konnte.
Elzy stieg in den Sattel, zog Abby zu sich hoch und setzte sie seitlich vor sich, so dass sie ihm immer noch Deckung bot. Er richtete weiter seine Pistole auf ihren Kopf. Butch gab dem alten Mann einen kräftigen Stoß, der ihn gegen die Wand der Bank prallen ließ. Dann schwang sich Butch auf sein Pferd und trieb es an. Elzy folgte kurz darauf zusammen mit Abby. Hinter ihnen liefen die Angestellten aus der Bank und schrien durcheinander

und es dauerte ein wenig, bis sich die allgemeine Verwirrung gelegt hatte. Der Sheriff und seine Männer sprangen daraufhin auf die Pferde und nahmen die Verfolgung auf.
Doch das Höllentempo, in dem Butch und Elzy mit Abby ritten, konnten sie nur schwer mitmachen. Die drei hatten Glenrock Richtung Westen verlassen und Abby klammerte sich an Elzy, um nicht herunterzufallen. Er musste daher das Tempo verlangsamen. Butch ritt neben ihnen her, bemerkte, dass sich Abby nicht mehr lange halten konnte, lenkte sein Pferd ganz nah zu Elzys und schrie ihr zu: „Sitz hinter mir auf, dann können wir schneller reiten!"
Sie gehorchte erleichtert, schwang sich hinter Butch und umfasste seine Hüften. Die kleine Verzögerung hatte genügt, dass der Sheriff mit seinen Männern wieder in Sichtweite war. Sofort preschten sie vorwärts, trieben die Pferde unbarmherzig an und kamen nach etwa zwei Stunden zu den wie immer wartenden Ersatzpferden. Nun hatte wieder jeder von ihnen sein Pferd und sie konnten erneut Tempo machen und den Abstand zu den Verfolgern vergrößern. Irgendwann nach Stunden hielten sie an, um die Tiere etwas erholen und an einem Bach trinken zu lassen. Sie sahen sich an und wie auf Kommando begannen sie zu lachen.
Als sie sich beruhigt hatten, meinte Butch:
„Du liebe Güte, das wäre schiefgegangen. Wie konnten sie das wissen mit dem Überfall?"
„Vielleicht wieder ein verstecktes Alarmsystem?", überlegte Elzy.
„Oder sie haben einen von uns erkannt?" schlug Abby vor. „Vielleicht war es das, was mich so beunruhigte, man war gestern so überaus zuvorkommend zu uns."
„Aber dann hätten sie doch heute gewusst, dass du keine echte Geisel bist!", widersprach Elzy.
„Die Angestellten wussten es vielleicht, aber der alte Mann nicht und nicht die Männer draußen!", prustete Butch. „Und die Angestellten konnten nichts sagen, einer versuchte es, ich habe ihn nicht ausreden lassen, wisst ihr noch? Und schließlich war der alte Mann eine echte Geisel. Reiten wir lieber weiter, ich glaube

nicht, dass wir viel Vorsprung haben, bis The Hole in the Wall ist es noch ein schönes Stück und ich würde sagen, wir meiden die Orte, wer weiß, wer alarmiert wurde. Wir müssen in Zukunft daran denken, die Telegrafenleitungen zu kappen. Nehmen wir den Weg über die Antelope Hills, dauert zwar länger, aber wir sind nicht so leicht zu kriegen!“

Abby und Elzy waren einverstanden und sie setzten ihre Flucht fort, Richtung Norden über unwegsame Hügel und in die unberührte Wildnis.

Sie ritten bis es dunkel wurde und wandten sich dann nach Westen, damit sie die Verfolger in die Irre führten. Schließlich mussten sie absteigen und die Pferde am Zügel mitnehmen, denn es war eine dunkle Nacht. Der Mond war noch nicht aufgegangen, sie befanden sich auf steinigen Hügeln und es ging steil bergab. Die halbe Nacht wanderten sie weiter, dann machten sie endlich Rast.

Sobald die Morgendämmerung anbrach, ritten sie wieder nach Norden, in einem kleinen Tal, das von einem Bach durchzogen wurde. Nach ein paar Stunden ging es erneut nach Westen und schließlich erreichten sie den Weg, der von Casper nach Kaycee führte und den man nehmen musste, wollte man The Hole in the Wall erreichen. Mehrmals sahen sie sich um, doch sie konnten keine Verfolger ausmachen und fühlten sich allmählich sicherer.

Abby wandte sich an Butch.

„Das war deine Idee, mich als Geisel zu nehmen, nicht wahr?“

Butch nickte.

„Ja, es schien mir die einzige Möglichkeit zu sein. Elzy hat zum Glück schnell verstanden, was ich wollte!“

„Ich dachte, es sei vorbei!“, gestand Elzy. „Das war ein genialer Einfall von dir Butch!“

„Ich glaubte auch, nun haben sie uns“, gab Abby zu. „Ich wusste überhaupt nicht, wie ich reagieren sollte. So etwas haben wir nie abgesprochen!“

„Aber wir haben alle drei zusammengespielt, als hätten wir es einstudiert, es ist unglaublich, wir drei können alles schaffen, was wir wollen!“, strahlte Butch.

Abby senkte den Kopf. Es war alles so knapp gewesen. Sie könnte jetzt für Jahre im Gefängnis sitzen oder gar an einem Galgen hängen und würde James nie wiedersehen.
„Und wieder hat uns dein schlechtes Gefühl gerettet, Abby!“, meinte Elzy. „Wenn du nicht mit in der Bank gewesen wärst, ich glaube nicht, dass du uns diesmal hättest warnen können, besser gesagt, wir wären nicht mehr rausgekommen, das ging ziemlich rasch, die wussten, was los war. Man hätte dich draußen schnell ausgeschaltet!“
„Ja, das denke ich auch! Die waren auf jeden Fall gewarnt und Abby hat wohl recht, sie haben uns am Vortag erkannt!“, sagte Butch. „Nur verstehe ich nicht ganz, warum sie uns den Überfall durchziehen ließen und nicht eher kamen.“
„Das frage ich mich auch! Aber egal, die Hauptsache, wir haben das Geld und sind frei und glücklich!“
„Es könnte natürlich sein, dass sie auf Verstärkung gewartet haben und wir einfach zu früh dran waren für sie“, überlegte Butch. „Oder sie wollten uns nach dem Raub fassen, damit sie vor Gericht was Richtiges gegen uns in der Hand haben würden? Vielleicht waren sie sich nicht wirklich sicher, ob wir das tatsächlich auf den Steckbriefen waren?“
„Ja, irgendetwas in der Richtung wird es wohl sein!“, stimmte Elzy zu.
Sie ritten eine Weile schweigend nebeneinander her und jeder hing seinen Gedanken nach.
Schließlich fragte Butch:
„Abby, was ist eigentlich los? Du siehst so ernst aus, freust du dich nicht?“
„Doch, ich freue mich, dass wir es wieder geschafft haben.“
„Aber?“
„Ich glaube, das war meine letzte Bank, ich werde aufhören mit diesem Leben.“
Die Männer blickten sich an.
„Es ist nicht so, dass wir das nicht erwartet haben, Abby!“, sagte Elzy, „Aber wir würden dich wirklich fürchterlich vermissen und ich für meinen Teil hätte dich gerne weiter dabei.

Tu mir einen Gefallen und überlege dir das gut. Du kannst doch die Winter in San Francisco verbringen und die Sommer mit uns. Es kann doch einfach so weitergehen!"
„Wir haben uns so viel Mühe gegeben, dir alles beizubringen, soll das alles umsonst gewesen sein?", fügte Butch an.
„Es tut mir leid, ich werde euch auch schrecklich vermissen, aber ich glaube, im Leben gibt es noch mehr als Banken zu überfallen. Ich möchte reisen, vielleicht zusammen mit James, wenn er mitwill. Ich möchte die Welt sehen!"
„Tu das, aber dann kommst du wieder zu uns!", bestimmte Butch.
„Wir lassen dich einfach nicht weg!", schlug Elzy vor. „Mit wem willst du streiten, wenn du mich nicht mehr hast? Wird dein Leben nicht langweilig werden?"
„Überlege es dir gut, Abby, es wäre wirklich ein Jammer und eine traurige Sache ohne dich!"
„Ich überlege es mir, versprochen!"
Aber ihr Entschluss stand eigentlich schon fest.

The Hole in the Wall

Am Nachmittag erreichten sie den Eingang zu The Hole in the Wall. Sie mussten sich auf Butch verlassen, der schon einmal dort gewesen war. Als sie sich dem Schlupfwinkel näherten, kamen zwei bewaffnete Männer auf sie zu und hielten sie auf.
„Wer seid ihr? Wo wollt ihr hin?", fragten sie.
„Ich bin Butch Cassidy, das ist Elzy Lay und das ist Evelyn Harper!", stellte Butch sie alle vor. Abby wurde unter diesem Namen gesucht und da Evelyn sowohl ein Männer- als auch ein Frauenname war, konnte man nicht unbedingt gleich erkennen, dass sie eine Frau war, vor allem, wenn sie die Haare versteckte und ihre unförmige Jacke und Hose trug.
„Hallo Butch!", sagte einer der Männer. „Hab dich nicht gleich erkannt. Reitet einfach weiter, du kennst ja den Weg!"
„Harvey, schön, dich wieder zu treffen! Ich muss dir leider sagen, dass man hinter uns her ist."
„Kein Problem, Butch, hier kommt niemand durch! Wir sehen uns heute noch, bin gespannt, was du für Neuigkeiten mitbringst!"
Abby, Elzy und Butch setzten ihren Weg fort und bald darauf kamen sie an eine steinerne Wand. Vor dieser Wand befand sich eine Koppel, auf der Pferde grasten und daneben standen eine große hölzerne Hütte und eine kleinere. Ein paar Männer saßen herum oder waren mit irgendetwas beschäftigt. Frauen waren nicht zu sehen. Abby hielt Butch auf.
„Was soll das hier? Es gibt nur diese zwei Hütten? Für alle?"
Butch wandte sich zu ihr um und machte ein verlegenes Gesicht.
„Tut mir leid, Abby, ich habe wirklich nicht daran gedacht, dass das hier für dich zu einem Problem werden könnte. Für mich ist es so normal, dass du mit dabei bist!"
Elzy lachte.
„War es nicht das, was du immer wolltest, Abby? Dass keiner mehr mitkriegt, dass du eine Frau bist? Aber keine Angst, wir sind bei dir!"

„Angst? Seit wann habe ich Angst?"
„Jetzt friss mich nicht gleich!"
„Manchmal würde ich das echt gerne tun, liebster Elzy!"
„Du würdest dir nur den Magen verderben!", grinste Butch.
Er winkte den Männern zu, die neugierig auf die Ankommenden schauten und stieg aus dem Sattel. Elzy und Abby taten es ihm gleich und sie führten ihre Pferde zu der Koppel, wo sie sie von den Sätteln und vom Gepäck befreiten. Ein Mann fasste Butch am Arm.
„Was soll das Weib hier?", fragte er mit Blick auf Abby.
„Sie gehört zu uns!", antwortete Elzy. „Hast du ein Problem?"
Abby drängte sich nach vorne und baute sich vor dem Mann auf. Sie wusste, sie musste sich von Anfang an Respekt verschaffen, es nützte nur bedingt, wenn sie sich hinter Butch und Elzy versteckte.
„Würde mich auch interessieren, ob du ein Problem mit mir hast! Weil das können wir gleich hier und jetzt lösen!"
Er sah sie verwirrt und ein wenig ungläubig an. Die umstehenden Männer horchten auf und näherten sich, da schien es ja etwas zu geben!
„Weiber haben hier nichts verloren!", murrte der Mann.
„Sagt wer?"
„Das war schon immer so."
„Dann wird es Zeit, dass sich das ändert. Sonst noch was?"
„Ich habe nichts dagegen, dass sie hier ist!", johlte einer der Zuschauer. „Ich hätte noch Platz neben mir auf der Matratze!"
Abby hatte die Hand über ihrer Waffe. Butch und Elzy hinter ihr hielten sich in Bereitschaft, aber griffen nicht ein. Es war besser, wenn Abby das selbst klärte und die Grenzen steckte.
„Wie wäre es, wenn du mir deine Matratze ganz überlässt und ich mir den Inhalt meines Bettes selbst aussuche?", schlug Abby dem Mann mit blitzenden Augen vor.
Er griff nach seinem Revolver, doch sie war zu Elzys Entzücken schneller als er und richtete ihre Pistole auf ihn.
„Lass deine Waffe stecken!", fuhr sie ihn an.
Jetzt hielt es Butch für ratsam, sich einzumischen. Er stellte sich

neben Abby und nahm sie in den Arm.
„Genug!“, sagte er ruhig. „Ihr habt Abby jetzt kennen gelernt, oder Evelyn Harper, vielleicht sagt euch dieser Name ja auch etwas.“
„Das ist Evelyn Harper?“, fragte der Mann, der zuerst gekommen war. „Der ganz allein eine Bank in einem Nest an der Grenze zu Utah ausraubte? Das war also wirklich eine Frau? Ich habe es nicht geglaubt, obwohl viele das behaupteten!“
Elzy und Butch nickten.
Der Mann reichte ihr die Hand.
„Willkommen, Evelyn!“, sagte er. „Ich bin Bob Meeks.“
„Nenne mich Abby, das ist mir lieber, denn so heiße ich für meine Freunde!“, antwortete sie, steckte ihre Pistole weg und schlug ein.
„George, komm her!“, befahl Bob dem Mann, den Abby bedroht hatte, und er gehorchte und stellte sich ebenfalls vor.
„Ich bin George Curry!“
„Nett, dich kennenzulernen, George!“
„Flat Nose Curry?“, fragte Butch.
„Ja, so nennt man mich!“
„Ich bin Butch Cassidy, das ist Elzy Lay!“
„Willkommen in The Hole in the Wall!“
Bob begleitete Butch, Elzy und Abby schließlich zur größeren Hütte. Sie traten ein und sahen einen relativ großen Raum mit einer Kochstelle, alles war einigermaßen sauber gehalten, es gab einen Tisch mit Stühlen, ein riesiges Regal an der Wand, das mit allen möglichen Sachen vollgestopft war und in den Ecken lag Stroh, über das Decken gebreitet worden waren oder richtige Matratzen.
„Hier könnt ihr euch einrichten.“
Er zögerte ein wenig.
„Ein Lager für uns drei reicht!“, half Elzy. „Wir lassen Abby hier bestimmt nicht allein!“
Sie gab ihm einen leichten Stoß.
„Ich kann auf mich aufpassen!“
„Wissen wir, Abby! Trotzdem bleibst du bei uns!“

Bob verließ den Raum und sie suchten sich einen freien Platz auf Stroh und belegten ihn mit ihren Decken. Abby setzte sich nieder und sah die Männer an.
„Was ist?“, fragte Elzy.
„Ich will nicht hierbleiben!“
„Wir müssen, zumindest für eine Weile!“, antwortete Butch. „Hier sind wir sicher!“
Elzy ließ sich neben sie sinken, warf sie mit um und legte sich halb auf sie.
„Abby, unsere Schöne, wir machen uns eine nette Zeit hier und wenn dir langweilig wird, kannst du ja den Haushalt für uns alle führen!“
Er war vorbereitet auf ihre Reaktion und hielt ihre Arme fest, als sie auf ihn einschlagen wollte. Sie zog jedoch das Knie an und traf ihn an empfindlicher Stelle, wenn auch nur sehr leicht. Dennoch stöhnte er theatralisch auf.
„So kann ich dich aber heute Nacht nicht beglücken!“, lachte er. „Du setzt mich ja glatt außer Gefecht!“
„Ich springe ein!“, bot Butch an und ließ sich ebenfalls auf den Decken nieder.
„Das könnte dir so passen! Ich überlasse dir gewiss nicht das schönste Mädchen von Wyoming ganz allein.“
„Hört ihr jetzt endlich auf, über mich zu bestimmen?“, rief Abby zornig.
„Du hast die freie Wahl, Abby! Butch, oder ich, oder uns beide, oder einen der Kerle da draußen, was ich aber schade finden würde.“
„Hört zu, ich will nicht in einem Raum mit lauter Männern schlafen, ich habe jetzt nicht gezählt, aber mindestens zehn habe ich draußen gesehen. Ich werde im Freien übernachten!“
„Abby, bitte nicht, du zwingst uns, mit dir zu gehen, wir können dich hier nicht allein lassen, das weißt du. Sei vernünftig, nur ein paar Wochen, das hältst du aus!“, flehte Butch sie an.
„Wochen? Bist du verrückt? Hier, wo es nichts gibt? Ist hier überhaupt irgendwo Wasser?
„Es gibt Sicherheit, Abby! Und die brauchen wir, das weißt du!

Ein kleiner Bach ist dort bei den Bäumen."
„Browns Hole ist ein Paradies gegen das hier!"
„Und wenn wir eine weitere Hütte bauen? Das ist sowieso nötig hier!"
„Für dich tun wir alles, Abby, wir errichten sogar Hütten. Siehst du jetzt endlich ein, wie gut du es bei uns hast?", fragte Elzy und küsste ihren Hals.
„Also gut", gab Abby zögernd nach. „Aber bis dahin schlafe ich draußen, hier, das geht einfach nicht. Das müsst ihr einsehen!"
„Jetzt wären wir aber noch ungestört und keiner sieht uns!", flüsterte Elzy.
„Ich möchte mich waschen und umziehen!"
„Das kannst du hinterher! Beim Ausziehen helfe ich dir auch!"
„Aber, wenn jemand hereinkommt, …"
„Und wenn schon, stört dich das? Außerdem wird das keiner wagen, ganz bestimmt nicht, die wissen alle, dass wir für uns sein möchten! Butch kann ja aufpassen!"
„Das hättest du gerne! Ich helfe dir lieber dabei, Abby auszuziehen!"
„Dann tu das!", antwortete Elzy.
„Und mich wollt ihr wohl wie immer gar nicht fragen!", protestierte Abby.
„Nur, wenn die Antwort ein „Ja" ist", grinste Butch.
„Ich werde dir gleich ein „Ja" geben, dass dir Hören und Sehen vergeht!", drohte Abby.
„Ich warte darauf! Sag „ja" und ich stehe dir voll und ganz zur Verfügung!"
„Sie ziert sich heute mal wieder!", stellte Elzy fest. „Dabei hat sie sowieso keine Chance!"
„Sie müsste das nur endlich auch einsehen!", lachte Butch.
„Aber bitte!" Elzy erhob sich halb und gab sie frei. „Wenn du natürlich so gar nicht willst, …"
„Ach, geh zum Teufel!", schimpfte sie und zog Elzy wieder zu sich hinunter, um ihn zu küssen.
Später gingen sie zum Bach, wuschen sich und ihre Kleidung und zogen sich um. Nun trug Abby Rock und Bluse und war für

jeden als Frau erkennbar. Einige Pfiffe ertönten, als sie wieder zu den Hütten zurückehrten. Sie setzten sich mit Harvey, der inzwischen seine Wache beendet hatte, Bob, George und ein paar anderen Männern auf die kleine Veranda vor der größeren Hütte. Harvey Logan war Teil einer Bande, die vor allem in New Mexico ihr Unwesen trieb. Er sollte später unter dem Namen Kid Curry eines der wildesten und gefährlichsten Mitglieder von Butchs Wilder Horde werden.

Bob hatte eine Flasche Whisky gebracht und reichte sie herum. Auch Abby nahm einen großen Schluck und begann allmählich, sich etwas besser zu fühlen. Die Sonne neigte sich bereits dem Horizont entgegen, es lag so ein Friede über allem. Butch hatte recht, hier war Sicherheit, niemand konnte unbemerkt diesen Schlupfwinkel erreichen, hier konnten sie ruhig schlafen und mussten nicht immer mit einem Ohr lauschen, ob jemand kam und sie verhaften oder vielleicht sogar töten wollte. Der gesetzlose Pfad war gnadenlos, aber das merkte man erst, wenn man mittendrin war und eine Rückkehr zum normalen Leben eigentlich unmöglich schien. Abby war allerdings fest entschlossen, auch diesen Schritt zu gehen, San Francisco hatte ihr viele Möglichkeiten eröffnet, sie hatte ihre Pläne für die Wintermonate und sie wusste, sie würde nicht nach Wyoming zurückkehren und nach Utah schon gar nicht. Irgendwann würde man aufhören, nach ihr zu suchen, irgendwann würde man Evelyn Harper vergessen haben, darauf vertraute sie.

Während sie ihren Gedanken nachhing, besprachen die Männer, wie ihr Leben in The Hole in the Wall ablaufen würde, sie einigten sich darauf, eine neue, kleinere Hütte zu bauen, es stellte sich heraus, dass es sowieso schon geplant gewesen war und schon Bäume gefällt und getrimmt worden waren. Man würde gleich am nächsten Morgen beginnen. Und natürlich mussten sie Wachen übernehmen, Butch und Elzy lachten nur, als man Abby dabei übergehen wollte und Elzy bestimmte mit Seitenblick auf sie:

„Ich übernehme zusammen mit Abby. Falls sie wie immer miserabel schießt, kann ich das ausgleichen!“

Sie gab ihm einen Stoß, den er aber abfing.
„Glaubt Elzy kein Wort!“, sagte einer der Männer. „Ich habe diese Frau damals in Lander erlebt, da hat sie gegen Matt Warner im Wettkampf geschossen und reiten kann sie, du lieber Mann, das macht ihr so schnell keiner nach! Sie hat Matt voll abgehängt.“
Abby sah sich nach dem Mann um und versuchte sich zu erinnern.
Ja, sie kannte ihn vom Sehen, er war ein paar Mal im Saloon gewesen. Er nickte ihr freundlich zu und die anderen Männer blickten Abby erstaunt an.
„Was für ein Wettkampf? Gegen Matt? Wieso?“, fragten sie durcheinander und Butch musste die Geschichte erzählen.
Die Männer schienen beeindruckt, gegen Matt Warner zu bestehen war etwas, das nicht jeder schaffte.
Elzy konnte es allerdings nicht lassen, Abby zu ärgern.
„Falls ihr Abby aber nun so gar nicht traut, sie übernimmt auch liebend gerne den Haushalt hier, Waschen, Putzen und vor allem Kochen, das macht sie am liebsten!“
Sie blickte ihn wütend an. Sie wusste, sie war immer viel zu langsam für ihn und sie wollte sich vor den Männern nicht blamieren, indem sie auf ihn einschlug und er sie überwältigte.
„Du hältst jetzt endlich dein großes Maul, Elzy Lay!“, befahl sie stattdessen. „Ich weiß einige Dinge über dich, die eine gewisse Dame in Browns Hole bestimmt interessieren würden! Sei also lieber vorsichtig!“
Ihm blieb der Mund offenstehen.
„Das war unter der Gürtellinie!“
„Deine Bemerkung über den Haushalt aber auch!“
Er lachte.
„Schon gut, Abby. Ich nehme alles zurück.“
„Das würde ich dir sehr raten!“
Abby lehnte sich an die Hüttenwand und blickte wieder in den Sonnenuntergang.
Dabei fiel ihr ein Mann auf, der still und unbeweglich auf dem Zaun saß und sie alle beobachtete. Sie konnte ihn gegen die Sonne nur als Schatten wahrnehmen und sie stieß Harvey, der

neben ihr saß, leicht an.
„Wer ist das?“, fragte sie und deutete unauffällig auf die Figur auf dem Zaun.
„Der? Er nennt sich The Sundance Kid, angeblich soll er der beste und schnellste Schütze sein, schneller als Elzy.“
Elzy blickte neugierig auf.
„Ich habe schon von ihm gehört!“, sagte er. „Begegnet bin ich ihm noch nicht.“
„Er redet mit keinem hier!“, erzählte Harvey. „Wir wissen alle nicht so recht, was mit ihm los ist, aber keiner will sich mit ihm anlegen.“

Kurze Zeit später machten sie ein Feuer und setzten sich alle dazu. Es gab Fleisch zu essen, das in einer kühlen Höhle in der Felswand gelagert wurde und das sie sich einfach ins Feuer hielten. Dazu brieten sie Bataten. Satt und zufrieden saß Abby zwischen Butch und Elzy, sie hatte sich mit The Hole in the Wall ein wenig ausgesöhnt, so schlimm war es nun wirklich nicht und man begegnete ihr mit Respekt. Die Gespräche der Männer drehten sich um die Abenteuer, die sie erlebt hatten, um ihre Streifzüge durch Wyoming und Utah und über die Raubzüge, die sie unternommen hatten. Meistens ging es um Vieh, das gestohlen wurde und um Geschichten, wie man dem Gesetz knapp oder listenreich entkommen war. Viele dieser Erzählungen kannte Abby bereits, aber so wurden die Erlebnisse unter den Outlaws üblicherweise weitergegeben und durch die Wiederholungen blieben sie im Gedächtnis.
Auch diesmal wurde Butch wieder gebeten, zu erzählen, wie er als sehr junger Mann einmal von zwei Polizeioffizieren verhaftet worden war.
„Ach die alte Geschichte“, meinte Butch, aber wie immer war er gerne bereit dazu. „Ja, das war so, ich lebte damals noch bei Circleville und Jim Kettleman hatte einfach zu viele Pferde, also habe ich ihm ein paar abgenommen. Aber er war ziemlich wütend darüber und schickte mir zwei Polizisten hinterher, die mich tatsächlich fanden. Ich hatte einfach nicht damit gerechnet

und ja, ich war noch jung und ziemlich unerfahren. Jedenfalls haben sie mich erwischt, legten mir Handschellen um und wollten mich vor Gericht bringen, das bedeutete einen Tagesritt. Sie waren wirklich nette Männer und ich hatte eigentlich nichts dagegen, sie zu begleiten, ich wollte sowieso in diese Richtung. Dann hielten wir an einem Bach, sie hatten Hunger, und einer von ihnen sammelte Feuerholz. Ich habe natürlich nicht mitgeholfen, habe mich hingelegt und so getan, als ob ich schliefe. Sie beachteten mich gar nicht mehr, und der zweite Mann ging zum Bach, um Wasser zu holen. Ich nützte die Gelegenheit und gab dem Polizisten, der gerade dabei war, das Feuer zu machen, einen Stoß und entwaffnete ihn. Als der andere Mann vom Bach zurückkam, saß ich schon wartend da und richtete die Pistole auf ihn. Er musste mir seine Waffe geben und meine Handschellen öffnen und gleich darauf machte ich mich samt ihren Pferden und Waffen auf und davon. Nach einer Weile merkte ich jedoch, dass ihre Wasserkanister noch auf den Sätteln waren und ihr wisst so gut wie ich, in der Wüste ohne Wasser, das überlebst du nicht. Also bin ich zurück und habe ihnen die Kanister gebracht. Mit dem Wasser vom Bach konnten sie es zu Fuß schaffen und haben es auch, wie ich später erfuhr!“

Abby fand, dass diese Geschichte wie keine andere zeigte, was Butch für ein Mensch war und sie hörte sie immer wieder gerne. Nie würde Butch zulassen, dass jemand seinetwegen sterben musste, wenn er es vermeiden konnte.

Elzy erzählte danach noch von ihrem Bankraub in Glenrock und wie sie den Sheriff genarrt hatten, und sie ernteten großes Gelächter. Nur der Mann, der sich The Sundance Kid nannte, blieb still, er hörte aufmerksam zu und Abby hatte das unangenehme Gefühl, dass er vor allem sie ins Visier genommen hatte. Nun gut, damit musste sie leben, sie war so ein ungewöhnlicher Anblick in The Hole in the Wall, sie wurde nicht nur von Sundance neugierig oder argwöhnisch betrachtet, und sie war froh, dass Butch und Elzy keine Zweifel darüber aufkommen ließen, zu wem sie gehörte.

Schließlich gingen sie zu Bett, Abby hatte sich nun doch dazu überreden lassen, in der Hütte zu übernachten, es war einfach bequemer als auf dem harten steinigen Boden draußen. Sie war sowieso ziemlich müde und erschöpft, sie hatten einen harten Ritt hinter sich und die letzte Nacht kaum geschlafen, daher kümmerte sie sich nicht lange darum, wer sie beobachtete, sondern legte sich hin und sank beinahe sofort in einen traumlosen, tiefen Schlaf.

Am nächsten Morgen wurde sie von Elzy früh geweckt, sie hatten eine Wache zu übernehmen. Leise schlichen sie sich aus der Hütte, wuschen sich und ritten dann zum Eingang des Tales, wo sie zwei der Männer hoch oben auf den Felsen ablösten.

Elzy lehnte sich an einen Felsen und schloss die Augen.

„Du weckst mich einfach, wenn jemand kommt!“

Abby wusste, dass Elzy die Höhe nicht mochte und er sich deswegen etwas zurückzog, daher sagte sie keinen Ton. Ihre Wache verlief ereignislos und sie kehrten gegen Mittag zu den anderen zurück. Dort war die Arbeit an der neuen Hütte in vollem Gange, bei so vielen Helfern ging das schnell, und am Abend fehlte nur noch das Dach.

Bei diesem Entgegenkommen hatte Abby auch nicht zurückstehen können, sie war mit Harvey zu einer der nahegelegenen Ranches geritten und hatte dort zwei große Körbe voller Gemüse und Eier besorgt. Zurück im Lager schnitt sie mit Elzys Hilfe alles klein und warf es zusammen mit dem Fleisch aus der Höhle in einen riesigen Topf über der Feuerstelle, um eine richtige Mahlzeit zuzubereiten. Am Bach hatte sie einige Kräuter gesehen, die sie als Würze mit hineingab und bald duftete es verheißungsvoll.

Die Männer waren beim Essen jedenfalls des Lobes voll und begannen die Vorteile zu sehen, die es bot, wenn eine Frau anwesend war. Viel vom Eintopf blieb nicht übrig und alle, sogar der einsilbige Sundance, baten Abby, doch am nächsten Tag wieder etwas zu kochen.

„Wenn die Hütte morgen fertig ist, feiern wir sowieso ein Fest!“, bestimmte Butch.

„Dazu bräuchten wir aber mehr Whisky, so viel haben wir nicht

hier!“, bedauerte Bob.
„Ich reite nach Kaycee und besorge welchen!“, rief Harvey.
„Da bist du den ganzen Tag unterwegs!“, meinte Bob.
„Und wenn schon! Ich reite im Morgengrauen los, Abby empfängt mich dann abends mit etwas Gutem zum Essen!“
Genau diese Situation hatte Abby befürchtet, aber was half es, sie fügte sich also, wenn auch leise seufzend. Das war eben das Los der Frauen, sie hatte sich von so Vielem befreit, diese Aufgaben würde sie jedoch zeitlebens nicht abschütteln können. Immerhin bestand Aussicht auf Whisky am Abend, das konnte schon aufmuntern.

Es war aber dann gar nicht so schlimm, wie sie gedacht hatte, denn alle halfen zusammen, auch beim Zubereiten des Fleischtopfes mit Bohnen, scharfen Paprika und viel Zwiebeln, so dass Abby sogar Zeit hatte, sich nachmittags ein wenig in den Schatten der Bäume zu setzen und beim Fertigstellen der Hütte zuzusehen.
Harvey kam gegen Abend zurück mit dem Whisky, er hatte ein zweites Pferd mitgenommen, das vollgepackt war mit allem möglichen, auch mit zwei Stoffballen und Garnen, damit Abby Matratzen machen konnte und das nicht nur für sich, wie Harvey heimlich hoffte, sondern auch für einige andere, die momentan nur auf Stroh schliefen. Abby verstand den Wink und versprach, ihr Möglichstes zu tun, sie vertraute darauf, dass auch hier die Männer mithelfen würden, alles war weit weniger schlimm in The Hole in the Wall, als es sich anfangs dargestellt hatte.
Die Feier blieb Abby nur in dunkler Erinnerung, sie hatten viel gegessen, getrunken, gesungen, irgendwann hatten sie um das Feuer getanzt und waren endlich auf ihre Lager gewankt, Abby, Butch und Elzy hatten sich in die neue Hütte zurückgezogen.

Abby erwachte dennoch früh, denn ihr war sehr übel und ihr Kopf schmerzte. Sie zog sich notdürftig an und begab sich zum kleinen Bach, wo sie sich einfach mitten hineinsetzte und das kalte Wasser genoss. Und dann geschah es wieder, was schon

so oft die letzten drei Jahre passiert war, sie wurde von heftigen, schmerzhaften Krämpfen geschüttelt und das Wasser zwischen ihren Beinen färbte sich rot. Sie hatte mit den Männern nie darüber gesprochen, wenn diese es mitbekommen hatten, hatten auch sie kein Wort darüber verloren, denn es war immer offensichtlich gewesen, dass Abby das lieber mit sich allein ausmachte. Sie dachte zurück an den Herbst 1889 in Lander, Betty und Bridget hatten ihr nach Butchs Flucht geholfen, als sie ihre erste Fehlgeburt gehabt hatte und sie hatten Abby über alles aufgeklärt, was zu dem Thema zu sagen war. Im Lauf der Zeit stellte sich heraus, dass sie anscheinend nicht in der Lage war, ein Kind auszutragen, sie hatte immer wieder Blutungen gehabt, zwei oder dreimal sehr heftig, wenn sie schwanger geworden war und das Kind verloren hatte, doch insgesamt ziemlich unregelmäßig und nicht besonders häufig. Sie hatte auch wenig Gedanken daran verschwendet, denn ein Kind hätte sie nun sicher nicht brauchen können. In Zukunft würde das allerdings vielleicht anders aussehen, das war ein Thema, über das sie mit James würde reden müssen. Doch für den Moment war alles gut so, sie traf seufzend alle Vorkehrungen, die in so einem Fall zu tun waren und plötzlich bemerkte sie, dass sie nicht allein war. Sundance war gekommen aber in respektvoller Entfernung stehengeblieben. Ihr fiel auf, wie ungewöhnlich groß er war.
„Geht es dir gut?“, fragte er.
„Ja, natürlich!“
„Jemand muss die Wache übernehmen! Anscheinend ist keiner dazu in der Lage. Bist du bereit?“
„Ja, ich sage nur schnell Butch und Elzy Bescheid!“
Sie hätte das genauso gut lassen können, denn die beiden schliefen wie die Toten, aber immerhin murmelte Elzy etwas wie „Verschwinde und lass mich in Ruhe!“.
Wenig später ritt Abby mit Sundance zum Felsen hinauf und sie setzten sich nieder und beobachteten aufmerksam die Gegend.
„Bist du wirklich so gut?“, fragte Sundance plötzlich.
„Was meinst du?“
„Im Reiten und Schießen!“

„Im Reiten ja, beim Schießen sagt Elzy, ich kann es nicht. Ich bin zu langsam!“
Er betrachtete sie aufmerksam und sie fühlte sich ein wenig unbehaglich. Dieser Sundance war ein seltsamer Mann.
„Vorgestern hast du schnell gezogen, viel schneller als George Curry. Ich hätte gern gesehen, ob du auch triffst. Wer hat dir das Schießen beigebracht?“
„Das war Elzy!“
Wieder herrschte Schweigen.
„Elzy Lay soll einer der besten sein, habe ich gehört!“, meinte Sundance schließlich.
„Ist er!“, bestätigte Abby. „Aber du sollst noch schneller sein als er!“
„Kann sein.“
Und damit war das Gespräch beendet. Sundance sagte die nächsten Stunden keinen Ton mehr. Abby, die reichlich verkatert war, und immer noch unter Bauchkrämpfen litt, war froh darüber, sie wollte gar nicht reden. Erst als sie am Nachmittag endlich abgelöst wurden und zurückritten, richtete er wieder das Wort an sie.
„Tut mir leid, dass ich dich heute so vollgequatscht habe, ist sonst nicht meine Art, so viel zu reden!“
Abby blickte ihn erstaunt von der Seite an und hatte Mühe, sich das Lachen zu verbeißen.
„Schon gut“, erwiderte sie. „Ich habe es ausgehalten!“

Als sie zurückkehrten, wurden sie von Elzy empfangen, der ihnen die Pferde abnahm und versorgte. Die anderen lagen mehr oder weniger faul herum und Abby begab sich auch gleich in den Schatten der Bäume am Bach, wo schon Butch saß und sie erwartet hatte.
„Wie war es mit Sundance?“, fragte er neugierig.
Sie blickte sich nach Sundance um, der sich nicht weit von ihnen niedergelassen hatte.
„Was hast du erwartet?“, antwortete sie laut. „Er hat mich vollgequasselt!“

Sie versuchte ein ernstes Gesicht zu machen.
„Ey", rief Sundance. „Ich habe mich entschuldigt!"
„Ihr habt wirklich miteinander geredet?", staunte Harvey.
Abby nickte.
„Abby schafft alles!", grinste Butch.
„Scheint mir allmählich auch so!", gab Harvey zu.

Das Leben in The Hole in the Wall war primitiv aber Abby war daran gewöhnt und passte sich schnell an. Viele verließen den Schlupfwinkel während ihrer Zeit dort, andere kamen. Sundance war auch wieder mit unbekanntem Ziel weggeritten und Abby hörte erst wieder von ihm Jahre später, und dann natürlich, als er ein berühmtes Mitglied der Wilden Horde geworden war und später mit Butch sogar nach Südamerika ging. Nie hätte sie gedacht, dass dieser wortkarge, schroffe Mann und der immer freundliche, redselige Butch sich einmal zusammentun und zu einem der berühmtesten Gaunerduos der amerikanischen Geschichte werden würden.

Und dann wurde es September, Zeit für Abby, Elzy und Butch, ebenfalls aufzubrechen und sich allmählich auf einen endgültigen Abschied vorzubereiten. Man wollte die drei überreden, in The Hole in the Wall zu überwintern, aber das kam nicht in Frage und so waren sie an einem regnerischen und windigen Tag endlich wieder unterwegs nach Lander, wo Butch bleiben wollte, während Elzy und Abby weiter nach Rock Springs ziehen würden, um sich dann dort zu trennen. Abby würde sich in den Zug nach San Francisco setzen und Elzy nach Browns Hole weiterreiten. Er freute sich schon sehr darauf, Josie wiederzusehen.
Sie brauchten vier Tagesritte nach Lander, weil sie nicht scharf ritten und sich ein wenig Zeit ließen. Endlich erreichten sie Butchs Ranch und wurden von den anwesenden Männern erfreut empfangen. Doch sofort hörten sie beunruhigende Nachrichten, Marshall Pinkton war mehrmals in Lander aufgetaucht, um nach Butch zu suchen, er solle bloß nicht hierbleiben!
Butch nahm die Warnungen sehr ernst und wurde nachdenk-

lich. Sie ritten nach Lander und feierten im Saloon ein herzliches Wiedersehen mit allen anwesenden Freunden. Betty zog Abby mit in die Küche und ließ sich alles erzählen, wie gut tat es, endlich einmal wieder mit einer Frau sprechen zu können. Abby wäre am liebsten noch ewig geblieben, aber Elzy holte sie nach einer Weile, die Männer wollten sie sehen. Viele redeten auf Abby ein, sie solle nicht nach San Francisco gehen, sie solle weitermachen, nie würde es ihr gelingen, den gesetzlosen Weg zu verlassen, man würde sie ewig suchen und sie sei niemals sicher. Abby hörte sich alles an, nickte dazu und sagte wenig. Ja, sie würde all das schrecklich vermissen, das wusste sie, das freie Leben, ihre Freunde, natürlich die Banküberfälle, das Reiten, alles, …

Aber sie wollte mehr als das, seit sie das Meer gesehen hatte, gab es für sie kein Halten mehr, sie wünschte auch diese scheinbare Grenze zu überschreiten und dann war da noch James, …

Sie feierten weit in die Nacht hinein und schafften es erst am nächsten Morgen zurück zu Butchs Ranch. Elzy drängte zum Aufbruch, er wollte endlich zu Josie zurück und Abby war nur zu gern bereit, Lander endlich hinter sich zu lassen. Sie sah sich alle Sachen durch, die sie einst zusammen mit Fynn bei Butch deponiert hatte, nur wenig davon würde sie brauchen können. Da waren ein paar schöne Kleider, Täschchen und Schuhe, die packte sie ein, den Rest überließ sie Butch, er konnte alles verkaufen oder verschenken.

Am Abend überraschte Butch sie mit dem Entschluss, dass er mit nach Browns Hole gehen würde, Lander war ihm zu gefährlich geworden. Abby freute sich, der Abschied von ihm würde nun ein paar Tage hinausgezögert werden. Butch zu verlieren war für sie nicht einfach, er war immer für sie dagewesen, mit ihm konnte sie reden wie sonst nur mit James, er war meistens gut gelaunt, optimistisch und so freigebig mit allem, wie kein anderer. Ja, er konnte auch wütend werden, manchmal sogar richtiggehend bockig, aber das war stets schnell wieder vorbei.

Und so begaben sie sich am nächsten Tag auf ihre allerletzte gemeinsame Etappe über South Pass City nach Rock Springs.

Zum Glück hatte sich das Wetter wieder gebessert und der frühe Herbst zeigte sich von seiner schönsten Seite. Die Sonne malte alles in warmen Farben, es war nicht mehr so heiß, oft wehte ein leiser Wind und die drückende Luft des Sommers hatte sich in eine angenehme, frische Atmosphäre verwandelt. Abby sog alles in sich ein, sie würde das mitnehmen, für immer in ihrer Erinnerung behalten, denn sie würde niemals zurückkehren.
Sie verbrachten noch eine Nacht zusammen in dem Hotel in Rock Springs, in dem sie schon übernachtet hatten. Alle drei fürchteten den Morgen, so schliefen sie kaum, lagen nahe beisammen, hielten sich fest und es war ihnen bewusst, dass das, was sie gemeinsam erreicht hatten, nun ein Ende gefunden hatte.
„Du passt auf dich auf, meine Schönste?", fragte Butch und strich ihr zärtlich über das Haar. „Du kommst sofort zu uns zurück, wenn nicht alles nach deinen Plänen läuft, versprichst du das?"
„Natürlich verspreche ich das, Butch. Und ich werde euch schreiben, sobald ich eine feste Bleibe gefunden habe. Ich schreibe an die Bassett Ranch, dann bekommt ihr meinen Brief bestimmt!"
„Mach das!", stimmte Elzy zu. „Wir wollen von dir hören, so oft es geht, und wir werden uns auch bei dir melden!"
„Und ihr beiden, ihr achtet auch auf euch! Lasst euch ja nicht erwischen, und solltet ihr verschwinden müssen, ihr wisst, wo ihr mich zu finden habt. Ich werde immer für euch da sein!"
„Das ist gut zu wissen!", meinte Butch. „Aber natürlich hoffe ich, dass wir auf dieses Angebot niemals zurückgreifen müssen! Und noch eins Abby, geh nie wieder nach Meadow zu deinen Eltern. Das musst du mir auch versprechen. Vergiss sie, versuche ihnen zu vergeben, du bist glücklich geworden im Gegensatz zu ihnen, jeder ist für sein Glück selbst verantwortlich, keiner weiß das so gut wie du! Du kannst großzügig sein ihnen gegenüber, du brauchst sie nicht. Du kannst alles tun was du willst, du bist frei!"
Sie schmiegte sich an ihn.
„Ich verspreche es. Ich werde vielleicht mit James ein neues Leben haben und eine neue Familie. Vergeben werde ich nie können, aber ich kann mit ihnen abschließen."

„Sieh es doch so", schlug Elzy vor, „ohne deine Eltern hätten wir das alles nie erleben können, möchtest du es missen? Ich jedenfalls nicht. Vielleicht solltest du einfach dankbar sein, dass sie dich aus dem Haus trieben, was hättest du versäumt ohne Butch und mich, du hättest uns nie kennengelernt und wir hätten niemals die schönsten Beine der Welt gesehen!"
Abby musste lachen.
„Vielleicht hast du recht, ich habe die aufregendsten Männer der Welt getroffen, welche Frau kann das schon von sich behaupten."
„Zum Glück nicht nur getroffen, das wäre etwas wenig gewesen."
Elzy küsste sie zärtlich.
„Werden wir uns wohl eines Tages wiedersehen?", fragte Abby.
„Aber bestimmt werden wir das! Und wenn ich höchstpersönlich nach San Francisco fahren muss!", rief Butch.
Elzy war sich da nicht so sicher, aber er sagte nichts.

Und dann war es so weit, sie standen auf dem Bahnhof, warteten auf den Zug und Abby musste die Tränen zurückhalten. Sie kümmerten sich nicht um missbilligende Blicke, sie hielten sich an den Händen, Abby küsste abwechselnd Butch und Elzy, wollte sie nicht mehr loslassen.
„Ich möchte euch noch einmal danken für diese wunderschöne Zeit mit euch!", sagte sie. „Ihr habt mir so viel beigebracht, ohne euch beide hätte ich das alles nie geschafft!"
„Ach Abby, ich glaube, es hat uns nichts mehr Spaß gemacht, als dich zur Schülerin zu haben. Wenn du auch nicht unbedingt die Talentierteste warst!", grinste Elzy. „Solltest du das Schießen noch richtig lernen wollen, wirst du zurückkommen müssen!"
„Ich denke, für meine Zwecke kann ich genug!", lachte Abby.
„Für San Francisco sollte es reichen!", bestätigte Elzy.
Abby lag noch etwas auf dem Herzen.
„Und bitte, richtet Fynn einen schönen Gruß von mir aus, alles Gute für ihn, seine Frau und das Baby. Ich wünsche ihm wirklich alles Glück, sagt ihr ihm das?"
„Natürlich! Fynn ist der größte Dummkopf, er ließ dich gehen. Das reiben wir ihm zusätzlich unter die Nase", antwortete Butch.

„Habe ich ihm schon gesagt, mehrmals!“, stellte Elzy klar. „Nur ich denke, mit James triffst du die bessere Wahl. Richte James aus, wenn er dich nicht gut behandelt, kommen wir und zeigen ihm, wie das geht! Und du kehrst dann mit uns hierher zurück. Versprich es!“

„Mach ich, Elzy!“

Butch umarmte sie und sie schmiegte sich an ihn, lauschte auf seinen Herzschlag. Wie würde sie diese Geborgenheit vermissen!

Der Zug erreichte den Bahnhof. Sie küssten sich zum letzten Mal, dann stieg Abby ein, suchte sich einen Platz, auf dem sie mit dem Gesicht nach Westen gewandt sitzen konnte und trat noch einmal ans Fenster. Es gab keinen langen Aufenthalt, Kohlen wurden rasch nachgeladen, die Lokomotive erhielt Wasser, dann setzten sich die Räder auch schon wieder in Bewegung.

Abby winkte, bis Butch und Elzy nicht mehr zu sehen waren.

Nun konnte sie endlich weinen.

Wieder beginnt ein neues Leben

Zwei Tage später erreichte sie Oakland. Als sie auf der Fähre nach San Francisco übersetzte und den frischen Geruch des Meeres einatmete, streifte sie alles von sich ab, der Outlaw Trail und alles, was damit zusammenhing, war endgültig Vergangenheit, sie würde völlig neu beginnen. Es gab nur noch den Blick nach vorne, Evelyn Harper war in Wyoming zurückgeblieben, sie war wieder Abigail Clearwater und sie würde von nun an ihr Geld auf anständige Weise verdienen.

Sie hatte ihre Rückkehr nicht angekündigt, seit Denver hatte sie nichts mehr von James gehört und ihm auch nicht geschrieben, er war inzwischen 18 Jahre alt geworden und sie konnte nur hoffen, dass sich zwischen ihnen nichts geändert hatte.

Endlich war sie wieder in der Stadt, die sie so liebte. Der Hafen war wie sie ihn kannte, voller Leben und Lärm. Wie immer, wenn die Fähre anlegte, befanden sich Leute am Pier, die Arbeit oder Unterkunft anboten. Abby, die in ihrem feinen Kleid sehr wohlhabend aussah, wurde ebenfalls angesprochen und sie wurde sich ziemlich rasch mit einem Mann einig, der eine schöne und nicht allzu teure Wohnung in der Sacramento Street anbot, also nicht allzu weit entfernt von der Clay Street, in der sich das Warenhaus der Familien Hart und Jones befand. Abby ging mit dem Mann, besah sich die Wohnung, die zwei Zimmer hatte und sogar möbliert war und mietete sich sofort ein. Dann besorgte sie sich ihre Sachen aus dem Lagerhaus im Hafen, die sie im März dort untergebracht hatte und am Abend hatte sie die Wohnung so weit eingerichtet, dass sie sich wie zuhause fühlte. An diesem ersten Tag wollte sie allein sein, sie hatte sich ein wenig Wein besorgt, aß eine kleine Mahlzeit und las in einem ihrer zahlreichen Bücher.

Erst am nächsten Morgen ging sie zur Claystreet. Ihr Herz klopfte, wie würde es sein, James wiederzusehen? Würde er ihr bedauernd mitteilen, dass er ein anderes Mädchen gefunden hatte? Oder würde sich ihre tiefe Sehnsucht erfüllen und sie

konnten ihre Liebe zueinander vor aller Welt bekennen?
Sie betrat das Kaufhaus kaum, dass es geöffnet wurde, sie wusste, dass James meistens schon vorher im Geschäft war. Man erkannte sie und starrte ihr nach, als sie mit dem Aufzug nach oben fuhr zu den Büros.
„Ich möchte zu Mr. James Hart!“, verkündete Abby bei der Empfangsdame im dritten Stock.
„Haben Sie einen Termin? Erwartet er Sie?“
„Ich habe keinen Termin, aber ich hoffe doch, dass er mich erwartet. Mein Name ist Clearwater!“
„Ohne Termin kann ich Sie nicht zu ihm lassen!“
Abby lächelte die Dame freundlich an.
„Glauben Sie mir, Sie können!“
Und sie ging einfach an ihr vorbei und klopfte an James Bürotür, ohne sich um ihren empörten Aufschrei zu kümmern.
James öffnete die Tür.
„Was ist hier los?“, fragte er ungeduldig und dann starrte er ungläubig auf Abby.
„Du bist schon zurück?“
„Komme ich ungelegen?“
„Ungelegen? Bist du verrückt?“
Er zog sie in sein Büro, verschloss die Tür und küsste sie. Wie in Denver kannten sie kein Halten, sie waren so lange getrennt gewesen, sie gaben ihrer Leidenschaft und Sehnsucht nach, gleich bei der Tür, auf dem Boden des Büros, während draußen die Mitarbeiter verständnislose Blicke tauschten.
„Mein Gott, Abby, was für eine Überraschung!“, sagte James hinterher, schwer atmend. „Ich habe wirklich noch nicht mit dir gerechnet! Ist etwas passiert, weil du so früh wieder hier bist?“
„Ich wollte zu dir James, ich habe dich so vermisst. Und meine Outlaw Zeit ist vorbei, das merkte ich deutlich, ich habe den Pfad der Gesetzlosen endgültig verlassen, am Ende gehörte ich nicht mehr richtig dazu. Butch und Elzy wussten das, sie haben gar nicht mehr versucht, mich zurückzuhalten.“
Er küsste sie.
„Du musst mir alles erzählen. Aber zuerst stelle ich dich meinem

Vater vor, er ist heute ausnahmsweise im Geschäft. Und abends kommst du zu uns zum Essen. Es wird Zeit, dass meine Mutter dich kennenlernt!“
„James, bist du ganz sicher?“
„Wenn du es bist!“
„Ich war mir in meinem Leben noch nicht sicherer. Aber James, du weißt, dass es mit mir kein wirklich normales Familienleben geben wird, zumindest vorerst nicht.“
„Wir haben doch darüber schon gesprochen, Abby, ich kenne dich und ich kenne deine Pläne. Du willst reisen, über das Meer, du willst nach Südamerika, vielleicht nach Europa, ich weiß das. Und ich werde dich begleiten!“
„James, …“
„Ich habe mir das gut überlegt und auch mit meinem Onkel Jesse darüber gesprochen. Er wird mich unterstützen, er sagt, es könne mir nur guttun, ich solle endlich die Welt entdecken und dem Einfluss meiner Mutter eine Weile entkommen. Damit ich ein Mann werde, meinte er.“
Abby war sprachlos. Ihre kühnsten Träume schienen sich gerade zu erfüllen.
„Und noch etwas, Abby, wegen deines Geldes, ich muss dir ein Geständnis machen.“
„Mein Geld? Das ich dir gegeben habe?“
„Ja, ich habe es angelegt, in Teilhaberschaften und Aktien.“
„Was heißt das? Was ist mit meinem Geld?“
„Es ist um einiges mehr geworden! Du hattest satte Gewinne!“
Sie schlug leicht auf ihn ein.
„Wie konntest du mich so erschrecken! Es ist mehr geworden, wirklich?“
„Ja, sehr viel mehr! Fast das Doppelte!“
„James, das musst du mir erklären, wie das funktioniert, das ist ja wie Zauberei!“
„Und ich musste dazu nicht einmal eine Bank ausrauben. Aber Abby, du solltest wissen, es hätte auch schiefgehen können, Gewinn und Verlust liegen da oft nahe beieinander!“
Abby staunte, so etwas hatte sie noch nie gehört.

„Es ist gutgegangen!", strahlte sie. „Und ich habe auch einiges mitgebracht, der Überfall in Glenrock hat sich wirklich rentiert!"
„Das freut mich, wir können also die Welt bereisen! Vielleicht musst du mich ja mitfinanzieren, wenn meine Eltern mich heute hinauswerfen!"
„Ich täte nichts lieber! Und ich gebe dir einfach noch einmal Geld und du verzauberst es wieder ins Doppelte, damit wäre die Finanzierung gesichert!", lachte Abby. „Aber ich bin eigentlich sicher, dass deine Eltern dich nicht hinauswerfen werden!"

Sie erhoben sich endlich vom Boden, richteten ihr Äußeres wieder einigermaßen her und waren bereit, Mr. Hart Senior gegenüber zu treten.
Hand in Hand verließen sie das Büro und schritten über den Gang ohne sich um das Getuschel und die verblüfften Blicke der anwesenden Angestellten zu kümmern.
Vor Mr. Harts Tür sahen sie sich noch einmal an.
„Bereit?", fragte James.
„Wenn du es bist, ich bin es!"
Und sie klopften an und betraten den Raum.

Ben Hart liebte sein Leben. Er genoss seinen Wohlstand, hatte in Jacky eine Frau, auf die er sich in jeder Situation verlassen konnte, und seine Kinder Maddie und James hatten ihm bis jetzt nur Freude bereitet. Vor allem auf seinen Sohn war er sehr stolz, denn James war klug und eifrig und er schien der perfekte Nachfolger für ihr Unternehmen zu sein.
Ben freute sich schon auf die Zeit, in der er sich ganz zurückziehen konnte, um mit seiner Frau ein beschauliches, ruhiges Leben führen zu können, auch wenn Jacky nicht unbedingt dafür geschaffen war, die Hände in den Schoß zu legen. Genau genommen hatte sie das Geschäft aufgebaut und ihm und ihrem gemeinsamen Freund Jesse alles beigebracht. Und sie hielt immer noch die Fäden in der Hand, überprüfte jeden Tag die Bücher und achtete peinlich genau darauf, dass alles korrekt war. Es würde schwer werden, Jacky in ein paar Jahren dazu

zu bewegen, alles James und Jesses ältestem Sohn Brandon zu überlassen und sich nicht mehr einzumischen.
Nichts und niemand konnte ihn daher auf das vorbereiten, was sich nun durch ein harmloses Pochen an seiner Tür ankündigte. Er blickte erstaunt von seiner Arbeit auf, als James mit einer schönen jungen Frau eintrat. Sie sah wohlhabend aus in ihrem geschmackvollen Kleid, hatte ihre langen rotblonden Haare zu einem lockeren Knoten aufgesteckt, aus dem einzelne widerspenstige Haarsträhnen herausfielen, sie wirkte sogar ein wenig zerzaust, und in ihrem sommersprossigen Gesicht blitzten lebhafte grünbraune Augen. Sie trat selbstbewusst auf und strahlte eine ungewöhnliche Autorität aus, sie brachte eine Atmosphäre von Abenteuer und wilder Romantik in sein Büro, wie er es lange nicht mehr erlebt hatte.
„Vater, darf ich dir vorstellen, das ist Abigail Clearwater, die Frau, die ich liebe und mit der ich zusammenleben werde! Abby, das ist mein Vater, Mr. Ben Hart!"
„Guten Tag, Mr. Hart, es freut mich sehr, Sie kennenzulernen!"
Ben war automatisch aufgestanden, er suchte nach Worten.
„Was soll das heißen, James? Ich verstehe nicht, …"
„Wie ich bereits sagte, Vater, dies ist Abby, die Frau, die ich liebe!"
„James, das ist doch, … Wie lange kennt ihr euch denn?"
„Ungefähr ein Jahr. Aber das können wir alles heute Abend auch noch besprechen, Abby wird zu uns kommen und mit uns essen. Ich möchte, dass Mutter sie kennenlernt! Und es wäre gut, Onkel Jesse und Tante Sue mit einzuladen. Ich werde das gleich veranlassen."
„James, nun warte doch, das geht alles zu schnell, wer ist diese Dame? Woher kennst du sie?"
„Ich habe letzten Winter bei Ihnen im Laden gearbeitet!", antwortete Abby mit freundlichem Lächeln. „James bestand darauf, mit mir auszugehen und so trafen wir uns und lernten uns näher kennen."
Ben Hart erinnerte sich plötzlich, dass vor einem halben Jahr einmal die Rede von einem rothaarigen Ladenmädchen gewesen

war und Jacky dafür gesorgt hatte, dass man dieses Mädchen hinauswarf. Soweit er noch wusste, hatte Jesse das in die Hand genommen und man hatte nie wieder etwas von der Sache gehört.
Abby sah, wie geschockt Ben Hart war und das tat ihr ein wenig leid. Er war ein sehr sympathischer Mann und sie mochte ihm nicht unnötig wehtun. Daher fuhr sie mit sanfter Stimme fort:
„Es ist wirklich freundlich von James, mich heute einzuladen. Ich bin gerade erst nach San Francisco zurückgekehrt und habe mich noch nicht ganz eingerichtet. Ich freue mich sehr darauf, Ihre Frau und Ihre Tochter kennenzulernen. James hat mir so viel von Ihnen allen erzählt, er hat Glück, so eine Familie zu haben!"
Ben blickte ihr in die Augen. Er sah sofort, dass dieses Mädchen ihren Weg geradlinig und unbeirrt gehen würde, eine Eigenschaft, die sie mit seiner Frau Jacky unbedingt teilte. Daher nickte er.
„Es kommt zwar alles sehr überraschend, aber natürlich sollen Sie heute Abend unser Gast sein, Miss Clearwater, und wir freuen uns darauf, Sie willkommen zu heißen."
„Vielen Dank, Mr. Hart, das ist sehr nett von Ihnen."
„Dann bis später, Miss Clearwater, wir essen gewöhnlich um sieben Uhr!"
„Ich werde pünktlich sein, Mr. Hart! Auf Wiedersehen!"
„Auf Wiedersehen! James, ich möchte dich sprechen!"
„Sofort, Vater, ich begleite Abby noch hinaus, ich werde in einer Stunde zurück sein!"
Sie verließen das Büro und Ben Hart sank vernichtet auf seinen Stuhl. Wie konnte James an so ein Mädchen geraten? Was würde Jacky sagen?

Abby und James schlenderten wenig später durch die belebten Straßen und genossen es, nun endlich vor aller Welt zeigen zu können, dass sie zusammengehörten. Es war Schluss mit den Heimlichkeiten.
„Ich mag deinen Vater!", sagte Abby. „So einen hätte ich auch

gerne gehabt, einen, der zuhört, der nicht brüllt oder schlägt, ... Er ist freundlich und liebt dich sehr! Ich wette, er liebt auch deine Schwester und er wird sie niemals an einen Mann verschachern!"

James lachte.

„Maddie wickelt Vater um den Finger, sie war schon immer sein besonderer Liebling. Sie kriegt alles von ihm, was sie will. Bei Mutter ist es schwerer, sie bevorzugt, wenn überhaupt, dann eher mich. Aber sie ist sehr streng, du wirst sehen! Es wird nicht leicht werden heute."

„James, du glaubst doch nicht im Ernst, dass ich vor irgendjemandem Angst habe?"

„Warte es ab, du kennst sie nicht!"

„Ich habe sogar diesen Sundance zum Quasseln gebracht, was angeblich keiner außer mir geschafft hat, und ich habe in The Hole in the Wall mit zig Männern zusammengelebt und alle hatten Respekt vor mir. Da werde ich doch wohl mit einer Frau fertig werden?"

„Du musst mir noch alles erzählen, ich bin so gespannt, was du erlebt hast, was ist dieses Hole in the Wall?"

„Eigentlich ein schrecklicher Ort, es ist ein Schlupfwinkel mitten in der steinigen Wüste von Wyoming, du reitest zwischen hohen Felsen bis es nicht mehr weitergeht, weil du an eine Felswand kommst. Alles was du dort findest, ist ein Bach und ein paar Bäume, die wenigstens ein bisschen Schatten spenden. Aber dort ist Sicherheit, niemand kann hinein, der nicht hineindarf. Ich habe es anfangs gehasst, aber die Männer, die dort lebten, machten es mir leicht, sie bauten meinetwegen sogar eine neue Hütte und sie haben immer geholfen, wenn ich für alle eine Mahlzeit zubereitete, so dass es nie wirklich zu viel für mich wurde. Ich war die einzige Frau dort."

Abby versank ein wenig in der Erinnerung. Die letzten Tage ihres gesetzlosen Lebens tauchten wieder vor ihr auf.

„Vermisst du sie?", fragte James leise.

Sie hob den Kopf.

„Es ist vorbei, James, wirklich vorbei, ich werde nie mehr

dorthin zurückkehren. Der Abschied fiel schwer, das ist richtig, denn es war ein Abschied für immer. Aber Elzy ist nun bei Josie und bestimmt glücklich mit ihr, Butch findet überall jemanden, keiner von beiden hat je wirklich zu mir gehört, auch wenn es manchmal so wirken musste."

„Ich habe euch erlebt in Denver, Abby. Es sah tatsächlich so aus, als würdet ihr zusammengehören, ich war neidisch auf das, was ihr hattet. Neidisch, weil ich nicht mitmachen konnte und weil ich ausgeschlossen war aus eurer Gemeinschaft. Dabei kann ich mich nicht beschweren, hätte ich nicht gewusst, dass Butch und Elzy gesuchte Verbrecher sind, ich hätte nichts bemerkt, sie benahmen sich wie Gentlemen, auch mir gegenüber."

„Soll ich dir etwas sagen, James? Sie waren beide einverstanden mit dir, sagten, du seist der Richtige für mich und mit dir würde ich glücklich werden. Selbst Elzy, der immer irgendwelche Haare in der Suppe findet, gratulierte mir. Du hast sie schwer beeindruckt!"

„Nicht dein Ernst!"

„Doch, James. Darauf kannst du dir sogar etwas einbilden."

„Tu ich auch."

Sie waren in der Sacramento Street angekommen.

„Schau, hier wohne ich!"

Abby deutete auf das Haus, in dem sie eine Wohnung gefunden hatte.

James küsste sie.

„Ich würde jetzt so gerne deine Wohnung ansehen, ach was, was interessiert mich deine Wohnung, ich würde gerne dich noch einmal ansehen, aber ich muss leider zurück. Ich komme heute um sechs und hole dich ab. Dann könntest du mir ja alles zeigen!"

„Tu das, ich werde auf dich warten!"

Abby verbrachte den Tag damit, durch San Francisco zu schlendern, sie kaufte ein wenig Haarschmuck und ab vier Uhr war sie zuhause, um sich für den Besuch bei der Familie Hart fein zu machen. Sie badete, wusch ihre Haare und nachdem sie einigermaßen trocken waren, steckte sie sie auf und verschönerte alles mit den neuen glänzenden Kämmen und Klammern. Als James viel zu früh eintraf, war sie fertig. Natürlich musste sie ihre Haare dann noch einmal neu frisieren, denn James war an allem anderen interessiert, nur nicht an ihrer Wohnung, aber das nahm sie gerne in Kauf. Um halb sieben machten sie sich auf den Weg zum Haus der Harts in der Jones Street und kamen kurz vor sieben Uhr dort an.

Sie wurden bereits erwartet, alle waren im kleinen Salon versammelt und Jacky ließ gerade die Gläser mit einem Aperitif füllen.

James war mit Abby eingetreten und alle Gespräche verstummten.

„Guten Abend, zusammen!“, sagte James. „Ich möchte euch Miss Abigail Clearwater vorstellen. Abby, das ist meine Mutter, Mrs. Hart, das ist Mrs. Jones, meinen Vater und meinen Onkel Jesse Jones kennst du ja bereits! Und hier ist meine Schwester Maddie.“

Abby grüßte freundlich in jede Richtung und sagte:

„Es ist sehr liebenswürdig von Ihnen, mich heute einzuladen. Mrs. Hart, ich bin wirklich glücklich, Sie endlich kennenzulernen, James hat mir so viel von Ihnen erzählt.“

Der Blick, mit dem Jacky Hart sie bedachte, hätte eisiger nicht sein können, doch Abby blieb unbeeindruckt. Sie nahm dankend das Glas, das das Hausmädchen ihr reichte und prostete den Anwesenden zu. Doch nur Jesse Jones hob sein Glas. Seine Frau Sue hatte sich abgewendet und sprach leise mit Maddie, die ein Ebenbild ihrer Mutter war, klein und schlank, mit langen, dunklen Haaren.

Ben Hart räusperte sich.

„Ich denke, wir können uns nun zu Tisch begeben!“

Die Gesellschaft begab sich in den Speisesaal, wo alle Platz fanden. James saß gegenüber von Abby, die sich zwischen Maddie und Mr. Jones befand. Er lächelte ihr scheinbar vergnügt zu, aber sie wusste, dass er sich viele Gedanken machte. Er wollte seine Eltern nicht verletzen und genau das würde er heute tun.

Er hatte jedoch seinen Patenonkel auf seiner Seite, das gab ihm Halt und Mut.
Es wurden köstliche Speisen serviert und Abby griff tüchtig zu, so etwas Gutes hatte sie schon lange nicht mehr bekommen. Während des Essens drehten sich die Gespräche um Belanglosigkeiten, niemand wollte an das Thema heran, das allen auf der Zunge lag. Abby war es recht, so konnte sie die Mahlzeit genießen, hinterher war noch genug Zeit zum Reden.
Schließlich war der Tisch abgeräumt und die Mädchen hatten den Raum verlassen. Auch Maddie wurde hinausgeschickt, Jacky wollte nicht, dass sie vielleicht etwas hören würde, das für ihre Ohren nicht geeignet war.
„Nun gut, Miss Clearwater, hätten Sie vielleicht die Güte uns zu sagen, wer Sie sind, woher Sie kommen und warum Sie heute hier sind!“, begann Jacky das Gespräch. „Ich hörte, Sie hätten bei uns als Ladenmädchen gearbeitet.“
Die Verachtung in ihrer Stimme war nicht zu überhören. Für Jacky stand es fest, Abby war eine kleine Schlampe, die ihren Sohn mit ihrer Freizügigkeit geködert hatte und nur auf sein Geld aus war. Sie hatte mit Ben fürchterlich gestritten, weil er zugestimmt hatte, diese Person ins Haus zu lassen.
„Mutter, vielleicht lässt du mich zuerst sprechen?“, schlug James vor. „Ja, Abby hat bei uns gearbeitet, aber nicht, weil sie musste, sondern weil sie wollte. Sie ist genau genommen ziemlich reich und unabhängig. Ich habe sie letztes Jahr kennengelernt und wir sind uns inzwischen sicher, dass wir zusammenbleiben wollen.“
„Reich und unabhängig“, wiederholte Jacky fassungslos. „Was soll das heißen?“
Abby ergriff das Wort.
„Das soll heißen, dass ich auf eigenen Füßen stehe, dass ich mein eigenes Geld besitze und mir niemand sagen wird, was ich zu tun und zu lassen habe.“
„Und woher wollen Sie so viel Geld haben, junge Dame?“
James und Abby wechselten einen kurzen Blick.
„Abby hat mir im März Geld anvertraut, Mutter, ich habe damit spekuliert und ihr ein ziemliches Vermögen verschafft!“

„Du hast … was?“, rief Jacky entsetzt.
Nichts war ihr mehr zuwider als Spekulationen. Für sie zählten nur harte Arbeit und ehrlich erwirtschaftetes Geld. James hatte darauf gebaut, dass die Nachricht, er habe spekuliert, Jacky davon abbringen würde, näher nachzufragen, warum Abby so reich war. Er war sich mit ihr einig gewesen, dass man an diesem ersten Abend vielleicht nicht die ganze Wahrheit verraten sollte.
„Ja, ich habe spekuliert, du weißt, dass ich nicht deiner Meinung bin, was das anbelangt. Und es war nicht unser Geld, sondern Abbys. Das soll jetzt aber hier nicht Thema sein, Mutter. Ich liebe Abby und ich will mit ihr zusammenbleiben. Niemand wird mich davon abbringen.“
„James, ich werde einer Hochzeit niemals zustimmen und Ben auch nicht. Sollten Sie in Schwierigkeiten sein, junge Dame, wird man das finanziell regeln können.“
Abby konnte nicht anders, sie musste lachen, James stimmte mit ein.
„Verzeihung!“, kicherte Abby, als alle sie anstarrten. „Sie reden von Hochzeit, wir haben nicht vor zu heiraten, wenigstens jetzt noch nicht. Und in Schwierigkeiten, wie Sie es nennen, bin ich schon gleich gar nicht. Ich würde außerdem ein Kind nicht als Schwierigkeit bezeichnen, sondern als Geschenk. Ein Geschenk des Lebens!“
In ihrer Stimme klang ein wenig Ehrfurcht mit, die jeden aufhorchen ließ, auch James. Über dieses Thema hatten sie tatsächlich noch nicht gesprochen.
Und genau da wurde Jacky Hart berührt, die daran denken musste, dass ein Verbrecher sie einst so verletzt hatte, dass sie Ben keine weiteren Kinder hatte schenken können, so sehr sie sich das gewünscht hätten. Ihr offener Widerwille begann sich in Neugierde zu verwandeln. Was war das nur für eine Frau?
Auf jeden Fall kein gewöhnliches Ladenmädchen, sie hatte sich geirrt.
„Nun gut!“, lenkte sie ein. „Aber, wenn Sie glauben, Sie könnten hier einfach so unter unser Dach ziehen, …“
Jetzt griff Ben ein. Er hob die Hand, um Jacky zum Schweigen zu

bringen und schlug vor:
„Wie wäre es, wenn uns die beiden zuerst einmal selbst sagen würden, wie es weitergehen soll?"
Abby nickte ihm lächelnd zu.
„Vielen Dank, Mr. Hart. Ich habe eine Wohnung in der Sacramento Street, in der ich vorläufig bleiben werde. James kann jederzeit zu mir, wenn er will, keine Angst, ich werde ihn gut versorgen, es wird ihm an nichts fehlen. Ich bin sehr geübt in Haushaltsdingen, kann hervorragend kochen und mag es, wenn alles hübsch sauber und ordentlich ist. Sie können mich auch besuchen und sich selbst überzeugen. Aber ich werde mich nicht lange in San Francisco aufhalten."
„Wir werden uns nicht lange aufhalten!", betonte James.
„Was soll das heißen?", fragten Ben und Jacky gleichzeitig.
„Also gut, ich wollte nicht für dich sprechen, James. Ja, wir werden uns auf Reisen begeben, ich möchte zunächst nach Südamerika, nach Bolivien, ich habe viel darüber gelesen und vielleicht machen wir eine Expedition in unbekannte Gebiete. Und später könnten wir nach Europa, nach Frankreich, ich würde gerne nach Paris fahren und den Eiffelturm sehen, …"
Jacky starrte sie mit offenem Mund an, Abby hatte bestimmt keine Ahnung, dass Jackys Wurzeln in Frankreich lagen, sie selbst aber nie dort gewesen war.
Doch alles was sie hervorbrachte war:
„Du willst fort, James? Und das Geschäft? Wer soll das Geschäft übernehmen?"
Jesse Jones räusperte sich.
„Jack, sie wollen reisen, nicht auswandern! Sie werden zurückkehren!"
Jacky fuhr herum. Ihre Augen blitzten.
„Du wusstest davon!"
Jesse lehnte sich gemütlich zurück und hielt ihrem Blick stand.
„Ja, ich wusste davon. Ich habe Miss Clearwater im Februar kennengelernt, als ich sie entlassen sollte. Nun, dazu kam es nie, sie hat gekündigt und mir war da schon klar, dass diese junge Dame ihre eigenen Wege gehen wird."

„Ausgerechnet Bolivien, das ist wildes Land, das ist gefährlich!“
Abby lachte.
„Gefährlich für die anderen vielleicht, aber bei mir ist James sicher! Das Schießen und Reiten wird er schnell lernen, das kann ich Ihnen versprechen, Mrs. und Mr. Hart!“
Wieder griff Jesse ein.
„Jack, lass deinen Sohn erwachsen und einen Mann werden. Du kannst ihn nicht immer behüten und beschützen. Denk daran, was du getan hast, als du 18 warst.“
„Ich musste das tun! Ich hatte keine Wahl!“
„Jeder hat immer eine Wahl, Jack.“
Ben war der Auseinandersetzung fassungslos gefolgt. Sein Sohn wollte weggehen von ihnen, wollte das sichere Haus verlassen, um mit einer Frau auf Reisen zu gehen, die so von sich überzeugt war, wie es Frauen eigentlich nicht zustand. Aber war Jacky nicht einmal ebenso gewesen? Ihm kam ein Ausspruch in den Sinn, der ihnen viel bedeutete.
„Jack, hör mir einmal zu!“, begann er mit sanfter Stimme. „Ich kann mich an etwas erinnern. Dinge begegnen einem, auch wenn man sie nicht finden wollte und oft erweisen sie sich als gut. Und sollte man nicht tun was man tun muss, wann immer es an der Zeit ist?“
Jacky traten die Tränen in die Augen. Diesen Spruch hatte sie von einem Cheyenne gehört, der sie mit erzogen hatte. Er war zum Sinnbild ihrer Ehe mit Ben geworden, dieser Spruch hatte sie immer wieder geeint, wenn alles hoffnungslos schien, sie hatten sich stets beide darauf berufen, alles hingenommen und dann das Beste daraus gemacht.
Aber sollte das tatsächlich auch für ihren Sohn gelten, der sich eine ungewöhnliche Frau ausgesucht hatte, die man wohl so schnell kein zweites Mal fand?
James ergriff erneut das Wort.
„Mutter, nichts, was du sagst oder tust, wird mich von meinem Entschluss abbringen. Ich wäre der glücklichste Mensch, wenn ihr uns euren Segen geben würdet, wenn Ihr einverstanden wärt, wenn Ihr Abby willkommen heißen könntet als die Frau, die ich

liebe und die mich liebt. Aber ich werde mit ihr weggehen, ob ihr die Erlaubnis gebt, oder nicht."
Abby strahlte ihn an, sie war so stolz auf ihn und man konnte ihr ansehen, wie glücklich sie war. Sie wandte sich wieder an Jacky.
„Vielleicht beruhigt es Sie, dass ich aus Utah, aus einer tief gläubigen Mormonenfamilie stamme. Meine Eltern besitzen in Meadow ein gutgehendes Hotel und sind angesehene Bürger. Ich bin nur einen anderen Weg gegangen, als sie für mich vorgesehen hatten, ihre Vorstellung vom Leben deckte sich nicht mit meiner. Ich wollte immer frei sein und das bin ich. In James habe ich jemanden gefunden, der mich frei sein lässt so wie ich ihn. Ich werde Ihren Sohn glücklich machen, vertrauen Sie mir!"
„Du hast mich bereits glücklich gemacht, Abby!"
„Na, wenn das kein Schlusswort ist!"
Jesse Jones hob sein Glas.
„Auf das Glück!", rief er und Ben, James und Abby stimmten ein. Zögernd schlossen sich auch Sue Jones und schließlich Jacky an. Sie liebte ihren Sohn von ganzem Herzen, sie wollte ihn beschützen, ihm Sicherheit geben, die sie als Kind nie erfahren hatte, doch vielleicht hatte Jesse recht, vielleicht musste James eine Zeitlang seine eigenen Wege gehen.

Abby fand es nun an der Zeit, sich zu verabschieden. Es reichte für einen Abend.
„Ich bringe dich nach Hause!", bestimmte James. „Und Mutter, ich bin morgen rechtzeitig im Geschäft!"
Jacky konnte nichts erwidern. Sie sah immer noch traurig und fassungslos aus. Diese Abby nahm ihr den Sohn weg, etwas anderes konnte sie kaum denken und sie würde eine Zeit brauchen, bis sie sich daran gewöhnt hatte. Hilfesuchend fasste sie nach Bens Hand und er drückte sie tröstend.

Die lange Reise

Es war die erste Nacht, die sie gemeinsam verbrachten und sie freuten sich auf viele Nächte, die noch folgen würden. In den nächsten Wochen bereitete Abby gewissenhaft ihre Reise nach Südamerika vor. Sie suchte nach Passagierschiffen, nach Reiserouten und nach Dingen, die sie sehen und entdecken wollten. Und wie versprochen übte sie mit James das Reiten und Schießen. Er war ein gelehriger Schüler und machte oft Witze darüber, dass er doch mit Abby zusammen auch eine Bank überfallen könnte.

Sie vermieden es bis zu ihrer Abreise der Familie zu verraten, womit Abby ihr Geld verdient hatte, es wäre ein zu großer Schlag gewesen. Dafür würde Zeit sein, wenn sie zurückkehrten.

Und dann, kurz nach Weihnachten, brachen sie auf. Sie nahmen ein Dampfschiff und in den nächsten 14 Monaten durchquerten sie Peru, Bolivien und Paraguay, sie benützten Züge wo es ging, aber die meiste Zeit ritten sie auf Maultieren oder Pferden und kamen schließlich nach Buenos Aires, wo sie sich wieder auf ein Schiff begaben und nach Europa übersetzten. Nach den wilden, einsamen und teilweise gefährlichen Abenteuern, die sie in Südamerika erlebt hatten, genossen sie den Luxus auf dem Schiff und als sie Ende März 1894 den alten Kontinent erreichten, waren sie voller Erwartungen, die nicht enttäuscht wurden. Sie sahen prächtige Gebäude, riesige Bauwerke und erlebten, wie der Fortschritt der Technik immer mehr Gewicht bekam. Es gab die ersten Straßenbahnen und auch schon Automobile und natürlich mussten sie alles ausprobieren.

Es war in London, als Abby erkannte, dass sie schwanger war. Sie war nie so weit gekommen, dass sie richtig bemerkt hatte, wenn ein Kind in ihr heranwuchs, sie hatte es immer gleich verloren und sie hatte nie größere Beschwerden dabei gehabt. Aber nun im September 1894 schwoll zum ersten Mal ihr Leib an und ein Arzt bestätigte ihre Schwangerschaft und sagte, dass sie bereits mindestens im sechsten Monat sei und sich schonen müsse.

Abby war wie erschlagen. Sie hatte immer geglaubt, sie würde nicht fähig sein, ein Kind auszutragen und das war auch mit ein Grund gewesen, warum sie nie hatte heiraten wollen. Mit James hatte sie lange darüber gesprochen, für ihn war es in Ordnung gewesen ein Leben ohne Kinder zu verbringen, aber Abby wusste, dass sich so etwas schnell ändern konnte. Und nun war sie doch in Hoffnung und sogar schon relativ weit. Als sie es James mitteilte, starrte er sie verständnislos an.
„Du erwartest ein Kind?"
„Ja, ich dachte nicht, dass es möglich sei."
James sank auf das Bett zurück und dachte nach.
„Wir sollten nach Hause zurückkehren", meinte er schließlich.
„Ja, das wäre wohl besser!"
Sie sahen sich an.
„Und wir sollten heiraten!"
„Wieso das denn?"
„Es ist mein Kind, Abby, und ich will, dass es meinen Namen trägt."
„Es ist unser Kind, es kann genauso gut meinen Namen erhalten. Deine Eltern werden einer Ehe sowieso nicht zustimmen."
„Ja und? Es ist mir egal!"
Seit sie wieder in zivilisierten Gegenden waren, hatten sie mehrere Briefe erhalten von Jacky und Ben Hart, die alle mit der Frage abschlossen, wann James endlich wieder nach Hause kommen würden. Abby wurde in den Briefen nicht einmal erwähnt. James hatte in den vergangenen Monaten immer wieder nach Hause geschrieben und von ihren Erlebnissen erzählt, so dass seine Familie auf dem Laufenden war und er hatte nie Zweifel daran gelassen, dass er mit Abby zusammenbleiben würde. Ja, es hatte schwierige Zeiten gegeben, für James war es nicht leicht gewesen, sich in den primitiven Verhältnissen zurecht zu finden, oft zu hungern, tagelang zu reiten, und sich durch Schnee zu kämpfen, war auch nicht nach seinem Geschmack gewesen.
Aber sie hatten es gemeinsam geschafft und waren sehr stolz darauf. Ein Kind dagegen stellte sie vor vollkommen neue Herausforderungen und beide fühlten sich nicht bereit dazu.

Doch sie hatten keine Wahl, zumindest Abby hatte sie nicht. Sie würde nun Mutter werden und musste Verantwortung für einen kleinen Menschen übernehmen, was hieß, dass sie endlich eine feste Heimat finden und dortbleiben musste.
Sie stritten den ganzen Abend, kamen jedoch zu keinem Ergebnis. Immerhin wurden sie sich so weit einig, dass sie am nächsten Tag mit dem Zug nach Liverpool fuhren, um dort auf dem nächsten Schiff die Überfahrt nach Amerika zu buchen. Zehn Tage später erreichten sie New York, doch sie hielten sich nur ein paar Tage in der Stadt auf, schickten ein Telegramm nach San Francisco, das ihre baldige Rückkehr ankündigte und nahmen schließlich die Eisenbahn, um den Kontinent zu durchqueren.
In Cheyenne stiegen sie jedoch noch einmal aus dem Zug. James hatte von seinen Eltern viel über die Stadt gehört und er wollte sie einmal sehen. Was genau dort geschehen war, hatte er nie herausgefunden, aber es musste eine schlimme Geschichte gewesen sein, die seine Mutter betraf. Sie schlenderten durch die Stadt, es war Mitte Oktober und das Wetter zeigte sich von seiner besten Seite, es war sonnig, ein wenig windig, aber nicht zu kalt. Viel zu entdecken gab es nicht, daher kehrten sie bald in ihr Hotel zurück. An der Tür prallten sie mit einem Mann zusammen.
„Verzeihung!", sagten alle gleichzeitig und machten sich gegenseitig den Weg frei. Doch der Mann blieb wie vom Donner gerührt stehen.
„Abby?", fragte er vorsichtig.
Abby starrte ihn an. Sie kannte ihn, doch sie brauchte eine kleine Weile, bis sie sich erinnerte. Es war Bob Meeks, einer der Outlaws, die sie in The Hole in the Wall getroffen hatte.
„Bob? Bist du es tatsächlich?"
„Ja, was für eine Überraschung! Du bist zurück? Man hat lange nichts mehr von dir gehört!"
„Ich bin nicht zurück, wir wollen weiter nach San Francisco, dort wohnen wir."
„Bist du wegen Butch hier?"
„Wegen Butch? Wieso? Ist er hier?"

„Du weißt es nicht?“
„Was ist mit ihm? Schnell, erzähle!“
„Er ist in Laramie im Gefängnis!“
„Was? Sie haben ihn erwischt?“
James mischte sich ein.
„Könnten wir das nicht irgendwo besprechen, wo wir sitzen können und etwas zu trinken bekommen?“
„Ja, natürlich, du hast recht. James, das ist Bob Meeks, ein alter Freund und Bob, das ist mein Mann James Hart. Du musst mir alles erzählen, Bob! Rasch!“
Sie begaben sich in den Speisesaal des Hotels und setzten sich an einen Tisch. Abby war ungeduldig, was war mit Butch, wieso saß er ein und für wie lange? Und war Elzy auch bei ihm?
„Und nun rede, Bob, du kannst alles sagen, ich habe vor meinem Mann keine Geheimnisse.“
Bob atmete erleichtert auf, er hatte nicht gewusst, wie Abbys Mann reagieren würde, wenn er von Butch und Elzy erfahren würde.
„Ja, es war so, man hat irgendwo in der Nähe von Lander bei Butch gestohlene Pferde gefunden und ihn verhaftet, er wurde von einer Kugel getroffen, es war zum Glück nur ein Streifschuss, aber der setzte ihn außer Gefecht, so dass sie ihn fassen konnten. In Lander versuchten sie alles, ihn freizukriegen, Matt Warner wollte mit ein paar Leuten den Gerichtssaal überfallen und Butch freikämpfen, nur waren alle gewarnt und bewaffnet, so haben sie es gelassen. Dann haben sich die Einwohner zusammengetan und einen Kaufvertrag für die Pferde als Beweis vorgelegt, und das hätte beinahe geklappt, leider kam der Richter darauf, dass es eine Fälschung war und so wurde Butch zu zwei Jahren verurteilt und sitzt in Laramie im Gefängnis seit Juli.“
„Man hat ihn nur wegen Pferdediebstahls verurteilt?“, fragte Abby ungläubig. „Was ist mit den Banküberfällen?“
„Niemand konnte ihm irgendetwas anderes nachweisen, kam wohl auch gar nicht zur Sprache. Ihr wart damals ganz schön schlau, habt euch kaum zu erkennen gegeben und wohl immer falsche Namen benutzt.“

„Und wie geht es Butch?"
Abby dachte daran, wie sehr der freiheitsliebende Butch darunter leiden musste, eingesperrt zu sein.
„Ja, wie soll es ihm gehen. Er kriegt viel Besuch, du weißt, jeder mag ihn. Aber er will natürlich raus dort. Ist ja auch keine tolle Sache, eingesperrt zu sein!"
„Man kann ihn besuchen?"
„Ja, natürlich, ich glaube jeder von uns, der es sich leisten kann, gesehen zu werden, war schon dort."
„Ich werde auch zu ihm fahren und schauen, ob er etwas braucht!"
Das war für Abby eine beschlossene Sache und James nickte dazu.
Sie redeten noch eine Weile mit Bob, er erzählte, dass der seltsame und schweigsame Mann, der sich The Sundance Kid nannte, noch im Sommer 92 bei Malta in Montana einen Zug ausgeraubt hätte zusammen mit zwei Freunden.
Abbys Blick war voller Sehnsucht.
„Einen Zug habe ich nie geschafft, Butch war immer dagegen. Er sagte, Banken stehen da, Züge muss man erst aufhalten."
James und Bob lachten.
„Warst du in letzter Zeit in Browns Hole, Bob?", fragte Abby. „Hast du Elzy gesehen?"
„Nein", bedauerte Bob. „Ich weiß aber, dass es ihm gutgeht, zumindest sagte Butch das. Ich muss jetzt leider weg, sag Butch einen schönen Gruß und richte ihm aus, wir warten alle auf ihn!"
„Mache ich, Bob, es war nett, dich zu sehen, ich vermisse euch, aber ich habe ein anderes Leben begonnen. Passt alle auf euch auf!"
„Ich sehe schon, dass du neu begonnen hast!", grinste Bob und zeigte anzüglich auf Abbys Bauch, der sich bereits sehr deutlich abzeichnete unter ihrem Kleid."
Sie verabschiedeten sich voneinander und James blickte Bob nachdenklich hinterher.
„Und wieder ist es so, wüsste ich nicht, dass dieser Mann ein

gesuchter Verbrecher ist, ich würde es nicht merken! Ich kann wirklich verstehen, dass du dich unter diesen Menschen wohl fühltest, sie halten zusammen und stehen für einander ein."
„Manchmal geht es schon rau zu!", widersprach Abby. „Nicht alle sind so, manchen ging ich gerne aus dem Weg und achtete auch darauf, nicht mit ihnen allein zu sein. Ich hatte immer das Glück, beschützt zu werden, keiner wagte es, mir zu nahe zu treten. Bis auf ein oder zweimal."
„Und habe ich das richtig verstanden, die Einwohner von Lander haben versucht, Butch mit einer Fälschung vor dem Urteil zu bewahren?"
Abby lachte.
„In Lander lieben sie Butch. Er ist ein großzügiger Mann, er verschenkt sein letztes Hemd, wenn es sein muss, und er hilft, wo er kann. Er sagte mir einmal, er möchte am liebsten den Reichen alles wegnehmen und es denen geben, die es wirklich brauchen. Es würde ihm Spaß machen, die reichen Leute weinen zu sehen, und du kriegst sie am besten über ihren Geldbeutel. Du könntest ihnen beide Beine abschneiden, sie würden nicht so laut brüllen, als wenn du ihnen ihr Geld wegnimmst. Und er würde sie alle gerne brüllen hören."
„Butch ist ein seltsamer Mensch!"
„James, er ist ein herzensguter Mensch, glaube mir das. Und dass er jetzt im Gefängnis sitzt, ist nicht gerecht. Wegen Viehdiebstahls, man denke!"

Sie machten sich gleich am nächsten Tag auf nach Laramie. Abby bestand darauf, allein zu Butch zu gehen, sie wollte James da nicht mit hineinziehen und sie konnte freier sprechen mit Butch und musste nicht ständig Rücksicht nehmen, ob James auch wusste, von wem und was gerade die Rede war.
Als sie am Eingang des Gefängnisses vorsprach, wurde sie nur mit einem Seufzen empfangen.
„Lassen Sie mich raten, Sie sind eine Schwester von Butch Cassidy und richten Grüße von seiner lieben Mutter aus!"
„Oder eine Kusine und die Tante weint sich die Augen aus?",

schlug ein anderer Wachmann vor.
Abby blickte die Männer freundlich an und warf den Kopf zurück.
„Diesmal irren Sie sich, meine Herren, ich bin eine seiner ehemaligen Geliebten und auf der Durchreise, und ich würde ihn gerne sehen! Mein Name ist Abigail Clearwater!"
Den Männern blieb der Mund offenstehen.
Sie wurde ohne Weiteres in einen kleinen Raum geführt, wo man sie warten hieß. Abby mochte sich nicht setzen, sie ging ungeduldig auf und ab und dann führte man Butch zu ihr. Er war nicht gefesselt und sprach lachend mit den zwei Männern, die ihn begleiteten. Als er Abby erblickte, lief er auf sie zu und umarmte sie, als wolle er sie nie mehr loslassen.
„Abby, ich glaube es nicht! Du bist hier?", fragte er.
Dann wandte er sich an die Wachmänner.
„Al und Joe, wäre es möglich, dass ich mich mit meiner – was hast du ihnen gesagt, bist du meine Schwester? – allein unterhalte? Ganz privat? Wir machen auch keinen Unsinn!"
Die Männer räusperten sich verlegen.
Abby grinste.
„Ich habe ihnen die Wahrheit gesagt, Butch, ich habe keinen Grund zu lügen!"
„Ach Abby, du wirst dich nie ändern, was für ein Glück!"
Die Wachmänner sahen sich an und zogen sich zurück.
„Wir bleiben vor der Tür, Butch!", sagte einer von ihnen noch und schloss Butch und Abby ein.
Butch hielt Abby vor sich und betrachtete sie.
„Erzähle Abby, wie ist es dir ergangen? Es sind zwei Jahre, dass ich dich gesehen habe und unglaublich, du bist noch schöner geworden, wie machst du das nur?"
„Ich frage lieber dich, wie es dir geht, Butch!"
„Wie soll es mir schon gehen? Ich habe ein geregeltes Leben, bekomme drei Mahlzeiten täglich und muss nichts für das Zimmer bezahlen. Nein, Abby, du musst berichten, ich sehe, du bist in Hoffnung? Ist das Kind von James? Seid ihr noch zusammen?"
Und Abby erzählte kurz von den letzten zwei Jahren, von ihren

Reisen und Abenteuern und dass sie nun auf dem Weg nach Hause seien.
„Bolivien, …“, seufzte Butch sehnsüchtig. „Irgendwann werde ich auch dorthin gehen!“
Er sah traurig aus, viel trauriger, als Abby ihn kannte, auch wenn er es geschickt überspielte.
„Butch“, sagte sie. „Kann ich etwas tun, kann ich etwas bezahlen, damit du freikommst? Ich würde jedes Geld der Welt für dich geben, das weißt du!“
Butch schüttelte den Kopf.
„Das ist wirklich großzügig von dir, Abby, und ich weiß es zu schätzen, aber das haben schon viele versucht, es ist nichts zu machen, ich werde die zwei Jahre absitzen müssen. Du könntest eines tun, du könntest mir viele Briefe schreiben und Bücher schicken.“
„Das tue ich, Butch, und ich werde dir gleich Bücher besorgen.“
Sie sah ihm ins Gesicht und schauderte ein wenig, als sie die frische Narbe entdeckte, die sich über seinem linken Auge befand und die er nur notdürftig mit seinen Haaren zudeckte.
Vorsichtig strich sie ihm die Haare aus der Stirn.
„Es war nur ein Streifschuss, Abby!“
„Es war sehr knapp, so wie es aussieht.“
„Ja, ich wurde leider dadurch ausgeschaltet und konnte nicht zurückschießen und mich befreien, meine Waffen lagen eigentlich griffbereit, aber da war nichts zu machen.“
„Es tut mir so leid, aber du hattest Glück, dass dir nicht mehr passiert ist.“
„Genug davon, reden wir lieber von dem hier!“
Butch legte seine Hände auf Abbys Bauch und versuchte, das Kind zu ertasten.
„Das fühlt sich so schön an, Abby, das haben wir nie geschafft, ich hätte gerne ein Kind mit dir gehabt. Vielleicht wäre dann einiges anders geworden!“
„Ich war wohl öfter schwanger, ich habe es immer verloren, ich dachte, ich könne nie ein Kind bekommen.“
„Du hast nie etwas gesagt, aber ich habe es mitbekommen. Brid-

get hat mir in Lander verraten, dass du damals, als ich fliehen musste, eine Fehlgeburt hattest. Vielleicht hätten wir wirklich einmal darüber sprechen sollen. Es muss doch für dich schlimm gewesen sein? Auch später, wir waren da wohl alle ein wenig feige und haben dich damit allein gelassen."

Abby schüttelte den Kopf.

„Nein, es war nicht schlimm für mich, diese erste Fehlgeburt war nicht einfach, das stimmt, ich muss doch schon ein wenig weiter gewesen sein, aber ich habe nichts bemerkt, bis es eben losging. Bridget und Betty haben mir geholfen und mir alles erklärt, sie sagten, ich könne noch viele Kinder haben. Nun ja, eigentlich wollte ich ja gar keine, daher war es für mich in Ordnung, auch, dass ich nie mehr so weit kam in meinen Schwangerschaften. Was hätten wir mit einem Kind tun sollen? Wieso also darüber reden?"

„Aber jetzt bist du glücklich?"

„James will mich heiraten. Er will, dass sein Kind seinen Namen trägt."

„Ja, und?"

„Butch, du weißt wie ich über das Heiraten denke."

„Du hast also nein gesagt? Oje, Abby! Hier geht es doch nicht nur um dich, sondern auch um James. Er will seinem Kind seinen Namen geben. Das ist mehr als verständlich. Und er liebt dich doch auch? Und du ihn? Genügt das nicht, um zu heiraten?"

„Ja, wir lieben uns. Aber du solltest seine Familie kennen. Sie werden mich niemals wirklich akzeptieren!"

Butch lachte dröhnend.

„Das ist aber nicht die Abby, die ich kenne. Meine Abby sagte: „Die haben zu lernen mich zu respektieren!" Und meine Abby hat es allen Männern gezeigt und niemand wagte es, ihr zu nahe zu treten!"

Abby starrte ihn mit offenem Mund an.

„Abby, nimm den Kampf einfach auf. Du hast The Hole in the Wall geschafft, du hast The Sundance Kid zum Quasseln gebracht, du bist durch Südamerika gereist, da wirst du doch diese Leute in San Francisco von dir überzeugen können! Aber du

hast meine Frage nicht wirklich beantwortet, bist du glücklich?"
Abby horchte in sich hinein und genau da regte sich das Kind und sie nahm Butchs Hand und legte sie auf ihren Bauch. Verzückt fühlten beide die zarten Stöße und über Abbys Gesicht zog sich ein Lächeln.
„Jetzt, wo du es sagst, Butch, ja, ich bin glücklich und wenn James es noch will, werde ich ja sagen zu ihm und unserem Kind einen Vater geben."
Sie setzten sich auf die Stühle, die um einen hölzernen Tisch standen und Butch erzählte von den vergangenen zwei Jahren, er war viel in Browns Hole gewesen und hatte mit Ann Bassett eine Liebesaffäre begonnen. Ann war die kleinere Schwester von Josie Bassett und wie Elzy einst prophezeit hatte, war sie noch kämpferischer und wilder geworden als Josie. Leider hatte Butch Elzy aufgetragen, auf Ann aufzupassen und – Abby stöhnte, sie wusste, was kam – Elzy hatte das wörtlich genommen. Er war nun mit Ann zusammen, während Josie sich einem anderen Outlaw namens Ben Kilpatrick zugewandt hatte.
„Es ist in Ordnung, wirklich, Abby!", meinte Butch. „Sie ist ein junges Mädchen, zwei Jahre sind für sie eine Ewigkeit, sie soll nicht untätig auf mich warten müssen."
Sie unterhielten sich noch lange, es gab so viel zu erzählen. Fynn hatte inzwischen ein zweites Kind bekommen und es ging ihm und seiner Frau Harriet gut. Butch hatte ihm nicht mehr viel zu sagen, er und Elzy hatten ihm wegen Abby heftig ins Gewissen geredet und ihm genüsslich von James erzählt, er hatte es ungerührt aufgenommen und nicht verraten, was er wirklich über all das dachte.
„Fynn war einfach der erste richtige Mann, der mir begegnet ist und gerade, weil er mich anfangs so auf Abstand hielt, war er für mich interessant!", erinnerte sich Abby ein wenig wehmütig. „Es hätte nicht funktioniert mit uns. Wir haben ja nur mehr gestritten am Ende. Mit James ist es anders. Wir sprechen über alles, auch wenn es einmal andere Frauen in seinem Leben gibt, aber das ist nicht so wie bei dir, Butch, James hat ab und zu ein kleines, kurzes Techtelmechtel, das nichts bedeutet, er gehört

ansonsten voll und ganz zu mir und liebt mich, so wie ich ihn."
„Und gibt es für dich andere Männer als James?"
„Nein, also die letzten zwei Jahre eigentlich nicht, ich könnte, wenn ich wollte, aber ich will nicht. Ich glaube, dass dieses Gefühl, zu dürfen, wenn man will, für mich genügt. Ich kann treu sein, Butch!"
Er grinste.
„Du warst eigentlich immer treu, erst mir, dann Fynn und dann Elzy und mir. Ich kann mich nicht erinnern, dass es außer uns andere gab, bis auf James natürlich."
„Nein, du hast recht!", lachte Abby. „So schlimm bin ich also gar nicht!"
„Ich fand dich nie schlimm, eher im Gegenteil. Manchmal möchte ich die Zeit zurückdrehen, möchte wieder mit dir zusammen sein. Vielleicht hätte ich selbst besser erkennen sollen, was ich an dir hatte."
„Vergiss es Butch, du könntest nie auch nur annähernd treu sein. Bleib einfach so, wie du bist. Und mein Versprechen gilt, wenn du Hilfe brauchst, ich werde immer für dich da sein, so wie du es für mich warst! Du sagst mir, wenn ich etwas tun kann für dich!"
Er umarmte sie.
„Danke, Abby, das bedeutet mir viel!"

Es wurde Zeit, sich zu verabschieden. Abby hielt die Tränen nur mühsam zurück.
Butch war immer noch ihr bester Freund, zwischen ihnen würde sich nie etwas ändern.
Sie sah ihm an, wie schwer es ihm fiel, eingesperrt zu sein und sie nahm sich vor, ihm so oft es ging zu schreiben, und so viele Bücher würde er von ihr bekommen, dass sie mehr als zwei Jahre reichen würden. Sie würde das gleich am nächsten Tag veranlassen.
James merkte, wie sehr der Besuch Abby mitgenommen hatte, er ließ sie daher in Ruhe und fragte sie nicht aus, doch als sie gemeinsam abends im Bett lagen, nahm sie seine Hand und

legte sie auf ihren Bauch.
„James, du hattest recht! Es ist unser Kind, unser gemeinsames Kind, es ist ein unerwartetes Geschenk und ich war undankbar. Wenn du es noch willst, ich würde dich gerne heiraten und unserem Kind eine wunderbare Zukunft bieten."
„Wie kommst du zu diesem Sinneswandel?"
„Butch hat mir ein wenig den Kopf gewaschen!", gestand sie. „Aber nicht, dass du denkst, er hätte etwas damit zu tun und mich zu Irgendetwas überredet, er hat mir nur gezeigt, dass ich mich auf einem Irrweg befand. Ich liebe dich, James, und ich freue mich auf unser Kind. Das wird unser größtes gemeinsames Abenteuer, glaubst du nicht?"
„Und wo heiraten wir? Gleich hier, morgen früh, oder in San Francisco?"
„Ich denke, es wäre wichtig für dich, den Segen deiner Eltern zu bekommen. Wir werden sie überzeugen. Sie werden lernen, mich zu respektieren, so wie es alle anderen taten."
James küsste sie.
„Sie werden es einfach müssen, und wenn nicht, dann geht es ohne ihren Segen!"

Heimkehr

An einem regnerischen Nachmittag Anfang November verließen sie die Fähre in San Francisco. Sie hatten beschlossen, ein Hotelzimmer zu nehmen, das fürs erste genügen sollte, später konnten sie sich eine Wohnung suchen. James war ungeduldig, er wollte unbedingt nach Hause und seine Familie begrüßen.
„Geh allein!“, bat Abby, sie war müde von der Reise und hatte wenig Lust auf Konfrontation.
„Von wegen! Du kommst mit! Entweder, oder!“
Doch die Entscheidung wurde ihnen abgenommen, denn Ben Hart stand am Pier, um sie beide zu empfangen. James hatte von Oakland aus noch einmal ein Telegramm geschickt, um ihre Rückkehr anzukündigen.
James lief auf seinen Vater zu und die Männer umarmten sich wortlos. Dann hielt Ben seinen Sohn vor sich hin und betrachtete ihn.
„Mein Gott, James, du bist richtig erwachsen geworden. Zwei Jahre sind so eine lange Zeit. Komm nach Hause, deine Mutter kann es schon kaum mehr erwarten, dich wiederzusehen!“
„Willst du Abby nicht auch begrüßen, Vater?“
James zog sie an seine Seite und Ben schluckte, als er sah, dass sie in Hoffnung war.
„Guten Tag, Miss Clearwater!“
„Vater, ich möchte, dass du meine zukünftige Frau und Mutter meines Kindes richtig willkommen heißt. Wir hätten schon längst geheiratet, wir wollten es nur nicht ohne euren Segen tun.“
„Wir sollten das alles zuhause besprechen. Haben Sie eine Unterkunft Miss Clearwater? Wir werden Sie hinbegleiten.“
James und Abby sahen sich an. Abby straffte ihren Rücken, James kannte dieses Anzeichen. Wenn sie das tat, wurde sie gefährlich, er hatte es oft genug erlebt die letzten zwei Jahre, egal welche Gefahren vor ihnen gelegen hatten, Abby hatte ihnen getrotzt und das meist ziemlich rücksichtslos. Ihre Erfahrung und ihr Mut hatten auch James herausgefordert, der sich vom

etwas ängstlichen, behüteten Knaben sehr schnell zu einem verwegenen Abenteurer gewandelt hatte. Und er wusste, dies war jetzt sein Kampf, er würde sich bestimmt nicht hinter Abby verstecken.
Daher lachte er nur.
„Gib es auf, Vater, Abby bleibt an meiner Seite, Tag und Nacht, egal wo, sollte euch das nicht passen, können wir leider auch nichts daran ändern. Abby ist deine künftige Schwiegertochter, ob du das nun willst oder nicht, es wäre besser, du gewöhnst dich gleich daran!"
„Wir wollen nichts überstürzen, James. Wohin dürfen wir Miss Clearwater nun begleiten?"
„Nach Hause! Und eines sage ich dir gleich, wenn Abby nicht willkommen ist, bin ich es auch nicht. Dann werden wir morgen zum Friedensrichter gehen und heiraten. Ohne euch!"
Ben Hart zögerte, sah die entschlossenen Gesichter der beiden jungen Leute und erkannte, dass er nichts würde ausrichten können. Jacky hatte ihm bereits gesagt, sie würde „diese Person" nicht mehr in ihrem Haus empfangen, keiner von ihnen hatte sich vorstellen können, dass James bei dieser Frau bleiben würde, die ja auch älter als er war und offensichtlich eine bewegte Vergangenheit hatte. Sie hatten alle gehofft, die lange Reise würde dazu führen, dass James zur Vernunft kam. Doch nun stellte es sich heraus, dass das Gegenteil eingetreten war und ein Kind die Situation noch zusätzlich verkomplizierte.
„Du bist noch nicht volljährig, James", wandte Ben ein. „Wir können es verbieten, das weißt du."
„Wenn ihr das tut, hattet ihr einen Sohn! Dann müssen wir eben bis Juli, bis zu meinem 21. Geburtstag warten, danach brauchen wir eure Erlaubnis nicht mehr und wir werden für immer weggehen. Abby, ich würde sagen, wir suchen uns ein Hotel und lassen meine Eltern eine Nacht darüber schlafen. Ihr könnt uns morgen eure Entscheidung mitteilen, Vater!"
„Das ist eine gute Idee, James", stimmte Abby zu. „Ich bin wirklich erledigt von der Reise, ich würde mich gerne ausruhen."
James legte fürsorglich einen Arm um ihre Schultern und führte

sie weg von seinem Vater, winkte einer Droschke und sorgte dafür, dass ihr Gepäck verladen wurde. Ben Hart konnte nur zusehen, seine schlimmsten Befürchtungen waren eingetreten. Er würde mit Jacky sprechen, sie würde nachgeben müssen, denn er wollte seinen Sohn nicht verlieren, um keinen Preis der Welt.

Später im Hotelzimmer lag Abby auf dem Bett. Sie hatte Schmerzen, doch sie wollte nichts sagen. Als James mit ihr zum Essen gehen wollte, stand sie mühsam auf.
„Was ist mit dir?", fragte er erschrocken, denn bis jetzt war es Abby immer gutgegangen, sie hatte wenig von der Schwangerschaft bemerkt.
„Ich weiß nicht, James, am liebsten würde ich einfach nur liegenbleiben, mein Rücken tut weh."
„Dann leg dich hin, ich werde uns etwas bringen lassen."
„Ich mag nichts essen."
„Du musst! Denk an das Kind!"
Er legte die Hände auf ihren Leib und fühlte, wie sich das Kind bewegte.
„Ich liebe das!", flüsterte James. „Ich wusste nicht, wie schön so etwas sein kann, du musst dich jetzt schonen, Abby, wir wollen nichts riskieren!"
Abby verzog ein wenig das Gesicht, denn sie hatte wieder Schmerzen. James blickte sie besorgt an.
„Ich gehe nun und kümmere mich um das Essen!", verkündete er und verschwand. Doch er ließ stattdessen einen Arzt holen, sagte Abby aber nichts davon, er wollte sie nicht beunruhigen.
Der Arzt erschien bald darauf und James führte ihn in ihr Zimmer. Abby hatte geschlafen und blickte den Besucher erstaunt und ein wenig verwirrt an.
„Guten Abend, Mrs. Hart", begrüßte sie der Arzt. „Ihr Mann sagt, Sie hätten Schmerzen im Rücken? Mein Name ist Dr. Hall, ich würde Sie gerne untersuchen!"
„Mir geht es gut!", behauptete Abby, aber ihr Anblick strafte sie Lügen. Sie lag ein wenig zusammengekrümmt und verkrampft da und versuchte offensichtlich, die Schmerzen zu ignorieren.

„Wie weit sind Sie denn, Mrs. Hart?"
„In London sagte man mir, ich sei im sechsten Monat, das war im September, dann bin ich wohl jetzt im achten."
Der Arzt betastete ihren Bauch. Er nahm ein Hörrohr und horchte aufmerksam.
„Soweit ich sagen kann, geht es Ihrem Kind gut. Aber Sie sind um einiges weiter als im achten Monat. Ich kann das Kind fühlen, es scheint groß und gut entwickelt. Es liegt auch richtig. Ich würde behaupten, die Stunde der Geburt naht."
Er fragte sie ein wenig über den Verlauf der Schwangerschaft aus und Abby antwortete wahrheitsgetreu, sie war wie erschlagen, das Kind sollte so bald kommen? Viel früher, als sie es erwartet hatten?
„Was Sie im Moment fühlen, Mrs. Hart, sind noch keine richtigen Wehen. Ich schätze, Sie haben noch etwa zwei bis drei Wochen. Aber Sie müssen sich jetzt schonen, sonst könnte das Kind zu früh kommen. Bleiben Sie die nächsten Tage liegen, dann werden die Schmerzen bestimmt wieder weniger. Wenn sich alles beruhigt hat, können Sie erneut herumlaufen, aber vermeiden Sie Aufregung."
Der Arzt packte seine Tasche und verabschiedete sich.
Abby blickte James an, über ihr Gesicht zog sich ein Lächeln.
„Keine Aufregung ist gut! Wenn ich nur an deine Eltern denke!"
„Ich werde das von dir fernhalten, Abby. Ich will nicht, dass dir und dem Kind irgendetwas widerfährt. Du bleibst liegen, bis sich alles geklärt hat. Meine Mutter wird nachgeben, glaube mir. Und wenn nicht, wir kommen durch, wir beide, und wenn wir nach Utah müssen und eine Bank überfallen!"
„James, habe ich dir eigentlich jemals gesagt, wie sehr ich dich liebe?"
„Ein paar Mal hast du so etwas erwähnt. Aber ich höre es immer wieder gerne. Also sag es mir ruhig öfter! Und jetzt hole ich tatsächlich etwas zu essen, ich habe Hunger!"
Er beugte sich zu ihr, küsste sie und verließ erneut das Zimmer.
Als sie gegessen hatten, klopfte es erneut an ihre Tür. James öffnete und stieß einen Freudenschrei aus.

„Onkel Jesse!“
Er umarmte seinen Patenonkel Jesse Jones und führte ihn ins Zimmer. Abby lag in dem kleinen Schlafraum, sie konnte nur durch die offene Tür beobachten, was geschah.
Doch James kannte kein Halten, er fasste Jesse am Arm und zerrte ihn geradezu zu ihrem Bett. Abby war daran gewöhnt, dass Männer sie in allen möglichen Situationen sahen, Schamgefühl war ihr diesbezüglich schon lange fremd geworden, daher begrüßte sie ihn freundlich und nahm ihm sofort seine Befangenheit.
„Guten Abend, Mr. Jones, schön, dass Sie uns besuchen, verzeihen Sie, dass ich nicht aufstehe, aber der Arzt war gerade bei mir und riet mir liegen zu bleiben!“
„Geht es Ihnen nicht gut, Miss Clearwater?“, fragte Jesse ein wenig erschrocken.
„Nein, es ist alles in Ordnung, ich soll mich schonen, damit das Kind nicht zu früh kommt.“
„Wir sind weiter, als wir dachten!“, erklärte James stolz. „Das Kind kommt vielleicht noch in diesem Monat!“
„Es ist nicht zu fassen, James, du wirst Vater!“
„Wir freuen uns sehr und wollen heiraten.“
„Deswegen bin ich hier. Dein Vater war bei mir, James, deine Mutter sitzt zuhause und weint sich die Augen aus. Sie hat sich so auf deine Rückkehr gefreut und nun willst du sie nicht besuchen?“
„Es ist keine Frage des Wollens, solange Abby nicht willkommen ist, werde ich das Haus nicht betreten.“
„Kannst du das nicht verstehen, James? Sie haben dich so vermisst! Sie wollten dich allein sehen!“
„Ich kann es sehr gut verstehen, aber wie gesagt, ohne Abby gehe ich nicht zu ihnen. Und ich will erleben, dass sie meine zukünftige Frau respektieren. Das habe ich Vater auch so mitgeteilt.“
„Wie stehen Sie dazu, Miss Clearwater?“
Abby blickte Jesse in die Augen. Sie sah sofort, ihm konnte sie vertrauen.
„James ist seinen Eltern ein guter Sohn. Aber sie müssen verste-

hen, dass er seine eigenen Wege geht. Er kann nicht nach allem, was wir erlebten, als gehorsames Kind zurückkehren. Wir haben nun sehr bald unsere eigene Familie, ich wäre froh, wenn Mrs. und Mr. Hart das akzeptieren könnten."
„Miss Clearwater, was sagen eigentlich Ihre eigenen Eltern zu dem Ganzen?"
„Ich muss sie nicht fragen, ich bin volljährig. Und mein Vater würde mir sowieso das Haus verbieten, ich bin dort nicht willkommen."
„Warum nicht?"
„Weil ich den Mormonen entflohen bin, weil ich es gewagt habe, den Mann nicht zu heiraten, den mein Vater für mich ausgesucht hatte, weil ich glücklich geworden bin, mein eigenes Geld verdiente und tat, was ich wollte. Es ist allerdings gut, dass er nie die ganze Wahrheit über mich erfuhr."
Jesse horchte auf.
„Was ist denn die ganze Wahrheit?"
Abby und James wechselten einen Blick.
„Ich lebte drei Jahre lang auf dem gesetzlosen Pfad. Ich bin eine gesuchte Banditin, habe zusammen mit meinen Freunden Überfälle begangen. Aber ich habe mit diesem Leben endgültig aufgehört und ich werde nie wieder dorthin zurückkehren."
Jesse Jones schluckte. Das war mehr, als er für den Moment verkraften konnte. Was würden Jacky und Ben dazu sagen?
„Du wusstest davon, James?", fragte er.
„Beinahe von Beginn an!", nickte James. „Wir haben kaum Geheimnisse voreinander. Ich lernte auch einige von Abbys alten Freunden kennen, hätte ich nicht gewusst, dass sie steckbrieflich gesucht werden, ich hätte es nicht gemerkt. Es sind sehr freundliche Männer, die fest zusammenhalten und sich nicht im Stich lassen. Soweit ich von Abby erfuhr, erhalten diese Outlaws auch von der normalen Bevölkerung Unterstützung, einfach, weil sie das Geld, das sie stehlen, meist wieder großzügig unter die Leute bringen."
„James, wir reden von gesetzlosen Räubern!"
„Für mich war es ein großes Abenteuer, Mr. Jones", berichtete

Abby versonnen. „Als Fynn mich von zuhause wegholte und ich mitkriegte, dass er ein Gauner war, wollte ich nur noch eines, selbst gesetzlos werden und meinen Eltern zeigen, dass ich zu allem fähig war. Ich habe unter diesen Männern die besten Freunde gefunden, die man haben kann, sie beschützten mich, lehrten mich alles, und sie respektierten mich in einer Weise, wie ich es mir niemals vorstellen konnte, es war unwesentlich, dass ich eine Frau war, ich war eine von ihnen."

„Und warum haben Sie dann all das verlassen?"

„Glauben Sie mir, das Leben dort ist primitiv, es ist harte Arbeit, es ist gefährlich, dann wieder voller bohrender Langeweile und unglaublich beschränkt, ich hasste außerdem den Schnee, ich wollte Neues sehen, daher ging ich nach San Francisco. Und hier traf ich auf das Meer und danach auf James. James war fast so gefangen wie ich es in meiner Familie gewesen war, James wollte seinen Eltern allerdings nie wehtun, weil er sie liebt und sie ihn, aber er wäre unglücklich geworden, er wäre ewig ein kleiner Junge geblieben und seiner Mutter gehorsam. Mit mir lernte er die Freiheit kennen, die Gefahr, das Abenteuer und natürlich die Liebe!"

Sie lächelte James an, in ihrem Blick lag so viel Zärtlichkeit, Stolz und Hingabe, dass Jesse alle Einwände, die er vielleicht gehabt hatte, hinunterschluckte.

„Habt ihr vor, deinen Eltern all das auch zu sagen, James? Du weißt, wie deine Mutter über Verbrecher denkt. Und wenn Sie gesucht werden, Miss Clearwater, könnte ich mir vorstellen, dass Mrs. Hart Sie an die Polizei verrät!"

„Das kann sie gerne tun!", lachte Abby. „Nur habe ich in der Öffentlichkeit nicht unter meinem richtigen Namen gelebt, was will man mir also vorwerfen? Ich war vor kurzem sogar im Gefängnis von Laramie und habe dort einen Freund besucht, keiner erkannte mich. Gehen Sie, wohin Sie wollen, man wird Sie auslachen, denn alle, die tatsächlich wissen, wer ich war, werden zu mir halten. Und wenn ich eines kann, dann mich verstecken und verbergen. Mrs. Hart würde James und mich allerhöchstens zwingen, in einen der Schlupfwinkel zurückzukehren, dann

hätte sie ihren Sohn und ihr Enkelkind auf ewig verloren."
„Sie haben fest vor, ein anständiges Leben zu führen?"
„Ja! Das habe ich. Ich will James heiraten und unserem Kind eine gute Zukunft ermöglichen. Niemand wird je unter dem leiden müssen, was ich getan habe. Es ist vorbei, endgültig vorbei. Ich werde Mrs. Hart sein, voll und ganz, und ich werde der Familie Ehre machen!"
Jesse Jones lehnte sich nachdenklich zurück. Was war besser? Mussten Ben und Jacky unbedingt die Wahrheit erfahren? Konnte man die beiden nicht schonen? Nein, entschied er. Diese Miss Clearwater würde sowieso nicht schweigen, man merkte ihr an, dass sie stolz auf ihre Vergangenheit war, sie würde sich nicht selbst verleugnen, nicht vor den Menschen, die zukünftig ihre Familie sein würden. Er räusperte sich.
„Ja, James, dann kann ich dich nur bitten, deine Eltern aufzusuchen und mit ihnen zu reden. Dein Vater schickte mich her, weil er weiß, dass wir beide uns immer gut verstanden haben."
„Ich werde nicht hingehen, wenn sie Abby nicht empfangen, das sagte ich bereits!"
Abby nahm seine Hand.
„James, bitte, du kannst dem lieben Gott danken, solche Eltern zu haben. Sie haben dir alles ermöglicht, sie haben dich immer unterstützt und für deine Zukunft gesorgt. Du bist fast zwei Jahre deine eigenen Wege gegangen, auch das durftest du. Nun kannst du großzügig sein, es muss schwer für sie sein, denn sie glauben, sie haben dich verloren. Geh zu ihnen und sage, dass es nicht so sein wird, sie lieben dich und du liebst sie, sprich mit ihnen, sie werden dir zuhören. Schließlich ist es nicht einfach, eine Schwiegertochter wie mich zu bekommen, glaube mir, ich verstehe das gut. Aber immerhin hat man mich nie erwischt und ich war nie im Gefängnis, das ist doch fast so, als hätte ich eine reine Weste. Und die einzigen Menschen, die ich jemals getötet habe, waren üble Verbrecher. Vielleicht zählt das ein bisschen für mich!"
Jesses Gesichtsmuskeln zuckten plötzlich.
„Weil wir von Gefängnis sprechen, … James, du solltest deine

Eltern einmal danach fragen. Ich war immer dagegen, dass man euch Kindern etwas verschwieg, da gibt es ein paar dunkle Punkte, die man durchaus anführen könnte."
Abby und James sahen Jesse neugierig an.
„Was willst du uns sagen, Onkel Jesse? War mein Vater im Gefängnis?"
„Dein Vater nicht, …"
„Mutter war im Gefängnis?"
James war fassungslos. Er dachte fieberhaft nach.
„Es hat mit Cheyenne zu tun, nicht? Ich habe sie darüber reden hören. Sie sprachen von einem Sheriff aus Cheyenne, der verrückt geworden ist."
„Sein Name war Sheriff Bow, ja, er hat deiner Mutter Übles angetan, aber das ist nicht der Punkt, das geschah viel später. Am besten frag sie selbst, ich hätte es dir eigentlich nicht verraten dürfen, aber angesichts Miss Clearwaters Geschichte, …"
„Bitte, Mr. Jones, sagen Sie Abby zu mir. So nennt mich jeder."
„Gerne, Abby, dann aber auch Jesse. Und James, du bist erwachsen, lass den Onkel weg. Ich bin nicht dein Onkel, ich bin der beste Freund deiner Eltern."
James war immer noch wie erschlagen.
„Was hat Mutter verbrochen?", fragte er.
„James, glaube mir, sie hat nichts getan, was ich nicht auch gemacht hätte, sie hatte jeden Grund dazu. Sie wurde begnadigt, kaum dass das Urteil gefällt war."
„Welches Urteil?"
„Hängen!"
„Man hätte sie gehängt? Hat sie jemanden ermordet? Onkel … Jesse, sprich, bitte, sprich, ich muss das wissen!"
„Frag deine Mutter, sie soll es dir selbst sagen."
James stand auf und nahm seine Jacke.
„Ich gehe zu ihnen! Jetzt sofort!"
Er beugte sich zu Abby und küsste sie.
„Du verstehst das? Und du wartest im Bett, bis ich zurückkomme und stehst nicht auf?"
„Geh, James, ich achte auf mich! Die Schmerzen sind schon viel

besser!“, log sie, denn sie hatte das Gefühl, dass es in der letzten Stunde wieder schlimmer geworden war. Aber sie wollte James nicht beunruhigen und vor allem wusste sie, wie wichtig ihm seine Eltern waren.

Jesse war schon im Begriff aufzustehen und James zu begleiten, als er merkte, dass es Abby viel Kraft kostete, ruhig liegen zu bleiben und sich nicht zu krümmen.

Er hatte mit seiner Frau Sue drei Geburten erlebt und kannte die Anzeichen.

„Wenn es dir recht ist, James, bleibe ich einfach noch ein wenig hier und unterhalte mich mit Abby!“, meinte er beiläufig. Man konnte das Mädchen nun sicher nicht allein lassen.

James hörte kaum zu und merkte nichts, er war schon an der Tür und rannte davon.

„Und nun die Wahrheit, Abby, wie geht es dir?“, fragte Jesse, sobald sie unter sich waren.

„Es tut weh im Rücken.“

„Ständig oder hört es immer wieder auf?“

„Es kommt immer wieder und ich habe das Gefühl, dass es immer öfter und heftiger schmerzt.“

„Gut, du sagst mir jetzt, wann der Schmerz das nächste Mal aufhört und wann er wieder beginnt.“

Jesse zog eine Taschenuhr aus seiner Jacke.

„Warum?“

„Weil du anscheinend Wehen hast und das Kind sich vielleicht schon auf den Weg macht!“

„Aber der Doktor, …“

„Ärzte können sich irren. Was weißt du über Geburten?“

„Nicht viel, ich habe noch nie eine miterlebt.“

Jesse seufzte. Warum musste das ausgerechnet ihm wieder passieren?

Das Geschenk des Lebens

Währenddessen lief James Hart nach Hause so schnell er konnte. Völlig außer Atem erreichte er schließlich sein Elternhaus in der Jones Street und pochte an die Tür.
Den Diener, der ihm öffnete, überrannte er fast, er wusste, dass sich seine Eltern um diese Zeit im Salon befinden würden, sie hatten ihre Gewohnheiten bestimmt nicht geändert. Und tatsächlich sahen Jacky und Ben Hart erstaunt auf, als James in den Raum stürmte, gefolgt vom stammelnden Diener, der sich aber sofort diskret zurückzog, als Jacky einen lauten Schrei ausstieß.
„James! Du bist gekommen!"
Sie breitete die Arme aus, um ihn zu empfangen, doch er war mitten im Zimmer stehen geblieben.
„Onkel Jesse war bei uns. Er sagte mir, ich solle euch nach deinem Gefängnisaufenthalt fragen, Mutter!"
Jacky wurde blass und tauschte einen hilfesuchenden Blick mit Ben.
„Er sagte, man hätte dich verurteilt zum Strang und dann begnadigt. Warum weiß ich davon nichts? Bin ich nicht euer Sohn?"
Ben räusperte sich.
„Das ist keine Geschichte, die man kleinen Kindern erzählt, James."
„Ich bin kein kleines Kind mehr, schon längst nicht mehr!"
„Setz dich James und wir sprechen miteinander wie Erwachsene. Vielleicht möchtest du deine Mutter auch begrüßen, wie es sich für einen Sohn gehört, der fast zwei Jahre unterwegs war?"
James starrte seinen Vater an. Dann ging er auf Jacky zu, umarmte sie kurz und küsste sie auf die Wange. Doch Jacky fasste seine Hand.
„Du hast dich sehr verändert, James! Du scheinst größer geworden zu sein, du bist ein richtiger Mann. Dein Vater sagte mir das bereits. Wir wollen uns an den Tisch setzen, einen Wein holen und du sollst alles erfahren. Es gibt keinen Grund, etwas zu verheimlichen, ich habe nichts Falsches getan. Wir fanden

dich nur zu jung dafür, vielleicht haben wir uns geirrt, vielleicht hätten wir früher mit dir sprechen sollen. Es war nicht recht von Jesse, dir das jetzt so zu verraten."
„Glaube mir Mutter, er hatte seine Gründe, das zu tun. Aber bitte, erzähle, ich möchte die Wahrheit wissen!"

Es dauerte lange, Jacky und Ben erzählten wie Jacky als Kind französischer Einwanderer als einzige einen Überfall von Banditen auf ihren Treck überlebt hatte. Sie war acht Jahre alt gewesen und man brachte sie nach Denver, wo sie in einer reichen Familie aufwuchs. Doch sie wollte Rache, sie hatte alles gesehen, all die schrecklichen Geschehnisse in ihrem Gedächtnis bewahrt, und sie wollte ihre Familie rächen und die Mörder töten. Als sie 18 war, verließ sie Denver und suchte mit Ben und Jesse nach Gold. Sie wurden fündig und machten sich alle drei auf den Weg, fanden die Verbrecher, einen nach dem anderen. Der Boss der Bande schickte sich gerade an, in Wyoming Gouverneur zu werden, zusammen mit seinem Bruder führte er eine große Ranch und war reich, es war nicht an ihn heranzukommen. Dennoch versuchten sie es. Es gab eine Gerichtsverhandlung, in der man ihm seine Vergangenheit nicht nachweisen konnte und daraufhin nahm Jacky ihre Waffe und erschoss die Brüder. Die Menschen in Cheyenne glaubten an sie, halfen ihr im Gefängnis und als sie zum Tode verurteilt worden war, reichte man sofort ein Gnadengesuch ein, das kurz nach dem Richterspruch auch schon zu ihrer Freilassung führte.
James war fassungslos. Einige Puzzlestücke fügten sich nun zusammen. Die Entführung seiner Mutter kurz vor seiner Geburt, dieser Racheakt, er war geschehen, weil Jacky diese Brüder getötet hatte. Der verrückte Sheriff, … ja, er war der Sheriff aus Cheyenne gewesen, bestätigte Ben. Er hatte Jacky wegen ihrer Tat hängen wollen, das war ihm nicht gelungen. Jahre später hatte er dann versucht, sie zu töten und dabei schwer verletzt, sie hatte daraufhin keine weiteren Kinder mehr bekommen können.
Das waren andere Geschichten, als Abby sie erzählte, bei Abby

war alles, auch das Verbrechen, leicht und freundlich, seine Mutter hatte dagegen die schlimmsten Erfahrungen gemacht, die man haben konnte, er verstand sie nun um einiges besser.
„Ich hätte das alles schon viel länger wissen müssen!“, meinte James abschließend.
„Wir wollten warten, bis du erwachsen bist, James!“, erklärte Ben. „Wir hätten es dir nicht verschwiegen. Aber vor zwei Jahren bist du weggegangen, es war keine Gelegenheit mehr.“
James schluckte.
„Doch nun zu dir, James, wir sind so froh, dass du wieder da bist. Deinen Briefen nach zu urteilen, hast du viel erlebt!“, sagte Jacky. Sie fasste wieder nach seiner Hand, wollte ihren Sohn nicht mehr loslassen.
„Es war eine wundervolle Zeit, Mutter, ich habe eine Menge gelernt und erfahren, ihr glaubt nicht, wie schön die Welt sein kann. Diese hohen Berge, die Einsamkeit, die Wildnis, die Gefahr, allein hätte ich das nie gewagt, Abby dagegen kennt keine Furcht. Ohne sie hätte ich das nicht alles geschafft. Ihr müsst sie besser kennenlernen, sie ist die Frau, die ich liebe und mit der ich leben will. Und wir erwarten ein Kind, es könnte in zwei bis drei Wochen so weit sein, daher sind wir heimgekommen. Wir wollen heiraten und hier in San Francisco bleiben.“
Jacky und Ben tauschten einen Blick.
„James, willst du das wirklich überstürzen mit dieser Hochzeit?“, fragte Ben. „Was weißt du über diese Abby? Wo kommt sie her? Kennst du ihre Familie?“
James lachte ein wenig auf.
„Glaubt mir, man kann nicht durch Südamerika reisen, ohne seinen Reisegefährten von Grund auf kennenzulernen. Ich konnte mich in jeder Situation auf Abby verlassen und sie sich auf mich selbstverständlich. Und das ist das Wichtigste, nicht wo jemand herkommt, oder was er früher tat.“
Er schluckte ein wenig und dann brach es aus ihm heraus.
„Abby stammt aus Utah, aus einer Mormonenfamilie. Sie sollte mit einem Greis verheiratet werden, da ist sie weggelaufen und wurde gesetzlos. Sie schloss sich Outlaws an und überfiel Ban-

ken. Sie ist eine steckbrieflich gesuchte Banditin, aber man sucht sie unter einem anderen Namen, nicht unter ihrem wirklichen. Ich wusste das von Anfang an, schon als ich sie kennenlernte, sie machte mir gegenüber niemals ein Geheimnis daraus. Aber sie hat mit diesem Leben Schluss gemacht, sie hat sich vor zwei Jahren endgültig dort verabschiedet, um mit mir zu leben. Sie hat niemals Unschuldige ermordet oder verletzt, sie nahm immer nur das Geld, mehr ist ihr nicht vorzuwerfen. Sie will nie wieder nach Utah oder Wyoming zurückkehren und ihre Familie will sie ebenfalls nicht mehr sehen, sie kann ihren Eltern nicht verzeihen, vor allem ihrer Mutter nicht. Sie sagte mir vorhin, ich solle zu euch gehen, denn ich solle dem lieben Gott danken, solche Eltern wie euch zu haben. Sie wird niemals etwas tun, was unserer Familie schaden könnte. Ich bitte euch, Vater und Mutter, heißt sie willkommen. Wenn ihr das nicht könnt, werde ich mich auch von euch abwenden müssen, denn ich habe mich für Abby entschieden, niemand wird uns mehr trennen."
Es herrschte Schweigen. Über Jackys Gesicht liefen Tränen. Eine steckbrieflich gesuchte Banditin, diese Worte hallten in ihr nach. Wieso musste es so eine Frau sein?
James fuhr schließlich fort.
„Ich sollte nun auch allmählich zurück, schlaft darüber, so wie ich über die Geschichte schlafen muss, die ihr mir heute erzählt habt. Abby benötigte heute einen Doktor, sie muss liegen, denn sie hatte Schmerzen und ich bin ein wenig beunruhigt, möchte sie nicht so lange allein lassen. Onkel Jesse ist noch ein wenig bei ihr geblieben, aber er wird inzwischen gegangen sein."
Jacky horchte auf.
„Jesse ist bei dieser Abby geblieben? Ganz allein?"
„Mutter, du wirst doch die beiden nicht verdächtigen? Abby ist hochschwanger und …"
Jacky winkte ab.
„Sie hatte Schmerzen? Starke Schmerzen?"
„Nein, nicht so stark, sagte sie zumindest, …"
James stockte und starrte seine Mutter fassungslos an.
Jacky stand auf.

„Ich würde sagen, wir sehen nach dem Rechten. Jesse wäre nicht allein bei ihr geblieben, wenn es keinen Grund gegeben hätte. Wo wohnt ihr? Bringe mich hin. Ben, du brauchst nicht auf mich zu warten, es könnte länger dauern. Ich lasse dich holen, wenn etwas ist!"
Sie nahm ihren Umhang und folgte James, der beinahe rannte und immer wieder auf sie warten musste. Endlich erreichten sie das Hotel und James stürmte die Treppen hinauf. Er riss die Tür auf und sah als erstes Jesse, der Abby stützte, während er sie im Kreis herumführte.
„Hallo James!", rief er vergnügt. „Ich wollte schon nach dir schicken, aber bis jetzt haben wir noch alles gut im Griff."
„Was ist los?"
„Deine Frau hat Wehen!"
Wie zur Bestätigung stöhnte Abby auf und klammerte sich an Jesse fest. Inzwischen war auch Jacky gekommen und erfasste die Situation mit einem Blick.
„Welche Abstände haben wir?", fragte sie.
„Es ist noch Zeit!", meinte Jesse. „So alle Viertelstunde würde ich sagen, aber die Wehen sind anscheinend schon ganz schön heftig und kommen regelmäßig."
Jacky warf ihren Umhang auf einen Sessel und reichte Abby die Hand.
„Guten Abend, Abby, wenn es Ihnen nichts ausmacht, werde ich Sie unterstützen!"
Abby ergriff ihre Hand und lächelte Jacky mit beinahe ehrfürchtigem Staunen an.
„Mrs. Hart, es wäre mir die größte Ehre!", flüsterte sie. „Es ist fast so, als hätte ich eine Mutter zur Seite. James, es scheint, als hätte sich der Doktor heute geirrt."
James sank in einen Sessel, er kam sich vor wie in einem Theaterstück, in dem er keine Rolle bekommen hatte.
Doch Jacky scheuchte ihn hoch.
„James, führe sie ein wenig herum, das Gehen tut ihr gut. Jesse, es wäre vielleicht doch besser, wenn wir einen Arzt holen würden. Kommt das Kind denn zu früh? Liegt es richtig?", fragte sie.

„Es liegt richtig, ja und ich glaube, es kommt zu früh. Erst hieß es, ich sei im achten Monat, heute sagte der Doktor, ich sei viel weiter, aber hätte noch ein oder zwei Wochen."
„James kam damals auch zu früh", meinte Jacky. „Aber er war kräftig. Hoffen wir, dass das auch für Ihr Kind gilt."
„Jack, für den Arzt ist es noch Zeit, so lange die Wehen nicht häufiger kommen, bei Sue hat sich das ewig hingezogen", widersprach Jesse.
„Das mag bei Sue so gewesen sein, bei dieser jungen Dame hier kann es ganz anders laufen. Hol den Arzt!"
Die Dringlichkeit in ihrer Stimme ließ ihn aufhorchen. Sie hatte nicht besonders laut gesprochen, aber Jesse kannte sie gut genug, um zu wissen, wann sie etwas ernst meinte. Er blickte sie ein wenig fragend an, doch sie schüttelte leicht den Kopf. Irgendetwas beunruhigte sie und wenn es nur eine ihrer berühmten Vorahnungen war. Also verschwand er ohne weiteres Wort.
James und Abby hatten davon nichts mitbekommen. Sie drehten ihre Runden und wieder musste Abby stehenbleiben, denn eine sehr schmerzhafte Wehe überwältigte sie beinahe.
„Verdammt!", fluchte sie. „Ich wusste nicht, dass das so wehtut!"
„Das ist erst der Anfang!", erklärte Jacky. „Stellen Sie sich darauf ein, dass es noch ein wenig schlimmer wird!"
„Wie soll man das aushalten?"
„Jede Frau muss das aushalten, da sind Sie keine Ausnahme!"
„Ich will es gerne ertragen, wenn nur das Kind gesund ist! Es tut mir so leid, James, dass es nun doch unehelich geboren wird!"
„Das muss es nicht, wir holen jemanden, der uns traut, jetzt sofort!"
„Du bist verrückt, James!"
„Mutter, wen kennst du, den wir herbeischaffen können? Du musst uns helfen, bitte!"
Jacky überlegte und ging nach unten wo sie Anweisungen gab, einen guten Freund der Familie und Ben Hart holen zu lassen, sie fand es nicht richtig, dass James ohne seinen Vater heiraten würde.

Wenig später kam der Arzt, aber er gab Jesse recht, es war viel zu früh seiner Meinung nach und noch kein Grund zur Panik. Immerhin tastete er Abby noch einmal ab, konnte aber nichts feststellen.
Jacky nahm ihn beiseite.
„Das wird nicht gutgehen!“, raunte sie ihm zu. „Bringen wir das Mädchen sofort in ein Hospital. Glauben Sie mir, vertrauen Sie mir einfach! Ich habe ein schlechtes Gefühl!“
„Das ist lächerlich, Mrs. Hart. Ich habe doch ein wenig mehr Erfahrung und mit dieser Frau ist alles in Ordnung, es ist noch lange hin und ich denke, wenn Sie gegen Morgen ins Hospital gehen, reicht es vollkommen aus.“
„Horchen Sie wenigstens, ob es dem Kind gutgeht“, bat Jacky und der Arzt tat ihr den Gefallen und packte sein Hörrohr aus. Er suchte nach den Herztönen des Kindes und wollte schon wieder abwinken, als seine Miene plötzlich besorgt wirkte.
Wie beiläufig packte er das Hörrohr weg und sagte:
„Ich denke, dass es nicht mehr lange dauern wird, Sie sollten möglichst bald in das Hospital gehen! Packen Sie zusammen, ich werde dort auf Sie warten!“
Er trat auf Jacky zu und nahm sie zur Seite.
„Das Herz schlägt nicht kräftig, nicht so, wie es sein sollte. Und das Kind liegt noch nicht einmal tief im Geburtskanal. Ich fürchte, wir müssen versuchen, alles zu beschleunigen“, flüsterte er. „Aber sagen Sie nichts, wir wollen die werdende Mutter nicht beunruhigen.“
Jacky nickte bestätigend und sank ein wenig in sich zusammen. Plötzlich fühlte sie große Angst. Sie wollte nicht, dass James unglücklich war, sie wollte doch, dass er ein gesundes Kind bekommen würde, er schien diese Frau wirklich zu lieben, wie konnte sie da länger im Weg stehen? Es war ihr Enkelkind, das sich gerade auf den Weg machte und nun vielleicht in großer Gefahr war.
Also handelte sie. Sie wies Abby an, eine kleine Tasche zu packen und stellte fest, dass die beiden noch nichts für das Kind vorbereitet hatten.

Nun gut, das konnte man besorgen, wenn das Kind da war.
Kurze Zeit später heirateten Abby und James im Hotelzimmer im Beisein von Jacky, Ben und Jesse, der den Trauzeugen machen musste. Es war wohl die seltsamste Trauung die der befreundete Richter, den Jacky hatte holen lassen, jemals vorgenommen hatte, zweimal mussten sie die Zeremonie kurz unterbrechen, aber sie war gültig und Abby und James waren ein rechtmäßiges Ehepaar.
Gleich danach begleiteten Jacky und James Abby ins Hospital, während Jesse und Ben sich in eine Bar begaben, wo sie das freudige Ereignis ein wenig begießen wollten.
Im Hospital hatte man schon gewartet. Nun merkten auch Abby und James, dass etwas nicht in Ordnung war und sie wurden von großer Angst ergriffen. Immer wieder horchte man, wie es dem Kind ging, Abby wurde untersucht, litt an starken Wehen, die leider sehr große Abstände hatten und die Geburt schritt nicht voran.
James lief mit ihr herum, das hatte man ihnen geraten, es sollte die Wehen fördern. Dabei erzählte er ihr alles, was er über seine Mutter erfahren hatte, das lenkte sie auch ein wenig ab. Gegen Morgen war es klar, die Wehen wurden schwächer. Die Hebamme versuchte alles, jede Methode, die sie kannte, und fügte Abby große Schmerzen zu dabei. James konnte es gar nicht mehr mit ansehen, wie sie litt.
Der Arzt sprach leise mit Jacky, die anfangs nach Hause gegangen war, nachdem man ihr versprochen hatte, sie sofort zu holen, wenn sich etwas tun sollte, aber sie hatte es nicht ausgehalten und war nach zwei Stunden wieder zurückgekehrt.
„Das Kind wird sterben, wenn es nicht bereits schon tot ist. Wir müssen es holen, es liegt nicht so, dass wir es auf normalem Weg holen können, nicht einmal mit der Zange, wir müssen einen Kaiserschnitt machen!“
Jacky wurde blass, sie hatte schon von dieser Methode gehört, sie war letztes Mittel, um ein Kind zu retten, während die Mutter oft dabei starb. Und in den meisten Fällen wurde alles mit dem Kind entfernt, so dass die Frau, falls sie überlebte, kein weiteres

Kind bekommen würde.
„Tun Sie, was zu tun ist, aber bitte, retten Sie beide! Ich werde mit meinem Sohn sprechen!“
„Wir werden unser Möglichstes versuchen!“
Man brachte Abby in den Operationssaal, sie hatte sofort eingewilligt, sie wollte es beenden, wollte, dass ihr Kind lebte, was mir ihr geschah, war ihr egal. James hatte sie noch geküsst, ihr gesagt, wie sehr er sie liebte, doch sie hatte kaum mehr reagiert, denn sie war in einem Nebel von Schmerz und Angst gefangen.
Nun saßen Jacky und James wie erschlagen auf Stühlen vor dem Operationssaal und konnten nur noch warten. Es herrschte gespenstische Stille, die plötzlich von einem kläglichen Schrei durchbrochen wurde. James sprang auf, das Kind, es lebte, was war mit Abby?
Es schien Ewigkeiten zu dauern, doch tatsächlich waren es nur etwa 15 Minuten, bis die Hebamme mit einem winzigen Bündel vor die Tür trat, welches sie James in die Arme legte.
„Es ist ein Mädchen!“, strahlte sie. „Und es scheint gesund zu sein, wir mussten es kalt baden und aufwecken, es hatte die Nabelschnur um den Hals, was für ein Glück, dass es keine normale Geburt wurde, das Kind hätte nicht überlebt, die Nabelschnur hätte es stranguliert!“
James setzte sich und starrte fassungslos auf sein kleines Baby, ein winziges Ding, das eine leicht bläuliche Farbe hatte, aber sich ansonsten kräftig bewegte.
„Wie geht es meiner Frau?“, fragte er bange.
„Man näht gerade zu! Der Doktor wird Ihnen alles sagen!“
„Aber sie lebt?“
„Ja, sie lebt.“
Die Antwort kam etwas zögerlich. Jacky legte ihren Arm um die Schultern ihres Sohnes. Er sah auf zu ihr.
„Ich weiß nicht, wie ich dir danken soll, Mutter. Schau, dein Enkelkind!“
Er reichte ihr das Baby und sie nahm es, vorsichtig, mit erstauntem Ausdruck im Gesicht. Wie weich und warm fühlte sich das an, sie konnte sich noch so gut erinnern, wie es mit James und

Maddie gewesen war, wie oft hatte sie davon geträumt, noch einmal ein kleines Kind in Armen halten zu dürfen und nun war ihr dieses Geschenk zuteilgeworden. Sie musste tatsächlich daran denken, wie Abby das einmal gesagt hatte bei ihrem Besuch. Ein Kind sei keine Schwierigkeit, sondern ein Geschenk des Lebens. Ja, Abby hatte recht gehabt. Diese unerwünschte Schwiegertochter hatte ihr und Ben ein Enkelkind geschenkt, nach so vielen Jahren würde wieder Geschrei durch ihr stilles Haus tönen, Spielzeug würde herumliegen, abends würde man auf Zehenspitzen laufen, um das Kleine nicht zu wecken, … Sie hatte fast vergessen, wie schön das gewesen war und wie sehr sie gelitten hatten, weil sie selbst keine Kinder mehr hatte bekommen können.
Jacky versank so in ihre Träumereien, dass sie erst gar nicht mitbekam, wie der Arzt vor die Tür trat. Er sah erschöpft und übernächtigt aus.
„Mr. Hart, Ihrer Frau geht es den Umständen entsprechend gut. Es war nicht einfach, das Kind musste sehr schnell geholt werden, wir konnten die Gebärmutter erhalten, nun müssen wir abwarten. Sie schläft, denn sie hat eine große Menge Äther bekommen. Die nächsten Tage werden entscheiden. Ich gratuliere Ihnen zu Ihrer Tochter!"
„Danke sehr! Danke für alles!"
„Sie können jetzt zu Ihrer Frau, man wird sie in ein Zimmer bringen zu den Wöchnerinnen."
Jacky gab James das Kind zurück.
„Ich wünsche, dass meine Schwiegertochter ein eigenes Zimmer erhält. Sie soll nicht zusammen mit den anderen Frauen liegen und wer weiß welche Krankheiten bekommen! Egal, was es kostet!"
Es gab ein kleines Hin und Her aber schließlich lag Abby in einem hellen, freundlichen Raum und erwachte allmählich mühsam aus der Narkose. Sie hatte große Schmerzen, aber alles, was sie wollte, war ihr Kind. James legte es zu ihr und sie barg es in ihrem Arm, schlief immer wieder ein und stöhnte, sobald sie sich auch nur ein wenig bewegte.

James blieb bei ihr, auch ihn übermannte häufig der Schlaf, er saß in einem bequemen Sessel und erwachte nur, wenn jemand das Zimmer betrat oder Abby etwas brauchte. Am nächsten Tag wurde James von einer Krankenschwester gefragt, wie das Kind denn nun heißen würde. Er wechselte einen Blick mit Abby, der es schon ein wenig besser ging und antwortete:
„Alison Charlotte!“
Jacky, die mit Ben gerade anwesend war, sah erstaunt auf.
Als die Schwester das Zimmer verlassen hatte, wandte sich Abby an Jacky, ihre Stimme war immer noch schleppend, aber sie wollte es selbst sagen und so brachte sie mühsam hervor:
„Wir haben unser Kind nach Ihren beiden Müttern benannt, Mrs. Hart. James erzählte mir alles. Von Ihrer Tante Allie, die Sie aufgezogen hat in Denver und von Ihrer wirklichen Mutter Charlotte, die so einen schrecklichen Tod gestorben ist. Ich selbst habe keine Mutter, die es wert wäre, dass ich mein Kind nach ihr oder ihren Müttern nenne. Sie, Mrs. Hart, waren es, die mir zur Seite stand in diesen schweren Stunden.“
Jacky fehlten die Worte. Ben gab ihr einen kleinen Schubs und meinte: „Das ist eine wunderbare Idee!“
Jacky fasste sich, setzte sich zu Abby aufs Bett und nahm ihre Hand.
„Ich habe von James gehört, dass deine eigene Mutter nicht für dich da war, als du sie gebraucht hättest. Vielleicht kann ich eine Mutter für dich sein!“
Abby starrte sie an. Dann traten Tränen in ihre Augen.
„Das wäre fantastisch!“

Die Jahre vergehen

Abby wurde wieder ganz gesund, es hatte eine Zeit gedauert, aber nicht zuletzt hatte Jackys Allheilmittel geholfen: Sie schickte Abby so oft es ging hinunter zum Meer. James und Abby bezogen nach einer Weile ein eigenes Haus in der Jones Street, nur 100 Meter von Ben und Jacky entfernt und Jacky lernte ihre Schwiegertochter immer mehr zu schätzen. Abby war unternehmungslustig, mutig und sie hatte eine natürliche Autorität, die ihresgleichen suchte. Sie arbeitete sich schnell in das Geschäft ein und Jacky zog sich tatsächlich allmählich zurück, denn nicht nur die kleine Alison, sondern auch die Kinder ihrer Tochter Maddie, die inzwischen glücklich verheiratet war, hielten sie auf Trab.

Die schwere Geburt hatte anscheinend endgültig dazu geführt, dass Abby kein weiteres Kind mehr austragen konnte, sie hatte noch mehrere Fehlgeburten, aber keine Schwangerschaft ging so weit, dass ihr das wirkliche Probleme machte. Für James und Abby war das in Ordnung, als ihre Tochter älter war, nahmen sie das Reisen wieder auf und waren oft monatelang unterwegs, zuerst ohne, später mit Alison.

Von Butch und Elzy hörte Abby noch oft, sie schrieben sich rege, Butch war 1896 vorzeitig aus dem Gefängnis entlassen wurden und berichtete in einem Brief, wie er das geschafft hatte:

„Ich habe ein Gnadengesuch gestellt und man brachte mich zu Gouverneur William Richards. Ich sagte ihm, ich hätte dreiviertel der Strafe abgesessen und es sei genug. Ein paar Monate mehr würden keinen Unterschied machen. Ich müsse mich auch wieder um meine Ranch und alles kümmern. Richards meinte daraufhin, wenn ich ab jetzt ein anständiges Leben führen würde, könne er es gewähren. Ich solle ihm mein Wort geben und mit den Raubzügen aufhören. Ich sagte ihm, ich könne das nicht tun, denn würde ich mein Wort darauf geben, müsste ich es brechen. Ich stecke da einfach zu tief drin, um aufzuhören. Aber ich versprach ihm, wenn er mich begnadigen würde, würde ich in

Zukunft von Wyoming fernbleiben. Er fragte mich, ob ich ihm das versprechen könne und ich sagte ja. Am 19. Januar 1896 war ich wieder ein freier Mann!“

Dann kam die Zeit der Hole-in-the-Wall Bande, oder der Wilden Horde, die von The Sundance Kid, Elzy Lay und Butch Cassidy geleitet wurde. Auch hier bekam Abby oft als einzige mit, was wirklich geschah, denn sie erhielt nach jeder Missetat einen Brief von Butch oder Elzy. Sie erfuhr, dass Harvey Logan unter dem Namen Kid Curry mit dabei war und überall gefürchtet wurde. Dass sich Butch mit Sundance zusammengetan hatte, überraschte sie sehr, auch, dass Butch und Ann Bassett wohl tatsächlich eine langjährige Beziehung führten.
Butch erzählte ihr viele lustige Begebenheiten, sie las die Briefe zusammen mit James und beide mussten oft lachen.
Es waren diese kleinen Geschichten, die Butch so berühmt machten.
„Gestern wollte mich ein junger Polizeioffizier in Rock Springs verhaften“, schrieb er. „Ich war gerade in einem Saloon und fühlte mich eigentlich sicher, da spürte ich ein Gewehr in meinem Rücken. Ich habe mich nicht schlecht geärgert und schlug vor, doch noch einen Drink zu nehmen, es würde der letzte sein, den ich auf lange Zeit kriegen würde. Der Junge willigte ein und ich winkte alle an die Bar und bestellte Whisky auf meine Rechnung. Ich stimmte ein „Auf unser Wohl“ an und alle hoben die Gläser, auch der junge Polizist. War sein Fehler, denn sofort zog ich natürlich meine Pistole und entwaffnete ihn. „Der Drink geht auf den Sheriff!“, rief ich noch, bevor ich mich davonmachte. So ein dummer Junge, ...“

Ein anderes Mal erzählte er ihr von einem Erlebnis in Utah, als er einmal wieder seine alte Heimat besucht hatte.
„Abby, mein schönes Mädchen, man sucht mich inzwischen überall, man sagt, ich sei ein böser Verbrecher und hat viel Geld auf meinen Kopf gesetzt, aber du kennst mich, ich bin doch eigentlich gar nicht so ein übler Kerl. Vor kurzem ritt ich über die

Hügel bei Hanksville und da kam ich an eine Ranch und dachte, ich könne vielleicht etwas zu essen haben dort. Oje, da wohnten alte Leute, die waren in bedauernswertem Zustand. Trotzdem haben sie mir eine Mahlzeit zubereitet und dann erzählten sie mir, dass ein Nachbar einen Schuldschein von ihnen hätte und er sie von ihrem Land vertreiben wollte. Wie kann man so gemein gegenüber alten Leuten sein und sie so schändlich behandeln? Wenn du sie vertreibst, was haben sie dann noch? Sie verhungern! Das ist unmenschlich! Sie sagten mir, der Nachbar würde jede Minute kommen, um das Geld einzufordern. Zufällig hatte ich gerade eine Menge bei mir und ich gab ihnen 500 Dollar, dann versteckte ich mich am Weg, den der Kerl nehmen würde. Er kam tatsächlich, kassierte die 500 Dollar und ritt wieder nach Hause, direkt an mir vorbei. Nun ja, es war eine Sache von Minuten, dann hatte ich mein Geld wieder. Und die alten Leute konnten ihre Ranch behalten. Also alles war wieder gut!“

Elzy beschrieb ihr einen Banküberfall, den er zusammen mit Butch und einem Outlaw namens Dave Land begangen hatte. Elzy hatte die Leute in der Bank in Schach gehalten, während Butch in aller Seelenruhe mit dem Geld nach draußen spazierte, freundlich nach links und rechts grüßte und dann gemächlich weg ritt. Dave folgte kurz danach auf die gleiche Weise. Elzy wartete noch ein wenig, rannte dann hinaus, sprang auf sein Pferd und ritt den beiden anderen in einem Höllentempo hinterher. Sie hatten viel Geld erbeutet und Abby musste lachen, als sie sich die drei vorstellte. Sie wäre zu gerne dabei gewesen.

Doch allmählich kamen die schlechten Nachrichten, bei Überfällen auf Züge gab es Tote, die Bande wurde immer intensiver verfolgt, viele getötet, wie George „Flat Nose“ Curry, oder verhaftet, wie Bob Meeks, der bei einem Fluchtversuch ein Bein verlor.
Matt Warner war schon im Jahre 1896 wegen Mordes verurteilt worden und im Gefängnis gelandet. Seine Frau Rosa gebar in dieser Zeit sein zweites Kind und starb gleich darauf an Krebs.

Matt nahm in Handschellen an ihrer Beerdigung teil, sein kleiner Sohn wurde von einem Freund adoptiert und erfuhr nicht, wer sein Vater war. Nach seiner Begnadigung 1900 schlug Matt einen respektablen Weg auf der Seite des Gesetzes ein und wurde später ein angesehener Friedensrichter.
Elzy war 1899 nach einem Zugüberfall schwer verwundet, später gefasst und nach Raton in New Mexiko ins Gefängnis gebracht worden, wo er erst 1906 wieder entlassen wurde. Die ganze Zeit über hielt Abby Kontakt mit ihm, sie ließ seine Briefe an eine andere Adresse schicken, damit niemand außerhalb der Familie sah, dass sie Post von einem Gefängnisinsassen bekam.
Butch Cassidy und The Sundance Kid mussten im Jahre 1901 nach Südamerika fliehen. Doch dort machten sie munter mit Überfällen weiter, wie Abby den regelmäßigen Briefen entnahm.

Abbys Leben war ruhig und schön geworden, sie war eine resolute Geschäftsfrau und niemand konnte irgendetwas an ihr aussetzen. Ihre Tochter Alison wurde ein sehr rebellisches Mädchen. Sie ging zur Schule, war intelligent und brachte die Lehrerinnen mit ihren wissbegierigen Fragen zur Verzweiflung. Von ihrer Mutter wusste sie, dass Mädchen so viel konnten wie Jungen und das wurde ihr Lebensmotto, sie würde später für das Frauenwahlrecht kämpfen und zu einer unbequemen, lautstarken Politikerin werden.

Und dann kam der schreckliche 18. April 1906, der Tag, an dem das größte bisher bekannte Erdbeben San Francisco erschütterte und zerstörte. Das Beben nahm ihnen fast alles, Abby, James und Alison konnten sich gerade noch retten, aber für Jacky und Ben kam jede Hilfe zu spät, man fand sie später in den Trümmern ihres Hauses, sie waren gemeinsam gestorben, was für alle ein gewisser Trost war, denn sie hatten immer zusammengehört, im Leben wie im Tod.

Es dauerte eine ganze Weile, bis die Stadt wiederaufgebaut war und sich das Leben normalisierte, doch der Schock saß tief. Abby

vermisste ihre Schwiegereltern wirklich, sie hatten sich all die Jahre so gut verstanden, Jacky und Abby waren sich ähnlicher gewesen, als es anfangs den Anschein gehabt hatte.
Jesse Jones fand sich nur schwer mit dem Tod seiner besten Freunde ab. Als seine jüngste Tochter erwachsen geworden und verheiratet war, ließ er sich von seiner Frau Sue scheiden, ihre Ehe war schon lange zu Ende gewesen, und er zog weg aus San Francisco nach Monterey, wo er ein schönes Haus an der Küste kaufte. Abby und James hörten nicht mehr viel von ihm, aber eines Tages schickte er eine kurze Nachricht, dass er wiederverheiratet sei und sein Leben genieße.

Endlich ging in San Francisco selbst alles wieder seinen Gang, Jesses Sohn Brandon und James hatten hart am Wiederaufbau der Geschäfte gearbeitet und bald lebten sie erneut in Wohlstand.

Dann aus heiterem Himmel erreichte Abby im Jahre 1908 ein Brief von Elzy, ob sie etwas über den Verbleib von Butch und Sundance wüsste. Allen Gerüchten zufolge seien die beiden in San Vicente in Bolivien von Soldaten getötet worden.
Abby konnte das nicht glauben. Sie versuchte alles, um herauszufinden, was wirklich geschehen war. Zusammen mit Matt und Elzy bezahlte sie einen Mann, der nach Südamerika fuhr, um Nachforschungen anzustellen, und er kam zurück mit der Nachricht, dass man in San Vicente zwei Desperados begraben habe, die angeblich Butch und Sundance waren. Für Abby brach eine kleine Welt zusammen. Sie konnte und wollte es nicht glauben, aber es fehlte jede Spur von Butch, kein Brief, keine Nachricht, …
Sie begann sich an den Gedanken zu gewöhnen, auch wenn sich alles in ihr widersetzte, Butch konnte nicht tot sein, nein, nicht er, er war viel zu schlau, viel zu gewitzt, es war nicht möglich, dass sein Lachen nicht mehr zu hören sein würde, seine blauen Augen nicht mehr strahlten, nein, das konnte nicht sein!
Ohne Butch war die Welt ein Stück ärmer.

Das Wiedersehen

San Francisco 12.02.1910

Abby tauchte aus ihren Erinnerungen auf.
Er war es wirklich. Butch Cassidy stand leibhaftig vor ihrer Gartentür und strahlte sie an. Ja, er war älter geworden, wie sie auch, sein Gesicht wurde von einem Bart geziert, aber sie hatte ihn sofort wiedererkannt. Hinter ihm war The Sundance Kid, groß und wortkarg wie eh und je, er tippte nur an seinen Hut zur Begrüßung.
„Abby, wir wollen dich ja gar nicht belästigen, aber du sagtest mir einmal, ich könne immer kommen, wenn ich Hilfe brauche. Ich würde das Angebot gerne annehmen!"
„Was ich gesagt habe, gilt, Butch, und für dich selbstverständlich auch, Sundance. Kommt herein, es ist bestimmt genug zu essen da, ihr seid doch hungrig?"
„Du bist sicher, dass du uns hineinbitten willst? Hunger hätten wir tatsächlich!"
„Was ist das für eine Frage, Butch. Ich bin so froh, dass ihr lebt, wie habt ihr das geschafft? Wer ist in San Vicente gestorben? Wir haben alles versucht, euch zu finden. Elzy wohnt inzwischen in Wyoming, er ist wieder verheiratet, nachdem Maude sich von ihm scheiden ließ, wusstest du das?"
„Uiuiui, so viele Fragen auf einmal, da bekommt man ja fast Lust, dich auf alte Weise zum Schweigen zu bringen, Abby!"
„Wage es bloß nicht!", lachte sie. „Und nun, kommt herein, ich will nur schnell in der Küche Bescheid sagen, habt ihr irgendwo Unterkunft?"
„Bis jetzt noch nicht, das würde sich auch momentan etwas schwierig gestalten!"
„Dann bleibt ihr hier! Ich lasse die Gästezimmer bereiten!"

Wenig später saßen sie um den großen Tisch, James und Alison waren auch anwesend. Alison blickte die Männer neugierig an. Sie war 15 Jahre alt und für Butch war es, als sei die Zeit

zurückgedreht worden, sie sah aus wie ihre Mutter, als Butch sie zum ersten Mal gesehen hatte. Ein freches, rothaariges Ding mit Sommersprossen und lebhaften, wissbegierigen Augen.
„Das sind Freunde von meiner Zeit in Utah!“, hatte Abby erklärt und Butch stellte sich und Sundance als Robert und Harry vor, was sogar ihre richtigen Namen waren.
Während des Essens sprachen sie über alte Bekannte, Alison wusste von der bewegten Geschichte ihrer Mutter, es gab kaum Geheimnisse vor ihr. Abby stand zu ihrer Vergangenheit, das hatte sich nie geändert. Aber sie musste Butch und Sundance schützen und ihre eigene Familie auch, sie wollte nicht, dass Alison wusste, wer da mit ihr am Tisch saß.
Dann später setzten sie im Salon zusammen, Abby hatte Whisky ausgeschenkt und sie waren unter sich, Alison war auf ihr Zimmer geschickt worden und nur widerwillig gegangen.

„Und nun will ich wissen, was passiert ist!“, forderte Abby ungeduldig. „Wieso seid ihr auf einmal verschwunden und taucht jetzt plötzlich wieder auf?“
Butch lehnte sich zurück und betrachtete sein Glas, schwenkte den Whisky leicht hin und her.
„Südamerika wurde zu heiß!“, begann er, schwieg aber dann.
Sundance half zu aller Überraschung.
„Wir mussten einen Geldtransport überwachen und wurden überfallen. Wir waren in Unterzahl, der Auftraggeber war erschossen worden. Und genau da, als wir uns in Deckung befanden und uns verteidigen mussten, rückte Butch mit dem Geständnis heraus, dass er noch nie jemanden getötet hatte.“
Abby starrte ihn an.
„Und ihr musstet töten?“
Sie wusste, das war das Schlimmste, was Butch hatte passieren können, sie kannte ihn zu gut.
„Wir mussten töten!“, bestätigte Sundance. „Es waren junge, unerfahrene Banditen, hätten sie auf uns gehört und wären weggelaufen, wäre ihnen nichts passiert. Aber sie glaubten, sie könnten es mit uns aufnehmen.“

„Und das konnten sie wohl nicht!“, vermutete James.
„Nicht im Geringsten.“
Butch fuhr endlich selbst fort.
„Wir haben das Geld an seinen Bestimmungsort gebracht und mir war klar, dass ich das nicht noch einmal erleben wollte. Doch dann kam das Gerücht, dass die Pinkerton Detektive wieder auf unserer Spur waren. Sie waren hinter uns her, seit Jahren, und plötzlich waren sie in Bolivien. Wir brauchten daher noch einmal Geld, denn wir sagten uns, wenn die in Bolivien sind, gehen wir zurück nach Utah. Also wollten wir einen anderen Geldtransport überfallen. Nur war uns jemand zuvorgekommen, wir fanden die Geldboten tot am Boden liegen, das Geld war verschwunden. Wir verfolgten die Spur der Räuber, sie führte nach San Vicente. Als wir dort ankamen, war eine Schießerei im Gange. Wir hielten uns fern, es dauerte ein paar Stunden, dann war Ruhe. Es hieß, zwei Desperados hätten den Tod gefunden. Ihre Namen seien Butch Cassidy und The Sundance Kid. Ich weiß nicht, wer diese armen Teufel waren, aber wir haben die Gelegenheit ergriffen und ein paar Leute bezahlt, die bestätigen sollten, dass wir es waren. Sie sind hingegangen und haben ausgesagt, der eine sei Butch, der andere The Sundance Kid. Es gab keinen Grund, den Leuten nicht zu glauben. Und dann mussten wir uns still verhalten. Keine Briefe, keine Nachricht, kein Überfall, jeder glaubte, wir seien tot und das war gut so. Wir haben andere Namen angenommen und in einer Mine gearbeitet, so lange, bis wir das Geld für die Rückfahrt nach Amerika beisammenhatten.
Jetzt sind wir wieder hier und wir wollen nach Utah zurück, wir sind alt genug, um endlich ein ruhiges Leben zu führen. Wir dachten, du könntest uns finanziell ein wenig helfen, Abby, damit wir neu beginnen können. Du weißt, wir zahlen dir alles zurück.“
Abby wechselte einen Blick mit James. Er nickte ihr zu.
„Butch, das ist selbstverständlich!“, sagte sie. „Ich werde morgen auf die Bank gehen und Geld holen. Was habt ihr vor?“
„Sundance wird Etta suchen, er will auch seinen Sohn kennen-

lernen und ich fürchte, die beiden werden heiraten."
„Sundance, du hast mit Etta einen Sohn?"
Abby wusste von der Frau, Etta Place, die die beiden nach Südamerika begleitet hatte, sie war Sundances Freundin gewesen.
„Ja, deswegen ist sie zurückgegangen, sie wollte nicht bei uns bleiben mit einem Kind", antwortete Butch an seiner Stelle.
„Und wo ist sie jetzt? Weiß sie, dass ihr lebt?"
„Sie ist irgendwo in Utah, von dort kamen ihre Briefe. Nein, sie weiß es nicht. Wird eine schöne Überraschung werden!"
„Das glaube ich auch!"
Abby dachte bei sich, es konnte gut sein, dass Etta einen anderen geheiratet hatte in der Zwischenzeit, aber das schien für Sundance wohl außer Frage zu stehen.
„Und was wirst du machen, Butch?"
„Matt hat irgendwo einen Saloon, da werde ich mal sehen, ob er mich eine Weile brauchen kann, dann werde ich vielleicht eine Pferderanch aufbauen. Und endlich mal heiraten! Ich glaube, ich bin allmählich im richtigen Alter."
„Ann Bassett ist verheiratet!", wusste Abby.
„Ja", seufzte Butch betrübt. „Sie hat es mir geschrieben. Ich werde mich wohl neu umsehen müssen. Weißt du, dass Harriet Fynn verlassen hat?"
„Ja, Elzy schrieb mir das. Ich glaube, er schrieb mir damals sofort, als er es erfuhr und er hatte Mühe, seine Schadenfreude zu verbergen. Er hat Fynn nie verziehen, dass er mich nicht wollte, also das ist zwar nur die halbe Wahrheit, aber Elzy hat es nie anders gesehen, egal, was ich sagte. Doch soweit ich hörte, hat Fynn wieder geheiratet und lebt nun in Arizona."
„Davon weiß ich nichts, aber ich habe auch lange nichts mehr von allen gehört. Und Elzy hat auch wieder geheiratet?"
„Ja, seine erste Frau Maude hat sich während seiner Haft scheiden lassen von ihm, wie du wohl weißt, und als er aus dem Gefängnis kam - er wurde begnadigt, weil er eine Häftlingsrevolte friedlich beendete - beschloss er, einen ehrlichen Weg einzuschlagen. Er zog nach Wyoming. Dort traf er eine Frau namens Mary, mit ihr geht es ihm anscheinend gut, er klingt jedenfalls sehr zufrieden

in seinen Briefen. Mary erwartet ihr erstes Kind, es müsste jeden Moment soweit sein."
„Ich habe damals alles versucht, Elzy aus dem Gefängnis freizukriegen, aber da war nichts zu machen. Es hatte Tote gegeben, da nützte kein Geld der Welt mehr."
„Nicht nur du hast es versucht, Butch. Aber er hat wenigstens überlebt im Gegensatz zu so vielen!"
Abby schwieg und sie dachten an ihre einstigen Freunde und Weggefährten, Tom und Bill McCarty, Harvey Logan, George „Flat Nose" Curry, Big Nose Jack, … sie alle waren tot.
Butch hob sein Glas.
„Es ist vorbei. Es war eine wilde und meistens eine schöne Zeit, eigentlich denke ich am liebsten immer noch an die Jahre, in denen du uns begleitet hast, Abby. Alles schien möglich! Wir waren so jung!"
Abby lächelte in der Erinnerung. Sie würde nie vergessen!
Sie blickte Butch in die immer noch vertrauten Augen und es war beinahe so, als befänden sie sich an einem Lagerfeuer, sie hörte im Geiste die Stimmen all der Männer, wie sie sich Geschichten erzählten, wie sie lachten oder auch stritten, es war heiß, staubig, roch nach Rauch und gegrilltem Fleisch, über ihnen wölbte sich der Himmel und unzählige Sterne leuchteten auf sie herab.
Ein angenehmer Frieden senkte sich auf sie. So viele waren tot, aber die Männer, die ihr am meisten bedeutet hatten, lebten, Butch, Elzy, Fynn und natürlich James. Sie war in ihrem Leben reich beschenkt worden und dafür war sie sehr dankbar. Sie hob ihr Glas.
„Auf den Outlaw Trail und auf alle, die ihm folgten und folgen. Möge er seine Reisenden weiterhin beschützen und ihnen den Weg weisen!"
Sie stießen an und ließen die Gläser klirren.

Nachwort

Dieses Buch lag mir wie kein anderes am Herzen. Schon immer wollte ich über Butch Cassidy schreiben, der mich seit meiner Jugend faszinierte.
Eigentlich begann alles mit dem Film „Butch Cassidy and the Sundance Kid“, den ich nicht einmal selbst gesehen hatte, sondern den mir meine Freundin Brigitte morgens im Bus auf dem Weg zur Schule so intensiv erzählte, dass seitdem mein Gedankenkarussell nicht mehr stillstand. Unzählige Geschichten schrieb ich über die Thematik, zwei davon habe ich veröffentlicht.
Doch nun wagte ich den Sprung und tauchte in Butch Cassidys Leben ein, ich las viel über ihn, meine unbezahlbare Quelle war Charles Kellys Buch „The Outlaw Trail“(*). In diesem Buch werden viele Zeitgenossen von Butch Cassidy beschrieben, einige davon kannte Kelly persönlich und er hat all ihre Berichte mit aufgenommen, so dass es zwar ein schwer zu lesendes, aber unglaublich informatives Buch wurde und mir den besten Einblick in die Thematik bot, den ich nur haben konnte. Ich entschied mich, meine Geschichte da anzusiedeln, wo sie tatsächlich möglich gewesen wäre, in die frühen Jahre von Butchs Outlaw Karriere. Wenig ist bekannt, wo er sich zu der Zeit aufhielt, es gab diese Ranch in Lander, und auch über Elzy Lay weiß man im beschriebenen Zeitraum nicht besonders viel. Man kann nur vermuten, dass sich die beiden Männer über Matt Warner in dieser Zeit schon kennenlernten, zumal auch gesichert ist, dass Elzy Lay mit Josie Bassett ein Liebesverhältnis hatte und Butch später mit Josies Schwester Ann zusammenkam. Lay war über viele Jahre Cassidys bester Freund.
Als Cassidy und Sundance nach Südamerika gingen, saß Lay im Gefängnis und konnte nicht mit ihnen ziehen.
Ich habe die Charaktere der Outlaws so in meine Geschichte aufgenommen, wie sie von Kelly und seinen Zeitzeugen beschrieben wurden. Freilich gab es auch Widersprüchliches, aber im Großen und Ganzen denke ich, ich habe sie schon richtig gezeichnet.

(*) Charles Kelly: The Outlaw Trail
A History of Butch Cassidy and his Wild Bunch
University of Nebraska Press – Lincoln and London 1996

Die Originalzitate von Butch Cassidy, die Geschichten, die über ihn kursieren, lassen ihn als einen großzügigen, freigebigen, intelligenten und weichherzigen Mann erscheinen, der auch viel Wert auf Äußeres und auf gutes Benehmen legte. Dass er tatsächlich erst in Südamerika zum ersten Mal jemanden erschossen hat, wird oft behauptet, es könnte sein, denn er liebte das Geld aber war niemals darauf aus, unnötige Gewalt anzuwenden. Einige der netten Anekdoten um Butch und Elzy habe ich in mein Buch eingebaut, sie stammen alle aus Charles Kellys Buch und können dort nachgelesen werden. Ich hätte noch viel mehr erzählen können, aber ich wollte ja auch nicht meine Hauptperson „Abby" ganz aus den Augen verlieren, das Buch ging eigentlich um sie, nicht um Butch Cassidy.

Es war für mich sehr aufregend, über Menschen zu schreiben, die es wirklich gab, und ich habe mich bemüht, sie so auftreten zu lassen, wie sie tatsächlich waren. Alle, die mein Buch bis jetzt lasen, bestätigten, dass man Butch, Elzy und alle anderen sympathisch fand und völlig übersehen konnte, dass sie eigentlich Banditen waren. Dennoch wollte ich diesen Punkt nicht außer Acht lassen und ich habe auch die andere Seite des Verbrechertums kurz angesprochen. Dass ich meine Jacky Hart im Buch unterbringen würde, stand für mich von Anfang an fest, und sie hat ja wirklich das echte Böse erlebt, das Kriminelle nun einmal mit sich bringen können. Für alle, die meine Miniserie über das amerikanische Kind nicht gelesen haben, Jacky Harts Erlebnisse werden in den drei Bänden erzählt. Ich wusste ja auch, dass meine Leser Jacky liebgewonnen hatten und traurig waren, als mit der Rückkehr nach Denver ihre Geschichte zu Ende erzählt schien, daher ergriff ich gerne die Gelegenheit, sie, Ben und Jesse noch einmal auftauchen zu lassen. Und ich war froh, dass ich auch James auf diese Weise kennenlernen konnte.
Hier sind die Menschen, die wirklich lebten und die in meiner Geschichte kleinere oder größere Rollen spielten:
Butch Cassidy (Robert Leroy Parker), Elzy Lay (William Ellsworth Lay), Maude Davis Lay, Mary Calvert Lay, Matt Warner (Willard Erastus Christianson), Rosa Rumel Warner, The Sundance Kid (Harry Alonzo Longabaugh), Etta Place, Kid Curry (Harvey Logan), Ben Kilpatrick, Bob Meeks, George „Flat Nose" Curry, Bill und Tom McCarty, Dave Land, Josie und Ann Bassett, Jim Kettleman, Gouverneur Richard A. Williams

Alle anderen vorkommenden Personen habe ich frei erfunden, ebenso die Überfälle, an denen Abby beteiligt war. Ich habe Orte gewählt, in denen nichts von Überfällen bekannt war - witzigerweise stieß ich bei meinen Recherchen auf einen Ort, der sich heute noch damit rühmt, nie von Butch Cassidy überfallen worden zu sein – und habe mir die Freiheit genommen, meine Erlebnisse dort anzusiedeln, wo es hätte sein können, dass in frühen Jahren Butch und Elzy die Bank überfielen, aber wo man nichts darüber weiß.
Dass Butch und Sundance in San Vicente überlebten, bzw. gar nicht dort waren, steht für mich eigentlich fest, also ich hoffe so sehr, dass sie es wirklich schafften, in die USA zurückzukehren und ein langes, friedliches Leben führen konnten. Butchs Schwester Lula Parker Betenson behauptete bis zu ihrem Tod, dass er sie noch einmal besucht habe, ebenso wie Matt Warners Töchter, die davon berichteten, dass Butch bei ihnen gewesen sei und sich nach Matt erkundigt habe. Es heißt, Butch Cassidy erreichte ein gesegnetes Alter und seine Familie habe ihn unter falschem Namen begraben lassen. Ich kann es ihm nur wünschen!

Einige Leser sagten zu mir, es sei eine schöne Geschichte, aber eine Frau wie Abby habe es zu der Zeit bestimmt nicht gegeben. Da kann ich nur vorschlagen, beschäftigt euch mit der Geschichte von Frauen wie Etta Place, Ann und Josie Bassett und Laura Bullion. Diese Frauen existierten, sie kämpften und ritten Seite an Seite mit den Männern und hatten auch wechselnde Liebschaften. Doch wie fast immer blieb ihr Schicksal im Schatten der männlichen Helden. Es wurde Zeit, die Frauen hervorzuheben. Ich hatte also meine Vorbilder vor Augen, als Abby in meiner Fantasie entstand.

Ich kann nur hoffen, dass ich Butch, Elzy, Sundance und all den anderen gerecht wurde, ich bin stolz und glücklich, dass ich diese aufregende Zeit mit ihnen erleben konnte.
Es fällt mir allerdings viel zu schwer, Abby und alle meine vertrauten Gestalten nun zurückzulassen, sie sind mir wirklich ans Herz gewachsen, und daher werde ich in einem weiteren Buch erzählen, wie es mit ihnen nach Butchs Rückkehr in die USA weiterging.

Zur Autorin

Claudia Fischer lebt in Bayern, ist verheiratet und hat zwei erwachsene Söhne. Sie ist Lehrerin in einer Realschule und unterrichtet Englisch und Musik. Ihre Geschichten spielen in der Zeit des amerikanischen Westens, sie handeln von starken Frauen, die ihre Probleme ebenso bewältigen mussten wie die Frauen von heute.

Literaturauswahl der Autorin

Wer frei ist, braucht keine Flügel (Verlag Andrea Schmitz 2008)

Nur ein Silberstreifen am Horizont (Verlag BoD 2013)

Das amerikanische Kind (BoD 2016)

Die amerikanische Frau - Kein ganz normales Leben (BoD 2017)

Die amerikanische Frau – Rückkehr nach Denver (BoD 2017)

Homepage: https://claudiafischerautorin.jimdo.com/